हिन्द पॉकेट बुक्स

तितली

बनारस में 1889 में जन्मे जयशंकर प्रसाद वास्तव में कालिदास जैसे महान् साहित्यकार की श्रेणी में माने जाते हैं। वह पंद्रह साल की आयु से ही कविता लिखने लगे थे। पहली रचना 1906 में भारतेन्दु में छपी। वह छायावादी कविता में सर्वोच्च थे। उस पर *कामायनी* जैसा आधुनिक महाकाव्य लिखकर महाकवि की श्रेणी में आ बिराजे। उनके तीन उपन्यास भी छपे। सबसे अधिक ख्याति नाटकों में पाई। वह सिद्धहस्त कथाकार भी थे।

AF669598

तितली

जयशंकर प्रसाद

हिन्द पॉकेट बुक्स
पेंगुइन रैंडम हाउस इम्प्रिंट

हिन्द पॉकेट बुक्स

यूएसए | कनाडा | यूके | आयरलैंड | ऑस्ट्रेलिया | सिंगापुर
न्यू ज़ीलैंड | भारत | दक्षिण अफ्रीका | चीन

हिन्द पॉकेट बुक्स, पेंगुइन रैंडम हाउस ग्रुप ऑफ़ कम्पनीज़ का हिस्सा है,
जिसका पता global.penguinrandomhouse.com पर मिलेगा

पेंगुइन रैंडम हाउस इंडिया प्रा. लि.,
चौथी मंजिल, कैपिटल टावर -1, एम जी रोड,
गुड़गांव 122 002, हरियाणा, भारत

पेंगुइन
रैंडम हाउस
इंडिया

प्रथम हिन्दी संस्करण हिन्द पॉकेट बुक्स द्वारा 1998 में प्रकाशित
यह हिन्दी संस्करण हिन्द पॉकेट बुक्स में पेंगुइन रैंडम हाउस द्वारा 2022 में प्रकाशित

कॉपीराइट © हिन्द पॉकेट बुक्स, 1998

सर्वाधिकार सुरक्षित

10 9 8 7 6 5 4 3 2

इस पुस्तक में व्यक्त विचार लेखक के अपने हैं, जिनका यथासंभव
तथ्यात्मक सत्यापन किया गया है, और इस संबंध में प्रकाशक एवं
सहयोगी प्रकाशक किसी भी रूप में उत्तरदायी नहीं हैं।

ISBN 9789353492960

मुद्रक : मणिपाल टेक्नॉलजीस् लिमिटेड, भारत

यह पुस्तक इस शर्त पर विक्रय की जा रही है कि प्रकाशक की लिखित
पूर्वानुमति के बिना इसका व्यावसायिक अथवा अन्य किसी भी रूप में उपयोग
नहीं किया जा सकता। इसे पुनः प्रकाशित कर विक्रय या किराए पर नहीं
दिया जा सकता तथा जिल्दबंद अथवा किसी भी अन्य रूप में पाठकों के मध्य
इसका परिचालन नहीं किया जा सकता। ये सभी शर्तें पुस्तक के ख़रीददार पर
भी लागू होंगी। इस संदर्भ में सभी प्रकाशनाधिकार सुरक्षित हैं।

www.penguin.co.in

MIX
Paper | Supporting
responsible forestry
FSC® C043100
FSC
www.fsc.org

This is a legitimate digitally printed version of the book and therefore might not have certain extra finishing on the cover.

कालिदास के समकक्ष साहित्यकार जयशंकर प्रसाद

वह बनारस के थे। कुलीन और सम्पन्न सुंघनी साहु घराना था उनका। यहीं 1889 में जन्मे थे जयशंकर प्रसाद। बनारस में क्वींस स्कूल था। छठी तक उसमें शिक्षा पाई। बाद में घर ही पाठशाला बन गया। बड़े-बड़े विद्वान गुरु घर में पढ़ाने आते। हिन्दी, संस्कृत और अंग्रेज़ी भाषा तथा साहित्य में डूबते चले गए। उर्दू, बंगला, पाली और प्राकृत का ज्ञान अलग। इस शिक्षा-दीक्षा ने उनके भीतर छिपे साहित्यकार को जगाया। जागे तो क़लम पकड़ ली और बन गए साहित्य के सर्वोच्च इतिहास पुरुष।

सिर्फ़ पंद्रह साल के थे, तभी से लिखना शुरू कर दिया था। पहले कविताएं लिखीं। इस दौर की कविताएं 'चित्रधार' संग्रह में आ गई हैं। नारियल बाज़ार में सुंघनी सांहु की जानी-मानी दुकान थी। वहीं बैठे-बैठे एक दिन फूट पड़ा कविता का पहला छंद। फिर तो लिखते ही चले गए। उन्हें छायावादी कविता की सर्वोच्च पीठ मिली। 'कामायनी' लिखा गया, तो दुनिया के आधुनिक श्रेष्ठ महाकाव्यों में गिनती हुई और खुद को मिल गया महाकवि का ऊंचा दर्जा। 'कामायनी' मिथकीय काव्य है, जिसमें ज़िंदगी की दार्शनिक व्याख्या की गई है। 1918 में 'चित्रधार' छपने के बाद, 1925 में आंसू', 1927 में 'झरना' और 1935 में 'लहर' काव्य-कृतियां आईं। 'कामायनी' अगले ही साल 1936 में छपा।

उनकी सबसे पहली रचना 1906 में 'भारतेन्दु' में छपी। 'उर्वशी चंपू' और 'प्रेम-राज्य' भी इसी साल लिखे गए। फिर वह सभी विधाओं में लिखने लगे। कविता, कहानी, नाटक, निबंध ही नहीं, 'कंकाल', 'तितली' और 'इरावती' जैसे उपन्यास लिखकर अतिरिक्त ख्याति बटोरी। 'इंदु' के अगस्त, 1910 के अंक में

उनकी पहली कहानी 'ग्राम' छपी। इसी के साथ एक नए कथा युग का आरंभ हुआ। वह हिन्दी के पहले मौलिक कथाकार माने गए। 'आकाशदीप' सबसे ज़्यादा चर्चित कहानी है। उनकी कहानियों के कई संग्रह प्रकाशित हो चुके हैं।

नाट्य लेखन में उन्होंने बड़ा नाम कमाया। उनके अधिकांश नाटक ऐतिहासिक हैं और वास्तव में क्लासिक का दर्जा रखते हैं। बहुत अधिक पात्र, राजसी ताम-झाम के कारण अधिक खर्चीले निर्माण के बावजूद इन नाटकों का आज भी देशं-भर में संफल प्रदर्शन हो रहा है और आगे भी इसी तरह यह क्रम जारी रहेगा। 'अजातशत्रु' (1992), 'स्कंदगुप्त (1928), 'चंद्रगुप्त मौर्य' (1931) नाटक बहुत प्रसिद्ध हुए, जबकि 1931 में ही प्रकाशित 'ध्रुवस्वामिनी' ने तो ख्याति का कीर्तिमान स्थापित कर लिया।

'हिन्दी साहित्य सम्मेलन' ने जयशंकर प्रसाद को उस समय के सबसे बड़े 'मंगला प्रसाद पारितोषिक' से सम्मानित किया। उनकी रचनाएं अनेक भारतीय भाषाओं में अनूदित हुईं। 'कामायनी' का अंग्रेज़ी अनुवाद भी आ चुका है। उन्हें हिन्दी में 'कालिदास' के समकक्ष माना गया है।

हिन्दी साहित्य के इतिहास की इस महान् विभूति ने बहुत कम उम्र में 1937 में ही इस संसार से विदा ले ली।

–डॉ. नफ़ीस आफ़रीदी

तितली

प्रथम खण्ड

एक

क्यों बेटी! मधुवा आज कितने पैसे ले आया?

नौ आने, बापू!

कुल नौ आने! और कुछ नहीं?

पाँच सेर आटा भी दे गया है। कहता था, एक रुपये का इतना ही मिला।

वाह रे समय—कहकर बुड्ढा एक बार चित होकर साँस लेने लगा।

कुतूहल से लड़की ने पूछा—कैसा समय बापू?

बुड्ढा चुप रहा।

यौवन के व्यंजन दिखायी देने से क्या हुआ, अब भी उसका मन दूध का धोया है। उसे लड़की कहना ही अधिक संगत होगा।

उसने फिर पूछा—कैसा समय बापू?

चिथड़ों से लिपटा हुआ, लम्बा-चौड़ा अस्थि-पंजर झनझना उठा। खाँसकर उसने कहा—जिस भयानक अकाल का स्मरण करके आज भी रोंगटे खड़े हो जाते हैं, जिस पिशाच की अग्नि-क्रीड़ा में खेलती हुई तुझको मैंने पाया था, वही संवत् 55 का अकाल आज के सुकाल से भी सदय था-कोमल था। तब भी आठ सेर का अन्न बिकता था। आज पाँच सेर की बिक्री में भी कहीं जूँ नहीं रेंगती, जैसे सब धीरे-धीरे दम तोड़ रहे हैं ! कोई अकाल कहकर चिल्लाता नहीं ओह! मैं भूल रहा हूँ। कितने ही मनुष्य तभी से एक बार भोजन करने के अभ्यासी हो गये हैं। जाने दे, होगा कुछ बञ्जो!

जो सामने आवे, उसे झेलना चाहिए।

बञ्जो, मटकी में डेढ़ पाव दूध, चार कंडों पर गरम कर रही थी। उफनाते हुए दूध को उतारकर उसने कुतूहल से पूछा—बापू! उस अकाल में तुमने मुझे पाया था! लो, दूध पीकर मुझे वह पूरी कथा सुनाओ।

बुड्ढे ने करवट बदलकर, दूध लेते हुए, बञ्जो की आँखों में खेलते हुए आश्चर्य को देखा। वह कुछ सोचता हुआ दूध पीने लगा।

थोड़ा-सा पीकर उसने पूछा—अरे तूने दूध अपने लिए रख लिया है?

बञ्जो चुप रही। बुड्ढा खड़खड़ा उठा—तू बड़ी पाजी है, रोटी किससे खायेगी रे?

सिर झुकाये हुए, बञ्जो ने कहा—नमक और तेल से मुझे रोटी अच्छी लगती है बापू!

बचा हुआ दूध पीकर बुड्ढा फिर कहने लगा—यही समय है, देखती है न! गायें डेढ़ पाव दूध देती हैं ! मुझे तो आश्चर्य होता है कि उन सूखी ठठरियों में से इतना दूध भी कैसे निकलता है!

मधुवा दबे पाँव आकर उसी झोंपड़ी के एक कोने में खड़ा हो गया। बुड्ढे ने उसकी ओर देखकर पूछा—मधुवा, आज तू क्या-क्या ले गया था?

डेढ़ सेर घुमची, एक बोझा महुआ का पत्ता और एक खाँचा कडा बाबाजी!—मधुवा ने हाथ जोड़कर कहा।

इन सबका दाम एक रुपया नौ आना ही मिला?

चार पैसे बन्धू को मजूरी में दिए थे।

अभी दो सेर घुमची और होगी बापू! बहुत-सी फलियाँ बनबेरी के झुरमुट में हैं, झड़ जाने पर उन्हें बटोर लूँगी।—बञ्जो ने कहा।

बुड्ढा मुस्कराया। फिर उसने कहा—मधुवा! तू गायों को अच्छी तरह चराता नहीं बेटा! देख तो, धवली कितनी दुबली हो गयी है!

कहाँ चरावें, कुछ ऊसर-परती कहीं चरने के लिए बची भी है?—मधुवा ने कहा।।

बञ्जो अपनी भूरी लटों को हटाते हुए बोली—मधुवा गंगा में घंटों नहाता है। बापू! गायें अपने मन से चरा करती हैं! यह जब बुलाता है, तभी सब चली आती हैं।

बञ्जो की बात न सुनते हुए बाबाजी ने कहा—तू ठीक कहता है मधुवा! पशुओं को खाते-खाते मनुष्य, पशुओं के भोजन की जगह भी खाने लगे। ओह! कितना इनका पेट बढ़ गया है! वाह रे समय!!

मधुवा बीच ही में बोल उठा—बञ्जो, बनिया ने कहा है कि सरफोंका की पत्ती दे जाना, अब मैं जाता हूँ।

कहकर वह झोंपड़ी के बाहर चला गया।

सन्ध्या गाँव की सीमा में धीरे-धीरे आने लगी। अन्धकार के साथ ही ठंड बढ़

चली। गंगा की कछार की झाड़ियों में सन्नाटा भरने लगा। नालों के करारों में चरवाहों के गीत गूँज रहे थे।

बञ्जो दीप जलाने लगी। उस दरिद्र कुटीर के निर्मम अन्धकार में दीपक की ज्योति तारा-सी चमकने लगी।

बुड्ढे ने पुकारा—बञ्जो!

आयी—कहती हुई वह बुड्ढे की खाट के पास आ बैठी और उसका सिर सहलाने लगी। कुछ ठहरकर बोली—बापू! उस अकाल का हाल न सुनाओगे?

तू सुनेगी बञ्जो! क्या करेगी सुनकर बेटी? तू मेरी बेटी है और मैं तेरा बूढ़ा बाप! तेरे लिए इतना जान लेना बहुत है।

नहीं बापू! सुना दो मुझे वह अकाल की कहानी—बञ्जो ने मचलते हुए कहा।

धाँय—धाँय—धाँय... !!!

गंगा-तट बन्दूक के धड़ाके से मुखरित हो गया। बञ्जो कुतूहल से झोंपड़ी के बाहर चली आयी।

वहाँ एक घिरा हुआ मैदान था। कई बीघा की समतल भूमि—जिसके चारों ओर, दस लट्ठे की चौड़ी, झाड़ियों की दीवार थी—जिसमें कितने ही सिरिस, महुआ, नीम और जामुन के वृक्ष थे— जिन पर घुमची, सतावर और करञ्ज इत्यादि की लतरें झूल रही थीं। नीचे की भूमि में भटेस के चौड़े-चौड़े पत्तों की हरियाली थी। बीच-बीच में बनबेर ने भी अपनी कँटीली डालों को इन्हीं सबों से उलझा लिया था।

वह एक सघन झुरमुट था—जिसे बाहर से देखकर यह अनुमान करना कठिन था कि इसके भीतर इतना लम्बा-चौड़ा मैदान हो सकता है।

देहात के मुक्त आकाश में अन्धकार धीरे-धीरे फैल रहा था। अभी सूर्य की अस्तकालीन लालिमा आकाश के उच्च प्रदेश में स्थित पतले बादलों में गुलाबी आभा दे रही थी।

बञ्जो, बन्दूक का शब्द सुनकर, बाहर तो आयी; परन्तु वह एकटक उस गुलाबी आकाश को देखने लगी। काली रेखाओं-सी भयभीत कराकुल पक्षियों की पंक्तियाँ 'करर—कर्र करती हुई संध्या की उस शान्त चित्रपटी के अनुराग पर कालिमा फेरने लगी थीं।

हाय राम! इन काँटों में—कहाँ आ फँसा!

बञ्जो कान लगाकर सुनने लगी।

फिर किसी ने कहा—नीचे करार की ओर उतरने में तो गिर जाने का डर है, इधर ये काँटेदार झाड़ियाँ! अब किधर जाऊँ?

बञ्जो समझ गयी कि कोई शिकार खेलने वालों में से इधर आ गया है। उसके हृदय में विरक्ति हुई—उँह, शिकारी पर दया दिखाने की क्या आवश्यकता? भटकने दो।

वह घूमकर उसी मैदान में बैठी हुई एक श्यामा गौ को देखने लगी। बड़ा मधुर शब्द सुन पड़ा—चौबेजी! आप कहाँ हैं?

अब बञ्जो को वाध्य होकर उधर जाना पड़ा। पहले काँटों में फँसने वाले व्यक्ति ने चिल्लाकर कहा—खड़ी रहिए; इधर नहीं—उँहूँ-ऊँ! उसी नीम के नीचे ठहरिए, मैं आता हूँ! इधर बड़ा ऊँचा-नीचा है।

चौबेजी, यहाँ तो मिट्टी काटकर बड़ी अच्छी सीढ़ियाँ बनी हैं, मैं तो उन्हीं से ऊपर आई हूँ।—रमणी के कोमल कंठ से यह सुन पड़ा।

बञ्जो को उसकी मिठास ने अपनी ओर आकृष्ट किया। जंगली हिरन के समान कान उठाकर वह सुनने लगी।

झाड़ियों के रौंदे जाने का शब्द हुआ। फिर वही पहिला व्यक्ति बोल उठा—लीजिए, मैं तो किसी तरह आ पहुँचा, अब गिरा—तब गिरा, राम-राम! कैसी साँसत! सरकार से मैं कह रहा था कि मुझे न ले चलिए, मैं यहीं चूड़ा-मटर की खिचड़ी बनाऊँगा, पर आपने भी जब कहा, तब, तो मुझे आना पड़ा, भला आप क्यों चली आईं?

इन्द्रदेव ने कहा कि सुर्खाब इधर बहुत हैं, मैं उनके मुलायम परों के लिए आई। सच चौबेजी, लालच में मैं चली आई। किन्तु छर्रों से उनका मरना देखने में मुझे सुख तो न मिला। आह! कितना निधड़क वे गंगा के किनारे टहलते थे! उन पर विनचेस्टर-रिपीटर के छर्रों की चोट! बिल्कुल ठीक नहीं। मैं आज ही इन्द्रदेव को शिकार खेलने से रोकूँगी—आज ही।

अब किधर चला जाय?—उत्तर में किसी ने कहा।

चौबेजी ने डग बढ़ाकर कहा—मेरे पीछे-पीछे चली आइए।

किन्तु मिट्टी बह जाने से मोटी जड़ नीम की उभड़ आई थी, उसने ऐसी करारी ठोकर लगाई कि चौबेजी मुँह के बल गिरे।

रमणी चिल्ला उठी। उस धमाके और चिल्लाहट ने बञ्जो को विचलित कर दिया। वह कँटीली झाड़ी को खींचकर अँधेरे में भी ठीक-ठीक उसी सीढ़ी के पास जाकर खड़ी हो गई, जिसके पास नीम का वृक्ष था।

उसने देखा कि चौबेजी बेतरह गिरे हैं। उनके घुटने में चोट आ गई है। वह स्वयं नहीं उठ सकते।

सुकुमारी सुन्दरी के बूते के बाहर की यह बात थी।

बञ्जो ने भी हाथ लगा दिया। चौबेजी किसी तरह काँखते हुए उठे।

अन्धकार के साथ-साथ सर्दी बढ़ने लगी थी। बञ्जो की सहायता से सुन्दरी, चौबेजी को लिवा ले चली; पर कहाँ? यह तो बञ्जो ही जानती थी।

झोंपड़ी में बुड्ढा पुकार रहा था—बञ्जो! बञ्जो!! बड़ी पगली है। कहाँ घूम रही है? बञ्जो, चली आ!

झुरमुट में घुसते हुए चौबेजी तो कराहते थे, पर सुन्दरी उस वन-विहंगिनी की ओर आँखें गड़ाकर देख रही थी और अभ्यास के अनुसार धन्यवाद भी दे रही थी।

दूर से किसी की पुकार सुन पड़ी—शैला! शैला!

ये तीनों, झाड़ियों की दीवार पार करके, मैदान में आ गए थे।

बञ्जो के सहारे चौबेजी को छोड़कर शैला फिरहरी की तरह घूम पड़ी। वह नीम के नीचे खड़ी होकर कहने लगी—इसी सीढ़ी से इन्द्रदेव—! बहुत ठीक सीढ़ी है। हाँ, सँभालकर चले आओ। चौबेजी का तो घुटना ही टूट गया है! हाँ, ठीक है, चले आओ! कहीं-कहीं जड़ें बुरी तरह से निकल आई हैं—उन्हें बचाकर आना।

नीचे से इन्द्रदेव ने कहा—सच कहना शैला! क्या चौबे का घुटना टूट गया? ओहो, तो कैसे वह इतनी दूर चलेगा! नहीं-नहीं, तुम हँसी करती हो!

ऊपर आकर देख लो, नहीं भी टूट सकता है !

नहीं भी टूट सकता है? वाह! यह एक ही रही। अच्छा, लो, मैं आ ही पहुँचा।

एक लम्बा-सा युवक, कंधे पर बन्दूक रखे, ऊपर चढ़ रहा था। शैला, नीम के नीचे खड़ी, गंगा के किनारे की ओर झाँक रही थी—वह इन्द्रदेव को सावधान करती थी—ठोकरों से और ठीक मार्ग से।

तब तक उस युवक ने हाथ बढ़ाया।—दो हाथ मिले!

नीम के नीचे खड़े होकर, इन्द्रदेव ने शैला के कोमल हाथों को दबाकर कहा—करारे की मिट्टी काटकर देहातियों ने कामचलाऊ सीढ़ियाँ अच्छी बना ली हैं। शैला! कितना सुन्दर दृश्य है ! नीचे धीरे-धीरे गंगा बह रही हैं, अन्धकार से मिली। हुई उस पार के वृक्षों की श्रेणी क्षितिज की कोर में गाढ़ी कालिमा की बेल बना रही है, और ऊपर...

पहले चलकर चौबेजी को देख लो, फिर दृश्य देखना।—बीच ही में रोककर शैला ने कहा।

अरे हाँ, यह तो मैं भूल ही गया था? चलो, किधर चलूँ? यहाँ तो तुम्हीं पथ-प्रदर्शक हो।—कहकर इन्द्रदेव हँस पड़े।

दोनों, झोंपड़ियों के भीतर घुसे। एक अपरिचित बालिका के सहारे चौबेजी को कराहते देखकर इन्द्रदेव ने कहा— तो क्या सचमुच मैं यह मान लूँ कि तुम्हारा घुटना टूट गया? मैं इस पर कभी विश्वास नहीं कर सकता। चौबे, तुम्हारे घुटने 'टूटने वाली हड्डी' के बने ही नहीं!

सरकार, यही मैं भी सोचता हुआ चलने का प्रयत्न कर रहा हूँ। परन्तु...आह! बड़ी पीड़ा है, मोच आ गई होगी। तो भी इस छोकरी के सहारे थोड़ी दूर चल सकूँगी। चलिए—। चौबेजी ने कहा।

अभी तक बञ्जो से किसी ने न पूछा था कि तू कौन है, कहाँ रहती है, या हम लोगों को कहाँ लिवा जा रही है।

बञ्जो ने स्वयं ही कहा—पास ही झोंपड़ी है। आप लोग वहीं तक चलिए, फिर जैसी इच्छा।

सब बञ्जो के साथ मैदान के उस छोर पर जलने वाले दीपक के सम्मुख चले, जहाँ से 'बञ्जो! बञ्जो!!' कहकर कोई पुकार रहा था।

बञ्जो ने कहा—आती हूँ!

झोंपड़ी के दूसरे भाग के पास पहुँचकर बञ्जो क्षण-भर के लिए रुकी। चौबेजी को छप्पर के नीचे पड़ी हुई एक खाट पर बैठने का संकेत करके वह घूमी ही थी कि बुड्ढे ने कहा—बञ्जो! कहाँ है रे? अकाल की कहानी और अपनी कथा न सुनेगी? मुझे नींद आ रही है।

आ गई—कहती हुई बञ्जो भीतर चली गई। बगल के छप्पर के नीचे इन्द्रदेव और शैला खड़े रहे। चौबेजी खाट पर बैठे थे, किन्तु कराहने की व्याकुलता दबाकर। एक लड़की के आश्रय में आकर इन्द्रदेव भी चकित सोच रहे थे—कहीं यह बुड्ढा हम लोगों के यहाँ आने से चिढ़ेगा तो नहीं।

सब चुपचाप थे।

बुड्ढे ने कहा—कहाँ रही तू बञ्जो !

एक आदमी को चोट लगी थी, उसी...।

तो—तू क्या कर रही थी?

वह चल नहीं सकता था, उसी को सहारा देकर...

मरा नहीं, बच गया। गोली चलाने का—शिकार खेलने का—आनन्द नहीं मिला! अच्छा, तो तू उनका उपकार करने गई थी। पगली! यह मैं मानता हूँ कि मनुष्य को कभी-कभी अनिच्छा से भी कोई काम कर लेना ही पड़ता है; पर... नहीं...जान-बूझकर किसी उपकार-अपकार के चक्र में न पड़ना ही अच्छा है। बञ्जो! पल भर की भावुकता मनुष्य के जीवन को कहाँ-से-कहाँ खींच ले जाती है, तू अभी नहीं जानती। बैठ, ऐसी ही भावुकता लेकर मुझे जो कुछ भोगना पड़ा है, वही सुनाने के लिए तो मैं तुझे खोज रहा था।

बापू...

क्या है रे! बैठती क्यों नहीं?

वे लोग यहाँ आ गये हैं...

ओहो! तू बड़ी पुण्यात्मा है...तो फिर लिवा ही आई है, तो उन्हें बिठा दे छप्पर में—और दूसरी जगह ही कौन है? और बञ्जो! अतिथि को बिठा देने से ही नहीं काम चल जाता। दो-चार टिक्कर सेंकने की भी...समझी?

नहीं-नहीं, इसकी आवश्यकता नहीं—कहते हुए इन्द्रदेव बुड्ढे के सामने आ गये। बुड्ढे ने धुँधले प्रकाश में देखा—पूरा साहबी ठाट! उसने कहा—आप साहब यहाँ...

तुम घबराओ मत, हम लोगों को छावनी तक पहुँच जाने पर किसी बात की असुविधा न रहेगी। चौबेजी को चोट आ गई है, वह सवारी न मिलने पर रात भर, यहाँ

पड़े रहेंगे। सवेरे देखा जायेगा। छावनी की पगडंडी पा जाने पर हम लोग स्वयं चले जायेंगे। कोई...

इन्द्रदेव को रोककर बुड्ढे ने कहा—आप धामपुर की छावनी पर जाना चाहते हैं? जमींदार के मेहमान हैं न? बञ्जो! मधुवा को बुला दे, नहीं तू ही इन लोगों को बनजरिया के बाहर उत्तर वाली पगडंडी पर पहुँचा दे। मधुवा!! ओ रे मधुवा!—चौबेजी को रहने दीजिए, कोई चिन्ता नहीं।

बञ्जो ने कहा—रहने दो बापू। मैं ही जाती हूँ।

शैला ने चौबेजी से कहा—तो आप यहीं रहिए, मैं जाकर सवारी भेजती हूँ।

रात को झंझट बढ़ाने की आवश्यकता नहीं, बटुए में जलपान का सामान है, कम्बल भी है। मैं इसी जगह रात भर में इसे सेंक-साँक कर ठीक कर लूँगा। आप लोग जाइए।—चौबे ने कहा।

इन्द्रदेव ने पुकारा—शैला! आओ, हम लोग चलें।

शैला उसी झोंपड़ी में आई। वहीं से बाहर निकलने का पथ था। बञ्जो के पीछे दोनों झोंपड़ी से निकले।

लेटे हुए बुड्ढे ने देखा—इतनी गोरी, इतनी सुन्दर, लक्ष्मी-सी स्त्री इस जंगल-उजाड़ में कहाँ! फिर सोचने लगा—चलो, दो तो गये। यदि वे भी यहीं रहते, तो खाट-कम्बल और सब सामान कहाँ से जुटता। अच्छा, चौबेजी हैं तो ब्राह्मण, उनको कुछ अड़चन न होगी; पर इन साहबी ठाट के लोगों के लिए मेरी झोंपड़ी में कहाँ...ऊँह! गये, चलो, अच्छा हुआ। बञ्जो आ जाय, तो उसकी चोट को तेल लगाकर सेंक दे।

बुड्ढे को फिर खाँसी आने लगी। वह खाँसता हुआ इधर के विचारों से छुट्टी पाने की चेष्टा करने लगा।

उधर चौबेजी बोरसी में सुलगते हुए कंडों पर हाथ गरम करके घुटना सेंक रहे थे। इतने में बञ्जो मधुवा के साथ लौट आई।

बापू! जो आये थे, जिन्हें मैं पहुँचाने गई थी, वही तो धामपुर के जमींदार हैं। लालटेन लेकर कई नौकर-चाकर उन्हें खोज रहे थे। पगडंडी पर ही उन लोगों से भेंट हुई। मधुवा के साथ मैं भी लौट आई।

एक साँस में बञ्जो कहने को तो कह गई, पर बुड्ढे की समझ में कुछ न आया। उसने कहा—मधुवा! उस शीशी में जो जड़ी का तेल है, उसे लगाकर ब्राह्मण का घुटना सेंक दे, उसे चोट आ गई है।

मधुवा तेल लेकर घुटना सेंकने चला।

बञ्जो पुआल में कम्बल लेकर घुसी। कुछ पुआल और कुछ कम्बल से गले तक शरीर ढँककर वह सोने का अभिनय करने लगी। पलकों पर ठंड लगने से बीच-बीच में वह आँख खोलने-मूँदने का खिलवाड़ कर रही थी जब आँखें बन्द रहतीं, तब एक

गोरा-गोरा मुँह—करुणा की मिठास से भरा हुआ गोल-मटोल नन्हा-सा मुँह—उसके सामने हँसने लगता। उसमें ममता का आकर्षण था। आँख खुलने पर वही पुरानी झोंपड़ी की छाजन! अत्यन्त विरोधी दृश्य!! दोनों ने उसके कुतूहल-पूर्ण हृदय के साथ छेड़छाड़ की, किन्तु विजय हुई आँख बन्द करने की। शैला के संगीत के समान सुन्दर शब्द उसकी हत्तन्त्री में झनझना उठे! शैला के समीप होने की—उसके हृदय में स्थान पाने की—वलवती वासना बञ्जो के मन में जगी। वह सोते-सोते स्वप्न देखने लगी। स्वप्न देखते-देखते शैला के साथ खेलने लगी।

मधुवा से तेल मलवाते हुए चौबेजी ने पूछा—क्यों जी! तुम यहाँ कहाँ रहते हो? क्या काम करते हो? क्या तुम इस बुड्ढे के यहाँ नौकर हो? उसके लड़के तो नहीं मालूम पड़ते?

परन्तु मधुवा चुप था।

चौबेजी ने घबराकर कहा—बस करो, अब दर्द नहीं रहा। वाह-वाह! यह तेल है या जादू! जाओ भाई, तुम भी सो रहो। नहीं-नहीं, ठहरो तो, मुझे थोड़ा पानी पिला दो।

मधुवा चुपचाप उठा और पानी के लिए चला। तब चौबेजी ने धीरे-से बटुआ खोलकर मिठाई निकाली, और खाने लगे। मधुवा इतने में न जाने कब लोटे में जल रखकर चला गया था।

और बञ्जो सो गई थी। आज उसने नमक और तेल से अपनी रोटी भी नहीं खाई। आज पेट के बदले उसके हृदय में भूख लगी थी। शैला से मित्रता—शैला से मधुर परिचय—के लिए न-जाने कहाँ की साध उमड़ पड़ी थी। सपने-पर-सपने देख रही थी। उस स्वप्न की मिठास में उसके मुख पर एक प्रसन्नता की रेखा उस दरिद्र-कुटीर में नाच रही थी।

दो

धामपुर एक बड़ा ताल्लुका है। उसमें चौदह गाँव हैं। गंगा के किनारे-किनारे उसका विस्तार दूर तक चला गया है। इन्द्रदेव यहीं के युवक जमींदार थे। पिता को राजा की उपाधि मिली थी।

बी.ए. पास करके जब इन्द्रदेव ने बैरिस्टरी के लिए विलायत-यात्रा की, तब पिता के मन में बड़ा उत्साह था।

किन्तु इन्द्रदेव धनी के लड़के थे। उन्हें पढ़ने-लिखने की उतनी आवश्यकता न थी, जितनी लन्दन का सामाजिक बनने की!

लन्दन-नगर में भी उन्हें पूर्व और पश्चिम का प्रत्यक्ष परिचय मिला। पूर्वी भाग में पश्चिमी

जनता का जो साधारण समुदाय है, उतना ही विरोध पूर्ण है, जितना कि विस्तृत पूर्व और पश्चिम का। एक ओर सुगन्ध-जल के फौवारे छूटते हैं, बिजली से गरम कमरों में जाते ही कपड़े उतार देने की आवश्यकता होती है; दूसरी ओर बरफ और पाले में दुकानों के चबूतरों के नीचे अर्ध-नग्न दरिद्रों का रात्रि-निवास!

इन्द्रदेव कभी-कभी उस पूर्वी भाग की सैर के लिए चले जाते थे।

एक शिशिर-रजनी थी। इन्द्रदेव मित्रों के निमंत्रण से लौटकर, सड़क के किनारे, मुँह पर अत्यन्त शीतल पवन का तीखा अनुभव करते हुए, बिजली के प्रकाश में धीरे-धीरे अपने 'मेस' की ओर लौट रहे थे। पुल के नीचे पहुँच कर वह रुक गये। उन्होंने देखा—कितने ही अभागे, पुल की कमानी के नीचे अपना रात्रि-निवास बनाये हुए, आपस में लड़-झगड़ रहे हैं। एक रोटी पूरी ही खा जायेगा!—इतना बड़ा अत्याचार न सह सकने के कारण जब तक स्त्री उसके हाथ से छीन लेने के लिए अपनी शराब की खुमारी से भरी आँखों को चढ़ाती रहती है, तब तक लड़का उचककर छीन लेता है। चटपट तमाचों का शब्द होना तुमुल युद्ध के आरम्भ होने की सूचना देता है। धौल-धप्पड़, गाली-गलौज; बीच-बीच में फूहड़ हँसी भी सुनाई पड़ जाती है।

इन्द्रदेव चुपचाप वह दृश्य देख रहे थे और सोच रहे थे—इतना अकूत धन विदेशों से ले आकर भी क्या इन साहसी उद्योगियों ने अपने देश की दरिद्रता का नाश किया? अन्य देशों की प्रकृति का रक्त इन लोगों की कितनी प्यास बुझा सका है?

सहसा एक लम्बी-सी पतली-दुबली लड़की ने उनके पास आकर कुछ याचना की। इन्द्रदेव ने गहरी दृष्टि से उस विवर्ण मुख को देख कर पूछा—क्यों, तुम्हारे पिता-माता नहीं हैं?

पिता जेल में हैं, माता मर गई है।

और इतने अनाथालय?

उनमें जगह नहीं!

तुम्हारे कपड़े से शराब की दुर्गन्ध आ रही है। क्या तुम...

'जैक' बहुत ज्यादा पी गया था, उसी ने कै कर दिया है। दूसरा कपड़ा नहीं जो बदल लूँ; बड़ी सरदी है।—कहकर लड़की ने अपनी छाती के पास का कपड़ा मुट्ठियों में समेट लिया।

तुम नौकरी क्यों नहीं कर लेतीं?

रखता कौन है? हम लोगों को तो वे बदमाश, गिरहकट, आवारे समझते हैं। पास खड़े होने तो...

आगे उस लड़की के दाँत आपस में रगड़कर बजने लगे। वह स्पष्ट कुछ न कह सकी।

इन्द्रदेव ओठ काटते हुए क्षण-भर विचार करने लगे। एक छोकरे ने आकर लड़की को

धक्का देकर कहा—जो पाती, सब शराब पी जाती है। इसको देना—न देना सब बराबर है

लड़की ने क्रोध से कहा—जैक! अपनी करनी मुझ पर क्यों लादता है? तू ही माँग ले, मैं जाती हूँ।

वह घूमकर जाने के लिए तैयार थी कि इन्द्रदेव ने कहा—अच्छा सुनो तो, तुम पास के भोजनालय तक चलो, तुमको खाने के लिए, और मिल सका तो कोई कपड़ा भी दिलवा दूँगा।

छोकरा 'हो-हो-हो!' करके हँस पड़ा। बोला—जा न शैला। आज की रात तो गरमी से बिता ले, फिर कल देखा जायगा।

उसका अश्लील व्यंग्य इन्द्रदेव को व्यथित कर रहा था; किन्तु शैला ने कहा—चलिए।

दोनों चल पड़े। इन्द्रदेव आगे थे, पीछे शैला। लन्दन का विद्युत-प्रकाश निस्तब्ध होकर उन दोनों का निर्विकार पद-विक्षेप देख रहा था। सहसा घूमकर इन्द्रदेव ने पूछा—तुम्हारा नाम 'शैला' है न?

'हाँ' कहकर फिर वह चुपचाप सिर नीचा किये अनुसरण करने लगी।

इन्द्रदेव ने फिर ठहरकर पूछा—कहाँ चलोगी? भोजनालय में या हम लोगों के मेस में?

'जहाँ कहिए' कहकर वह चुपचाप चल रही थी। उसकी अविचल धीरता से मन-ही-मन कुढ़ते हुए इन्द्रदेव मेस की ओर ही चले।

उस मेस में तीन भारतीय छात्र थे। मकान वाली एक बुढ़िया थी। उसके किये सब काम होता न था। इन्द्रदेव ही उन छात्रों के प्रमुख थे। उनकी सम्मति से सब लोगों ने 'शैला' को परिचारिका-रूप में स्वीकार किया। और, जब शैला से पूछा गया, तो उसने अपनी स्वाभाविक उदार दृष्टि इन्द्रदेव के मुँह पर जमाकर कहा—यदि आप कहते हैं तो मुझे स्वीकार करने में कोई आपत्ति नहीं है। भिखमंगिन होने से यह बुरा तो न होगा।

इन्द्रदेव अपने मित्रों के मुस्कराने पर भी मन-ही-मन सिहर उठे। बालिका के विश्वास पर उन्हें भय मालूम होने लगा। तब भी उन्होंने समस्त साहस बटोरकर कहा—शैला, कोई भय नहीं, तुम यहाँ स्वयं सुखी रहोगी और हम लोगों की भी सहायता करोगी।

मकान वाली बुढ़िया ने जब यह सुना, तो एक बार झल्लाई। उसने शैला के पास जाकर, उसकी ठोढ़ी पकड़कर, आँखें गड़ाकर, उसके मुँह को और फिर सारे अंग को इस तीखी चितवन से देखा, जैसे कोई सौदागर किसी जानवर को खरीदने के पहले उसे देखता हो।

किन्तु शैला के मुँह पर तो एक उदासीन धैर्य आसन जमाये था, जिसको कितनी ही कुटिन दृष्टि क्यो न हो, विचलित नहीं कर सकती।

बुढ़िया ने कहा—रह जा बेटी, ये लोग भी अच्छे आदमी हैं।

शैला उसी दिन से मेस में रहने लगी।

भारतीयों के साथ बैठकर वह प्रायः भारत के देहातों, पहाड़ी तथा प्राकृतिक दृश्यों के सम्बन्ध में इन्द्रदेव से कुतूहलपूर्ण प्रश्न किया करती।

बैरिस्टरी का डिप्लोमा मिलने के साथ ही इन्द्रदेव को पिता के मरने का शोक-समाचार मिला। उस समय शैला की सान्त्वना और स्नेहपूर्ण व्यवहार ने इन्द्रदेव के मन को बहुत-कुछ बहलाया। मकान वाली बुढ़िया उसे बहुत प्यार करती, इन्द्रदेव के सद्व्यवहार और चारित्र्य पर वह बहुत प्रसन्न थी। इन्द्रदेव ने जब शैला को भारत चलने के लिए उत्साहित किया, तो बुढ़िया ने समर्थन किया। इन्द्रदेव के साथ शैला भी भारत चली आई।

इन्द्रदेव ने शहर के महल में न रहकर धामपुर के बँगले में ही अभी रहने का प्रबन्ध किया।

अभी धामपुर आये इन्द्रदेव और शैला को दो सप्ताह से अधिक न हुए थे। इंग्लैंड से ही इन्द्रदेव ने शैला को हिन्दी से खूब परिचित कराया। वह अच्छी हिन्दी बोलने लगी थी। देहाती किसानों के घर जाकर उनके साथ घरेलू बातें करने का उसे चस्का लग गया था। पुरानी खाट पर बैठकर वह बड़े मजे में उनसे बातें करती, साड़ी पहनने का उसने अभ्यास कर लिया था—और उसे फबती भी अच्छी।

शैला और इन्द्रदेव दोनों इस मनोविनोद से प्रसन्न थे। वे गंगा के किनारे-किनारे धीरे-धीरे बात करते चले आ रहे थे। कृषक-बालिकाएँ बरतन माँज रही थीं। मल्लाहों के लड़के अपनी डोंगी पर बैठे हुए मछली फँसाने की कटिया तोल रहे थे। दो-एक बड़ी-बड़ी नावें, माल से लदी हुईं, गंगा के प्रशांत जल पर धीरे-धीरे सन्तरण कर रही थीं। वह प्रभात था!

शैला बड़े कुतूहल से भारतीय वातावरण में नीले आकाश, उजली धूप और सहज ग्रामीण शान्ति का निरीक्षण कर रही थी।—वह बातें भी करती जाती थी। गंगा की लहर से सुन्दर कटे हुए—बालू के नीचे करारों में पक्षियों के एक सुन्दर छोटे-से—झुंड को विचरते देखकर उसने उनका नाम पूछा!

इन्द्रदेव ने कहा—ये सुर्खाब हैं, इनके परों का तो तुम लोगों के यहाँ भी उपयोग होता है। देखो, ये कितने कोमल हैं।

यह कहकर इन्द्रदेव ने दो-तीन गिरे हुए परों को उठाकर शैला के हाथ में दे दिया।

'फ़ाइन' !—नहीं-नहीं, माफ करो इन्द्रदेव! अच्छा, इन्हें कहूँ? कोमल! सुन्दर!—कहती हुई, शैला ने हँस दिया।

शैला! इनके लिए मेरे देश में एक कहावत है। यहाँ के कवियों ने अपनी कविता में इनका बड़ा करुण वर्णन किया है।—गम्भीरता से इन्द्रदेव ने कहा।

क्या?

इन्हें चक्रवाक कहते हैं। इनके जोड़े दिन-भर तो साथ-साथ घूमते रहते हैं, किन्तु संध्या जब होती है, तभी ये अलग हो जाते हैं। फिर ये रात-भर नहीं मिलने पाते।

कोई रोक देता है क्या?

प्रकृति; कहा जाता है कि इनके लिए यही विधाता का विधान है।

ओह! बड़ी कठोरता है!—कहती हुई शैला एक क्षण के लिए अन्यमनस्क हो गई।

कुछ दूर चुपचाप चलने पर इन्द्रदेव ने कहा—शैला! हम लोग नीम के पास आ गये। देखो, यही सीढ़ी है, चलो देखें, चौबे क्या कर रहा है।

पालना—नहीं-नहीं—पालकी तो पहुँच गई होगी इन्द्रदेव! यह भी कोई सवारी है? तुम्हारे यहाँ रईस लोग इसी पर चढ़ते हैं—आदमियों पर! क्यों? बिना किसी बीमारी के! यह तो अच्छा तमाशा है!—कहकर शैला ने हँस दिया।

अब तो बीमारों के बदले डाक्टर ही यहाँ पालकी पर चढ़ते हैं शैला! लो, पहले तुम्हीं सीढ़ी पर चढ़ो।

दोनों सीढ़ी पर चढ़कर बातें करते हुए बनजरिया में पहुँचे। देखते हैं, तो चौबे अपने सामान से लैस खड़े हैं।

शैला ने हँसकर पूछा—चौबेजी! आप तो पालकी पर जायेंगे?

मुझे हुआ क्या है। रामदीन को आज बिना मारे मैं न छोड़ूँगा। सरकार! उसने बड़ा तंग किया। मुझे गोद में उठाकर पालकी पर बिठाता था! छावनी पर चलकर उस बदमाश छोकरे की खबर लूँगा।

बुरा क्या करता था? मेरे कहने से वह बेचारा तो तुम्हारी सेवा करना चाहता था और तुम चिढ़ते थे। अच्छा, चलो तुम पालकी में बैठो।—इन्द्रदेव ने कहा।

फिर वही—पालकी में बैठो! क्या मेरा ब्याह होगा?

ठहरो भी, तुम्हारा घुटना तो टूट गया है न! तुम चलोगे कैसे?

तेल क्या था, बिल्कुल जादू! मेम साहब ने जो दवा का बक्स मेरे बटुए में रख दिया था—वही, जिसमें सागूदाना की-सी गोलियाँ रहती हैं—मैंने खोल डाला। एक शीशी गोली खा डाली! न गुड़ तीता न मीठा—सच मानिए मेम साहब! आपकी दवा मेरे-जैसे उजड्डों के लिए नहीं। मेरा तो विश्वास है कि उस तेल ने मुझे रातभर में चंगा कर दिया। मैं अब पालकी पर न चढ़ूँगा। गाँव-भर में मेरी दिल्लगी! राम-राम!!

शैला हँस रही थी। इन्द्रदेव ने कहा—चौबे! होमियोपैथी में बीमारी की दवा नहीं होती, दवा की बीमारी होती है। क्यों शैला!

इन्द्रदेव! तुमने कभी इसका अनुभव नहीं किया है। नहीं तो इसकी हँसी न उड़ाते। अच्छा, चलो उस लड़की को तो बुलावें। वह कहाँ है? उसे कल कुछ इनाम नहीं दिया। बड़ी अच्छी लड़की है।

झोंपड़ी में से लठिया टेकते हुए बुड्ढा निकल आया। उसके पीछे बञ्जो थी। शैला ने दौड़कर उसका हाथ पकड़ लिया, और कहने लगी—ओह! तुम रात को चली आई, मैं तो खोज रही थी। तुम बड़ी नेक... !

बञ्जो आश्चर्य से उसका मुँह देख रही थी।

इन्द्रदेव ने कहा—बुड्ढे। तुम बहुत बीमार हो न?

हाँ सरकार! मुझे नहीं मालूम था, रात को आप...

उसकी सोच मत करो! तुम कौन कहानी कह रहे थे—रात को बञ्जो को क्या सुना रहे थे? मुझको सुनाओगे, चलो छावनी पर।

सरकार, मैं बीमार हूँ बुड्ढा हूँ। बीमार हूँ।

शैला ने कहा—ठीक इन्द्रदेव, अच्छा सोचा। इस बुड्ढे की कहानी बड़ी अच्छी होगी। लिवा चलो इसे। बञ्जो! तुम्हारी कहानी हम लोग भी सुनेंगे। चलो।

इन्द्रदेव ने कहा—अच्छा तो होगा।

चौबेजी ने कहा—अच्छा तो होगा सरकार! मैं भी मधुवा को साथ लिवा चलूँगा। शायद फिर घुटना टूटे, तेल मलवाना पड़े और इन गायों को भी हाँक ले चलूँ, दूध भी—

सब हँस पड़े; परन्तु बुड्ढा बड़े संकट में पड़ा। कुछ बोला नहीं; वह एक-टक शैला का मुँह देख रहा था। एक अपरिचित! किन्तु जिससे परिचय बढ़ाने के लिए मन चंचल हो उठे। माया-ममता से भरा-पूरा मुख!

बुड्ढा डरा नहीं, वह समीप होने की मानसिक चेष्टा करने लगा।

साहस बटोरकर उसने कहा—सरकार! जहाँ कहिए, वहीं चलूँ।

तीन

चारों ओर ऊँचे-ऊँचे खम्भों पर लम्बे-चौड़े दालान, जिनसे सटे हुए सुन्दर कमरों में सुखासन, उजली सेज, सुन्दर लैम्प, बड़े-बड़े शीशे, टेबल पर फूलदान, अलमारियों में सुनहली जिल्दों से मढ़ी हुई पुस्तकें—सभी कुछ उस छावनी में पर्याप्त है।

आस-पास, दफ्तर के लिए, नौकरों के लिए तथा और भी कितने ही आवश्यक कामों के लिए, छोटे-मोटे घर बने हैं। शहर के मकान में न जाकर, इन्द्रदेव ने विलायत से लौटकर यहीं रहना जो पसन्द किया है, उसके कई कारणों में इस कोठी की सुन्दर भूमिका और आस-पास का रमणीय वातावरण भी है। शैला के लिए तो दूसरी जगह कदापि उपयुक्त न होती।

छावनी के उत्तर नाले के किनारे ऊँचे चौतरे की हरी-हरी दूबों से भरी हुई भूमि पर कुर्सी का सिरा पकड़े तन्मयता से वह नाले का गंगा में मिलना देख रही थी। उसका लम्बा और

टीला गाउन मधुर पवन से आन्दोलित हो रहा था। कुशल शिल्पी के हाथों से बनी हुई संगमरमर की सौन्दर्य-प्रतिमा-सी वह बड़ी भली मालूम हो रही थी।

दालान में चौबेजी उसके लिए चाय बना रहे थे। सायंकाल का सूर्य अब लाल बिम्ब-मात्र रह गया था, सो भी दूर की ऊँची हरियाली के नीचे जाना ही चाहता है। इन्द्रदेव अभी तक नहीं आये थे। चाय ले आने में चौबेजी और सुस्ती कर रहे थे। उनकी चाय शैला को बड़ी अच्छी लगी। वह चौबेजी के मसाले पर लट्टू थी।

रामदीन ने चाय की टेबल लाकर धर दी। शैला की तन्मयता भंग हुई उसने मुस्कराते हुए, इन्द्रदेव से कुछ मधुर सम्भाषण करने के लिए, मुँह फिराया; किन्तु इन्द्रदेव को न देखकर वह रामदीन से बोली—क्या अभी इन्द्रदेव नहीं आते हैं?

नटखट रामदीन हँसी छिपाते हुए एक आँख का कोना दबाकर ओठ के कोने को ऊपर चढ़ा देता था। शैला उसे देखकर खूब हंसती, क्योंकि रामदीन का कोई उत्तर बिना इस कुटिल हँसी के मिलना असम्भव था! उसने अभ्यास के अनुसार आधा हँसकर कहा—जी, आ रहे हैं। सरकार! बड़ी सरकार के आने की...

बड़ी सरकार?

हाँ, बड़ी सरकार! वह भी आ रही हैं।

कौन है वह!

बड़ी सरकार—

देखो रामदीन, समझाकर कहो। हँसना पीछे।

बड़ी सरकार का अनुवाद करने में उसके सामने बड़ी बाधाएँ उपस्थित हुईं; किन्तु उन सबको हटाकर उसने कह दिया—सरकार की माँ आई हैं। उनके लिए गंगा-किनारे वाली छोटी कोठी साफ़ कराने का प्रबन्ध देखने गये हैं। वहाँ से आते ही होंगे।

आते ही होंगे? क्या अभी देर है?

रामदीन कुछ उत्तर देना चाहता था कि बनारसी साड़ी का आँचल कंधे पर से पीठ की ओर लटकाये, हाथ में छोटा-सा बैग लिये एक सुन्दरी वहाँ आकर खड़ी हो गई। शैला ने उसकी ओर गम्भीरता से देखा उसने भी अधिक खोजने वाली आँखों से शैला को देखा।

दृष्टि-विनिमय में एक-दूसरे को पहचानने की चेष्टा होने लगी; किन्तु कोई बोलता न था।

शैला बड़ी असुविधा में पड़ी। वह अपरिचित से क्या बातचीत करे? उसने पूछा—आप क्या चाहती हैं?

आने वाली ने नम्र मुस्कान से कहा—मेरा नाम मिस अनवरी है। क्या किया जाय, जब कोई परिचय कराने वाला नहीं तो ऐसा करना ही पड़ता है। मैं कुँवर साहब की माँ को देखने के लिए आया करती हूँ। आपको मिस शैला समझ लूँ?

जी—कहकर शैला ने कुर्सी बढ़ा दी और शीतल दृष्टि से उसे बैठने का संकेत किया।

उधर चौबेंजी चाय ले आ रहे थे। शैला ने भी एक कुर्सी पर बैठते हुए कहा—आपके लिए भी...

अनवरी और शैला आमने-सामने बैठी हुई एक-दूसरे को परखने लगीं। अनवरी की सारी प्रगल्भता धीरे-धीरे लुप्त हो चली। जिस गर्मी से उसने अपना परिचय अपने-आप दे दिया था, वह चाय के गर्म प्याले के सामने ठंडी हो चली थी।

शैला ने चाय के छोटे-से पात्र से उठते हुए धुएँ को देखते हुए कहा—कुंवर साहब की माँ भी सुना, आ गई हैं?

मुझे तो नहीं मालूम, मैं अपनी मोटर से यहीं उतर पड़ी थी। उनके साथ ही आती; पर क्या करूँ, देर हो गई। किसी को पूछ आने के लिए भेजिएगा?

मुझे तो आपसे सहायता मिलनी चाहिए मिस अनवरी—शैला ने हँसकर कहा आपके कुँवर साहब आ जायें, तो प्रबन्ध...

और शैला! यह कौन...

इन्द्रदेव! तुम अब तक क्या कर रहे थे?—कहकर शैला ने मिस अनवरी की ओर संकेत करते हुए कहा—आप मिस अनवरी...

फिर अपने होंठ को गर्म चाय में डुबो दिया, जैसे उन्हें हँसने का दण्ड मिला हो। इन्द्रेव ने अभिनन्दन करते हुए कहा—माँ जब से आईं, तभी से पूछ रही हैं, उनकी रीढ़ में दर्द रहा है। आपकी उनसे भेंट नहीं हुई क्या?

जी नहीं; मैंने समझा, यही होंगी। फिर जब यहाँ चाय मिलने का भरोसा था, तो थोड़ा यहीं ठहरना अच्छा हुआ—कहकर अनवरी मुस्कराने लगी।

इन्द्रदेव ने साधारण हँसी हँसते हुए कहा—अच्छी बात है, चाय पी लीजिए। चौबेजी आपको वहाँ पहुँचा देंगे।

तीनों चुपचाप चाय पीने लगे। इन्द्रदेव ने कहा—चौबे, आज तुम्हारी गुजराती चाय बड़ी अच्छी रही। एक प्याला और ले आओ, और उसके साथ और भी कुछ...

चौबे सोहन-पपड़ी के टुकड़े और चायदानी लेकर जब आये, तो मिस अनवरी उठकर खड़ी हो गईं।

इन्द्रदेव ने कहा—वाह, आप तो चली जा रही हैं। इसे भी तो चखिए।

शैला ने मुस्कराते हुए कहा—बैठिए भी, आप तो यहाँ पर मेरी ही मेहमान होकर रह सकेंगी।

हाँ, इसको तो मैं भूल गई थी–कहकर अनवरी बैठ गई।

चौबेजी ने सबको चाय दे दी, और अब वह प्रतीक्षा कर रहे थे कि कब अनवरी चलेगी। पर अनवरी तो वहाँ से उठने का नाम ही न लेती थी। वह कभी इन्द्रदेव और कभी

शैला को देखती, फिर सन्ध्या की आने वाली कालिमा की प्रतीक्षा करती हुई नीले आकाश से आंख लड़ाने लगती।

उधर इन्द्रदेव इस बनावटी सन्नाटे से ऊब चले थे। सहसा चौबेजी ने कहा—सरकार! वह बुड्ढा आया है, उसकी कहानी कब सुनिएगा? मैं लालटेन लेता आऊं?

फिर अनवरी की ओर देखते हुए कहने लगे—अभी आपको भी छोटी कोठी में पहुंचाना होगा।

अनवरी को जैसे धक्का लगा। वह चटपट उठकर खड़ी हो गई। चौबेजी उसे साथ लेकर चले।

इन्द्रदेव ने गहरी साँस लेकर कहा—शैली!

क्या इन्द्रदेव?

माँ से भेंट करोगी?

चलूँ? अच्छा, कल सवेरे!

इन्द्रदेव की माता श्यामदुलारी पुराने अभिजात-कुल की विधवा हैं। प्रायः बीमार रहा करती हैं। किन्तु मुख-मंडल पर गर्व की दीप्ति, आशा देने की तत्परता और छिपी हुई सरल दया भी अंकित है। वह सरकार हैं। उनके आस-पास अनावश्यक गृहस्थी के नाम पर जुटाई गई अगणित सामग्री का बिखरा रहना आवश्यक है। आठ से कम दासियों से उनका काम चल ही नहीं सकता। दो पुजारी और ठाकुरजी का सम्भार अलग। इन सबके आशा-पालन के लिए कहारों का पूरा दल। बहँगी पर गंगाजल और भोजन का सामान ढोते कहारों का आना-जाना—श्यामदुलारी की आँखें सदैव देखना चाहती थीं।

बेटा विलायत से लौट आया है। एक दिन उनसे मिलकर उनकी चरण-रज लेकर वह छावनी में चला आया और यहीं रहने लगा।

लोग कहते हैं कि इन्द्रदेव के कानों में जब यह समाचार किसी मतलब से पहुँचा दिया गया कि चरण-छूकर आपके चले आने पर माताजी ने फिर से स्नान किया, तो फिर वह मकान पर न ठहर सके।

किन्तु श्यामदुलारी की प्रकृति ही ऐसी है। उसने ऐसा किया हो, तो कोई आश्चर्य नहीं। तब भी श्यामदुलारी को तो यही विश्वास दिलाया गया कि—साथ में मेम नहीं आई है!

श्यामदुलारी अपने बेटे को सम्हालना चाहती थीं। बेटी माधुरी से पूछकर यही निश्चित हुआ कि सब लोग छावनी पर ही कुछ दिन चलकर रहें। वहीं इन्द्रदेव को सुधार लिया जाएगा।

माधुरी घर की प्रबन्धकर्त्री है। वह दक्ष, चिड़चिड़े स्वभाव की सुन्दरी युवती है।

माता श्यामदुलारी भी उसके अनुशासन को मानती हैं और भीतर-ही-भीतर दबती भी हैं।

माधुरी का पति उसकी खोज-खबर नहीं लेता। उसे लेने की आवश्यकता ही क्या? माधुरी धनी घर की लाड़ली बेटी है। इसलिए बाबू श्यामलाल को इस अवसर से लाभ उठाने की पूरी सुविधा है।

श्यामदुलारी बेटी और दामाद दोनों को प्रसन्न रखने की चेष्टा में लगी रहती हैं। बहुत बुलाने पर कभी साल भर में बाबू श्यामलाल कलकत्ता से दो-तीन दिन के लिए चले आते हैं। उनका व्यवसाय न नष्ट हो जाय, इसलिए जल्द चले जाते हैं—अर्थात् रेस की टीप, बगीचों के जुए, स्टीमरों की पाटियाँ—और भी कितने ही ऐसे काम हैं, जिनमें चूक जाने से बड़ी हानि उठाने की सम्भावना है।

माधुरी शासन करने की क्षमता रखती है। भाई इन्द्रदेव पढ़ते थे; इसलिए माता की रुग्णावस्था में घर-गृहस्थी का बोझ दूसरा कौन सम्हालता?

माधुरी की अभिभावकता में माता श्यामदुलारी सोती हैं—सपना देखती हैं। इसलिए माधुरी भी साथ ही आई हैं। चौकी पर मोटे-से गद्दे पर तकिया के सहारे बैठी वह कुछ हिसाब देख रही थी। पेट्रोल-लैम्प के तीव्र प्रकाश में उसकी उठी हुई नाक की छाया दीवार पर बहुत-लम्बी सी दिखाई पड़ती है।

मलिया बड़ी नटखट छोकरी है। वह पान का डब्बा लिये हुए, उस छाया को देखकर, जोर से हँसना चाहती है; पर माधुरी के डर से अपने ओठों को दाँतों से दबाये चुपचाप खड़ी है। मिस अनवरी की छाया से वह चौंक उठी। उसने चुलबुलेपन से कहा—मेम साहब, सलाम!

माधुरी ने सिर उठाकर देखा और कहा—आइए, हम लोग बड़ी देर से आपकी प्रतीक्षा कर रहे हैं। माँ का दर्द तो बहुत बढ़ गया है।

माधुरी के पास ही बैठते हुए अनवरी ने—बीबी, तुमको देखने के लिए जी ललचाया रहता है, माँ को तो देखूंगी ही—कहकर उसके हाथों को दबा दिया।

माधुरी ने झेंपकर कहा—आहा! तुम तो मेम और साहब दोनों ही हो न? अच्छा, यह तो बताओ, तुम्हारे ठहरने का क्या प्रबन्ध करूँ? आज रात को तो मोटर से शहर लौट जाने न दूंगी। अभी माँ पूजा कर रही हैं, एक घंटे में खाली होंगी, फिर घंटों उनको देखने में लग जाएगा। बजेगा दस और जाना है तीस मील! आज रात तो तुमको रहना ही होगा।

अनवरी ने मुस्कराते हुए कहा—सो तो बीबी, तुम्हारी भाभी ने मुझे न्योता ही दिया है—

माधुरी क्षण-भर के लिए चुप हो गई। फिर बोली—अनवरी, ऐसी दिल्लगी न करो, यह बात मुझे ही नहीं, घर भर को खटक रही है। लेकिन भाई साहब तो कहते हैं कि वह हमारी दोस्त है!

हाँ—बीबी, दोस्ती नहीं तो क्या दुश्मनी से कोई इतना बड़ा...

माधुरी ने भीतर के कमरे की ओर देखते हुए उसके मुँह पर हाथ रख दिया, और धीरे-धीरे कहने लगी—प्यारी अनवरी! क्या इस चुडैल से छुटकारा पाने का कोई उपाय नहीं? हम लोग क्या करें? कोई बस नहीं चलता।

धीरे-धीरे सब हो जाएगा। लेकिन तुम्हें बुरा न लगे, तो मैं एक बात पूछ लूँ।

क्या?

कुँवर समझ उससे ब्याह कर लें, तो तुम्हारा क्या?

ऐसा न कह री!

तुम्हारी मां तो फिर तुमको ही...

उँह, तुम क्या बक रही हो!

अच्छा, तो मैं कुछ दिन यहाँ रहूँ तो...

तो रहो न मेरी रानी।

चार

हाथ-मुँह धोकर मुलायम तौलिये से हाथ पोंछती हुई अनवरी बड़े-से दर्पण के सामने खड़ी थी। शैला अपने सोफा पर बैठी हुई रेशमी रूमाल पर कोई नाम कसीदे से काढ़ रही थी। अनवरी सहसा चंचलता से पास जाकर उन अक्षरों को पढ़ने लगी। शैला ने अपनी भोली आँखों को एक बार ऊपर उठाया, सामने से सूर्योदय की भीनी किरणों ने उन्हें धक्का दिया, वे फिर नीचे झुक गयीं। अनवरी ने कहा—मिस शैला! क्या कुँवर साहब का नाम है?

जी—नीचा सिर किये हुए शैला ने कहा।

क्या आप रोज सवेरे एक रूमाल उनको देती हैं? यह तो अच्छी वोहनी है!—कहकर अनवरी खिलखिला उठी।

शैला को उसकी यह हँसी अच्छी न लगी। रात-भर उसे अच्छी नींद भी न आई थी। इन्द्रदेव ने अपनी माता से उसे मिलाने की जो उत्सुकता नहीं दिखलाई, उल्टे एक ढिलाई का आभास दिया, वही उसे खटक रहा था। अनवरी ने हँसी करके उसको चौकाना चाहा; किन्तु उसके हृदय में जैसे हँसने की सामग्री न थी।

इन्द्रदेव ने कमरे के भीतर प्रवेश करते हुए कहा—शैला! आज तुम टहलने नहीं जा सकीं? मुझे तो आज किसानों की बातों से छुट्टी न मिलेगी। दिन भी चढ़ रहा है। क्यों न मिस अनवरी को साथ लेकर घूम आओ!

अनवरी ने ठाट से उठकर कहा—आदावअर्ज़ है कुँवर साहब! बड़ी खुशी से! चलिए न! आज कुँवर साहब का काम मैं ही करूंगी!

शैला इस प्रगल्भता से ऊपर न उठ सकी। इन्द्रदेव और अनवरी को आत्मसमर्पण करते हुए उसने कहा—अच्छी बात है, चलिए। इन्द्रदेव बाहर चले गये।

खेतों में अंकुरों की हरियाली फैली पड़ी थी। चौखूँटे, तिकोने, और भी कितने आकारों के टुकड़े, मिट्टी की मेड़ों से अलगाये हुए, चारों ओर समतल में फैले थे। बीच-बीच में आम, नीम और महुए के दो-एक पेड़ जैसे उनकी रखवाली के लिए खड़े थे। मिट्टी की सँकरी पगडंडी पर आगे शैला और पीछे-पीछे अनवरी चल रही थीं। दोनों चुपचाप पैर रखती हुई चली जा रही थीं। पगडंडी से थोड़ी दूर पर एक झोंपड़ी थी, जिस पर लौकी और कुँभड़े की लतर चढ़ी थी। उसमें से कुछ बात करने का शब्द सुनाई पड़ रहा था। शैला उसी ओर मुड़ी। वह झोंपड़ी के पास जाकर खड़ी हो गई। उसने देखा, मधुवा अपनी टूटी खाट पर बैठा हुआ बञ्जो से कुछ कह रहा है। बञ्जो ने उत्तर में कहा—तब क्या करोगे मधुबन! अभी एक पानी चाहिए। तुम्हारा आलू सोराकर ऐसा ही रह जायेगा? ढाई रुपये के बिना! महँगू महतो उधार हल नहीं देंगे? मटर भी सख जायेगी !

अरे आज मैं मधुबन कहाँ से बन गया रे बञ्जो! पीट दूँगा जो मुझे मधुवा न कहेगी। मैं तुझे तितली कहकर न पुकारूँगा। सुना न? हल उधार नहीं मिलेगा, महतो ने साफ-साफ कह दिया है। दस बिस्से मटर और दस बिस्से आलू के लिए खेत मैंने अपनी जोत में रखकर बाकी दो बीघे जौ-गेहूँ बोने के लिए उसे साझे में दे दिया है। यह भी खेत नहीं मिला, इसी की उसे चिढ़ है। कहता है कि अभी मेरा हल खाली नहीं है।

तब तुमने इस एक बीघे को भी क्यों नहीं दे दिया!

मैंने सोचा कि शहर तो मैं जाया ही करता हूँ। नया आलू और मटर वहाँ अच्छे दामों पर बेचकर कुछ पैसे भी लूँगा; और बञ्जो! जाड़े में इस झोंपड़ी में बैठे-बैठे रात को उन्हें भूनकर खाने में कम सुख तो नहीं है! अभी एक कम्बल लेना जरूरी है।

तो बापू से कहते क्यों नहीं? वह तुम्हें ढाई रुपया दे देंगे।

उनसे कुछ माँगूँगा, तो यही समझेंगे कि मधुवा मेरा कुछ काम कर देता है, उसी की मजूरी चाहता है। मुझे जो पढ़ाते हैं, उसकी गुरु-दक्षिणा मैं उन्हें क्या देता हूँ? तितली! जो भगवान करेंगे, वही अच्छा होगा।

अच्छा तो मधुबन! जाती हूँ। अभी बापू छावनी से लौटकर नहीं आये। जी घबराता है।

यह कहकर जब वह लौटने लगी, तो मधुबन ने कहा—अच्छा, फिर आज से मैं रहा मधुबन और तुम तितली। यही न?

दोनों की आँखें एक क्षण के लिए मिलीं—स्नेहपूर्ण आदान-प्रदान करने के लिए। मधुबन उठ खड़ा हुआ! तितली बाहर चली आई। उसने देखा, शैला और अनवरी चुपचाप

खड़ी हैं ! वह सकुचा गई। शैला ने सहज मुस्कराहट से कहा--तब तुम्हारा नाम तितली है, क्यों?

हाँ–कहकर तितली ने सिर झुका लिया। आज जैसे उसे अकेले में मधुबन से बातें करते हुए समग्र संसार ने देखकर व्यंग्य से हँस दिया हो। वह संकोच में गड़ी जा रही थी। शैला ने उसकी ठोढ़ी उठाकर कहा—लो, यह पाँच रुपये तुम्हारे उस दिन की मँजूरी के हैं!

मैं, मैं न लूँगी। बापू बिगड़ेंगे।

वह चंचल हो उठी। किन्तु शैला कब मानने वाली थी। उसने कहा—देखो; इसमें ढाई रुपये तो मधुबन को दे दो, वह अपना खेत सींच ले और बाकी अपने पास रख लो। फिर कभी काम देगा।

अब मधुबन भी निकल आया था। वह विचार-विमूढ़ था, क्या कहे! तब तक तितली को रुपया न लेते देखकर शैला ने मधुबन के हाथ में रुपया रख दिया, और कहा—बाकी रुपया जब तितली माँगे तो दे देना। समझा न? मैं तुम लोगों को छावनी पर बुलाऊँ, तो चले आना।

दोनों चुप थे।

अनवरी अब तक तो चुप थी; किन्तु उसके हृदय ने इस सौहार्द को अधिक सहने से अस्वीकार कर दिया। उसने कहा—हो चुका, चलिए भी। धूप निकल आई है।

शैला अनवरी के साथ घूम पड़ी। उसके हृदय में एक उल्लास था। जैसे कोई धार्मिक मनुष्य अपना प्रातःकृत्य समाप्त कर चुका हो। दोनों धीरे-धीरे ग्राम-पथ पर चलने लगीं।

अनवरी ने धीरे से प्रसंग छेड़ दिया—मिस शैला! आपको इन दिहाती लोगों से बातचीत करने में बड़ा सुख मिलता है।

मिस अनवरी! सुख! अरे मुझे तो इनके पास जीवन का सच्चा स्वरूप मिलता है, जिसमें ठोस मेहनत, अटूट विश्वास और सन्तोष से भरी शांति हँसती-खेलती है। लन्दन की भीड़ से दबी हुई मनुष्यता में मैं ऊब उठी थी, और सबसे बड़ी बात तो यह है कि मैं दुख भी उठा चुकी हूँ। दुखी के साथ दुखी की सहानुभूति होना स्वाभाविक है। आपको यदि इस जीवन में सुख-ही-सुख मिला है तो...

नहीं-नहीं, हम लोगों को सुख-दुख जीवन से अलग होकर कभी दिखाई नहीं पड़ा। रुपयों की कमी ने मुझे पढ़ाया और मैं नर्स का काम करने लगी। जब अस्पताल का काम छोड़कर अपनी डॉक्टरी का धंधा मैंने फैलाया, तो मुझे रुपयों की कमी न रही। पर मुझे तो यही समझ पड़ता है कि मेहनत-मजूरी करते हुए अपने दिन बिता लेना, किसी के गले पड़ने से अच्छा है।

अनवरी यह कहते हुए शैला की ओर गहरी दृष्टि से देखने लगी। वह उसकी बगल में

आ गई थी। सीधा व्यंग्य न खुल जाय, इसलिए उसने और भी कहा—हम मुसलमानों को तो मालिक की मर्जी पर अपने को छोड़ देना पड़ता है, फिर सुख-दुख की अलग-अलग परख करने की किसको पड़ी है।

शैला ने जैसे चौंककर कहा—तो क्या स्त्रियाँ अपने लिए कुछ भी नहीं कर सकतीं? उन्हें अपने लिए सोचने का अधिकार भी नहीं है?

बहुत करोगी मिस शैला तो यही कि किसी को अपने काम का बना लोगी। जैसा सब जगह हम लोगों की जाति किया करती है! पर उसमें दुख होगा कि सुख, इसका निपटारा तो वही मालिक कर सकता है।

शैला न जाने कितनी बातें सोचती हुई चुप हो गई। वह केवल इस व्यंग्य पर विचार करती हुई चलने लगी। उत्तर देने के लिए उसका मन बेचैन था; पर अनवरी को उतर देने में उसे बहुत-सी बातें कहनी पड़ेंगी। वह क्या सब कहने लायक हैं? और यह प्रश्न भी उसके मन में आने लगा कि अनवरी कुछ अभिप्राय रखकर तो बात नहीं कर रही है। उसको भारतीय वायुमंडल का पूरा ज्ञान नहीं था। उसने देखा था केवल इन्द्रदेव को, जिसमें श्रद्धा और स्नेह का ही आभास मिला था। सन्देह का विकृत चित्र उसके सामने उपस्थित करके अपने मन में अनवरी क्या सोच रही है, यही धीरे-धीरे विचारती हुई वह छावनी की ओर लौटने लगी।

अनवरी ने सौहार्द बढ़ाने के लिए कुछ दूसरा प्रसंग छेड़ना चाहा; किन्तु वह सौजन्य के अनुरोध से संक्षिप्त उत्तर मात्र देती हुई छावनी पर पहुँची।

अभी इन्द्रदेव का दरबार लगा हुआ था। आरामकुर्सी पर लेटे हुए वह कोई कागज देख रहे थे। एक बड़ी-सी दरी बिछी थी। उस पर कुछ किसान बैठे थे इन लोगों के जाते ही दो कुर्सियाँ और आ गईं। पर इन्द्रदेव ने अपने तहसीलदार से कहा—इस पोखरी का झगड़ा बिना पहले का कागज देखे समझ में नहीं आवेगा। इसे दूसरे दिन के लिए रखिए।

तहसीलदार इन्द्रदेव के बाप के साथ काम कर चुका था। वह इन्द्रदेव से काम लेना चाहता था। उसने कहा—लेकिन दो-एक कागज तो आज ही देख लीजिए, उनकी बेदखली जल्दी होनी चाहिए।

अच्छा, मैं चाय पीकर अभी आता हूँ।—कहकर इन्द्रदेव शैला और अनवरी के साथ कमरे में चले गए।

बुड्ढे से अब न रहा गया। उसने कहा, तहसीलदार साहब, मैं कल से यहाँ बैठा हूँ। मुझे क्यों तंग किया जा रहा है?

तहसीलदार ने चश्मे के भीतर से आँखें तरेरते हुए कहा—रामनाथ हो न? तंग किया जा रहा है! हूँ! बैठो अभी। दस बीघे की जोत बिना लगान दिए हड़प किए बैठे हो और कहते हो, मुझे तंग किया जा रहा है।

क्या कहा? दस बीघे! अरे तहसीलदार साहब, क्या अब जंगल-परती में भी बैठने न

दोगे? और वह तो न जाने कब से कृष्णार्पण लगी हुई बनजरिया है! वही तो बची है, और तो सब आप लोगों के पेट में चला गया। क्या उसे भी छीनना चाहते हो?

तहसीलदार चुपचाप उसे घूरने लगा।

इन्द्रदेव शैला के साथ बाहर चले आए। अनवरी के लिए देर से माधुरी की भेजी हुई लौंडी खड़ी थी। वह उसके साथ छोटी कोठी में चली गई। इन्द्रदेव ने बुड्ढे को देखकर तहसीलदार को संकेत किया। तहसीलदार अभी बुड्ढे रामनाथ की बात नहीं छेड़ना चाहता था। किन्तु इन्द्रदेव के संकेत से उसे कहना ही पड़ा—इसका नाम रामनाथ है। यह बनजरिया पर कुछ लगान नहीं देता। एकरेज जो लगा है, वह भी नहीं देना चाहता। कहता है—कृष्णार्पण माफी पर लगान कैसा?

इन्द्रदेव ने रामनाथ को देखकर पूछा—क्यों, उस दिन हम लोग तुम्हारी ही झोंपड़ी पर गये थे?

हाँ, सरकार!

तो एकरेज तो तुमको देना ही चाहिए। सरकारी मालगुजारी तो तुम्हारे लिए हम अपने पास से नहीं दे सकते।

तहसीलदार से न रहा गया, बीच ही में बोल उठा—अभी तो यह भी नहीं मालूम कि यह बनजरिया का होता कौन है। पुराने कागजों में वह थी देवनन्दन के नाम। उसके मर जाने पर बनजरिया पड़ी रही। फिर इसने आकर उसमें आसन जमा लिया।

बुड्ढा झनझना उठा। उसने कहा—हम कौन हैं, इसको बताने के लिए थोड़ा समय चाहिए सरकार! क्या आप सुनेंगे?

शैला ने अपने संकेत से उत्सुकता प्रकट की। किन्तु इन्द्रदेव ने कहा—चलो, अभी माताजी के पास चलना है। फिर किसी दिन सुनूँगा। रामनाथ, आज तुम जाओ; फिर मैं बुलाऊँगा, तब आना।

रामनाथ ने उठकर कहा—अच्छा सरकार!

चौबेजी बटुआ लिये हुए पान मुँह में दाबे आकर खड़े हो गये। उनके मुख पर एक विचित्र कुतूहल था। वह मन-ही-मन सोच रहे थे—आज शैला बड़ी सरकार के सामने जायेगी। अनवरी भी वहीं है, और वहीं हैं बीबीरानी माधुरी! हे भगवान्!

शैला, इन्द्रदेव और चौबेजी छोटी कोठी की ओर चले।

मधुबन के हाथ में था रुपया और पैरों में फुरती, वह महँगू महतो के खेत पर जा रहा था। बीच में छावनी पर से लौटते हुए रामनाथ से भेंट हो गई। मधुबन के प्रणाम करने पर रामनाथ ने आशीर्वाद देकर पूछा—कहाँ जा रहे हो मधुबन?

आज पहला दिन है, बाबाजी ने उसे मधुवा न कहकर मधुबन नाम से पुकारा। वह भीतर-ही-भीतर जैसे प्रसन्न हो उठा। अभी-अभी तितली से उसके हृदय की बातें हो चुकी

थीं। उसकी तरी छाती में भरी थी। उसने कहा—बाबाजी, रुपया देने जा रहा हूँ। महँगू से पुरवट के लिए कहा था—आलू और मटर सींचने के लिए। वह बहाना करता था, और हल भी उधार देने से मुकर गया। मेरा खेत भी जोतता है। और मुझी से बढ़-बढ़कर बातें करता है।

रामनाथ ने कहा—भला रे, तू पुरवट के लिए तो रुपया देने जाता है—सिंचाई होगी ; पर हल क्या करेगा? आज-कल कौन-सा नया खेत जोतेगा?

मधुबन ने क्षण-भर सोचकर कहा—बाबाजी, तितली ने मुझसे चार पहर के लिए कहीं से हल उधार माँगा था। सिरिस के पेड़ के पास बनजरिया में बहुत दिनों से थोड़ा खेत बनाने का वह विचार कर रही है, जहाँ बरसात में बहुत-सी खाद भी हम लोगों ने डाल रखी थी। पिछाड़ होगी तो क्या, गोभी बोने का...

दुत पागल! तो इसके लिए इतने दिनों तक कानाफूसी करने की कौन-सी बात थी? मुझसे कहती! अच्छा, तो रुपया तुझे मिला?

हाँ बाबाजी! मेम साहब ने तितली को पाँच रुपया दिया था, वही तो मेरे पास है।

मेम साहब ने रुपया दिया था! बञ्जो को? तू कहता क्या है!

हाँ, मेरे ही हाथ में तो दिया। वह तो लेती न थी। कहती थी, बापू बिगड़ेंगे! किसी दिन मेम साहब का उसने कोई काम कर दिया था, उसी की मजूरी बाबाजी! मेम साहब बड़ी अच्छी हैं।

रामनाथ चुप होकर सोचने लगा। उधर मधुबन चाहता था, बुड्ढा उसे छुट्टी दे। वह खड़ा-खड़ा ऊबने लगा। उत्साह उसे उकसाता था कि महँगू के पास पहुँचकर उसके आगे रुपये फेंक दे और अभी हल लाकर बञ्जो का छोटा-सा गोभी का खेत बना दे। बुड्ढा न जाने कहाँ से छींक की तरह उसके मार्ग में बाधा-सा आ पहुँचा।

रामनाथ सोच रहा था छावनी की बात! अभी-अभी तहसीलदार ने जो रूप दिखलाया था, वही उसके सामने नाचने लगा था। उसे जैसे बनजरिया की कायापलट होने के साथ ही अपना भविष्य उत्पातपूर्ण दिखाई देने लगा। तितली उसमें नया खेत बनाने जा रही है। तब भी न जाने क्या सोचकर उसने कहा—जाओ मधुबन, हल ले आओ।

मधुबन तो उछलता हुआ चला जा रहा था। किन्तु रामनाथ धीरे-धीरे बनजरिया की ओर चला।

तितली गायों को चराकर लौटा ले जा रही थी। मधुबन तो हल ले आने गया था। वह उनको अकेली कैसे छोड़ देती। धूप कड़ी हो चली थी। रामनाथ ने उसे दूर से देखा। तितली अब दूर से पूरी स्त्री-सी दिखाई पड़ती थी।

रामनाथ एक दूसरी बात सोचने लगा। बनजरिया के पास पहुँचकर उसने पुकारा—तितली।

उसने लौटककर प्रफुल्ल बदन से उत्तर दिया—बापू !

पाँच

श्यामदुलारी आज न आने कितनी बातें सोचकर बैठी थीं—लड़का ही तो है, उसे दो बात खरी-खोटी सुनाकर डाँट-डपटकर न रखने से काम नहीं चलेगा—पर विलायत हो आया है। बैरिस्टरी पास कर चुका है, कहीं जवाब दे बैठा तो! अच्छा... आज वह मेम की छोकरी भी साथ आवेगी। इस निर्लज्जता का कोई ठिकाना है! कहीं ऐसा न हो कि साहब की वह कोई निकल आवे! तब उसे कुछ कहना तो ठीक न होगा। अभी दो महीने पहले कलेक्टर साहब जब मिलने आये थे, तो उन्होंने कहा था—'रानी साहब, आपके ताल्लुके में नमूने के गाँव बसाने का बन्दोबस्त किया जाएगा। इसमें बड़ी-बड़ी खेतियाँ, किसानों के बंक और सरकार की संस्थाएँ खुलेंगी। सरकार भी मदद देगी।' तब उसको कुछ कहना ठीक न होगा। माधुरी की क्या राय है? वह तो कहती है—'माँ, जाने दो, भाई साहब को कुछ मत हो!' तो क्या वह अपने मन से बिगड़ता चला जाएगा। सो नहीं हो सकता। अच्छा, जाने दो।

माधुरी के मन में अनवरी की बात रह-रहकर मरोर उठती थी। इन्द्रदेव क्या यह घर सम्हाल सकेंगे? यदि नहीं, तो मैं क्यों बनाने की चेष्टा करूँ।

उसके मन में तेरह बरस के कृष्णमोहन का ध्यान आ गया। थियासोफ़िकल स्कूल में वह पढ़ता है। पिता बाबू श्यामलाल उसकी ओर से निश्चिन्त थे। हाँ, उसके भविष्य की चिन्ता तो उसकी माता माधुरी को ही थी। तब भी वह जैसे अपने को धोखे में डालने के लिए कह बैठती—जैसा जिसके भाग्य में होगा, वही होकर रहेगा।

अनवरी इस कुटुम्ब की मानसिक हलचल में दत्तचित्त होकर उसका अध्ययन कर रही थी। न जाने क्यों, तीनों चुप होकर मन-ही-मन सोच रही थीं। पलँग पर श्यामदुलारी मोटी-सी तकिया के सहारे बैठी थीं। चौकी पर चाँदनी बिछी थी। माधुरी और अनवरी वहीं बैठी हुई एक-दूसरे का मुँह देख रही थीं। तीन-चार कुर्सियाँ पड़ी थीं। छोटी कोठी का यह बाहरी कमरा था।

श्यामदुलारी यहीं पर सबसे बात करतीं, मिलती-जुलती थीं; क्योंकि उनका निज का प्रकोष्ठ तो देव-मंदिर के समान पवित्र, अस्पृश्य और दुर्गम्य था। बिना स्नान किए—कपड़ा बदले, वहाँ कौन जा सकता था!

बाहर पैरों का शब्द सुनाई पड़ा। तीनों स्त्रियाँ सजग हो गईं, माधुरी अपनी साड़ी का किनारा सँवारने लगी। अनवरी एक उँगली से कान के पास के बालों को ऊपर उठाने लगीं और, श्यामदुलारी थोड़ा खाँसने लगीं।

इन्द्रदेव शैला और चौबेजी के साथ भीतर आये। माता को प्रणाम किया। श्यामदुलारी ने 'सुखी रहो' कहते हुए देखा कि वह गोरी मेम भी दोनों हाथों की पतली उँगलियों में बनारसी साड़ी का सुनहला अंचल दबाये नमस्कार कर रही है।

अनवरी उठकर खड़ी हो गई। माधुरी चौकी पर ही थोड़ा खिसक गई। माता ने बैठने

का संकेत किया। पर वह भीतर से शैला से बोलने के लिए उत्सुक थी।

इन्द्रदेव ने कहा—मिस अनवरी! माँ का दर्द अभी अच्छा नहीं हुआ? इसके लिए आप क्या कर रही हैं। क्यों माँ अभी दर्द में कमी तो नहीं है?

है क्यों नहीं बेटा! तुमको देखकर दर्द दूर भाग जाता है—श्यामदुलारी ने मधुरता से कहा।

तब तो भाई साहब, आप यहीं माँ के पास रहिए। दर्द पास न आवेगा।—माधुरी ने कहा।

लेकिन बीबीरानी! और लोग क्या करेंगे? कुँवर साहब यहीं घर में बैठे रहेंगे, तो जो लोग मिलने-जुलने वाले हैं, वे कहाँ जायेंगे!—अनवरी ने व्यंग्य से कहा।

यह बात श्यामदुलारी को अच्छी न लगी। उन्होंने कहा—मैं तो चाहती हूँ कि इन्द्र मेरी आँखों से ओझल न हो। वह करता ही क्या है मिस अनवरी! शिकार खेलने में ज्यादा मन लगाता है। क्यों, विलायत में इसकी बड़ी चाल है न! अच्छा बेटा! यह मेम साहब कौन हैं? इनका तो तुमने परिचय ही नहीं दिया।

माँ, इंग्लैंड में यही मेरा सब प्रबन्ध करती थीं। मेरे खाने-पीने का, पढ़ने-लिखने का, कभी जब अस्वस्थ हो जाता तो डाक्टरों का, और रात-रात भर जागकर नियमपूर्वक दवा देने का काम यही करती थीं। इनका मैं चिर-ऋणी हूँ। इनकी इच्छा हुई कि मैं भारतवर्ष देखूँगी।

इसी से चली आई हैं न! अच्छा बेटा! इनको कोई कष्ट तो नहीं? हम लोग इनके शिष्टाचार से अपरिचित हैं। चौबेजी! आप ही न मेम साहब के लिए...ओ! इनका नाम क्या है, यह पूछना तो मैं भूल ही गई।

मेरा नाम 'शैला' है माँ जी!—शैला की बोली घंटी की तरह गूंज उठी! श्यामदुलारी के मन में ममता उमड़ आई। उन्होंने कहा—चौबेजी! देखिए, इनको कोई कष्ट न होने पावे। इन्द्रदेव तो लड़का है , वह कभी काहे को इनकी सुविधा की खोज-खबर लेता होगा।

जी सरकार! मेम साहब बड़ी चतुर हैं। वह तो कुँवर साहब का प्रबन्ध स्वयं आदेश देकर कराती रहती हैं। हम लोग तो अभी सीख रहे हैं। बड़े सरकार के समय में जो व्यवस्था थी, उसी से तो अब काम नहीं चल सकता!

इन्द्रदेव घबरा गये थे। उन्हें कभी चौबे, कभी अनवरी पर क्रोध आता; पर वह बहाली देते रहे।

माधुरी ने कहा—अच्छा तो भाई साहब! अभी शहर चलने की इच्छा नहीं है। क्या? अब तो यहाँ कड़ी दिहाती सर्दी पड़ेगी।

नहीं, अभी तो यहीं रहूँगा। क्यों माँ, यहाँ कोई कष्ट तो नहीं है?–इन्द्रदेव ने पूछा।

अनवरी ने कहा—इस छोटी कोठी में साफ हवा कम आती है। और तो कोई...हाँ, बीबीरानी, मैं यह तो कहना भूल ही गई थी कि मुझे आज शहर चला जाना चाहिए।

कई रोगियों को आज ही तक के लिए दवा दे आई हूँ। मोटर तो मिल जाएगी न?

ठहरिए, आप तो न जाने क्यों घबराई हैं। अभी तो माँ की दवा...माधुरी की बात पूरी न होने पाई कि अनवरी ने कहा—दवा खाएँगी तो नहीं, यही लगाने की दवा है। लगाते रहिए, मुझे रोककर क्या कीजिएगा। हाँ, यहाँ साफ हवा मिलनी चाहिए, इसके लिए आप सोचिए।

चौबेजी बीच में बोल उठे—तो बड़ी सरकार उस कोठी में रहें, खुले हुए कमरे और दालान उसमें तो हैं ही।

बोलने के लिए तो बोल गये; पर चौबेजी कई बातें सोचकर दाँत से अपनी जीभ दबाने लगे। उनकी इच्छा तो हुई कि अपने कान भी पकड़ लें; पर साहस न हुआ।

इन्द्रदेव चुप रहे। शैला ने कहा—माँ जी! बड़ी कोठी में चलिए। यहाँ न रहिए।—वह बेचारी भूल गई कि श्यामदुलारी उसके साथ कैसे रहेंगी!

श्यामदुलारी ने इन्द्रदेव का चेहरा देखा वह उतरा हुआ तो नहीं था; किन्तु उस पर उत्साह भी न था। माधुरी ने शैला को स्वयं कहते हुए जब सुना, तो वह बोली—अच्छा तो है माँ! मेम साहब और अनवरी बीबी इसमें आ जाएँगी। हम लोग वहीं चलकर रहें।

अनवरी ने कहा—मुझे एक दिन में लौट आने दीजिए।

श्यामदुलारी ने देखा कि काम तो हो चला है, अब इस बात को यहीं रोक देना चाहिए। वह बोली—बेटा! कलेक्टर साहब ने नमूने का गाँव बसाने का जो नक्शा भेजा था, उसे तुमने देखा?

नहीं माँ, अभी तो नहीं—शैला के पास वह है। इन्हें गाँवों से बड़ा प्रेम है। मैंने इन्हीं के ऊपर यह भार छोड़ दिया है। इसके लिए यही एक योजना तैयार करने में लगी हैं।

श्यामदुलारी सावधान हो गईं। शैला ने कहा—माँ जी, अभी तो मैं गाँवों में जाकर यहाँ की बातें समझने लगी हैं। फिर भी बहुत-सी बातें अभी नहीं समझ सकी हूँ। किसी दिन आपको अवकाश रहे, तो मैं नक्शा ले आऊँ?

चौबेजी ने एक बार माधुरी की ओर देखा और माधुरी ने अनवरी को। तीनों का भीतर-ही-भीतर एक दल-सा बँध गया। इधर माँ, बेटे की ओर होने लगी—और शैला, जो व्यवधान था, उसकी खाई में पुल बनाने लगी।

श्यामदुलारी का हृदय, बेटे को काम की बातों में मन लगाते देख कर, मिठास से भरने लगा। उन्होंने कहा—अच्छा; तो मैं अब पूजा करने जाती हूँ। बीबी! मिस अनवरी को जाने दो, कल आ जाएँगी। हाँ, एक बात तो मैं भूल ही गई थी—मिस अनवरी, आप आने लगिए, तो कृष्णमोहन को छुट्टी दिलाकर अपने साथ लिवाते आइएगा।

श्यामदुलारी ने माधुरी को भी प्रसन्न करने का उपाय निकाल ही लिया! अनवरी ने कहा—बहुत अच्छा!

शैला ने कहा—मैं आपके पास आकर कभी-कभी बैठा करूँ, इसके लिए क्या आप मुझे आज्ञा देंगी माँ जी!

क्यों नहीं; आपका घर है, चाहे जब चली आया करें। मुझे तो अपने देश की कहानी आपने सुनाई ही नहीं!

नहीं; मैं इसलिए आज्ञा माँगती थी कि मेरे आने से आपको कष्ट न हो। मुझे अलग कुर्सी पर बैठाया कीजिए। मैं आपको छुऊँगी नहीं—शैला ने बड़ी सरलता से कहा।

श्यामदुलारी ने हँसकर कहा—वाह! यह तो मेरे सिर पर अच्छा कलंक है। क्या मैं किसी को छूती नहीं? आप आइए, मुझे आपकी बातें बड़ी मीठी लगती हैं।

इन्द्रदेव ने देखा कि उनके हृदय का बोझ टल गया—शैला ने माँ के समीप पहुँचने का अपना पथ बना लिया। उन्होंने इसे अपनी विजय समझा। वह मन-ही-मन प्रसन्न हो रहे थे कि शैला ने उठते हुए नमस्कार करके कहा—माँ जी, मुझसे भूल हो सकती है, अपराध नहीं। तब भी आप लोगों की स्नेह-छाया में मुझे सुख की अधिक आशा है।

श्यामदुलारी का स्नेह-सिक्त हृदय भर उठा। एक दूर देश की बालिका कितना मधुर हृदय लिये उनके द्वार पर खड़ी है।

श्यामदुलारी स्नान करने चली गईं।

इन्द्रदेव के साथ शैला धीरे-धीरे बड़ी कोठी की ओर चली जा रही थी। मोटर के लिए चौबेजी गये थे, तब तक दालान में अनवरी से माधुरी कहने लगी—तुमने ठीक कहा था मिस अनवरी!

उसने माधुरी को अधिक खुलने का अवसर देते हुए कहा—मैंने क्या ठीक कहा था? यही, शैला के सम्बन्ध में...

अनवरी गम्भीर बन गई। उसने कहा—बीबीरानी! तुम लोगों को इनसे कभी काम नहीं पड़ा है। ये सब जादूगर हैं। देखा न! माँजी को कैसा अपनी ओर ढुलका लिया—मोम बन गईं। क्या यों ही सात समुद्र तेरह नदी पार करके यह आई है! और...

पर तुमने भी मिस अनवरी! शैला को अच्छा एक उखाड़ दिया! थोड़ा-सा तो वह सोचेगी, बँगले से हटना उसे अखरेगा। क्यों?—बीच ही में माधुरी ने कहा।

वह भी घुटी हुई है, कैसा पी गई! बीबी को कसक तो होगी ही! बीबीरानी, मैं तुमसे फिर कहती हूँ, तुम अपनी देखो। आपके भाई साहब तो नदी की बाढ़ में बह रहे हैं। मैं कल तो न आ सकूँगी। हाँ, जल्दी आने की...

नहीं-नहीं अनवरी! कल, कल तुमको अवश्य आना होगा। इस समय तुम्हारी सहायता की बड़ी आवश्यकता है। उस चुड़ैल को, जिस तरह हो, नीचा...

माधुरी आगे कुछ न कह सकी, उसका क्रोध कपोलों पर लाल हो रहा था।

मानव-स्वभाव है; वह अपने सुख को विस्तृत करना चाहता है। और भी, केवल अपने सुख से ही सुखी नहीं होता, कभी-कभी दूसरों को दुखी करके, अपमानित करके, अपने मान को, सुख को प्रतिष्ठित करता है।

माधुरी के मन में अनवरी के द्वारा जो आग जलाई गई है, वह कई रूप बदलकर उसके कोने-कोने को झुलसाने लगी है। उसके मन में लोभ तो जाग ही। उठा था। अधिकारच्युत होने की आशंका ने उसे और भी सन्दिग्ध और प्रयत्नशील बना दिया। उसके गौरव की चाँदनी शैला की उषा में फीकी पड़ेगी ही, इसकी दृढ़ सम्भावना थी, और अब वह युद्ध के लिए तत्पर थी। चौबेजी को खींचने के लिए उसने मन-ही-मन सोच लिया! एक सम्मिलित कुटुम्ब में राष्ट्र-नीति ने अधिकार जमा लिया स्व-पक्ष और पर-पक्ष का सृजन होने लगा।

चौबेजी कम चतुर न थे। माधुरी को उन्होंने अधिक समीप समझा। ढुले भी उसी ओर। मोटर लेकर जब वह आये, तो उन्होंने कहा—बीबीरानी! हम लोगों ने। बड़े सरकार का समय और दरबार देखा है। अब यह सब नहीं देखा जाता! तुम्हीं। बचाओगी तो यह राज बचेगा, नहीं तो गया। मैं अब उसके लिए चाय बनाना नहीं चाहता! मुझे जवाब मिले जाय, यही अच्छा है।

मोटर पर बैठते हुए अनवरी ने कहा—घबराइए मत चौबेजी, बीबीरानी आपके लिए कोई बात उठा न रखेंगी।

छः

गंगा की लहरियों पर मध्याह्न के सूर्य की किरणें नाच रही थीं। उन्हें अपने चंचल हाथों से अस्त-व्यस्त करती हुई, कमर-भर जल में खड़ी, मलिया छींटे उड़ा रही थी। करारे के ऊपर मल्लाहों की छोटी-सी बस्ती थी। सात घर मल्लाहों और तीन घर कहारों के थे। मलिया और रामदीन का घर भी वहीं था। दोपहर को छावनी से छुट्टी लेकर, दोनों ही अपने घर आये थे। रामदीन करारे से उतरता हुआ कहने लगा—मलिया, मैं भी आया।

मलिया हँसकर बोली— मैं तो जाती हूँ।

जाओगी क्यों? वाह!—कहते हुए रामदीन 'धम्' से गंगा में कूद पड़ा।

थोड़ी दूर पर एक बुड्ढा मल्लाह बंसी डाले बैठा था। उसने क्रोध से कहा—देखो रामदीन, तुम छावनी के नौकर हो, इससे मैं डर न जाऊँगा। मछली न हँसी, तो तुम्हारी बुरी गत कर दूँगा।

तैरते हुए रामदीन ने कहा—अरे क्यों बिगड़ रहे हो दादा! आज कितने दिनों पर छुट्टी मिली है। ऊधम मचाने अब कहाँ आता हूँ।

तैरते हुए तीर की ओर लौटकर उसने मलिया के पास पहुँचने का ज्योंही उपक्रम किया, वह गंगा से निकलने लगी। रामदीन ने कहा—अरे क्या मैं काट लूँगा? मलिया, ठहर न!

वह रुक गई।

रामदीन ने धीरे से पास आकर पूछा—क्यों रे, तेरी सगाई पक्की हो गई?

उसने कहा—धत् !

रामदीन ने कहा—तो आज मैं तेरे चाचा से कहूँ कि...

मलिया ने बीच ही में बात काटकर कहा—देखो, मुझे गाली दोगे तो...हाँ, कहे देती हूँ।

क्या कहे देती है? क्या मुझे डराती है? अब तो मुझे तेरी बीबीरानी का डर नहीं। मलिया, तू जानती है छोटी कोठी में मेम साहब जब से आई हैं, तब से मैं ही उनका खाना बनाता हूँ। चौबेजी का काम भी मैं ही करता हूँ। अब तो...

मेम साहब के भरोसे कूद रहे हो न! देखो तो तुम्हारी मेम साहब की दुर्दशा चार दिन में होती है। बीबीरानी...

क्या...बकती है ! चल, अपना काम देख! वह तो कहती थीं कि रामदीन, तुझको मैं सरकार से कहकर खेत दिलवा दूँगी। वहीं...

चल, चल अपना मुँह देख, मुझसे चला है सगाई करने! तीन ही दिन में छोटी कोठी से भी तेरी मेम साहब भागती हैं। तब लेना खेत!

अरे तो क्या...

आगे रामदीन कुछ न बोल सका; क्योंकि एक गौर वर्ण की प्रौढ़ा स्त्री धोती लिये हुए उत्तर की ओर से धीरे-धीरे गंगा में उतर रही थी।

उसे देखते ही दोनों की सिट्टी भूल गई। दोनों ही गंगा जल में से निकलकर उसे अभिवादन करके भलेमानसों की तरह अपनी-अपनी धोती पहनने लगे।

उस स्त्री के अंग पर कोई आभूषण न था, और न तो कोई सधवा का चिह्न! था केवल उज्ज्वलता का पवित्र तेज, जो उसकी मोटी-सी धोती के बाहर भी प्रकट था।

एक पत्थर पर अपनी धोती रखते हुए उसने घूमकर पूछा—क्यों रे रामदीन, तुझे कभी घंटे भर की भी छुट्टी नहीं मिलती? आज अठवारों हो गया, कई सौदा ले आना है। तेरी नानी कहती थी, आज रामदीन आने वाला है। सो तू आज आने पर भी यहीं धमाचौकड़ी मचा रहा है?

मालकिन! मैं नहाकर कोट में आ ही रहा था। यही मलिया बड़ी पाजी है, इसने धोती पर पानी के छींटे...सरकार...

रामदीन अपनी बनावटी बात को आगे न बढ़ा सका। बीच ही में मलिया अपनी सफाई देती हुई बोल उठी—इसकी छाती फट जाय, झूठा कहीं का! मालकिन, यह मुझको गाली दे

रहा है। इसका घमंड बढ़ गया है। मेम साहब का खानसामा बन गया है, तो चला है मुझसे सगाई करने!

मालकिन अपनी आती हुई हँसी को रोककर बोलीं—वह देख, इसकी नानी आ रही है, उसी से कह दे। मलिया, सचमुच रामदीन पाजी हो गया है।

दोनों ने देखा, बुढ़िया—रामदीन की नानी—ताँबे का एक घड़ा लिये धीरे-धीरे आ रही है।

मालकिन स्नान करने लगीं। कभी-कभी स्नान करने के लिए वह इधर आ जातीं, तो कई काम करती हुई जातीं। भाई मधुबन के लिए मछली लेना और मल्लाही-टोली की किसी प्रजा को सहेजकर गृहस्थी का और कोई काम करा लेना भी उनके नहाने का उद्देश्य होता।

उनको देखते ही बूढ़े मल्लाह ने अपनी बंसी खींची। मछली फँस चुकी थी।

वह स्नान करके सूर्य को प्रणाम करती हुई जब ऊपर आकर खड़ी हुई तो मल्लाह ने मछली सामने लाकर रख दी। उन्होंने रामदीन से कहा—इसे लेता चल।

मलिया ने बुढ़िया के स्नान कर लेने पर उसके लाये हुए घड़े को भर लिया। मालकिन की गीली धोती लेकर बुढ़िया उनके साथ हो गई।

मल्लाह ने कहा—मालकिन, आज इस पाजी रामदीन को बिना मारे मैं न छोड़ता। आज कई दिन पर मैं मधुबन बाबू के लिए मछली फँसाने बैठा था, यह आकर ऊधम मचाने लगा। इसी की चाल से बड़ा-सा रोहू आकर निकल गया। आज लगा है छावनी की नौकरी करने, तो घमंड का ठिकाना ही नहीं। हम लोग आपकी प्रजा हैं मालकिन! यह बूढ़ा इस बात को नहीं भूल सकता। अभी कल का लड़का—यह क्या जाने कि धामपुर के असली मालिक—चार आने के पुराने हिस्सेदार—कौन हैं। मालकिन, बेईमानी से वह सब चला गया, तो क्या हुआ? हम लोग अपने मालिक को न पहचानेंगे?

मालकिन को उसका यह व्याख्यान अच्छा न लगा। उनके अच्छे दिनों का स्मरण करा देने की उस समय कोई आवश्यकता न थी। किन्तु सीधा और बूढ़ा मल्लाह उस बिगड़े घर की बड़ाई में और कहता ही क्या?

शेरकोट के कुलीन जमींदार मधुबन के पास अब तीन बीघे खेत और वही खँडहर-सा शेरकोट है। इसके अतिरिक्त और कुछ चाहे न बचा हो, किन्तु पुरानी गौरव-गाथाएँ तो आज भी सजीव हैं। किसी समय शेरकोट के नाम से लोग सम्मान से सिर झुकाते थे।

मधुबन के लिए वंश-गौरव का अभिमान छोड़कर मुकदमे में सब कुछ हारकर, जब उसके पिता मर गये, तो उसकी बड़ी विधवा बहन ने आकर भाई को सम्हाला था। उसकी ससुराल सम्पन्न थी; किन्तु विधवा राजकुजारी के दरिद्र भाई को कौन देखता! उसी ने शेरकोट के खँडहर में दीपक जलाने का काम अपने हाथों में लिया!

शेरकोट मल्लाही-टोले के समीप उत्तर की ओर बड़े-से ऊँचे टीले पर था। मल्लाही-टोला और शेरकोट के बीच एक बड़ा-सा बट-वृक्ष था। वहीं दो-चार बड़े-बड़े पत्थर पड़े थे। उसी के नीचे स्नान करने का घाट था। मल्लाही-टोले में अब तो केवल दस घरों की बस्ती है। परन्तु जब शेरकोट के अच्छे दिन थे, तो उसकी प्रजा से—काम करने वालों से—यह गाँव भरा था।

शेरकोट के विभव के साथ वहाँ की प्रजा धीरे-धीरे इधर-उधर जीविका की खोज में खिसकने लगी। मल्लाहों की जीविका तो गंगातट से ही थी; वे कहाँ जाते? उन्हीं के साथ दो-तीन कहारों के भी घर बच रहे—उस छोटी-सी बस्ती में।

कहीं-कहीं पुराने घरों की गिरी हुई भीतों के ढूह अपने दारिद्र्य-मंडित सिर को ऊँचा करने की चेष्टा में संलग्न थे, जिनके किसी सिरे पर टूटी हुई धरने, उन घरों का सिर फोड़ने वाली लाठी की तरह, अड़ी पड़ी थीं!

उधर शेरकोट का छोटा-सा मिट्टी का ध्वस्त दुर्ग था! अब उसका नाम-मात्र है, और है उसके दो ओर नाले की खाई—एक ओर गंगा। एक पथ गाँवों में जाने के लिए था। घर सब गिर चुके थे। दो-तीन कोठरियों के साथ एक आँगन बच रहा था।

भारत का वह मध्यकाल था, जब प्रतिदिन आक्रमणों के भय से एक छोटे-से भूमिपति को भी दुर्ग की आवश्यकता होती थी। ऊँची-नीची होने के कारण, शेरकोट में अधिक भूमि होने पर भी, खेती के काम में नहीं आ सकती थी। तो भी राजकुमारी ने उसमें फल-फूल और साग-भाजी का आयोजन कर लिया था।

शेरकोट के खँडहर में घुसते हुए राजकुमारी ने बूढ़ें मल्लाह को विदा किया। वह बूढ़ा मनुष्य कोट का कोई भी काम करने के लिए प्रस्तुत रहता। उसने जाते-जाते कहा—मालकिन, जब कोई काम हो, कहला देना। हम लोग आपकी पुरानी प्रजा हैं, नमक खाया है।

उसकी इस सहानुभूति से राजकुमारी को रोमांच हो आया। उसने कहा—तुमसे न कहलाऊँगी, तो काम कैसे चलेगा; और कब नहीं कहलाया है?

बूढ़ा दोनों हाथों को अपने सिर से लगाकर लौट गया।

रामदीन ने एक बार जैसे साँस ली। उसने कहा—तो मालकिन, कहिए, नौकरी छोड़ दूँ?

जो प्रेरणा उसे बूढ़े मल्लाह से मिली थी, वही उत्तेजित हो रही थी। राजकुमारी ने कहा—पागल! नौकरी छोड़ देगा, तो खेत छिन जाएगा। गाँव में रहने पावेगा फिर? अब हम लोगों के वह दिन नहीं रहे कि तुमको नौकर रख लूँगी। मैंने तो इसलिए कहा था कि मधुबन ने कहीं पर खेत बनाया है, वही बाबाजी की बनजरिया में। कहता था कि 'बहिन, एक भी मजूर नहीं मिला!' फिर बाबाजी और उसने मिलकर हल चलाया! सुनता है रे रामदीन, अब

बड़े घर के लोग हल चलाने लगे, मजूर नहीं मिलते, बाबाजी तो यह सब बात मानते ही नहीं। उन्होंने मधुबन से भी हल चलवाया वह कहते हैं कि 'हल चलाने से बड़े लोगों की जात नहीं चली जाती। अपना काम हम नहीं करेंगे, तो दूसरा कौन करेगा।' आज-कल इस देश में जो न हो जाय। कहाँ मधुबन का वंश, कहाँ हल चलाना! बाबाजी ने उसको पढ़ाया-लिखाया और भी न जाने क्या-क्या सिखाया। वह जाता है शहर यहाँ से बोझ लिवाकर सौदा बेचने! जब मैं कुछ कहती हैं, तो कहता हूँ, 'बहन! वह सब रामकहानी के दिन बीत गये। काम करके खाने में लाज कैसी! किसी की चोरी करता हूँ या भीख माँगता हूँ?' धीरे-धीरे मजूर होता जा रहा है। मधुबन हल चलाये, यह कैसे सह सकती हूँ। इसी से तो। कहती हूँ कि क्या दो घंटे जाकर तू उसका काम नहीं कर सकता था!

दोपहर को खाने-नहाने की छुट्टी तो किसी तरह मिलती है। कैसे क्या कहूँ, अभी न जाऊँ तो रोटी भी रसोईदार इधर-उधर फेंक देगा। फिर दिन भर टापता रह जाऊँगा। मालकिन, पहले से कह दिया जाय, तो कोई उपाय भी निकाल लूँ।

अच्छा, जा; कल आना तो मुझसे भेंट करके जाना; भूलना मत! समझा न? मधुबन मिले तो भेज दो।

रामदीन ने मछली रखते हुए सिर झुकाकर अभिवादन किया! फिर मलिया की ओर देखता हुआ वह चला गया।

रामदीन की नानी धूप में धोती फैलाकर रसोईघर की ओर मछली लेकर गई। वह चौके में आग-पानी जुटाने लगी।

मलिया मालकिन के पास बैठ गई थी। राजकुमारी ने उससे पूछा—मलिया! तेरी ससुराल के लोग कभी पूछते हैं?

उसने कहा—नहीं मालकिन, अब क्यों पूछने लगे।

राजकुमारी ने कहा—तो रामदीन से तेरी सगाई कर दूँ न?

जाओ मालकिन, इसीलिए मुझको...

राजकुमारी उसकी इस लज्जित मूर्ति को देखकर रुक गई। उन्होंने बात बदलने के लिए कहा—तो आज-कल तू वहाँ रात-दिन रहती है?

क्यों न रहूँगी। बीबीरानी माधुरी की तरेर-भरी आँखें देखकर ही छठी का दूध याद आता है। अरे बाप रे! मालकिन, वहाँ से जब घर आती हूँ, तो जैसे बाघ के मुँह से निकल आती हूँ। इधर तो उनकी आँखें और भी चढ़ी रहती हैं। चौबे, जो पहले कुँवर साहब की रसोई बनाता था, आकर न मालूम क्या धीरे-धीरे फुसफुसा जाता है। बस फिर क्या पूछना! जिसकी दुर्दशा होनी हो वही सामने पड़ जाय।

क्यों रे, चौबे तो पहले तेरे कुँवर साहब के बड़े पक्षपाती थे। अब क्या हुआ जो...

छावनी की बातें अच्छी तरह सुनने के लिए राजकुमारी ने पूछा। कोई भी स्वार्थ

न हो; किन्तु अन्य लोगों के कलह से थोड़ी देर मनोविनोद कर लेने की मात्रा मनुष्य की साधारण मनोवृत्तियों में प्रायः मिलती है। राजकुमारी के कुतूहल की तृप्ति भी उससे क्यों न होती?

मलिया कहने लगी—मालकिन! यह सब मैं क्या जानूँ, पहले तो चौबेजी बड़े हँसमुख बने रहते थे। पर जब से बड़ी सरकार आई हैं, तब से चौबेजी इसी दरबार की ओर झुके रहते हैं। कुँवर साहब से तो नहीं; पर मेम साहब से वह चिढ़ते हैं। कहते हैं, उसकी रसोई बनाना हमारा काम नहीं है। बीबीरानी से और भी न जाने क्या-क्या उसकी निन्दा करते हैं। सुना था, एक दिन वह रसोई बना रहे थे, भूल से मेम साहब जूते पहने रसोईघर में चली आईं, तभी से वह चिढ़ गए, पर कुछ कह नहीं सकते थे। जब बड़ी सरकार आ गईं, तो उन्होंने इधर ही अपना डेरा जमाया। अब तो वह छोटी कोठी जाकर, वहाँ क्या-क्या चाहिए—यही देख आते हैं—

क्यों रे! क्या तेरे कुँवर साहब इस मेम से ब्याह करेंगे?

मैं क्या जानूँ मालकिन! अब छुट्टी मिले। जाऊँ, नहीं तो रसोईदार महराज ही दो-चार बात सुनावेंगे।

अच्छा, जा, अभी तो चाचा के पास जाएगी न?

हाँ, उधर से होती हुई चली जाऊँगी—कहकर मलिया अपने घर चली।

राजकुमारी से आकर रामदीन की नानी ने कहा—चलिए, अपनी रसोई देखिए। अभी मधुबन बाबू तो नहीं आये।

राजकुमारी ने एक बार शेरकोट के उजड़े खँडहर की ओर देखा और धीरे-धीरे रसोईघर की ओर चलीं।

रोटी सेंकते हुए राजकुमारी ने पूछा—बुढ़िया, तूने मलिया के चाचा से कभी कहा था?

क्या मालकिन?

रामदीन से मलिया की सगाई के लिए। अब कब तक तू अकेली रहेगी?

अपने पेट के लिए तो वह पाजी जुटा ले; सगाई करके क्या करेगा मालकिन! ब्याह होता मधुबन बाबू का; हम लोगों को वह दिन आँखों से देखने को मिलता...

किसका रे बुढ़िया!–कहते हुए मधुबन ने आते ही उसकी पीठ थपथपा दी।

राजकुमारी ने कहा—रोटी खाने का अब समय हुआ है न? मधु! तुम कितना जलाते हो।

बहन ! मैं अपने आलू और मटर का पानी बरा रहा था, आज मेरा खेत सिंच गया।—कहकर वह हँस पड़ा। वह प्रसन्न था; किन्तु राजकुमारी अपने पिता के वंश का वह विगत वैभव सोच रही थीं; उनको हँसी न आई।

सात

इन्द्रदेव की कचहरी में आज कुछ असाधारण उत्तेजना थी चिकों के भीतर स्त्रियों का समूह, बाहर पास-पड़ोस के देहातियों का जमाव था। शैला भी अपनी कुर्सी पर अलग बैठी थी।

बनजरिया वाले बाबाजी अपनी कहानी सुनाने वाले थे, क्योंकि गोभी के लिए उसमें खेत बन गया था। उसी को लेकर तहसीलदार ने इन्द्रदेव को समझाया कि बनजरिया में बोने-जोतने का खेत है। उस पर एकरेज—या और भी जो कुछ कानून के वैध उपायों से देन लगाया जा सकता हो—लगाना ही चाहिए। और, इस बाबा को तो यहाँ से हटाना ही होगा; क्योंकि गाँव के लोग इससे तंग आ गये हैं। यह समाजी है, लड़कों को न जाने क्या-क्या सिखाता है—ऊँची जाति के लड़के हल चलाने लगे हैं। नीचों को बराबर कलकता-बम्बई कमाने जाने के लिए उकसाया करता है। इसके कारण लोगों को हलवाहों और मजूरों का मिलना असम्भव हो गया है। तिस पर भी यह बनजरिया देवनन्दन के नाम की है। वह मर गया, अब लावारिस कानून के अनुसार यह जमींदार की है।—इत्यादि।

इन्द्रदेव ने सब सुनकर कहा कि बुड्ढे की बात भी सुन लेनी चाहिए। उससे कह भी दिया गया है। उसको बुलवाया जाय।

आज इसीलिए रामनाथ आये हैं, और साथ में लिवाते आये हैं तितली को। तितली इस जन-समूह में संकुचित-सी एक खम्भे की आड़ में आधी छिपी हुई, बैठी है।

इन्द्रदेव का संकेत पाकर रामनाथ ने कहना आरम्भ किया—

बार्टली साहब की नील-कोठी टूट चुकी थी। नील का काम बन्द हो चला था। जैसा आज भी दिखाई देता है, तब भी उस गुदाम के हौज और पक्की नालियाँ अपना खाली मुँह खोले पड़ी रहती थीं, जिसमें नीम की छाया में गायें बैठकर विश्राम लेती थीं। पर बार्टली साहब को वह ऊँचे टीले का बँगला, जिसके नीचे बड़ा-सा ताल था, बहुत ही पसन्द था। नील-गुदाम बन्द हो जाने पर भी उनका बहुत-सा रुपया दादनी में फँसा था।

किसानों को नील बोना तो बन्द कर देना पड़ा, पर रुपया देना ही पड़ता। अन्न की खेती से उतना रुपया कहाँ निकलता, इसलिए आस-पास के किसानों में बड़ी हलचल मची थी। बार्टली के किसान-आसामियों में एक देवनन्दन भी थे। मैं उनका आश्रित ब्राह्मण था। मुझे दान मिलता था और मैं काशी में जाकर पढ़ता था। काशी की उन दिनों की पंडित-मंडली में स्वामी दयानन्द के आ जाने से हलचल मची हुई थी। दुर्गाकुंड के उस शास्त्रार्थ में मैं भी अपने गुरुजी के साथ दर्शक-रूप से था, जिसमें स्वामी जी के साथ बनारसी चाल चली गई थी। ताली तो मैंने भी पीट दी थी। मैं क्वीन्स कालेज के एंग्लो-संस्कृत-विभाग में पढ़ता

था। मुझे वह नाटक अच्छा न लगा। उस निर्भीक संन्यासी की ओर मेरा मन आकर्षित हो गया। वहाँ से लौटकर गुरुजी से मुझसे कहा-सुनी हो गयी, और जब मैं स्वामी जी का पक्ष समर्थन करने लगा, तो गुरुजी ने मुझे नास्तिक कहकर फटकारा।

देवनन्दन का पत्र भी मुझे मिल चुका था कि कई कारणों से लेना देना वह बन्द करते हैं। मैं अपनी गठरी पीठ पर लादे हुए झुँझलाहट से भरा नील-गुदाम के नीचे से अपने गाँव में लौटा जा रहा था। देखा कि देवनन्दन को नील-कोठी का पियादा काले खाँ पकड़े हुए ले जा रहा है। देवनन्दन सिंहपुर के प्रमुख किसान और आप ही लोगों के जाति-बान्धव थे। उनकी यह दशा! रोम-रोम उनके अन्न से पला था। मैं भी उनके साथ बार्टली के सामने जा पहुँचा।

उस समय कुर्सियों पर बैठे हुए बार्टली और उनकी बहन जेन आपस में कुछ बातें कर रहे थे।

जेन ने कहा—भाई! इधर जब से वह चले गये हैं, मेरी चिन्ता बढ़ रही है। न जाने क्यों, मुझे उन पर सन्देह होने लगा है। मैं भी घर जाना चाहती हूँ।

तुम जानती हो कि मैंने स्मिथ का कभी अपमान नहीं किया, और सच तो यह है कि मैं उसको प्यार करता हूँ। किन्तु क्या करूँ, उसका जैसा उग्र स्वभाव है, वह तो तुम जानती हो। मैं भला अभी काम छोड़कर कैसे चलूँगा!—बार्टली ने कहा।

जब यह काम ही बन्द हो गया, तब यहाँ रहने का क्या काम है। देखती हूँ कि जो रुपया तुम्हारा निकल भी आता है, उसे यहाँ जमींदारी में फँसाते जा रहे हो। क्या तुम यहीं बसना चाहते हो?—जेन ने कहा।

तब तुम क्या चाहती हो?—बार्टली ने अन्यमनस्क भाव से पूर्व की धीरे-धीरे सूखने वाली झील को देखते हुए कहा।

नील का काम बन्द हो गया, पर अब हम लोगों को रुपये की कमी नहीं। जो कुछ हो, यहाँ से बेचकर इंग्लैंड लौट चलें। मेरा प्रसव-काल समीप है। मैं गाँव के घर में ही जाकर रहना चाहती हूँ। समझा न?—जेन ने सरलता से कहा।

इतनी जल्दी! असम्भव, अभी बहुत रुपया बाकी पड़ा है। ठहरो, मैं पहले इन लोगों से बात कर लूँ।—बार्टली ने रूखे स्वर से कहा।

देवनन्दन ने सलाम करते हुए कुछ कहना चाहता कि बीच ही में बात काटकरक काले खाँ ने कहा— सरकार, बहुत कहने पर यह आया है।

देवनन्दन ने रोष-भरे नेत्रों से काले को देखा।

बार्टली ने कहा—रुपया देते हो कि तुम्हारा दूसरा...

जेन उठकर जाने लगी थी। बीच ही में देवनन्दन ने उसे हाथ जोड़ते हुए कहा—मेरी स्त्री को लड़का होने वाला है, और लड़की...

जेन आगे न सुन सकी। उसने कहा—बार्टली, जाने दो उसे, उसकी स्त्री को...

तुम चलो चाय के कमरे में, मैं अभी आता हूँ।—कहते हुए बार्टली ने जेन को तीखी आँखों से देखा। दुखी होकर जेन चली गयी।

देवनन्दन की कोई विनती नहीं सुनी गयी। बार्टली ने कहा—काले खाँ इसको यहीं कोठरी में बन्द करो और तीन घंटे में रुपये न मिलें, तो बीस हंटर लगाकर तब मुझसे कहना।

बार्टली की ठोकर से जब देवनन्दन पृथ्वी चूमने लगा, तब वह चाय पीने चला गया।

मेरे हृदय में वह देवनन्दन का अपमान घाव कर गया।

मैं अब तक तो केवल वह दृश्य देख रहा था, किन्तु क्षण-भर में मैंने अपना कर्त्तव्य निर्धारित कर लिया। मैंने कहा—काले खाँ, भूलना मत, मेरा नाम है रामनाथ। आज तुमने यदि देवनन्दन को मारा-पीटा तो मैं तुम्हें जीता न छोडूँगा। मैं रुपये ले आता हूँ।

क्रोध और आवेश में कहने को तो मैं यह कहकर गाँव में चला आया; पर रुपये कहाँ से आते! मैं उन्हीं के पट्टीदार के पास पहुँचा, पर सूव का मोल-भाव होने लगा। उनकी स्थावर सम्पत्ति पर्याप्त न थी। हिन्दुओं में परस्पर तनिक भी सहानुभूति नहीं! मैं जल उठा। मनुष्य, मनुष्य के दुख-सुख से सौदा करने लगता है। और उसका मापदंड बन जाता है रुपया। मैंने कहा—अच्छा, अच्छा, धामपुर में मेरी कृष्णार्पण माफी है, उसे भी मैं रेहन कर दूँगा।

तहसीलदार साहब ने कहा कि इस बनजरिया के नम्बर पर पहले देवनन्दन का नाम था, सो ठीक है। मैंने ही उसी सम्बन्ध में देहन करके फिर इसी माफी को देवनन्दन के नाम बेच दिया। अब मेरे मन में गाँव से घोर घृणा हो गयी थी। मैं भ्रमण के लिए निकला। गाँव पर मेरे लिए कोई बन्धन नहीं रह गया। तीर्थों नगरों और पहाड़ों में मैं घूमता था और गली, चौमुहानी कुओं पर, तालाबों और घाटों के किनारे, मैं व्याख्यान देने लगा। मेरा विषय था हिन्दू-जाति का उद्बोधन। मैं प्रायः उनकी धन-लिप्सा, गृह-प्रेम और छोटे-से-छोटे हिन्दू गृहस्थ को राज-मनोवृत्ति को निन्दा किया करता! आप देखते नहीं कि हिन्दू की छोटी-सी गृहस्थी में कूड़ा-करकट तक जुटा रखने की चाल है, और उन पर प्राण से बढ़कर मोह! दस-पाँच गहने, दो-चार बर्तन, उनको बीसों बार बन्धक करना और घर में कलह करना, यही हिन्दू-घरों में आये दिन के दृश्य हैं। जीवन का जैसे कोई लक्ष्य नहीं। पद-दलित रहते-रहते उनकी सामूहिक चेतना जैसे नष्ट हो गयी है। अन्य जाति के लोग मिट्टी या चीनी के बरतन में उत्तम स्निग्ध भोजन करते हैं। हिन्दू चाँदी की थाली में भी सत्तू घोलकर पीता है। मेरी कटुता उत्तेजित हो जाती, तो और भी इसी तरह की बातें बकता। कभी तो पैसे मिलते और कहीं-कहीं धक्के भी। पर मेरे लिए दूसरा काम नहीं। इसी धुन में मैं कितने बरसों तक

घूमता रहा। नर्मदा के तट से घूमकर मैं उज्जैन जा रहा था। अकस्मात् बिना किसी स्टेशन के गाड़ी खड़ी हो गयी।

मैने पूछा—क्या है?

साथ के यात्री लोग भी चकित थे।

इतने में रेल के गार्ड ने कहा—भुखमरों की भीड़ रेलवे लाइन पर खड़ी है। मैं गाड़ी से उतरकर वह भीषण दृश्य देखने लगा।

संसार का नग्न चित्र, जिसमें पीड़ा का, दुःख का, तांडव नृत्य था। बिना वस्त्र के सैकड़ों नर-कंकाल, इंजिन के सामने लाइन पर खड़े-खड़े और गिरे हुए, मृत्यु की आशा में टक लगाये थे। मैं रो उठा। मेरे हृदय में अभाव की भीषणता, जो चिनगारी के रूप में थी, अब ज्वाला-सी धधकने लगी।

चतुर गार्ड ने झोली में चन्दा के पैसे एकत्र करके कँगलों में बाँट दिया और वे समीप के बाजार की ओर दौड़ पड़े। हाँ, दौड़े। उन अभागों को अन्न की आशा ने बल दिया। वे गिरते-पड़ते चले। मैं भी चला। उनके पीछे-पीछे यह देखता जाता था कि पेड़ों के पत्तियाँ नहीं बची हैं। टिड्डियाँ भी इस तरह उन्हें नहीं खा सकती; वे तो नस छोड़ देती हैं।

मैंने देखा कि वे मरभुखे बाजार में घुसे; किन्तु मैं नहीं जा सका। बाजार के बाहर ही एक वृक्ष के बिना पत्तोंवाली डालों के नीचे एक व्यक्ति पड़ा हुआ अपना हाथ मुँह तक ले जाता है और उसे चाटकर हटा लेता है। पास ही एक छोटा-सा जीव और भी निस्तब्ध पड़ा है। मैं दौड़कर अपने लोटे में दूध मोल ले आया। उसके गले में धीरे-धीरे टपकाने लगा वह आँख खोलकर पास ही पड़े हुए शिशु को देखने लगा। शिशु की ओर मेरा ध्यान नहीं गया था। मैं उसे दूध पिलाने लगा।

कहकर बुड्ढा रामनाथ एक बार ठहर गया। उसने चारों ओर देखकर अपनी आँखों को उस खंभे की आड़ में ठहरा दिया, जहाँ तितली बैठी थी।

शैला रूमाल से अपनी आँखें पोंछ रही थी, और सुनने वाली जनता चुपचाप स्तब्ध थी।

बुड्ढे ने फिर कहना आरम्भ किया—आप लोगों को कष्ट होता है। दुख और दर्द की कहानी सुनाकर मैंने अवश्य आप लोगों का समय नष्ट किया। किन्तु करता क्या! अच्छा, जाने दीजिए, मैं अब बहुत संक्षेप में कहता हूँ —

हाँ, तो वह व्यक्ति थे देवनन्दन, जिनकी समस्त भू-सम्पत्ति नीलाम हो गयी। धूर-धूर बिक गयी। दो सन्तानों का शरीरान्त हो गया। तब उस बची हुई कन्या को लेकर स्त्री के साथ वह परदेश में भीख माँगने चले थे।

उस अभागे को नहीं मालूम था कि वह किधर जा रहा था। उस समय अकाल था। कौन भीख देता? जिनके पास रुपया था, उन्हें अपनी चिन्ता थी।

अस्तु, कुलीन वंश की सुकुमारी कुलवधू अधिक कष्ट न सह सकी, वह मर गयी। तब

देवनन्दन इस शिशु को लेकर घूमने लगे। वह भी मुमूर्ष हो रहा था।

उन्होंने बड़े कष्ट से मुझे पहचानकर केवल इतना कहा—रामनाथ, मैंने सब कुछ बेच दिया; पर तुम्हारा धामपुर का खेत नहीं बेचा है, और यह तितली तुम्हारी शरण है। मैं तो चला।

हाँ, वह चल बसे। मैंने तितली को गोद में उठा लिया।

आगे बुड्ढा कुछ न कह सका; क्योंकि तितली सचमुच चीत्कार करती हुई मूर्च्छित हो गयी थी और शैला उसके पास पहुँचकर उसे प्रफुल्लित करने में लग गई थी।

इन्द्रदेव आरामकुर्सी पर लेट गये थे, और सुनने वाले धीरे-धीरे खिसकने लगे।

तितली

द्वितीय खण्ड

एक

पूस की चाँदनी गाँव के निर्जन प्रान्त में हल्के कुहासे के रूप में साकार हो रही थी। शीतल पवन जब घनी अमराइयों में हरहराहट उत्पन्न करता, तब स्पर्श न होने पर भी गाढ़े के कुरते पहनने वाले किसान अलावों की ओर खिसकने लगते। शैला खड़ी होकर एक ऐसे ही अलाव का दृश्य देख रही थी, जिसके चारों ओर छः-सात किसान बैठे हुए तमाखू पी रहे थे। गाढ़े की दोहर और कम्बल उनमें से दो ही के पास थे। और सब कुरते और इकहरी चद्दरों में 'हू-हा' कर रहे थे।

शैला जब महुए की छाया से हटकर उन लोगों के सामने आई तो, वे लोग अपनी बातचीत बन्द कर असमंजस में पड़े कि मेम साहब से क्या कहें। शैला को सभी पहचानते थे। उसने पूछा—यह अलाव किसका है?

महँगू महतो का सरकार—एक सोलह बरस के लड़के ने कहा।

दूर से आते हुए मधुबन ने पूछा—क्या है रामजस?

मधु भइया, यही मेम साहब पूछ रही थीं।—रामजस ने कहा।

मधुबन ने शैला को नमस्कार करते हुए कहा—क्या कोई काम है? कहीं जाना हो तो मैं पहुँचा दूँ।

नहीं-नहीं मधुबन! मैं भी आग के पास बैठना चाहती हूँ।

मधुबन पुआल का छोटा-सा बंडल ले आया। शैला बैठ गई। मधुबन को वहाँ पाकर उसके मन में जो हिचक थी, वह निकल गई।

महँगू के घर के सामने ही वह अलाव लगा था। महँगू वहाँ पर तमाखू-चिलम का प्रबन्ध रखता। दो-चार किसान, लड़के-बच्चे उस जगह प्रायः एकत्र रहते। महँगू की चिलम कभी ठंडी न होती। बुड्ढा पुराना किसान था। उस गाँव के सब अच्छे टुकड़े उसकी जोत में थे। लड़के और पोते गृहस्थी करे थे, वह बैठा तमाखू पिया करता। उसने भी मेम साहब का नाम सुना था; शैला की दयालुता से परिचित था। उसकी सेवा और सत्कार के लिए मन-ही-मन कोई बात सोच रहा था।

सहसा शैला ने मधुबन से पूछा—मधुबन! तुम जानते हो, बार्टली साहब की नील-कोठी यहाँ से कितनी दूर है?

वह कल के लड़के हैं मेम साहब! उन्हें क्या मालूम की बार्टली साहब कौन थे; मुझसे पूछिए। मेरा रो-रोआँ उन्हीं लोगों के अन्न से पला हुआ है—महँगू ने कहा।

अहा! तब तुम उन्हें जानते हो?

बार्टली को जानता हूँ। बड़े कठोर थे। दया तो उनके पास फटकती न थी—कहते-कहते अलाव के प्रकाश में बुड्ढे के मुख पर घृणा की दो-तीन रेखाएँ गहरी हो गईं। फिर वह सँभलकर कहने लगा—पर उनकी बहन जेन माया-ममता की मूर्ति थी। कितने ही बार्टली के सताये हुए लोग उन्हीं के रुपये से छुटकारा पाते, जिसे वह छिपाकर देती थीं। और, मुझ पर तो उनकी बड़ी दया रहती। मैं उनकी नौकरी कर चुका हूँ। मैं लड़कपन से ही उन्हीं की सेवा में रहता था। यह सब खेती-बारी, गृहस्थी उन्हीं की दी हुई है। उनके जाने के समय में कितना रोया था!–कहते-कहते बुड्ढे की आँखों से पुराने आँसू बहने लगे।

शैला ने बात सुनने के लिए फिर कहा—तो तुम उनके पास नौकरी कर चुके हो? अच्छा तो वह नील-कोठी—

अरे मेम साहब, वह नील-कोठी अब काहे को है, वह तो है भुतही कोठी! अब उधर कोई जाता भी नहीं, गिर रही है। जेन के कई बच्चे वहीं मर गये। वह अपने भाई से बार-बार कहती कि मैं देश जाऊँगी; पर बार्टली ने जाने न दिया। जब वह मरे, तभी जेन को यहाँ से जाने का अवसर मिला। मुझसे कहा था कि—महँगू, जब बाबा होगा, तो तुमको बुलाऊँगी उसे खेलाने के लिए, आ जाना; मैं दूसरे पर भरोसा नहीं करूँगी।—मुझे ऐसा ही मानती थी। चली गई, तब से उनका कोई पक्का समाचार नहीं मिला। पीछे एक साहब से,—जब वह यहाँ का बन्दोबस्त करने आया था, सुना—कि जेन का पति स्मिथ साहब बड़ा पाजी है, उसने जेन का सब रुपया उड़ा डाला। वह बेचारी बड़ी दुखी हैं। मैं यहाँ से क्या करता मेम साहब !

शैला चुपचाप सुन रही थी। उसके मन में आँधी उठ रही थी। किन्तु मुख पर धैर्य की शीतलता थी। उसने कहा—महँगू, मैं तुम्हारी मालकिन को जानती हूँ।

क्या अभी जीती हैं मेम साहब?–बुड्ढे ने बड़े उल्लास से पूछा। उसके हाथ का हुक्का छूटते-छूटते बचा।

नहीं, वह तो मर गई। उनकी एक लड़की है।

अहा! कितनी बड़ी होगी वह! मैं एक बार देख तो पाता?

अच्छा, जब समय आवेगा तो तुम देख लोगे। पहले यह तो बताओ कि मैं नील-कोठी देखना चाहती हूँ; इस समय कोई वहाँ मेरे साथ चल सकता है?

सब किसान एक-दूसरे का मुँह देखने लगे। भुतही कोठी में इस रात को कौन जाएगा। महँगू ने कहा—मैं बूढ़ा हूँ रात को सूझता कम है।

मधुबन ने कहा—मेम साहब, मैं चल सकता हूँ।

साहस पाकर लड़के रामजस ने कहा—मैं भी चलूँगा भइया!

मधुबन ने कहा—तुम्हारी इच्छा!

कंधे पर अपनी लाठी रखे, मधुबन आगे, उसके पीछे शैला और तब रामजस; तीनों उस चाँदनी में पगडंडी से चलने लगे। चुपचाप कुछ दूर निकल जाने पर शैला ने पूछा—मधुबन, खेती से तुम्हारा काम चल जाता है? तुम्हारे घर पर और कौन हैं?

मेम साहब! काम तो किसी तरह चलता ही है। दो-तीन बीघे की खेती ही क्या! बहन है बेचारी; न जाने कैसे सब जुटा लेती है। आज-कल तो नहीं, हाँ, जब मटर हो जाएगी, गाँवों में कोल्हू चलने ही लगे हैं, तब फिर कोई चिन्ता नहीं।

तुम शिकार नहीं करते?

कभी-कभी मछली पर बंसी डाल देता हूँ। और कौन शिकार करूँ?

बहन तुम्हारी यहीं रहती हैं?

हाँ, मेम साहब, उसी ने मुझे पाला है—कहते हुए मधुबन ने कहा—देखिए, यह गड्ढा है। सम्भलकर आइए। अब हम लोग कच्ची सड़क पर आ गये हैं।

अच्छा मधुबन। तुमने यह तो कहा ही नहीं कि तितली कहाँ है, दिखाई नहीं पड़ी। उस दिन जब रामनाथ उसको लिवा ले गया, तब से तो उसका पता न लगा। उसका क्या हाल है?

सब कठोर हैं, निर्दय हैं—मन-ही-मन कहते हुए अन्यमनस्क भाव से मधुबन ने अपना कन्धा हिला दिया।

क्या है मधुबन! कहते क्यों नहीं।

उसी दिन से वह बेचारी पड़ी है। उधर सुना है कि तहसीलदार ने बेदखली करने का पूरा प्रबन्ध कर लिया है! मेम साहब, गरीब की कोई सुनता है? आप ही कहिए न! किसी ब्याह में रमुआ ने दस रुपये लिये वह हल चलाता मर गया। जिसका ब्याह हुआ उस दस रुपये से, वह भी उन्हीं रुपयों में हल चलाने लगा। उसके भी लड़के यदि हल चलाने के डर से घबराकर कलकत्ता भाग जाएँ, तो इसमें बाबाजी का क्या दोष है?

कुछ नहीं—शैला ने कहा।

फिर आप तो जानती नहीं। यह तहसीलदार पहले मेरे यहाँ काम करता था। गुदाम

वाले साहब से, एक बात पर उभाड़ कर, मेरे पिताजी को लड़ा दिया। मुकदमे में जब मेरा सब साफ हो गया, तो जाकर यह धामपुर की छावनी में नौकरी करने लगा। इसको दानव की तरह लड़ने का चसका है, सो भी अदालत का ही। नहीं तो किसी एक दिन इसकी लड़ने की साध मिटा देता। मैं किसी दिन इसकी नस तोड़ दूँ, तो मुझे चैन मिले। इसके कलेजे में कतरनी-से कीड़े दिन-रात कलबलाया करते हैं।

यह तहसीलदार तुम्हारे यहाँ...

अरे यह बात मैं क्रोध में कह गया मेम साहब; जो समय बीत गया, उसे सोचकर क्या करूँगा। अब तो मैं एक साधारण किसान हूँ। शेरकोट का...

चलते-चलते शैला ने कहा—क्या कहा, शेरकोट न! हाँ—तहसीलदार ने कहा था कि शेरकोट ही बैंक बनाने के लिए अच्छा स्थान है! कहाँ है वह?

मधुबन गुर्रा उठा। भूखे भेड़िये की तरह। उस ठंडी रात में उसे अपना क्रोध दमन करने से पसीना हो आया। बोला नहीं।

शैला भी सामने एक ऊँचा-सा टीला देखकर अन्यमनस्क हो गयी, जो चाँदनी रात में रहस्य के स्तूप-सा उदास बैठा था।

रामजस सहसा पीछे से चिल्ला उठा—अब तो पहुँच गये मधुबन भइया!

मधुबन ने गम्भीरता से कहा—हूँ।

शैला चपचाप टूटी हुई सीढ़ियों से चढ़ने लगी। उस नीरस रजनी में पुरानी कोठी, बहुत दिनों के बाद तीन नये आगन्तुकों को देखकर, जैसे व्यंग्य की हँसी हँसने लगी। अभी ये लोग दालान में पहुँचने भी न पाये थे कि एक सियार उसमें से निकलकर भागा। हाँ, भयभीत मनुष्य पहले ही आक्रमण करता है। रामजस ने डरकर उस पर डंडा चलाया। किन्तु वह निकल गया।

शैला ने कहा—मैं भीतर चलूँगी

चलिए, पर अँधेरे में कोई जानवर...

मधुबन चुप रहा। आगे उसके मन में शेरकोट में बैंक बनाने की बात आ गई। वह चुपचाप एक पत्थर पर बैठ गया। शैला भी भीतर न जाकर झील की ओर चली गई। पत्थरों की पुरानी चौकियाँ अभी वहाँ पड़ी थीं। उन्हीं में से एक पर बैठकर वह सूखती हुई झील को देखने लगी। देखते-देखते उसके मन में विषाद और करुणा का भाव जागृत होकर उसे उदास बनाने लगा। शैला को दृढ़ विश्वास हो गया कि जिस पत्थर पर वह बैठी है उसी पर उसकी माता जेन आकर बैठती थी। अज्ञात अतीत को जानने की भावना उसे अन्धकार में पूर्व-परिचितों के समीप ले जाने का प्रयत्न करने लगी। जीवन में यह विचित्र श्रृंखला है। जिस दिन से उस बार्टली और जेन का सम्बन्ध इस भूमि से विदित हुआ, उसी दिन से उसकी मानस-लहरियों में हलचल हुई। पहले उसके हृदय ने तर्क-वितर्क किया। फिर बाल्यकाल की सुनी हुई बातों ने उसे विश्वास दिलाया कि उसकी माता जेन

ने अपने जीवन के सुखी दिनों को यहीं बिताया है। अवश्य उसकी माता भारत के एक नील-व्यवसायी की कन्या थी। फिर जब उसके सम्बन्ध में यहाँ प्रमाण भी मिलता है, तब उसे सन्देह करने का कोई कारण नहीं। अज्ञात नियति की प्रेरणा उसे किस सूत्र से यहाँ खींच लाई है, यही उसके हृदय का प्रश्न था। वह सोचने लगी, यहाँ पर उसकी माता की कितनी सुखद स्मृतियाँ शून्य में विलीन हो गईं। आह! उसके दुःख से भरे वे अन्तिम दिन कितने प्यार से इन स्थलों को स्मरण करते रहे होंगे। इसी झील में छोटी-सी नाव पर उस अतीतकाल में वह कितनी बार घूमकर इसी कोठी में लौटकर चली आई होगी। उसे कल्पना की एकाग्रता ने माता के पैरों की चाप तक सुनवा दी। उसे मालूम हुआ कि उस खँडहर की सीढ़ियों पर सचमुच कोई चढ़ रहा है। वह घूमकर खड़ी हो गई; किन्तु रामजस और मधुबन के अतिरिक्त कोई नहीं दिखाई दिया। वह फिर बैठ गई और दोनों हाथों से अपना मुँह ढँककर सिसकने लगी।

माता का प्यार उसकी स्मृति मात्र से ही उसे सहलाने लगा। उस भयावने खँडहर में माता का स्नेह जैसे बिखर रहा था। वह जीवन में पहली बार इस अनुभूति से परिचित हुई। उसे विश्वास हो गया कि यही उसका जन्म-जन्म का आवास है, आज तक वह जो कुछ देख सकी थी, वह सब विदेश की यात्रा थी। आँखों के सामने दो घड़ी के मनोरंजन करने वाले दृश्य, सो भी उसमें कटुता की मात्रा ही अधिक थी, जो कष्ट झेलने वाली सहनशील मनोवृत्ति के निदर्शन थे। आज उसे वास्तविक विश्राम मिला। वह और भी बैठती; किन्तु मधुबन ने कहा—रामजस, तुमको जाड़ा लग रहा है क्या?

नहीं भइया, यही सोचता हूँ कि कहीं से एक चिलम...

पागल, यहाँ से गाँव में जाकर लौटने में घंटों लग जाएँगे।

तो न सही—कहकर वह अपनी कमली मुट्टियों में दबाने लगा। शैला की एकाग्रता भंग हो गई। उसने पूछा—मधुबन, क्या हम लोगों को चलना चाहिए?

रात बहुत हो चली, वह देखिए, सातों तारे इतने ऊपर चढ़ आये हैं। छावनी पहुँचते-पहुँचते हम लोगों को आधी रात हो जाएगी।

तब चलो—कहकर शैला निस्तब्ध टीले से नीचे उतरने लगी। मधुबन और रामजस उसके आगे और पीछे थे। वह यन्त्र-चालित पुतली की तरह पथ अतिक्रम कर रही थी, और मन में सोच रही थी, अपने अतीत जीवन की घटनाएँ। दुर्वृत्त पिता की अत्याचार-लीलाएँ, फिर माता जेन का छटपटाते हुए कष्टमय जीवन से छुट्टी पाना, उस प्रभाव की भीषणता में अनाथिनी होकर भिखमंगों और आवारों के दल में जाकर पेट भरने की आरम्भिक शिक्षा, धीरे-धीरे उसका अभ्यास; फिर सहसा इन्द्रदेव से भेंट—सन्ध्या के क्रमशः प्रकाशित होने वाले नक्षत्रों की तरह उसके शून्य, मलिन और उदास अन्तस्तल के आकाश में प्रज्वलित होने लगे। वह सोचने लगी—

नियति दुस्तर समुद्र को पार कराती है, चिरकाल के अतीत को वर्तमान से क्षण-भर में जोड़ देती है, और अपरिचित मानवता-सिन्धु में से उसी एक से परिचय करा देती है, जिससे जीवन की अग्रगामिनी धारा अपना पथ निर्दिष्ट करती है। कहाँ भारत, कहाँ मैं और कहाँ इन्द्रदेव! और फिर तितली!–जिसके कारण मुझे अपनी माता की उदारता के स्वर्गीय संगीत सुनने को मिले, यह पावन प्रदेश देखने को मिला!

उसके मन में अनेक दुराशाएँ जाग उठीं। आज तक वह सन्तुष्ट थी। अभावपूर्ण जीवन इन्द्रदेव की कृतज्ञता में आवद्ध और सन्तुष्ट था। किन्तु इस दृश्य ने उसे कर्मक्षेत्र में उतरने के लिए एक स्पर्ध्दामय आमंत्रण दिया। उसका सरल जीवन जैसे चतुर और सजग होने के लिए व्यस्त हो उठा।

वह कच्ची सड़क से धीरे-धीरे चली जा रही थी। पीछे से मोटर की आवाज सुन पड़ी। वह हटकर चलने लगी। किन्तु मोटर उसके पास आकर रुक गई। भीतर से अनवरी ने पुकारा—मिस शैला हैं क्या?

हाँ।

छावनी पर ही चल रही हैं न? आइए न!

धन्यवाद! आप चलिए, मैं आती हूँ।—अन्यमनस्क भाव से शैला ने कह दिया। पर अनवरी सहज में छोड़ने वाली नहीं। उसने अपने पास बैठे हुए कृष्णमोहन से धीरे से कहा—यह तुम्हारी मामी हैं, उन्हें जाकर बुला लो।

शैला उस फुसफुसाहट को सुनने के लिए वहाँ ठहरी न थी। आगे बढ़कर कृष्णमोहन ने नमस्कार करके कहा—आइए न!

शैला कृष्णमोहन का अनुरोध न टाल सकी। मोटर के प्रकाश में उसका प्यारा मुख अधिक आग्रहपूर्ण और विनीत दिखाई पड़ा।

शैला ने मधुबन से कहा—मधुबन, कल छावनी पर अवश्य आना। कृष्णमोहन के साथ शैला मोटर पर बैठ गई।

दो

तहसीलदार ने कागजों पर बड़ी सरकार से हस्ताक्षर करा ही लिया; क्योंकि शैला की योजना के अनुसार किसानों का एक बैंक और एक होमियोपैथी का निःशुल्क औषधालय सबसे पहले खुलना चाहिए। गाँव का जो स्कूल है, उसे ही अधिक उन्नत बनाया जा सकता है। तीसरे दिन जहाँ बाजार लगता है, वहीं एक अच्छा-सा देहाती बाजार बसाना होगा, जिसमें करघे के कपड़े, अन्न, बिसातीखाना और आवश्यक चीजें बिक सकें। गृह-शिल्प को प्रोत्साहन देने के लिए वहीं से प्रयत्न किया जा सकता है। किसानों में खेतों के छोटे-छोटे

टुकड़े बदलकर उनका एक जगह चक बनाना होगा, जिसमें खेती की सुविधा हो। इसके लिए जमींदार को अनेक तरह की सुविधाएँ देनी होंगी।

वह सबसे पीछे होगा। बैंक पहले खुलना चाहिए। कलक्टर ने इसके लिए विशेष आग्रह किया है।

तहसीलदार के सुझाने पर शैला ने शेरकोट को ही बैंक के लिए अधिक उपयुक्त लिख दिया था; किन्तु मधुबन के पिता की जमींदारी नीलाम खरीद हुई थी श्यामदुलारी के नाम। वह हिस्सा अभी तक उन्हीं के नाम से खेवट में था। इसलिए श्यामदुलारी ने थोड़ी-सी गर्व की हँसी हँसते हुए हस्ताक्षर करने पर कहा—तहसीलदार! अब तो मुझे इससे छुट्टी दो। इन्द्र से ही जो कुछ हो, लिखाया-पढ़ाया करो।

तहसीलदार ने चशमे में से माधुरी की ओर देखकर कहा—सरकार, यह मैं कैसे कह सकता हूँ कि आप अपना अधिकार छोड़ दें। न मालूम क्या समझकर आपके नाम से बड़े सरकार ने यह हिस्सा खरीदा था। आप इसे जो चाहें, कर सकती हैं। यदि आप किसी के नाम इसकी स्पष्ट लिखा-पढ़ी न करें, तो यह कानून के अनुसार बीबीरानी का हो सकता है। छोटे सरकार से तो इसका कोई सम्बन्ध...

श्यामदुलारी ने कड़ी निगाह से तहसीलदार को देखा। उसमें संकेत था उसे चुप करने के लिए; किन्तु कूटनीति-चतुर व्यक्ति ने थोड़ी-सी संधि पाते ही, जो कुछ कहना था, कह डाला।

माधुरी इस आकस्मिक उद्घाटन से घबराकर दूसरी ओर देखने लगी थी। वह मन में सोच रही थी, मुझे क्या करना चाहिए?

माधुरी के जीवन में प्रेम नहीं, सरलता नहीं, स्निग्धता भी उतनी न थी। स्त्री के लिए जिस कोमल स्पर्श की अत्यन्त आवश्यकता होती है, वह श्यामलाल से कभी मिला नहीं। तो भी मन को किसी तरह संतोष चाहिए। पिता के घर का अधिकार ही उसके लिए मन बहलाने का खिलौना था। वह भी जानती थी कि यह वास्तविक नहीं, तो भी जब कुछ नहीं मिलता तो मानव-हृदय कृत्रिम को ही वास्तविक बनाने को चेष्टा करता है। माधुरी भी अब तक यही कर रही थी।

चौबेजी कब चूकने वाले थे! उन्होंने खाँसकर कहना आरम्भ किया—बड़े सरकार सब समझते थे। विलायत भेजकर जो कुछ होने वाला था, वह सब अपनी दूर-दृष्टि से देख रहे थे। इसी से उन्होंने यह प्रबन्ध कर दिया था, तहसीलदार साहब ने इस समय उसको प्रकट कर दिया। यह अच्छा ही किया। आगे आपकी इच्छा।

श्यामदुलारी ऊब रही थीं; क्योंकि सब कुछ जानते हुए भी वह नहीं चाहती थीं कि उनकी दोनों सन्तानों में भेद का बीजारोपण हो। इन स्वयंसेवक सम्मति-दाताओं से वह घबरा गईं।

माधुरी ने इस क्षोभ को ताड़ लिया। उसने कहा—इस समय तो आपका काम हो ही गया, अब आप लोग जाइए।

तहसीलदार ने सिर झुकाकर विनयपूर्वक विदा ली। चौबेजी भी बाहर चले गये।

श्यामदुलारी के मौन हो जाने से वहाँ का वातावरण कुंठित-सा हो गया। माधुरी जैसे कुछ कहने में संकुचित थी। कुछ देर तक यही अवस्था बनी रही।

फिर सहसा माधुरी ने कहा—क्यों माँ! क्या सोच रही हो? यह भला कौन-सी बात है इतनी सोचने-विचारने की! ये लोग तो ऐसी व्यर्थ की बातें निकालने में बड़े चतुर हैं ही। तुमको तो यह काम पहले ही कर डालना चाहिए।

किन्तु क्या कर डालना चाहिए, उसे साफ-साफ माधुरी ने भी अभी नहीं सोचा था। वह केवल मन बहलाने वाली कुछ बातें करना चाहती थी। किन्तु श्यामदुलारी के सामने यह एक विचारणीय प्रश्न था। उन्होंने सिर उठाकर गहरी दृष्टि से देखते हुए पूछा—क्या?

माधुरी-क्षण-भर चुप रही, तो भी उसने साहस बटोरकर कहा—भाई साहब का नाम उस पर भी चढ़वा दो, झगड़ा मिटे।

श्यामदुलारी ने सिर झुका लिया। वह सोचने लगीं। उनके सामने एक समस्या खड़ी हो गई थी!

समस्याएँ तो जीवन में बहुत-सी रहती हैं, किन्तु वे दूसरों के स्वार्थों और रुचि तथा कुरुचि के द्वारा कभी-कभी जैसे सजीव होकर जीवन के साथ लड़ने के लिए कमर कसे हुए दिखाई पड़ती हैं।

श्यामदुलारी के सामने उनका जीवन इन चतुर लोगों की कुशल कल्पना के द्वारा निस्सहाय वैधव्य के रूप में खड़ा हो गया।

दूसरी ओर थी वास्तविकता से वंचित माधुरी के कृत्रिम भावी जीवन की दीर्घकालव्यापिनी दुःख-रेखा। एक क्षण में ही नारी-हृदय ने अपनी जाति की सहानुभूति से अपने को आपाद-मस्तक ढँक लिया।

माधुरी की ओर देखते हुए श्यामदुलारी की आँखें छलछला उठीं। उन्हें मालूम हुआ कि माधुरी उस सम्पत्ति को इन्द्रदेव के नाम करने का घोर विरोध कर रही है। उसकी निस्सहाय अवस्था, उसके पति की हृदय-हीनता और कृष्णमोहन का भविष्य—सब उसकी ओर से श्यामदुलारी की बुद्धि को सहायता देने लगे।

माधुरी ने कहने को तो कह दिया! परन्तु फिर उसने आँख नहीं उठाई। वह सिर झुकाकर नीचे की ओर देखने लगी।

श्यामदुलारी ने कहा—माधुरी, अभी इसकी आवश्यकता नहीं है। तू सब बातों में टाँग मत अड़ाया कर। मैं जैसा समझूँगी, करूँगी।

माधुरी इस मीठी झिड़की से मन-ही-मन प्रसन्न हुई। वह नहाने चली गई, सो भी रूठने का-सा अभिनय करते हुए। श्यामदुलारी मन-ही-मन हँसी।

तीन

सहसा एक दिन इन्द्रदेव को यह चेतना हुई कि वह जो कुछ पहले थे, अब नहीं रहे! उन्हें पहले भी कुछ-कुछ ऐसा भाव होता था कि परदे पर एक दूसरा चित्र तैयारी से आने वाला है; पर उसके इतने शीघ्र आने की सम्भावना न थी। शैला के लिए वह बार-बार सोचने लगे थे। उसकी क्या स्थिति होगी, यही वह अभी नहीं समझ पाते थे। कभी-कभी वह शैला के संसर्ग से अपने को मुक्त करने की भी चेष्टा करने लगते—यह भी विरक्ति के कारण नहीं, केवल उसका गौरव बनाने के लिए। उनके कुटुम्ब वालों के मन में शैला को वेश्या से अधिक समझने की कल्पना भी नहीं हो सकती थी। यह प्रच्छन्न व्यंग्य उन्हें व्यथित कर देता।

उधर शैला भी इससे अपरिचित थी—ऐसी बात नहीं। तब भी इन्द्रदेव से अलग होने की कल्पना उसके मन में नहीं उठती थी। इसी बीच में उसने शहर में जाकर मिशनरी सोसाइटी से भी बातचीत की थी। उन लोगों ने स्कूल खोलकर शिक्षा देने के लिए उसे उकसाया।

किन्तु उसने मिशनरी होना स्वीकार नहीं किया। इधर वह बाबा रामनाथ के यहाँ हितोपदेश पढ़ने भी जाती थी अर्थात् इन्द्रदेव और शैला दोनों ही अपने को बहलाने की चिन्ता में थे। वे इस उलझन को स्पष्ट करने के लिए क्या-क्या करने की बातें सोचते थे, पर एक-दूसरे से कहने में संकुचित ही नहीं, किन्तु भयभीत भी थे; क्योंकि इन्द्रदेव के परिवार में घटनाएँ बड़े वेग से विकसित हो रही थीं। किसी भी क्षण में विस्फोट होकर कलह प्रकट हो सकता था।

इमली के पेड़ के नीचे आरामकुर्सियों पर शैला और इन्द्रदेव बैठकर एक-दूसरे को चुपचाप देख रहे थे। प्रभात की उजली धूप टेबल पर बिछे हुए रेशमी कपड़ों पर, रह-रहकर तड़प उठती थी, जिस पर धरे हुए फूलदान के गुलाबों में से एक भीनी महक उठकर उनके वातावरण को सुगन्धपूर्ण कर रही थी।

इन्द्रदेव ने जैसे घबराकर कहा—शैला!

क्या?

तुम कुछ देख रही हो?

सब कुछ! किन्तु इतने विचारविमूढ़ क्यों हो रहे हो? यही समझ में नहीं आता। तुम्हारी वह कल्पना सफल होती नहीं दिखाई देती। इसी का मुझे दुःख है। किन्तु अभी हम लोगों ने उसके लिए कुछ किया भी तो नहीं।

कर नहीं सकते।

यह मैं नहीं मानती।

तुमको कुछ मालूम है कि तुम्हारे सम्बन्ध में यहाँ कैसी बातें फैलाई जा रही हैं? हाँ! मैं रात-रात को घूमती हूँ, जो भारतीय स्त्रियों के लिए ठीक नहीं! मैं रामनाथ के यहाँ संस्कृत

पढ़ने जाती हूँ, यह भी बुरा करती हूँ। और, तुमको भी बिगाड़ रही हूँ। यही बात न? अच्छा इन बातों के किसी-किसी अंश पर देखती हूँ कि तुम भी अधिक ध्यान देने लगे हो। नहीं तो इतना सोचने-विचारने की क्या आवश्यकता थी? मैं—

इतना ही नहीं। मैं अब इसलिए चिन्तित हूँ कि अपना और तुम्हारा सम्बन्ध स्पष्ट कर दें। यह ओछा अपवाद अधिक सहन नहीं किया जा सकता।

किन्तु मैं अभी उस प्रश्न पर विचारने की आवश्यकता ही नहीं समझती!—शैला ने ईषत् हँसी से कहा।

क्यों?

तुम्हारे संसर्ग से जो मैंने सीखा है, उसका पहला पाठ यही है कि दूसरे मुझको क्या कहते हैं, इस पर इतना ध्यान देने की आवश्यकता नहीं। पहले मुझे ही अपने विषय में सच्ची जानकारी होनी चाहिए। मैं चाहती हूँ कि तुम्हारी जमींदारी के दातव्य विभाग से जो खर्च स्वीकृत हुआ है, उसी में मैं अपना और औषधालय का काम चलाऊँ। बैंक में भी कुछ काम कर सकूँ, तो उससे भी कुछ मिल जाया करेगा। और मेरी स्वतंत्र स्थिति इन प्रवादों को स्वयं ही स्पष्ट कर देगी।

बात तो ठीक है—इन्द्रदेव ने कुछ सोचकर धीरे से कहा।

पर इसके लिए तुमको एक प्रबन्ध कर देना पड़ेगा। पहले मैंने सोचा था कि गाँव में कई जगह कर्म-केन्द्र की सृष्टि हो सकती है। भिन्न-भिन्न शक्ति वाले अपने-अपने काम में जुट जायेंगे। किन्तु अब मैं देखती हूँ कि इसमें बड़ी बाधा है, और मैं उन पर इस तरह नियंत्रण न कर सकूँगी। इसलिए बैंक और औषधालय, ग्रामसुधार और प्रचार-विभाग, सब एक ही स्थान पर हों।

तो ठीक है। शेरकोट में ही सब विभागों के लिए कमरे बनवाने की व्यवस्था कर दो न!

किन्तु इसमें मैं एक भूल कर गई हूँ। क्या उसके सुधारने का कोई उपाय नहीं है?

भूल कैसी?

कुछ लोग ऐसे होते हैं, जो जान-बूझकर एक रहस्यपूर्ण घटना को जन्म देते हैं। स्वयं उसमें पड़ते हैं और दूसरों को भी फसाते हैं। मैं भी शेरकोट को बैंक के लिए चुनने में कुछ इसी तरह मूर्ख बनाई गई हूँ।

इन्द्रदेव ने हँसते हुए कहा—मैं देख रहा हूँ कि तुम अधिक भावनामयी होती जा रही हो। यह सन्देह अच्छा नहीं। शेरकोट के लिए तो माँ ने सब प्रबन्ध कर भी दिया है। अब फिर क्या हुआ?

शेरकोट एक पुराने वंश की स्मृति है। उसे मिटा देना ठीक नहीं। अभी मधुबन नाम का एक युवक उसका मालिक है। तहसीलदार से उसकी कुछ अनबन है, इसलिए यह...

मधुबन! अच्छा तो मैं क्या कर सकता हूँ। तुम बैंक न भी बनवाओ, तो होता क्या है। अब तो वह बेचारा उस शेरकोट से निकाला ही जायेगा।

तुम एक बार माँ से कहो न। और नीलवाली कोठी की मरम्मत करा दो, इसमें रुपये भी कम लगेंगे, और...

नीलवाली कोठी!—आश्चर्य से इन्द्रदेव ने उसकी ओर देखा

हाँ, क्यों?

अरे वह तो भुतही कोठी कही जाती है।

जहाँ मनुष्य नहीं रहते वहीं तो भूत रह सकेंगे? इन्द्रदेव! मैं उस कोठी को बहुत प्यार करती हूँ।

कब से शैला?—हँसते हुए इन्द्र ने उसका हाथ पकड़ लिया।

इन्द्र! तुम नहीं जानते। मेरी माँ यहीं कुछ दिनों तक रह चुकी हैं।

इन्द्रदेव की आँखें जैसे बड़ी हो गयीं। उन्होंने कुर्सी से उठ खड़े होकर कहा—तुम क्या कह रही हो?

बैठो और सुनो। मैं वही कह रही हैं, जिसके मुझे सच होने का विश्वास हो रहा है। तुम इसके लिए कुछ करो। मुझे तुमसे दान लेने में तो कोई संकोच नहीं। आज तक तुम्हारे ही दान पर मैं जी रही हूँ; किन्तु वहाँ रहने देकर मुझे सबसे बड़ी प्रसन्नता तुम दे सकते हो। और, मेरी जीविका का उपाय भी कर सकते हो।

शैला की इस दीनता से घबराकर इन्द्रदेव ने कुर्सी खींचकर बैठते हुए कहा—

शैला! तुम काम-काज की इतनी बातें करने लगी हो कि मुझे आश्चर्य हो रहा है। जीवन में यह परिवर्तन सहसा होता है; किन्तु यह क्या! तुम मुझको एक बार ही कोई अन्य व्यक्ति क्यों समझ बैठी हो? मैं तुमको दान दूँगा? कितने आश्चर्य की बात है!

यह सत्य है इन्द्रदेव! इसे छिपाने से कोई लाभ नहीं। अवस्था ऐसी है कि अब मैं तुमसे अलग होने की कल्पना करके दुखी होती हूँ, किन्तु थोड़ी दूर हटे बिना काम भी नहीं चलता। तुमको और अपने को समान अन्तर पर रखकर, कुछ दिन परीक्षा लेकर, तब मन से पूछूँगी।

क्या पूछोगी शैला?

कि वह क्या चाहता है। तब तक के लिए यही प्रबंध रहना ठीक होगा। मुझे काम करना पड़ेगा, और काम किये बिना यहाँ रहना मेरे लिए असम्भव है। अपनी रियासत में मुझे एक नौकरी और रहने की जगह देकर मेरे बोझ से तुम इस समय के लिए छुट्टी पा जाओ, और स्वतंत्र होकर कुछ अपने विषय में भी सोच लो।

शैला बड़ी गंभीरता से उनकी ओर देखते हुए फिर कहने लगी— हम लोगों के पश्चिमी जीवन का यह संस्कार है कि व्यक्ति को स्वावलम्ब पर खड़े होना चाहिए। तुम्हारे भारतीय हृदय में, जो कौटुम्बिक कोमलता में पला है, परस्पर सहानुभूति की—

सहायता की बड़ी आशाएँ, परम्परागत संस्कृति के कारण बलवती रहती हैं। किन्तु मेरा जीवन कैसा रहा है, उसे तुमसे अधिक कौन जानता है! मुझसे काम लो और बदले में कुछ दो।

अच्छा, यह सब मैं कर लूँगा; पर मधुबन के शेरकोट का क्या होगा? मैं नहीं कहना चाहता। माँ न जाने क्या मन में सोचेंगी जबकि उन्होंने एक बार कह दिया, तब उसके प्रतिकूल जाना उनकी प्रकृति के विरुद्ध है। तो भी तुम स्वयं कहकर देख लो।

यह मैं नहीं पसन्द करती इन्द्रदेव! मैं चाहती हूँ कि जो कुछ कहना हो, अपनी माताजी से तुम्हीं कहो। दूसरों से वही बात सुनने पर, जिसे कि अपनों से सुनने की आशा रहती है—मनुष्य के मन में एक ठेस लगती है। यह बात अपने घर में तुम आरम्भ न करो।

देखो शैला! वह आरम्भ हो चुकी है, अब उसे रोकने में असमर्थ हूँ। तब भी तुम कहती हो, तो मैं ही कहकर देखूँगा कि क्या होता है। अच्छा तो जाओ, तुम्हारे हितोपदेश के पाठ का यही समय है न! वाह! क्या अच्छा मरने का यह स्वाँग बनाया है।

शैला ने स्निग्ध दृष्टि से इन्द्रदेव को देखकर कहा—यह स्वाँग नहीं है, मैं तुम्हारे समीप आने का प्रयत्न कर रही हूँ—तुम्हारी संस्कृति का अध्ययन करके।

अनवरी को आते देखकर उल्लास से इन्द्रदेव ने कहा—शैला शेरकोट वाली बात अनवरी से ही माँ तक पहुँचाई जा सकती है।

शैला प्रतिवाद करना ही चाहती थी कि अनवरी सामने आकर खड़ी हो गई। उसने कहा—आज कई दिन से आप उधर नहीं आई हैं। बड़ी सरकार पूछ रही थीं कि...

अरे पहले बैठ तो जाइए।—कुर्सी खिसकाते हुए शैला ने कहा मैं तो स्वयं अभी चलने के लिए तैयार हो रही थी।

अच्छा—

हाँ, शेरकोट के बारे में रानी साहिबा से मुझे कुछ कहना था। मेरे भ्रम से एक बड़ी बुरी बात हो रही है, उसे रोकने के लिए...

क्या?

मधुबन बेचारा अपनी झोंपड़ी से भी निकाल दिया जायेगा। वही उसके बाप-दादों की डीह है। मैंने बिना समझे-बूझे बैंक के लिए वहीं जगह पसन्द की। उस भूल को सुधारने के लिए मैं अभी ही आने वाली थी।

मधुबन! हाँ, वही न, जो उस दिन रात को आपके साथ था, जब आप नील-कोठी से आ रही थीं? उस पर तो आपको दया करनी चाहिए—कहकर अनवरी ने भेद-भरी दृष्टि से इन्द्रदेव की ओर देखा।

इन्द्रदेव कुर्सी छोड़ उठ खड़े हुए।

शैला ने निराश दृष्टि से उनकी ओर देखते हुए कहा—तो इस मेरी दया मे आपकी सहायता की भी आवश्यकता हो सकती है। चलिए।

चार

क्यों बेटी! तुमने सोच-विचार लिया?—कोठरी के बाहर बैठे हुए रामनाथ ने पूछा।

भीतर से राजकुमारी ने कहा—बाबाजी, हम लोग इस समय ब्याह करने के लिए रुपये कहाँ से लावें?

रुपयों से ब्याह नहीं होगा बेटी! ब्याह होगा मधुबन से तितली का। तुम इसे स्वीकार कर लो; और जो कुछ होगा, मैं देख लूँगा। मैं अब बूढ़ा हुआ, तितली को तुम लोगों की स्नेह-छाया में दिये बिना मैं कैसे सुख से मरूँगा?

अच्छा, पर एक बात और भी आपने समझ ली है? क्या मधुबन तितली के साथ गृहस्थी चलाने के लिए, दुःख-सुख भोगने के लिए तैयार है? वह अपनी सुध-बुध तो रखता ही नहीं। भला उसके गले एक बछिया बाँधकर आप क्या ठीक करेंगे?

सुनो बेटी, दस बीघा तितली के, और तुम लोगों के जो खेत हैं—सब मिलाकर एक छोटी-सी गृहस्थी अच्छी तरह चल सकेगी। फिर तुमको तो यही सब देखना है, करना है, सब सम्हाल लोगी। मधुबन भी पढ़ा-लिखा परिश्रमी लड़का है। लग-लपटकर अपना घर चला ही लेगा।

मधुबन से भी आप पूछ लीजिए। वह मेरी बात सुनता कब है। कई बार मैंने कहा कि अपना घर देख, वह हँस देता है, जैसे उसे इसकी चिन्ता ही नहीं। हम लोग न जाने कैसे अपना पेट भर लेते हैं। फिर पराई लड़की घर में ले आकर तो उसी तरह नहीं चल सकता?

तुम भूलती हो बेटी! पराई लड़की समझता तो मैं उसके ब्याह की यहाँ चर्चा न चलाता। मधुबन और तितली दोनों एक-दूसरे को अच्छी तरह पहचान गये हैं। और तितली पर तुमको दया ही नहीं करनी होगी, तुम उसे प्यार भी करोगी। उसे तुमने इधर देखा है?

नहीं, अब तो वह बहुत दिन से इधर आती ही नहीं।

आज मेम साहब के साथ वह भी नहाने गई है। शैला का नाम तो तुमने सुना होगा? वही जो यहाँ के जमींदार इन्द्रदेव के साथ विलायत से आई है। बड़ी अच्छी सुशील लड़की है। वह भी मेरे यहाँ संस्कृत पढ़ती है। तुम चलकर उन दोनों से बात भी कर लो और देख भी लो।

अच्छा, मैं अभी आती हूँ।

मैं भी चलता हूँ बेटी! मधुबन उनके संग नहीं है। मल्लाह को तो सहेज दिया है। तो चलूँ!

रामनाथ नहाने के घाट की ओर चले। राजकुमारी भी रामदीन की नानी के साथ गंगा की ओर चली।

अभी वह शेरकोट से बाहर निकलकर पथ पर आई थी कि सामने से चौबेजी दिखाई पडे। राजकुमारी ने एक बार घूँघट खींचकर मुड़ते हुए निकल जाना चाहा। किन्तु चौबे ने सामने आकर टोक ही दिया—भाभी हैं क्या? अरे ! मैं तो पहचान ही न सका!

दुःख में सब लोग पहचान लें, ऐसा तो नहीं होता।—राजकुमारी ने अनखाते हुए कहा।

अरे, नहीं-नहीं! मैं भला भूल जाऊँगा? नौकरी ठहरी। बराबर सोचता हूँ कि एक दिन शेरकोट चलूँ, पर छुट्टी मिले तब तो। आज मैंने भी निश्चय कर लिया था कि भेंट करूँगा ही।

चौबेजी के मुँह पर एक स्निग्धता छा गई थी; वह मुस्कराने की चेष्टा करने लगे।

किन्तु मैं नहाने जा रही हूँ।

अच्छी बात है, मैं थोड़ी देर में आऊँगा।—कहकर चौबेजी दूसरी ओर चले गये, और राजकुमारी को पथ चलना दूभर हो गया!

कितने बरस पहले की बात है! जब वह ससुराल में थी, विधवा होने पर भी बहुत-सा दुख, मान-अपमान भरा समय वह बिता चुकी थी। वह ससुराल की गृहस्थी में बोझ-सी हो उठी थी। चचेरी सास के व्यंग्य से नित्य ही घड़ी-दो घड़ी कोने में मुँह डालकर रोना पड़ता, सब कुछ सहकर भी वहीं खटना पड़ता।

ससुराल के पुरोहितों में चौबेजी का घराना था। चौबे प्रायः आते-जाते—वैसे ही, जैसे घर के प्राणी; और गाँव के सहज नाते से राजकुमारी के वह देवर होते—हँसने-बोलने की बाधा नहीं थी।

राजकुमारी के पति के सामने से ही यह व्यवहार था। विधवा होने पर भी वह छूटा नहीं। उस निराशा और कष्ट के जीवन में भी कभी-कभी चौबे आकर हँसी की रेखा खींच देते। दोनों के हृदय में एक सहज अनुराग और सहानुभूति थी। दिन-दिन वही बढ़ने लगी। स्त्री का हृदय था; एक दुलार का प्रत्याशी; उसमें कोई मलिनता न थी।

चौबे भी अज्ञात भाव से उसी का अनुकरण कर रहे थे। पर वह कुछ जैसे अंधकार में चल रहे थे। राजकुमारी फिर भी सावधान थी!

एक दिन सहसा नियमित गालियाँ सुनने के समय जब चौबे का नाम भी उसमें मिलकर

राजकुमारी, स्त्री की दृष्टि से, उसे परखने लगी; और रामनाथ का प्रस्ताव मन-ही-मन दुहराने लगे।

शैला ने कहा—अच्छा, तुम कहीं आती-जाती नहीं हो बहन!

कहाँ जाऊँ?

तो मैं ही तुम्हारे यहाँ कभी-कभी आया करूँगी। अकेले घर में बैठे-बैठे कैसे तुम्हारा मन लगता है?

बैठना ही तो नहीं है! घर का काम कौन करता है? इसी में दिन बीतता जा रहा है। देखिए, यह तितली पहले मधुबन के साथ कभी-कभी आ जाती थी, खेलती थी। अब तो सयानी हो गई है। क्यों री, अभी तो ब्याह भी नहीं हुआ, तू इतनी लजाती क्यों है?—घूमकर जब उसने तितली की ओर देखकर यह बात कही, तो उसके मुख पर एक सहज गम्भीर मुस्कान—लज्जा के बादल में बिजली-सी—चमक उठी।

शैला ने उसकी ठोड़ी पकड़कर कहा—यह तो अब यहीं आकर रहना चाहती है न, तुम इसको बुलाती नहीं हो, इसीलिए रूठी हुई है।

तितली को अपनी लज्जा प्रकट करने के लिए उठ जाना पड़ा। उसने कहा—क्यों नहीं आऊँगी।

बाबा रामनाथ ऊपर आ गये थे। उन्होंने कहा—अच्छा, तो अब चलना चाहिए।

फिर राजकुमारी की ओर देखकर कहा—तो बेटी, फिर किसी दिन आऊँगा।

राजकुमारी ने नमस्कार किया। वह नहाने के लिए नीचे उतरने लगी, और शैला तितली के साथ रामनाथ का अनुसरण करने लगी।

गंगा के शीतल जल में राजकुमारी देर तक नहाती रही, और सोचती थी अपने जीवन की अतीत घटनाएँ। तितली के ब्याह के प्रसंग से और चौबे के आने-जाने से नई होकर वे उसकी आँखों के सामने अपना चित्र उन लहरों में खींच रही थीं। मधुबन की गृहस्थी का नशा उसे अब तक विस्मृति के अन्धकार में डाले हुए था। वह सोच रही थी—क्या वही सत्य था? इतना दिन जो मैंने किया, वह भ्रम था! मधुबन जब ब्याह कर लेगा, तब यहाँ मेरा क्या काम रह जायेगा? गृहस्थी! उसे चलाने के लिए तो तितली आ ही जायेगी। अहा! तितली कितनी सुन्दर है! मधुबन प्रसन्न होगा। और मैं...? अच्छा, तब तीर्थ करने चली जाऊँगी। उँह! रुपया चाहिए उसके लिए—कहाँ से आवेगा? अरे जब घूमता ही है, तो क्या रुपये की कमी रह जायेगी? रुपया लेकर करूँगी ही क्या? भीख माँगकर या परदेश में मजूरी करके पेट पालूँगी। परन्तु आज इतने दिनों पर चौबे!

उसके हृदय में एक अनुभूति हुई, जिसे स्वयं स्पष्ट न समझ सकी। एक विकट हलचल होने लगी। वह जैसे उन चपल लहरों में झूमने लगी।

भीषण अट्टहास कर उठा, तब राजकुमारी अपने मन में न जाने क्यों वास्तविकता को लगी। वह जैसे अपमान की ठोकर से अभिभूत होकर उसी ओर पूर्ण वेग से लिए प्रस्तुत हुई, बदला लेने के लिए और अपनी असहाय अवस्था का अवलम्ब के लिए। किन्तु वह पागलपन क्षणिक ही रहा। उसकी खीझ फल नहीं पा सकी मधुबन को सम्हालने के लिए उसे शेरकोट चले आना पड़ा। वह भयानक आँधी थि ही दिखलायी देकर रुक गई। चौबे नौकरी करने लगे राजा साहब के यहाँ, और रा शेरकोट के झाड़ू और दीये में लगी—यह घटना वह संभवतः भूल गई थी; किन सहसा विस्मृत चित्र सामने आ गया।

राजकुमारी का मन अस्थिर हो गया। वह गंगाजी के नहाने के घाट तक ब पहूँची।

शैला और तितली नहाकर ऊपर खड़ी थीं। बाबा रामनाथ अभी संध्या कर राजकुमारी को देखते ही तितली ने नमस्कार किया और शैला से कहा—आप ही हैं, बात बाबाजी कर रहे थे?

शैला ने कहा—अच्छा! आप ही मधुबन की बहन हैं?

जी।

मैं मधुबन के साथ पढ़ती हूँ। आप मेरी भी बहन हुईं न!—शैला ने सरल प्रस कहा।

राजकुमारी ने मेम के इस व्यवहार से चकित होकर कहा—मैं आपकी बहन हो हूँ? यह आपकी बड़ाई है।

क्यों नहीं बहन! तुम ऐसा क्यों सोचती हो? आओ, इस जगह बैठ जाएँ। अच्छ कि तुम भी स्नान कर लो, तब हम लोग साथ ही चलें।

नहीं, आपको विलम्ब होगा।—कहकर राजकुमारी विशाल वृक्ष के नीचे पत्थर की ओर बढ़ी।

शैला और तितली भी उसी पर जाकर बैठीं।

राजकुमारी का हृदय स्निग्ध हो रहा था। उसने देखा, तितली अब वह चंचल न रही, जो पहले मधुबन के साथ खेलने आया करती थी। उसकी काली रजनी-सी आँखें जैसे सदैव कोई गम्भीर स्वप्न देखती रहती हैं। लम्बा छरहरा अंग, गोरी उँगलियाँ, सहज उन्नत ललाट, कुछ खिंची हुई भौंहें और छोटा-सा पतले-पतले अध मुख—साधारण कृषक-बालिका से कुछ अलग अपनी सत्ता बता रहे थे। कानों के ही घूँघट था, जिससे लटें निकली पड़ती थीं। उसकी चौड़ी किनारे की धोती का च उसके शरीर में घुला जा रहा था। वह सन्ध्या के निरभ्र गगन में विकसित होने वाली— ही मधुर आलोक से तुष्ट—एक छोटी-सी तारिका थी।

रामदीन की नानी ने कहा—चलो मालकिन, अभी रसोई का सारा काम पड़ा है, मधुबन बाबू आते होंगे।

राजकुमारी जल के बाहर खीझ से भरी निकली। आज उसके प्रौढ़ वय में भी व्यय-विहीन पवित्र यौवन चंचल हो उठा था। चौबे ने उससे फिर मिलने के लिए कहा था। वह आकर लौट न जाय।

वह जल से निकलते ही घर पहुँचने के लिए व्यग्र हो उठी।

पाँच

शेरकोट में पहुँचकर उसने अपनी चंचल मनोवृत्ति को भरपूर दबाने की चेष्टा की, और कुछ अंश तक वह सफल भी हुई; पर अब भी चौबे की राह देख रही थी। बहुत दिनों तक राजकुमारी के मन में यह कुतूहल उत्पन्न हुआ था कि चौबे के मन में वह बात अभी बनी हुई है या भूल गई। उसे जान लेने पर वह सन्तुष्ट हो जायेगी। बस, और कुछ नहीं मधुबन! नहीं, आज वह सन्ध्या को घर लौटने के लिए कह गया है तो फिर, रसोई बनाने की भी आवश्यकता नहीं। वह स्थिर होकर प्रतीक्षा करने लगी।

किन्तु...बहुत दिनों पर चौबेजी आवेंगे, उनके लिए जलपान का कुछ प्रबन्ध होना चाहिए। राजकुमारी ने अपनी गृहस्थी के भंडार-घर में जितनी हाँड़ियाँ टटोलीं, सब सूनी मिलीं। उसकी खीझ बढ़ गई। फिर इस खोखली गृहस्थी का तो उसे कभी अनुभव भी न हुआ था।

आज मानो वह शेरकोट अपनी अन्तिम परीक्षा में असफल हुआ।

राजकुमारी का क्रोध उबल पड़ा। अपनी अग्निमयी आँखों को घुमाकर वह जिधर ही ले जाती थी, अभाव का खोखला मुँह विकृत रूप से परिचय देकर जैसे उसकी हँसी उड़ाने के लिए मौन हो जाता। वह पागल होकर बोली—यह भी कोई जीवन है।

क्या है भाभी! मैं आ गया!–कहते हुए चौबे ने घर में प्रवेश किया। राजकुमारी अपना घूँघट खींचते हुए काठ की चौकी दिखाकर बोली—बैठिए।

क्या. कहूँ, तहसीलदार के यहाँ ठहर जाना पड़ा। उन्होंने बिना कुछ खिलाए आने ही नहीं दिया। सो भाभी! आज तो क्षमा करो, फिर किसी दिन आकर खा जाऊँगा। कुछ मेरे लिए बनाया तो नहीं?

राजकुमारी रुद्ध कंठ से बोली—नहीं तो, आये बिना मैं कैसे क्या करती! तो फिर कुछ तो...

नहीं, आज कुछ नहीं! हाँ, और क्या समाचार है। कुछ सुनाओ—कहकर चौबे ने एक बार सतृष्ण नेत्रों से उस दरिद्र विधवा की ओर देखा।

सुखदेव! कितने दिनों पर मेरा समाचार पूछ रहे हो, मुझे भी स्मरण नहीं; सब भूल गई हूँ। कहने की कोई बात हो भी। क्या कहूँ।

भाभी! मैं बड़ा अभागा हूँ। मैं तो घर से निकाला जाकर कष्टमय जीवन ही बिता रहा हूँ। तुम्हारे चले आने के बाद मैं कुछ ही दिनों तक घर पर रह सका। जो थोड़ा खेत बचा था, उसे बन्धक रखकर बड़े भई के लिए एक स्त्री खरीदकर जब आई, तो मेरे लिए रोटी का प्रश्न सामने खड़ा होकर हँसने लगा। मैं नौकरी के बहाने परदेश चला मेरा मन भी वहाँ लगता न था। गाँव काटने दौड़ता था। कलकत्ता में किसी तरह एक थेटर की दरबानी मिली। मैं उसके साथ बराबर परदेश घूमने लगा। रसोई भी बनाता रहा। हाँ, बीच में मैं संग होने से हारमोनियम सीखता रहा। फिर एक दिन बनारस में जब हमारी कम्पनी खेल कर रही थी, राजा साहब से भेंट हो गई। जब उन्हें सब हाल मालूम हुआ, तो उन्होंने कहा—तुम चलो, मेरे यहाँ सुख से रहो। क्यों परदेश में मारे-मारे फिर रहे हो? तब मैं राजा साहब का दरबारी बना। उन्हें कभी कोई अच्छी चीज बनाकर खिलाता, ठंडाई बनाता और कभी-कभी बाजा भी सुनाता। मेरे जीवन का कोई लक्ष्य न था। रुपया कमाने की इच्छा नहीं। दिन बीतने लगे। कभी-कभी, न जाने क्यों, तुमको स्मरण कर लेता। जैसे इस संसार में...

राजकुमारी की नस-नस में बिजली दौड़ने लगी थी। एक अभागे युवक का—जो सब ओर से ठुकराये जाने पर भी उसको स्मरण करता था।—रूप उसकी आँखों के सामने विराट् होकर ममता के आलोक में झलक उठा। वह तन्मय होकर सुन रही थी, जैसे उसकी चेतना सहसा लौट आई। अपनी प्यास बढ़ाकर उसने पूछा—क्यों सुखदेव! मुझे क्यों?

न पूछो भाभी! अपने दुख से जब ऊबकर मैं परदेस की किसी कोठरी में गाँव की बातें सोचकर आह कर बैठता था, तब मुझे तुम्हारा ध्यान बराबर हो आता। तुम्हारा दुख क्या मुझसे कम है? और वाह रे निष्ठुर संसार! मैं कुछ कर नहीं सकता था? वह क्यों?

सुखदेव! बस करो। वह भूख समय पर कुछ न पाकर मरमिटी है। उसे जानने से कुछ लाभ नहीं। मुझे भी इस संसार में कोई पूछने वाला है, यह मैं नहीं जानती थी; और न जानना मेरे लिए अच्छा था। तुम सुखी हो। भगवान् सबका भला करें।

भाभी! ऐसा न कहो। दो दिन के जीवन में मनुष्य-मनुष्य को यदि नहीं पूछता—स्नेह नहीं करता, तो फिर वह किसलिए उत्पन्न हुआ है। यह सत्य है कि सब ऐसे भाग्यशाली नहीं होते कि उन्हें कोई प्यार करे, पर यह तो हो सकता है। कि वह स्वयं किसी को प्यार करे, किसी के दुख-सुख में हाथ बँटाकर अपना जन्म सार्थक कर ले।

सुखदेव नाटक में जैसे अभिनय कर रहा था।

राजकुमारी ने एक दीर्घ निःश्वास लिया। वह निःश्वास उस प्राचीन खँडहर में निराश होकर घूम आया था। वह सिर झुकाकार बैठी रही। सुखदेव की आँखों में आँसू झलकने लगे थे। वह दरबारी था, आया था कुछ काम साधने; परन्तु प्रसंग ऐसा चल पड़ा कि उसे कुछ साफ-साफ होकर सामने आना पड़ा।

उसकी चतुरता का भाव परास्त हो गया था। अपने को सम्हालकर कहने लगा—तो फिर मैं अपनी बात न कहूँ? अच्छा, जैसी तुम्हारी आज्ञा। एक विशेष काम से तुम्हारे पास आया हूँ। उसे तो सुन लोगी?

तुम जो कहोगे, सब सुनूँगी, सुखदेव!

तितली को तो जानती हो न?

जानती हूँ क्यों नहीं; अभी आज ही तो उससे भेंट हुई थी।

और हमारे मालिक कुंवर इन्द्रदेव को भी?

क्यों नहीं!

यह भी जानती हो कि तुम लोगों के शेरकोट को छीनने का प्रबन्ध तहसीलदार ने कर लिया है?

राजकुमारी अब अपना धैर्य न सम्हाल सकी, उसने चिढ़कर कहा—सब सुनती हूँ, जानती हूँ, तुम साफ-साफ अपनी बात कहो।

मैंने तहसीलदार को रोक दिया है। वहाँ रहकर अपनी आँखों के सामने तुम्हारा अनिष्ट होते मैं नहीं देख सकता था। किन्तु एक काम तुम कर सकोगी?

अपने को बहुत रोकते हुए राजकुमारी ने कहा—क्या?

किसी तरह तितली से इन्द्रदेव का ब्याह करा दो और यह तुम्हारे किये होगा! और तुम लोगों से जो जमींदार के घर से बुराई है, वह भलाई में परिणत हो जायेगी। सब तरह का रीति-व्यवहार हो जायेगा। भाभी! हम सब सुख से जीवन बिता सकेंगे।

राजकुमारी निश्चेष्ट होकर सुखदेव का मुँह देखने लगी ; और वह बहुत-सी बात सोच रही थी। थोड़ी देर पर वह बोली—क्यों, मेम साहब क्या करेंगी?

उसी को हटाने के लिए तो। तितली को छोड़कर और कोई ऐसी बालिका जाति की नहीं दिखाई पड़ती, जो इन्द्रदेव से ब्याही जाये; क्योंकि विलायत से मेम ले आने का प्रवाद सब जगह फैल गया है।

कुछ देर तक राजकुमारी सिर नीचा कर सोचती रही। फिर उसने कहा—अच्छा, किसी दूसरे दिन इसका उत्तर दूँगी।

उस दिन चौबे विदा हुए। किन्तु राजकुमारी के मन में भयानक हलचल हुई। संयम के प्रौढ़ भाव की प्राचीर के भीतर जिस चारित्र्य की रक्षा हुई थी, आज वह सन्धि खोजने लगा था। मानव-हृदय की वह दुर्बलता कही जाती है। किन्तु जिस प्रकार चिररोगी स्वास्थ्य की सम्भावना से प्रेरित

होकर पलँग के नीचे पैर रखकर अपनी शक्ति की परीक्षा लेता है, ठीक उसी तरह तो राजकुमारी के मन में कूतूहल हुआ था—अपनी शक्ति को जाँचने का। वह किसी अंश तक सफल भी हुई, और उसी सफलता ने और भी चाट बढ़ा दी। राजकुमारी परखने लगी थी अपना—स्त्री का अवलम्ब, जिसके सबसे बड़े उपकरण हैं यौवन और सौन्दर्य। आत्मगौरव, चारित्र्य और पवित्रता तक सबकी दृष्टि तो नहीं पहुँचती। अपनी सांसारिक विभूति और सम्पत्ति को सम्हालने की आवश्यकता रखने वाले किस प्राणी को, चिन्ता नहीं होती?

शस्त्र कुंठित हो जाते हैं, तब उन पर शान चढ़ाना पड़ता है। किन्तु राजकुमारी के सब अस्त्र निकम्मे नहीं थे। उनकी और परीक्षा लेने की लालसा उसके मन में बढ़ी।

उधर हृदय में एक सन्तोष भी उत्पन्न हो गया था। वह सोचने लगी थी कि मधुबन की गृहस्थी का बोझ उसी पर है। उसे मधुबन की कल्याण-कामना के साथ उसकी व्यावहारिकता भी देखनी चाहिए। शेरकोट कैसे बचेगा, और तितली से ब्याह करके दरिद्र मधुबन कैसे सुखी हो सकेगा? यदि तितली इन्द्रदेव की रानी हो जाती और राजकुमारी के प्रयत्न से, तो वह कितना...

वह भविष्य की कल्पना से क्षण-भर के लिए पागल हो उठी। सब बातों में सुखदेव की सुखद स्मृति उसकी कल्पनाओं को और भी सुन्दर बनाने लगी।

बुढ़िया ने बहुत देर तक प्रतीक्षा की; पर जब राजकुमारी के उठने के, या रसोईघर में आने के, उसने कोई लक्षण नहीं देखे तो उसे भी लाचार होकर वहाँ से टल जाना पड़ा। राजकुमारी ने अनुभूतिभरी आँखों से अपनी अभाव की गृहस्थी को देखा और विरक्ति से वहीं चटाई बिछाकर लेट गई।

धीरे-धीरे दिन ढलने लगा। पश्चिम में लाली दौड़ी, किन्तु राजकुमारी आलस भरी भावना में डुबकी ले रही थी। उसने एक बार अँगड़ाई लेकर करारों में गंगा की अधखुली धारा को देखा। वह धीरे-धीरे बह रही थी। स्वप्न देखने की इच्छा से उसने आँखें बन्द कीं।

मधुबन आया। उसने आज राजकुमारी को इस नई अवस्था में देखा। वह कई बरसों से बराबर, बिना किसी दिन की बीमारी के, सदा प्रस्तुत रहने के रूप में ही राजकुमारी को देखता आता था। किन्तु आज? वह चौंक उठा। उसने पूछा—

राजो! पड़ी क्यों हो?

वह बोली नहीं। सुनकर भी जैसे न सुन सकी। मन-ही-मन सोच रही थी। ओह,, इतने दिन बीत गये! इतने बरस! कभी दो घड़ी की भी छुट्टी नहीं। मैं क्यों जगाई जा रही हैं। इसीलिए न कि रसोई नहीं बनी है, तो मैं क्या रसोईदारिन हूँ। आज नहीं बनी—न सही।

मधुबन दौड़कर बाहर आया। बुढ़िया को खोजने लगा। वह भी नहीं दिखाई पड़ी। उसने फिर भीतर जाकर रसोईघर देखा। कहीं धुएँ या चूल्हा जलने का चिह्न नहीं। बरतनों को उलट-पलटकर देखा। भूख लग रही थी। उसे थोड़ा-सा चवेना मिला। उसे बैठकर

मनोयोग से खाने लगा। मन-ही-मन सोचता था—आज बात क्या है? डरता भी था कि राजकुमारी चिढ़ न जाय! उसने भी मन में स्थिर किया—आज यहाँ रहूँगा नहीं।

मधुबन का रूठने का मन हुआ। वह चुपचाप जल पीकर चला गया।

राजकुमारी ने सब जान-बूझकर—कहा—हूँ। अभी यह हाल है तो तितली से ब्याह हो जाने पर तो धरती पर पैर ही न पड़ेंगे।

विरोध कभी-कभी बड़े मनोरंजक रूप में मनुष्य के पास धीरे से आता है और अपनी काल्पनिक सृष्टि में मनुष्य को अपना समर्थन करने के लिए बाध्य करता है—अवसर देता है—प्रमाण ढूँढ़ लाता है। और फिर; आँखों में लाली, मन में घृणा, लड़ने का उन्माद और उसका सुख—सब अपने-अपने कोनों से निकलकर उसके हाँ—में—हाँ मिलाने लगते हैं।

गोधूली आई। अन्धकार आया। दूर-दूर झोंपड़ियों में दीये जल उठे। शेरकोट का खँडहर भी सायँ-सायँ करने लगा; किन्तु राजकुमारी आज उठती ही नहीं। वह अपने चारों ओर और भी अन्धकार चाहती थी!

छः

उजली धूप बनजरिया के चारों ओर, उसके छोटे-बड़े पौधों पर, फिसल रही थी। अभी सवेरा था, शरीर में उस कोमल धूप की तीव्र अनुभूति करती हुई तितली, अपने गोभी के छोटे-से खेत के पास, सिरिस के नीचे बैठी थी। झाड़ियों पर से ओस की बूँदें गिरने-गिरने को हो रही थीं। समीर में शीतलता थी।

उसकी आँखों में विश्वास कुतूहल बना हुआ संसार का सुन्दर चित्र देख रहा था। किसी ने पुकारा—तितली! उसने घूमकर देखा; शैली अपनी रेशमी साड़ी का अंचल हाथ में लिए खड़ी है।

तितली की प्रसन्नता चंचल हो उठी। वहीं खड़ी होकर उसने कहा—आओ बहन! देखो न! मेरी गोभी में फूल बैठने लगे हैं।

शैला हँसते हुई पास आकर देखने लगी। श्याम-हरित पत्रों में नन्हें-नन्हें उजले-उजले फूल! उसने कहा—वाह! लो, तुम भी इसी तरह फूलो-फलो।

आशीर्वाद की कृतज्ञता में सिर झुकाकर तितली ने कहा—कितना प्यार करती हो मुझे!

तुमको जो देखेगा, वही प्यार करेगा।

अच्छा!—उसने अप्रतिभ होकर कहा।

चलो, आज पाठ कब होगा? अभी तो मधुबन भी नहीं दिखाई पड़ा।

मैं आज न पढ़ूँगी।

क्यों?

यों ही। और भी कई काम करना है।

शैला ने कहा—अच्छा, मैं भी आज न पढ़ूँगी—बाबाजी से मिलकर चली जाऊँगी।

रामनाथ अभी उपासना करके अपने आसन पर बैठे थे। शैला उनके पास चटाई पर जाकर बैठ गई। रामनाथ ने पूछा—आज पाठ न होगा क्या? मधुबन भी नहीं दिखाई पड़ रहा है, और तितली भी नहीं!

आज यों ही मुझे कुछ बताइए।

पूछो।

हम लोगों के यहाँ जीवन को युद्ध मानते हैं, इसमें कितनी सच्चाई है। इसके विरुद्ध भारत में उदासीनता और त्याग का महत्त्व है?

यह ठीक है कि तुम्हारे देश के लोगों ने जीवन को नहीं, किन्तु स्थल और आकाश को भी लड़ने का क्षेत्र बना दिया है। जीवन को युद्ध मान लेने का यह अनिवार्य फल है। जहाँ स्वार्थ के अस्तित्व के लिए युद्ध होगा, वहाँ तो यह होना ही चाहिए।

किन्तु युद्ध का जीवन में कुछ भाग तो अवश्य ही है। भारतीय जनता में भी उसका अभाव नहीं।

पर यह दूसरे प्रकार का है। उसमें अपनी आत्मा के शत्रु आसुर भावों से युद्ध की शिक्षा है। प्राचीन ऋषियों ने बतलाया है कि भीतर जो काम का और जीवन का युद्ध चलता है, उसमें जीवन को विजयी बनाओ।

किन्तु, मैं तो ऐसा समझती हूँ कि आपके वेदान्त में जो जगत् को मिथ्या और भ्रम मान लेने का सिद्धान्त है, वही यहाँ के मनुष्यों को उदासीन बनाता है। संसार को असत समझने वाला मनुष्य कैसे किसी काम को विश्वासपूर्वक कर सकता है।

मैं कहता हूँ कि वह वेदान्त पिछले काल का साम्प्रदायिक वेदान्त है, जो तर्कों के आधार पर अन्य दार्शनिक को परास्त करने के लिए बना। सच्चा वेदान्त व्यावहारिक है। वह जीवन-समुद्र आत्मा को उसकी सम्पूर्ण विभूतियों के साथ समझता है। भारतीय आत्मवाद के मूल में व्यक्तिवाद है; किन्तु उसका रहस्य है। समाजवाद की रूढ़ियों से व्यक्ति की स्वतंत्रता की रक्षा करना। और, व्यक्ति की स्वतंत्रता का अर्थ है व्यक्ति समता की प्रतिष्ठा, जिसमें समझौता अनिवार्य है। युद्ध का परिणाम मृत्यु है। जीवन से युद्ध का क्या सम्बन्ध, युद्ध तो विच्छेद है और जीवन में शुद्ध सहयोग है।

अच्छा, तो मैं मान लेती हूँ, परन्तु...

सुनो, तुम्हारे ईसा के जीवन में और उनकी मृत्यु में इसी भारतीय सन्देश की क्षीण प्रतिध्वनि है।

आपने ईसा की जीवनी भी पढ़ी है?

क्यों नहीं! किन्तु तुम लोगों के इतिहास में तो उसका कोई सूक्ष्म निदर्शन नहीं मिलता, जिसके लिए ईसा ने प्राण दिये थे। आज सब लोग यही कहते हैं कि ईसाई-धर्म सेमेटिक है, किन्तु तुम जानती हो कि यह सेमेटिक धर्म क्यों सेमेटिक जाति के द्वारा अस्वीकृत हुआ? नहीं। वास्तव में वह विदेशी थी, उनके लिए, वह आर्य-सन्देशं था। और कभी इस पर भी विचार किया है तुमने कि वह क्यों आर्य-जाति की शाखा में फूला-फला? वह धर्म उसी जाति के आर्य-संस्कारों के साथ विकसित हुआ; क्योंकि तुम लोगों के जीवन में ग्रीस और रोम की आर्य-संस्कृति का प्रभाव सोलहों आने था ही, उसी का यह परिवर्तित रूप संसार की आँखों में चकाचौंध उत्पन्न कर रहा है। किन्तु व्यक्तिगत पवित्रता को अधिक महत्त्व देने वाला वेदांत, आत्मशुद्धि का प्रचारक है। इसीलिए इसमें संघबद्ध प्रार्थनाओं की प्रधानता नहीं।

तो जीवन की अतृप्ति पर विजय पाना ही भारतीय जीवन का उद्देश्य है न? फिर अपने लिए...

अपने लिए? अपने लिए क्यों नहीं। सब कुछ आत्मलाभ के लिए ही तो धर्म का आचरण है। उदास होकर इस भाव को ग्रहण करने से तो सारा जीवन भार हो जायेगा। इसके साथ प्रसन्नता और आनन्दपूर्ण उत्साह चाहिए। और तब जीवन युद्ध न होकर समझौता, सन्धि या मेल बन जाता है। जहाँ परस्पर सहायता और सेवा की कल्पना होती है—झगड़ा-लड़ाई, नोच-खसोट नहीं।

शैला ने मन-ही-मन कहा—यही तो। उसका मुँह प्रसन्नता से चमकने लगा। फिर उसने कहा—आज मैं बहुत ही कृतज्ञ हुई; मेरी इच्छा है कि आप मुझे अपने धर्म के अनुसार दीक्षा दीजिए।

क्षण-भर सोच लेने के बाद रामनाथ ने पूछा—क्या अभी और विचार करने के लिए तुमको अवसर नहीं चाहिए? दीक्षा तो मैं...

नहीं, अब मुझे कुछ सोचना-विचारना नहीं। मकर-संक्रान्ति किस दिन है? उसी दिन से मेरा अस्पताल खुलेगा। मैं समझती हूँ कि उसके पहले ही मुझे...

अब कितने दिन हैं? यही कोई एक सप्ताह तो और होगा। अच्छा उसी दिन प्रभात में तुम्हारी दीक्षा होगी। जब तक और इस पर विचार कर लो।

बाबा रामनाथ धार्मिक जनता के उस विभाग के प्रतिनिधि थे और संसार के महत्त्वपूर्ण कर्मों पर अपनी ही सत्ता, अपना ही दायित्वपूर्ण अधिकार मानती है; और संसार को अपना आभारी समझती है। उनका दृढ़ विश्वास था कि विश्व के अन्धकार में आर्यों ने अपनी ज्ञान-ज्वाला प्रज्वलित की थी। वह अपनी सफलता पर मन-ही-मन बहुत प्रसन्न थे।

मेरा निश्चय हो चुका। अच्छा तो आज मुझे छुट्टी दीजिए। अभी नीलवाली कोठी पर जाना होगा। मधुबन तो कई दिन से रात को भी वहीं रहता है। वह घर क्यों नहीं जाता। आप पूछिएगा।—शैला ने कहा।

आज पूछ लूँगा—कहकर आसन से उठते हुए रामनाथ ने पुकारा—तितली!

आई...

तितली ने आकर देखा कि रामनाथ आसन से उठ गये हैं और शैला बनजरिया से बाहर जाने के लिए हरियाली की पगडंडी पर चली आई है। उसने कहा—बहन तुम जाती हो क्या?

हाँ, तुमसे तो कहा ही नहीं। शेरकोट को बेदखल करने का विचार माताजी ने मेरे कहने से छोड़ दिया है। मेरा सामान आ गया, मैं नील-कोठी में रहने लगी हूँ। वहीं मेरा अस्पताल खुल जाएगा।...क्यों, इधर मधुबन से तुमसे भेंट नहीं हुई क्या?

तितली लज्जित-सी सिर नीचा किए बोली—नहीं, आज कई दिनों से भेंट नहीं हुई।—उसके हृदय में धड़कन होने लगी।

ठीक है, कोठी में काम की बड़ी जल्दी है। इसी से आजकल छुट्टी न मिलती होगी—अच्छा तो तितली, आज मैं मधुबन को तुम्हारे पास भेज दूँगी।—कहकर शैला मुस्कराई।

नहीं-नहीं, आप क्या कह रही हैं। मैंने सुना है कि वह घर भी नहीं जाते। उन्हें...

क्यों? यह तो मैं भी जानती हूँ।—फिर चिन्तित होकर शैला ने कहा—क्या राजकुमारी का कोई सन्देश आया था?

नहीं।—अभी तितली और कुछ कहना ही चाहती थी कि सामने से मधुबन आता दिखाई पड़ा। उसकी भवें तनी थीं। मुँह रूखा हो रहा था।

शैला ने पूछा—क्यों मधुबन, आजकल तुम घर क्यों नहीं जाते?

जाऊँगा!—विरक्त होकर उसने कहा।

कब?

कई दिन का पाठ पिछड़ गया है। रोटी खाने के समय से जाऊँगा।

अच्छी बात है! देखो, भूलना मत!—कहती हुई शैला चली गई; और अब सामने खड़ी रही तितली। उसके मन में कितनी बातें उठ रही थीं, किन्तु जब से उसके ब्याह की बात चल पड़ी थी, वह लज्जा का अधिक अनुभव करने लगी थी। पहले तो वह मधुबन को झिड़क भी देती, रामनाथ से मधुबन के संबंध में कुछ उलटी-सीधी भी कहती पर न जाने अब वैसा साहस उसमें क्यों नहीं आता! वह जोर करके बिगड़ना चाहती थी, पर जैसे अधरों के कोनों में हँसी फूट उठती! बड़े धैर्य से उसने कहा—आजकल तुमको रूठना कब से आ गया है?

मधुबन की इच्छा हुई कि वह हँसकर कह दे कि—जब से तुमसे ब्याह होने की बात चल पड़ी है;—पर वैसा न कहकर उसने कहा—हम लोग भला रूठना क्या जानें, यह तो तुम्हीं लोगों की विद्या है!

तो क्या मैं तुमसे रूठ रही हूँ?—चिढ़े हुए स्वर में तितली ने कहा।

आज न सही, दो दिन में रूठोगी। उस दिन रक्षा पाने के लिए आज से ही परिश्रम कर रहा हूँ! नहीं तो सुख की रोटी किसे नहीं अच्छी लगती?

तितली इस सहज हँसी से भी झल्ला उठी। उसने कहा—नहीं-नहीं, मेरे लिए किसी को कुछ करने की आवश्यकता नहीं।

तब तो प्राण बचे। अच्छा, पहले बताओ कि शेरकोट से कोई आया था? रामदीन की नानी; वही आकर कह गई होगी। उसकी टाँगें तोड़नी ही पड़ेंगी।

अरे राम! उस बेचारी ने क्या किया है !

मधुबन और कुछ कहने जा रहा था कि रामनाथ ने उसे दूर से ही पुकारा—मधुबन!

दोनों ने घूमकर देखा कि बनजरिया के भीतर इन्द्रदेव अपने घोड़े को पकड़े हुए धीरे-धीरे आ रहे हैं। तितली संकुचित होती हुई झोंपड़ी की ओर जाने लगी और मधुबन ने नमस्कार किया।

किन्तु एक दृष्टि में इन्द्रदेव ने उस सरल ग्रामीण सौंदर्य को देखा। उन्हें कुतूहल हुआ। उस दन बनजरिया के साथ तितली का नाम उनकी कचहरी में प्रतिध्वनित हो गया था। वही यह है? उन्होंने मधुबन के नमस्कार का उत्तर देते हुए तितली से पूछा—मिस शैला अभी-अभी यहाँ आई थीं?

हाँ, अभी ही नील-कोठी की ओर गई हैं।—तितली ने घूमकर मधुर स्वर से कहा। वह खड़ी हो गई।

इन्द्रदेव ने समीप आते हुए रामनाथ को देखकर नमस्कार किया। रामनाथ इसके पहले से ही आशीर्वाद देने के लिए हाथ उठा चुके थे। इन्द्रदेव ने हँसकर पूछा—आपकी पाठशाला तो चल रही है न?

श्रीमानों की कृपा पर उसका जीवन है। मैं दरिद्र ब्राह्मण भला क्या कर सकता हूँ। छोटे-छोटे लड़के संध्या में पढ़ने आते हैं।

अच्छा, मैं इस पर फिर कभी विचार करूँगा। अभी तो नीलकोठी जा रहा हूँ। प्रणाम!

इन्द्रदेव अपने घोड़े पर सवार होकर चले गये।

रामनाथ, मधुबन और तितली वहीं खड़े रहे।

रामनाथ ने पूछा—मधुबन, तुम आजकल कैसे हो रहे हो?

मधुबन ने सिर झुका लिया।

रामनाथ ने कहा—मधुबन! कुछ ही दिनों में एक नई घटना होने वाली है।

वह अच्छी होगी या बुरी, नहीं कह सकता। किन्तु उसके लिए हम सबको प्रस्तुत रहना चाहिए।

क्या?—मधुबन ने सशंक होकर पूछा।

शैला को मैं हिन्दू-धर्म की दीक्षा दूँगा।—स्थिर भाव से रामनाथ ने कहा।

मधुबन ने उद्विग्न होकर कहा—तो इसमें क्या कुछ अनिष्ट की संभावना है?

विधाता का जैसा विधान होगा, वही होगा। किन्तु ब्राह्मण का जो कर्त्तव्य है, वह करूँगा।

तो मेरे लिए क्या आज्ञा है? मैं तो सब तरह प्रस्तुत हूँ।

हूँ, और उसी दिन तुम्हारा ब्याह भी होगा!

उसी दिन!—वह लज्जित होकर कह उठा। तितली चली गई।

क्यों, इसमें तुम्हें आश्चर्य किस बात का है? राजकुमारी की स्वीकृति मुझे मिल ही जायेगी, इसकी मुझे पक्की आशा है।

जैसा आप कहिए।—उसने विनम्र होकर उत्तर दिया। किंतु मन-ही-मन बहुत-सी बातें सोचने लगा—तितली को लेकर घर-बार करना होगा। और भी क्या-क्या...

रामनाथ ने बाधा देकर कहा—आज पाठ न होगा। तुम कई दिन से घर नहीं गये हो, जाओ!

वह भी छुट्टी चाहता ही था। मन में नई-नई आशाएँ, उमंग और लड़कपन के-से प्रसन्न विचार खेलने लगे। वह शेरकोट की ओर चल पड़ा।

रामनाथ स्थिर दृष्टि से आकाश की ओर देखने लगे। उनके मुँह पर स्फूर्ति थी; पर साथ में चिन्ता भी थी अपने शुभ संकल्पों की—और उसमें बाधा पड़ने की संभावना की। फिर वह क्षण-भर के लिए अपनी विजय निश्चित समझते हुए मुस्करा उठे। बनजरिया की हरियाली में वह टहलने लगे।

उनके मन में इस समय हलचल हो रही थी कि ब्याह किस रीति से किया जाय! बारात तो आवेगी नहीं। मधुबन यह चाहेगा तो? पर मैं व्यर्थ का उपद्रव बढ़ाना नहीं चाहता। तो भी उसके और तितली के लिए कपड़े तो चाहिए ही; और मंगल-सूचक कोई आभरण तितली के लिए! अरे, मैंने अभी तक किया क्या?

वह अपनी असावधानी पर झल्लाते हुए झोंपड़ी के भीतर कुछ ढूँढ़ने चले। किन्तु पीछे फिर कर देखते हैं, तो राजकुमारी रामदीन की नानी के साथ खड़ी है। उन्होंने कहा—आओ, तुम्हारी प्रतीक्षा में था। बैठो।

राजकुमारी ने बैठते हुए कहा—मैं आज एक काम से आई हूँ।

मैं अभी-अभी तुम्हारे आने की बात सोच रहा था; क्योंकि अब कितने दिन रह गये हैं?

नहीं बाबाजी! ब्याह तो नहीं होगा।—उसने साहस से कह दिया।

क्यों? नहीं क्यों होगा?—रामनाथ ने आश्चर्य से पूछा।

ऐसे निठल्ले से तितली का ब्याह करके उस लड़की को क्या भाड़ में झोंकना है। आज कई दिनों से वह घर भी नहीं आता। मैं मस्कुट कर गृहस्थी का काम चलाती हूँ। बाबाजी, इतने दिनों से आपने भी मुझे इसी गाँव में देखा-सुना है। मैं अपने दुःख के दिन किस तरह काट रही हूँ।—कहते-कहते राजकुमारी की आँखों में आँसू भर आये।

रामनाथ हतबुद्धि-से उस स्त्री का अभिनय देखने लगे, जो आज तक अपनी चरित्र-दृढ़ता की यश-पताका गाँव-भर में ऊँची किये हुए थी!

राजकुमारी का, दारिद्र्य में रहते हुए भी, कुलीनता का अनुशासन सब लोग जानते थे। किन्तु सहसा आज यह कैसा परिवर्तन!

रामनाथ ने पूरे बल से इस लीला का प्रत्याख्यान करने का मन में संकल्प कर लिया। बोले—सुनो राजो, ब्याह तो होगा ही। जब बात चल चुकी है, तो उसे करना ही होगा। इसमें मैं किसी की बात नहीं सूनूँगा, तुम्हारी भी नहीं। क्या तुम्हारे ऊपर मेरा कुछ अधिकार नहीं है? बेटी, आज ऐसी बात! ना, सो नहीं, ब्याह तो होगा ही।

राजकुमारी तिलमिला उठी थी। उसने क्रोध से जलकर कहा—कैसे होगा? आप जानते हैं कि जमींदार के घर के लोगों की आँख उस पर है।

इसका क्या अर्थ है राजकुमारी? समझाकर कहो; यह पहेली कैसी?

पहेली नहीं बाबाजी, कुँवर इन्द्रदेव से तितली का ब्याह होगा। और मैं कहती हूँ कि मैं करा दूंगी।

रामनाथ के सिर के बाल खड़े हो गये। यह क्या कह रही हो तुम? तितली से इन्द्रदेव का ब्याह? असम्भव है!

असम्भव नहीं, मैं कहती हूँ न! आप ही सोच लीजिए। तितली कितनी सुखी होगी!

पल-भर के लिए रामनाथ ने भूल की थी। वह एक सुख-स्वप्न था। उन्होंने सम्हलकर कहा—मैं तो मधुबन से ही उसका ब्याह निश्चित कर चुका हूँ।

तब दोनों को ही गाँव छोड़ना पड़ेगा। और आप तो दो दिन के लिए अपने बल पर जो चाहे कर लेंगे; फिर तो आप जानते हैं कि बनजरिया और शेरकोट दोनों ही निकल जायेंगे और...

रामनाथ चुप होकर विचारने लगे। फिर सहसा उत्तेजित-से बड़बड़ा उठे—तुम भूल करती हो राजो! तितली को मधुबन के साथ परेदश जाना पड़े, यह भी मैं सह लूँगा; पर उसका ब्याह दूसरे से होने पर वह बचेगी नहीं।

राजकुमारी ने अब रूप बदला। बहुत तीखे स्वर से बोली—तो आप मधुबन का सर्वनाश करना चाहते हैं! कीजिए; मैं स्त्री हूँ, क्या कर सकूँगी। वह आँखों में आँसू भरे उठ गई।

रामनाथ भी काठ की तरह चुपचाप बैठे नहीं रहे। वह अपनी पोटली टटोलने के लिए झोंपड़ी में चले गये।

जब रामनाथ झोंपड़ी में से कुछ हाथ में लिए बाहर निकले तो उन्हें मधुबन दिखाई पड़ा। उसका मुँह क्रोध से तमतमा रहा था। कुछ कहना चाहता था; पर जैसे कहने की शक्ति छिन गई हो! रामनाथ ने पूछा—क्या घर नहीं गये?

गया था।

फिर तुरन्त ही चले क्यों आये?

वहाँ क्या करता? देखिए, इधर मैं घर की कोई बात आपसे कहना चाहता था, परन्तु डर से कह नहीं सका! राजो...वह कहते-कहते रुक गया।

कहो, कहो। चुप क्यों हो गये?

मैं जब घर पहुँचा, तो मुझे मालूम हुआ कि वह चौबे आज मेरे घर आया था। उससे बातें करके राजो कहीं चली गई है। बाबाजी...

ओह, तो तुम नहीं जानते। वह तो यहीं आई थी। अभी घर भी तो न पहुँची होगी।

यहाँ आई थी!

हाँ, कहने आई थी कि तितली का ब्याह मधुबन से न होकर जमींदार इन्द्रदेव से होना अच्छा होगा।

यहाँ तक। मैंने तो समझा था कि...

पर तुम क्यों इस पर इतना क्रोध और आश्चर्य प्रकट करो! ब्याह तो होगा ही!

मैं वह बात नहीं कह रहा था। मुझे तो तहसीलदार ही की नस ठीक करने की इच्छा थी। अब देखता हूँ कि इस चौबे को भी किसी दिन पाठ पढ़ाना होगा। वह लफंगा किस साहस पर मेरे घर पर आया था! आप कहते हैं क्या! मैं तो उसका खून भी पी जाऊँगा।

रामनाथ ने उसके बढ़ते हुए क्रोध को शान्त करने की इच्छा से कहा—सुनो मधुबन! राजो फिर भी तो स्त्री है। उसे तुम्हारी भलाई का लोभ किसी ने दिया होगा। वह बेचारी उसी विचार से...

नहीं बाबाजी! इसमें कुछ और भी रहस्य है। वह चाहे मैं अभी नहीं समझ सका हूँ...।—कहते-कहते मधुबन सिर नीचा करके गम्भीर चिन्ता में निमग्न हो गया।

अन्त में रामनाथ ने दृढ़ स्वर से कहा—पर तुमको तो आज ही शहर जाना होगा। या लो रुपये, सब वस्तुएँ इसी सूची के अनुसार आ जानी चाहिए।

मधुबन ने हताश होकर रामनाथ की ओर देखा; फिर वह वृद्ध अविचल था।

मधुबन को शहर जाना पड़ा।

दूर से तितली सब सुनकर भी जैसे कुछ नहीं सुनना चाहती थी। उसे अपने ऊपर क्रोध आ रहा था। वह क्यों ऐसी बिडम्बना में पड़ गई ! उसको लेकर इतनी हलचल! वह लाज में गड़ी जा रही थी।

सात

शैला का छोटी कोठी से भी हट जाना रामदीन को बहुत बुरा लगा। वह माधुरी, श्यामदुलारी और इन्द्रदेव से भी मन-ही-मन जलने लगा। लड़का ही तो था, उसे अपने साथ स्नेह से व्यवहार करने वाली शैला के प्रति तीव्र सहानुभूति हुई। वह बिना समझे-बूझे मलिया के कहने पर विश्वास कर बैठा कि शैला को छोटी कोठी से हटाने में गहरी चालबाजी है, अब वह इस गाँव में भी नहीं रहने पायेगी, नील-कोठी में भी कुछ ही दिनों की चहल-पहल है।

रामदीन रोष से भी भर उठा। वह कोठी का नौकर है। माधुरी ने कई हेर-फेर लगाकर उसे नील-कोठी जाने से रोक लिया। मेम साहब का साथ छोड़ना उसे अखर गया। शैला ने जाते-जाते उसे एक रुपया देकर कहा—रामदीन, तुम यहीं काम करो। फिर मैं माँ जी से कहकर बुला लूँगी! अच्छा न!

लड़के का विद्रोही मन इस सान्त्वना से धैर्य न रख सका। वह रोने लगा। शैला के पास कोई उपाय न था। वह तो चली गई। किन्तु, रामदीन उत्पाती जीव बन गया। दूसरे ही दिन उसने लैम्प गिरा दिया। पानी भरने का ताँबे का घड़ा लेकर गिर पड़ा। तरकारी धोने ले जाकर सब कीचड़ से भर लाया। मलिया को चिकोटी काटकर भागा। और, सब से अधिक बुरा काम किया, उसने माधुरी के सामने तरेर कर देखने का, जब उसको अनवरी को मुँह चिढ़ाने के लिए वह डाँट रही थी।

उसका सारा उत्पात देखते-देखते इतना बढ़ा कि बड़ी कोठी में से कई चीजें खो जाने लगीं। माधुरी तो उधार खाये बैठी थी। अब अनवरी की चमड़े की छोटी-सी थैली भी गुम हो गई; तब तो रामदीन पर बें-भाव की पड़ी। चोरी के लिए वह अच्छी तरह पिटा; पर स्वीकार करने के लिए वह किसी भी तरह प्रस्तुत नहीं।

माधुरी ने स्वभाव के अनुसार उसे खूब पीटने के लिए चौबे से कहा। चौबेजी ने कहा—यह पाजी पीटने से नहीं मानेगा। इसे तो पुलिस में देना ही चाहिए। ऐसे लौंडों की दूसरी दवा ही नहीं।

माधुरी ने इन्द्रदेव को बुलाकर उसका सब वृत्तान्त कुछ नोन-मिर्च लगाकर सुनाते हुए पुलिस में भेजने के लिए कहा। इन्द्रदेव ने सिर हिला दिया। वह गम्भीर होकर सोचने लगे। बात क्या है! शैला के यहाँ से जाते ही रामदीन को हो क्या गया!

इसमें भी आप सोच रहे हैं! भाई साहब, मैं कहती हूँ न, इसे पुलिस में अभी दीजिए, नहीं तो आगे चलकर यह पक्का चोर बनेगा और यह देहात इसके अत्याचार से लुट जायेगा।—माधुरी ने झल्लाकर कहा।

इन्द्रदेव को माधुरी की इस भविष्यवाणी पर विश्वास नहीं हुआ। उन्होंने कहा—लड़कों को इतना कड़ा दण्ड देने से सुधार होने की सम्भावना तो बहुत ही कम होती है, उलटे उनके

स्वभाव में उच्छृंखलता बढ़ती है। उसे न हो तो शैला के पास भेज दो। वहाँ ठीक रहेगा।

माधुरी आग हो गई—उन्हीं के साथ रहकर तो बिगड़ा है। फिर वहाँ न भेजूँगी। मैं कहती हूँ, भाई साहब, इसे पुलिस में भेजना ही होगा।

अनवरी ने भी दूसरी ओर से आकर क्रोध और उदासी से भरे स्वर में कहा—दूसरा कोई उपाय नहीं।

अनवरी का बेग गुम हो गया था, इस पर भी विश्वास करना ही पड़ा। इन्द्रदेव को अपने घरेलू सम्बन्ध में इस तरह अनवरी का सब जगह बोल देना बहुत दिनों से खटक रहा था। किन्तु आज वह सहन की सीमा को पार कर गया। क्रोध से भरकर प्रतिवाद करने जाकर भी वह रुक गये। उन्होंने देखा कि हानि तो अनवरी की ही हुई है, यहाँ तो उसे बोलने का नैतिक अधिकार ही है।

रामदीन बुलाया गया। अनवरी पर जो क्रोध था उसे किसी पर निकालना ही चाहिए; और जब दुर्बल प्राणी सामने हो तो हृदय के संतोष के लिए अच्छा अवसर मिल जाता है। रामदीन ने सामने आते ही इन्द्रदेव का रूप देखकर रोना आरम्भ किया। उठा हुआ थप्पड़ रुक गया। इन्द्रदेव ने डाँटकर पूछा—क्यों बे, तूने मनीबेग चुरा लिया है?

मैंने नहीं चुराया। मुझे निकालने के लिए डाक्टर साहब बहुत दिनों से लगी हुई हैं। एँ-एँ-एँ! एक दिन कहती भी थीं कि तुझे पुलिस में भेजे बिना मुझे चैन नहीं। दुहाई सरकार की, मेरा खेत छुड़ाकर मेरी नानी को भूखों मारने की भी धमकी देती थीं।

इन्द्रदेव ने कड़ककर कहा—चुप बदमाश! क्या तुमसे उनकी कोई बुराई है जो वह ऐसा करेंगी?

मैं जो मेम साहब का काम करता हूँ! मलिया भी कहती थी कि बीबीरानी मेम साहब को निकालकर छोड़ेंगी और तुमको भी...हूँ-हूँ-ऊँ-ऊँ!

उसका स्वर तो ऊँचा हुआ, पर बीबीरानी अपना नाम सुनकर क्षोभ और क्रोध से लाल हो गईं।—सुना न, इस पाजी का हौसला देखिए। यह कितनी झूठी-झूठी बातें भी बना सकता है।—कहकर भी माधुरी रोने-रोने को हो रही थी। आगे उसके लिए बोलना असम्भव था। बात में सत्यांश था। वह क्रोध न करके अपनी सफ़ाई देने की चेष्टा करने लगी। उसने कहा—बुलाओ तो मलिया को; कोई सुनता है कि नहीं!

इन्द्रदेव ने विषय का भीषण आभास पाया। उन्होंने कहा—कोई काम नहीं। इस शैतान को पुलिस में देना ही होगा। मैं अभी भेजता हूँ।

रामदीन की नानी दौड़ी आई। उसके रोने-गाने पर भी इन्द्रदेव को अपना मत बदलना ठीक न लगा। हाँ, उन्होंने रामदीन को चुनार के रिफ़ार्मेटरी में भेजने के लिए मजिस्ट्रेट को चिट्ठी लिख दी।

शैला के हटते ही उसका प्रभु-भक्त बाल-सेवक इस तरह निकाला गया!

इन्द्रदेव ने देखा कि समस्या जटिल होती जा रही है। उनके मन में एक बार यह विचार आया कि वह यहाँ से जाकर कहीं पर अपनी बैरिस्टरी की प्रैक्टिस करने लगें। परन्तु शैला! अभी तो उसके काम का आरम्भ हो रहा है। वह क्या समझेगी। मेरी कायरता पर उसे कितनी लज्जा होगी। और मैं ही क्यों ऐसा करूँ। रामदीन के लिए अपना घर तो बिगाडूँगा नहीं। पर यह चाल कब तक चलेगी।

एक छोटे-से घर में साम्राज्य की-सी नीति बरतने में उन्हें बड़ी पीड़ा होने लगी। अधिक न सोचकर वह बाहर घूमने चले गये।

शैली को रामदीन की बात तब मालूम हुई, जब वह मजिस्ट्रेट के इजलास पर पहुँच चुका था और पुलिस ने किसी तरह अपराध प्रमाणित कर दिया था! साथ ही, इन्द्रदेव-जैसे प्रतिष्ठित जमींदार का पत्र भी रिफ़ार्मेटरी भेजने के लिए पहुँच गया था।

आठ

शैला का सब सामान नील-कोठी में चला गया था। वह छावनी में आई थी कल के सम्बन्ध में कुछ इन्द्रदेव से कहने; क्योंकि इन्द्रदेव को उसके भावी धर्म-परिवर्तन की बात नहीं मालूम थी।

भीतर से कृष्णमोहन चिक हटाकर निकला। उसने हँसते हुए नमस्कार किया। शैला ने पूछा—बड़ी सरकार कहाँ हैं?

पूजा पर।

और बीबीरानी?

मालूम नहीं—कहता हुआ कृष्णमोहन चला गया।

शैला लौटकर इन्द्रदेव के कमरे के पास आई। आज उसे वही कमरा अपरिचित-सा दिखाई पड़ा! मलिया को उधर से आते हुए देखकर शैला ने पूछा—इन्द्रदेव कहाँ हैं?

एक साहब आये हैं। उन्हीं के पास छोटी कोठी गये हैं। आप बैठिए। मैं बीबीरानी से कहती हूँ।

शैला कमरे के भीतर चली गई! सब अस्त-व्यस्त! किताबें बिखरी पड़ी थीं। कपड़े खूँटियों पर लदे हुए थे। फूलदान में कई दिन का गुलाब अपनी मुरझाई हुई दशा में पंखुरियाँ गिरा रहा था। गर्द की भी कमी नहीं। वह एक कुर्सी पर बैठ गई।

मलिया ने लैम्प जला दिया। बैठे-बैठे कुछ पढ़ने की इच्छा से शैला ने इधर-उधर देखा। मेज पर जिल्द बँधी हुई एक छोटी-सी पुस्तक पड़ी थी। वह खोलकर देखने लगी।

किन्तु वह पुस्तक न होकर इन्द्रदेव की डायरी थी। उसे आश्चर्य हुआ—इन्द्रदेव कब से डायरी लिखने लगे।

शैला इधर-उधर पन्ने उलटने लगी। कुतूहल बढ़ा। उसे पढ़ना ही पड़ा।

सोमवार की आधी रात थी। लैम्प के सामने पुस्तक उलटकर रखने जा रहा था। मुझे झपकी आने लगी थी। चिक के बाहर किसी की छाया का आभास मिला—मैं आँख मींचकर कहना ही चाहता था—'कौन?' फिर न जाने क्यों चुप रहा। कुछ फुसफुसाहट हुई। दो स्त्रियाँ बातें करने लगी थीं। उन बातों में मेरी भी चर्चा रही। मुझे नींद आ रही थी। सुनता भी जाता था। वह कोई सन्देह की बात थी। मैं पूरा सुनकर भी सो गया। और नींद खुलने पर जितना ही मैं उन बातों को स्मरण करना चाहता, वे भूलने लगी। मन में न जाने क्यों घबराहट हुई; किन्तु उसे फिर से स्मरण करने का कोई उपाय नहीं। अनावश्यक बातें आजकल मेरे सिर में चक्कर काटती रही हैं। परन्तु जिनकी आवश्यकता होती है, वे तो चेष्टा करने पर भी पास नहीं आतीं। मुझे कुछ विस्मरण का रोग हो गया है क्या? तो मैं लिख लिया करूँ।

मैं सब कुछ समीप होने पर चिन्तित क्यों रहता हूँ। चिन्ता अनायास घेर लेती है। जान पड़ता है कि मेरा कौटुम्बिक जीवन बहुत ही दयनीय है। ऊपर से तो कहीं भी कोई कमी नहीं दिखाई देती। फिर भी, मुझे धीरे-धीरे विश्वास हो चला है कि भारतीय सम्मिलित कुटुम्ब की योजना की कड़ियाँ चूर-चूर हो रही हैं। वह आर्थिक संगठन अब नहीं रहा, जिसमें कुल का एक प्रमुख सबके मस्तिष्क का संचालन करता हुआ रुचि की समता का भार ठीक रखता था। मैंने जो अध्ययन किया है, उसके बल पर इतना तो कही सकता हूँ कि हिन्दू समाज की बहुत-सी दुर्बलताएँ इस खिचरी कानून के कारण हैं। क्या इनका पुनर्निर्माण नहीं हो सकता? प्रत्येक प्राणी, अपनी व्यक्तिगत चेतना का उदय होने पर, एक कुटुम्ब में रहने के कारण अपने को प्रतिकूल परिस्थिति में देखता है। इसलिए सम्मिलित कुटुम्ब का जीवन दुखदायी हो रहा है।

सब जैसे भीतर-भीतर विद्रोही! मुँह पर कृत्रिमता और उस घड़ी की प्रतीक्षा में ठहरे हैं कि विस्फोट हो तो उछलकर चले जाएँ।

माधुरी कितनी स्नेहमयी थी। मुझे उसकी दशा का जब स्मरण होता है, मन में वेदना होती है। मेरी बहन! उसे कितना दुख है। किन्तु जब देखता हूँ कि वह मुझसे स्नेह और सान्त्वना की आशा करने वाली निरीह प्राणी नहीं रह गयी है, वह तो अपने लिए एक दृढ़ भूमिका चाहती है, और चाहती है, मेरा पतन, मुझी से विरोध, मेरी प्रतिद्वंद्विता! तब तो हृदय व्यथित हो जाता है। यह सब क्यों? आर्थिक सुविधा के लिए!

और माँ—जैसे उनके दोनों हाथ दो दुर्दान्त व्यक्ति लूटने वाले-पकड़ कर अपनी ओर खींच रहे हों, द्विविधा में पड़ी हुई, दोनों के लिए प्रसन्नता—दोनों को आशीर्वाद देने के

लिए प्रस्तुत! किन्तु फिर भी झुकाव अधिक माधुरी की ओर! माधुरी को प्रभुत्व चाहिए। प्रभुत्व का नशा, ओह, कितना मादक है! मैंने थोड़ी-सी पी है। किन्तु मेरे घर की स्त्रियाँ तो इस एकाधिकार के वातावरण में मुझसे भी अधिक! सम्मिलित कुटुम्ब कैसे चल सकता है?

मुझे पुत्र-धर्म का निर्वाह करना है। मातृ-भक्ति, जो मुझमें सच्ची थी, कृत्रिम होती जा रही है। क्यों? इसी खींचातानी से। अच्छा तो मैं क्यों इतना पतित होता जा रहा हूँ? मैंने वैरिस्टरी पास की है। मैं तो अपने हाथ-पैर चलाकर भी आनन्द से रह सकता हूँ। किन्तु यह आर्थिक व्यथा ही तो नहीं रही। इसमें अपने को जब दूसरों के विरोध का लक्ष्य बना हुआ पाता हूँ, तो मन की प्रतिक्रिया प्रबल हो उठती है। तब पुरुष के भीतर अतीतकाल से संचित अधिकार का संस्कार गरज उठता है।

और भी मेरे परिणय के सम्बन्ध में, इन लोगों को इतना कुतूहल क्यों? इतना विरोध क्यों? मैं तो उसे स्पष्ट षड्यंत्र कहूँगा। तो ये लोग क्या चाहती हैं कि बच्चा बना रहूँ।

यह तो हुई दूसरों की बात। हाँ जी दूसरे, अपने कहाँ? अच्छा, अब अपनी बात। मैं किसी माली की सँकरी क्यारी का कोई छोटा-सा पौधा होना बुरा नहीं समझता; किन्तु किसी की मुट्ठी में गुच्छे का कोई सुगंधित फूल नहीं बनना चाहता। प्राचीन काल में घरों के भीतर तो इतने किवाड़ नहीं लगते थे। उतनी तो स्वतंत्रता थी। अब तो जगह-जगह ताले, कुण्डियाँ और अर्गलाएँ? मेरे लिए यह असह्य है।

बड़ी-बड़ी अभिलाषाएँ लेकर मैं इंग्लैंड से लौटा था। यह सुधार करूँगा, वह करूँगा। किन्तु मैं अपने वातावरण में घिरा हुआ बेबस हो रहा हूँ। हम लोगों का जातीय जीवन संशोधन के योग्य नहीं रहा। धर्म और संस्कृति! निराशा की सृष्टि है। इतिहास कहता है कि संशोधन के लिए इसमें सदैव प्रयत्न हुआ है। किन्तु जातीय जीवन का क्षण बड़ा लम्बा होता है न। जहाँ हम एक सुधार करते हुए उठने का प्रयत्न करते हैं, वहीं कहीं अनजान में रो-रुलाकर आँसुओं से फिसलन बनाते जाते हैं। जब हम लोग मंदिर के सुवर्ण-कलश का निर्माण करते हैं, तभी उसके साथ कितने पीड़ितों का हृदय-रक्त उसकी चमक बढ़ाने में सहायक होता है।

तो भी आदान-प्रदान, सुख-दुख का विनिमय-व्यापार, चलता ही रहता है। मैं सुख का अधिक भाग लूँ और दुख दूसरे के हिस्से रहे, यही इच्छा बलवती होती है। व्यक्ति को छुट्टी नहीं। मुझे क्या करना होगा? मैं दुख का भी भाग लूँ?

और अनवरी—

बाहर से चंचल और भीतर से गहरे मनोयोग-पूर्वक प्रयत्न करने वाली चतुर स्त्री है। उस दिन शैला और मधुबन के सम्बन्ध में हँसी-हँसी से कितना गम्भीर व्यंग्य कर गई। वह क्या चाहती है। हँसते-हँसते अपने यौवन से भरे हुए अंगों को, लोट-पोट होकर असावधानी से, दिखा देने का अभिनय करती है; और कान में आकर कुछ कहने के बहाने हँसकर लौट

जाती है। वह धर्म-परिवर्तन की भी बातें करती हैं उसे हिन्दू आचार-विचार अच्छे लगते हैं। रहन-सहन, पहनावा और खाना-पीना ठीक-ठीक। जैसे मेरे कुटुम्ब की स्त्रियाँ भी उसे अपने में मिला लेने में हिचकेंगी नहीं। यह मुझे कभी-कभी टटोलती है। पूछती है—'क्या स्त्रियों को शैला की तरह स्वतन्त्रता चाहिए? अवरोध और अनुशासन नहीं? मैं तो किसी से भी ब्याह कर लूँ और वह इतनी स्वतन्त्रता मुझे दे तो मैं ऊब जाऊँगी।' वह हँसी में कहती है। सब हँसने लगती हैं। सब लोगों को शैला पर कही हुई यह बात अच्छी लगती है। और मैं? दबते-दबते मन में अनवरी का समर्थन क्यों करने लगता हूँ? वह ढीठ अनवरी—माँ से हँसी करती हुई पूछती है, मैं हिन्दू हो जाऊँ तो मुझे अपनी बहू बनाइएगा?

माँ हँस देती हैं।

दूसरे दिन रात को, जब सब लोग सो रहे थे, मैं ऊँघता हुआ विचार कर रहा था। फिर वैसा ही शब्द हुआ। मैंने पूछा—कौन?

मैं हूँ—कहती हुई अनवरी भीतर चली आई। मेरा मन न जाने क्यों उद्विग्न हो उठा।

पढ़ते-पढ़ते शैला ने घबराकर डायरी बन्द कर दी। सोचने लगी—इन्द्रदेव कितनी मानसिक हलचल में पड़े हैं और यह अनवरी। केवल इन्द्रदेव के परिवार से सहानुभूति के कारण वह मेरे विरुद्ध है, या इसमें कोई और रहस्य है! क्या वह इन्द्रदेव को चाहती है?

क्षण-भर सोचने पर उसने कहा—नहीं, वह इन्द्रदेव को प्यार कभी नहीं कर सकती।—फिर डायरी के पन्ने खोलकर पढ़ने लगी। उसने सोचा कि मुझे ऐसा न करना चाहिए; किन्तु न जाने क्यों उसे पढ़ लेना वह अपना अधिकार समझती थी। हाँ, तो वह आगे पढ़ने लगी—

...वह मेरे सामने निर्भीक होकर बैठ गई। गम्भीर रात्रि, भारतीय वातावरण, उसमें एक युवती का मेरे पास एकान्त में बिना संकोच के हँसना-बोलना। शैला के लिए तो मेरे मन में कभी ऐसी भावना नहीं हुई। तब क्या मेरा मन चोरी कर रहा है? नहीं, मैं उसे अपने मन से हटाता हूँ। अरे, उसे क्यों, अनवरी को? नहीं। उसके प्रति अपने संदिग्ध भाव को। मुझे वह छिछोरापन भला नहीं लगा। वह भी कहने लगी—मैं संस्कृत पढ़ूँगी, पूजापाठ करूँगी। कुँवर साहब! मुझे हिन्दू बनाइए न।—किन्तु उसमें इतनी बनावट थी कि मन में घृणा के भाव उठने लगे। किन्तु मेरा पाखंड-पूर्ण मन...कितने चक्कर काटता है?

शैला—सामने घुसती हुई चली जाने वाली सरल और साहसभरी युवती। फिर वह तितली-सी ग्रामीण बालिका क्यों बनने की चेष्टा कर रही है? क्या मेरी दृष्टि में उसका यह वास्तविक आकर्षण क्षीण नहीं हो जायेगा? वह तितली बनकर मेरे हृदय में शैला नहीं बनी रहेगी। तब तो उस दिन तितली को ही जैसा मैंने देखा; वह कम सुन्दर न थी।

अरे, अरे मैं क्या चुनाव कर रहा हूँ। मुझे कौन-सी स्त्री चाहिए!—हाँ, प्रेम चतुर मनुष्य के लिए नहीं, वह तो शिशु-से सरल हृदयों की वस्तु है। अधिकतर मनुष्य चुनाव ही करता है, यदि परिस्थिति वैसी हो। मैं स्वीकार करता हूँ कि संसार की कुटिलता मुझे अपना साथी बना रही है। वह मित्र-भाव तो शैला का साथ न छोड़ेगा। किन्तु मेरी निष्कपट भावना... जैसे मुझसे खो गई है। मुझे सन्देह होने लगा है कि शैला को वैसा ही प्यार करता हूँ, या नहीं!

मनुष्य का हृदय, शीतकाल की उस नदी के समान जब हो जाता है—जिसमें ऊपर का कुछ जल बरफ की कठोरता धारण कर लेता है, तब उसके गहन तल में प्रवेश करने का कोई उपाय नहीं। ऊपर-ऊपर भले ही वह पार की जा सकती है। आज प्रवंचनाओं की बरफ की मोटी चादर मेरे हृदय पर ओढ़ा दी गई है। मेरे भीतर का तरल जल बेकार हो गया है, किसी की प्यास नहीं बुझा सकता। कितनी विवशता है!

शैला ने डायरी रख दी।

इन्द्रदेव आ गये, तब भी वह आँख मूँदकर बैठी रही। इन्द्रदेव ने उसके सिर पर हाथ रखकर कहा—शैला!

अरे, कब आ गये? मैं कितनी देर से बैठी हूँ!

मैं चला गया था मिस्टर वाट्सन से मिलने। कोआपरेटिव बैंक के सम्बन्ध में और चकबन्दी के लिए वह आये हैं। कल ही तो तुम्हारा औषधालय खुलेगा। इस उत्सव में उनका आ जाना अच्छा हुआ। तुम्हारे अगले कामों में सहायता मिलेगी।

हाँ, पर मैं एक बात तुमसे पूछने आई हूँ।

वह क्या?

कल मैं बाबा रामनाथ से हिन्दू-धर्म की दीक्षा लूँगी।

अच्छा! यह खिलवाड़ तुम्हें कैसे सूझा? मैंने तो...

नहीं, तुम इस मेरे धर्म-परिवर्तन का कोई दूसरा अर्थ न निकालो। इसका कुछ भी बोझ तुम्हारे ऊपर नहीं है।

अवाक् होकर इन्द्रदेव ने शैला की ओर देखा। वह शान्त थी। इन्द्रदेव ने साहस एकत्र करके कहा—तब जैसी तुम्हारी इच्छा!

तुम भी सवेरे ही बनजरिया में आना। आओगे न?

आऊँगा। किन्तु मैं फिर पूछता हूँ कि—यह क्यों?

प्रत्येक जाति में मनुष्य को बाल्यकाल ही में एक धर्म-संघ का सदस्य बना देने की मूर्खतापूर्ण प्रथा चली आ रही है। जब उसमें जिज्ञासा नहीं प्रेरणा नहीं, तब उसके धर्म-ग्रहण करने का क्या तात्पर्य हो सकता है? मैं आज तक नाम के लिए ईसाई थी। किन्तु धर्म का रूप समझकर उसे अब ग्रहण करूँगी। चित्रपट पहले शुभ्र होना चाहिए, नहीं तो उस पर चित्र बदरंग और भद्दा होगा। मैं हृदय का चित्रपट साफ कर रही हूँ—अपने उपास्य का चित्र बनाने के लिए।

इन्द्रदेव, उपास्य को जानने के लिए उद्विग्न हो गये थे। वह पूछना ही चाहते थे कि बीच में टोककर शैला ने कहा—और मुझे क्षमा भी माँगनी है।

किस बात की?

मैं यहाँ बैठी थी, अनिच्छा से ही अकेले बैठे-बैठे तुम्हारी डायरी के कुछ पृष्ठ पढ़ लेने का अपराध मैंने किया है।

तब तुमने पढ़ लिया? अच्छा ही हुआ। यह रोग मुझे बुरा लग रहा था—कहकर इन्द्रदेव ने अपनी डायरी फाड़ डाली।

किन्तु उपास्य को पूछने की बात उनके मन में दब गई।

दोनों ही हँसकर विदा हुए।

नौ

बनजरिया का रूप आज बदला हुआ है। झोंपड़ी के मुँह पर चूना धूल-भरी धरा पर पानी का छिड़काव, और स्वच्छता से बना हुआ तोरण और कदली के खम्भों से सजा हुआ छोटा-सा मण्डप, जिसमें प्रज्वलित अग्नि के चारों ओर बाबा रामनाथ, तितली शैला और मधुबन बैठे हुए हवन-विधि पूरी कर रहे थे। दीक्षा हो चुकी थी। रामनाथ के साथ शैला ने प्रार्थना की—

असतो मा सद्गमय, तमसो मा ज्योतिर्गमय मृत्योरमृतं मागमय

एक दरी पर सामने बैठे हुए मिस्टर वाट्सन, इन्द्रदेव, अनवरी और सुखदेव चौबे चकित होकर यह दृश्य देख रहे थे। शैला सचमुच अपनी पीली रेशमी साड़ी में चम्पा की कली-सी-बहुत भली लग रही थी। उसके मस्तक पर रोली का अरुण बिन्दु जैसे प्रमुख होकर अपनी ओर ध्यान आकर्षित कर रहा था। किन्तु मधुबन और तितली भी पीले रेशमी वस्त्र पहने हुए थे। तितली के मुख पर सहज लज्जा और गौरव था। मधुबन का खुला हुआ दाहिना कंधा अपनी पुष्टि में बड़ा सुन्दर दिखाई पड़ता था। उसका मुख हवन के धुएँ से मँजे हुए ताँबे के रंग का हो रहा था। छोटी-छोटी मूँछे कुछ ताव में चढ़ी थीं। किसी आने वाली प्रसन्नता की प्रतीक्षा में आँखें हँस रही थीं। वही गँवार मधुबन जैसे आज दूसरा हो गया था! इन्द्रदेव उसे आश्चर्य से देख रहे थे और तितली अपनी सलज्ज कान्ति में जैसे शिशिर-कणों से लदी हुई कुन्दकली की मालिका-सी गम्भीर सौन्दर्य का सौरभ बिखेर रही थी। इन्द्रदेव उसको भी परख लेते थे।

उधर मिस्टर वाट्सन शैला को कुतूहल से देख रहे थे। मन में सोचते थे कि 'यह कैसा है?' शैला के चारों ओर जो भारतीय वायुमंडल हवन-धूम, फूलों और हरियाली की सुगन्ध से स्निग्ध हो रहा था, उसने वाट्सन के हृदय पर से विरोध का आवरण हटा दिया था, उसके

सौन्दर्य में वह श्रद्धा और मित्रता को आमंत्रित करने लगा। उन्होंने इन्द्रदेव से पूछा—कुँवर साहब! यह जो कुछ हो रहा है, उसमें आप विश्वास करते हैं न?

इन्द्रदेव ने अपने गौरव पर और भी रंग चढ़ाने के लिए उपेक्षा से मुस्कराकर कहा—तनिक भी नहीं। हाँ, मिस शैला की प्रसन्नता के लिए उनके उत्साह में भाग लेना मेरे लिए आदर की बात है। मुझे इस गुरुडम में कोई कल्याण की बात समझ में नहीं आती। मनुष्य को अपने व्यक्तित्व में पूर्ण विकास करने की क्षमता होनी चाहिए। उसे बाहरी सहायता की आवश्यकता नहीं।

आपकी यह बात मेरी समझ में नहीं आई। विकास अव्यवस्थित तो होगा नहीं। उसे एक सरल मार्ग से चलना चाहिए। आपका यही कहना है न कि मनुष्य पर मानसिक नियन्त्रण उसकी विचारधारा को एक सँकरे पथ से ले चलता है—वह जीवन के मुक्त विकास से परिचित नहीं होता? किन्तु जिसके व्यक्तित्व में अदृप्ट ने अपने हाथों से सहायता दी है, वह उन बाधाओं से अनजान है, जो संसार के जंगल में भटकने वाले निस्संबल प्राणी के सामने आती हैं।

फिर मुस्कराकर वाट्सन ने कहा—स्वतन्त्र इंग्लैंड में रह आने के कारण आप वाट्सन को हौवा नहीं समझते; किन्तु मैं अनुभव करता कि यहाँ के अन्य लोग मेरी कितनी धाक मानते हैं। उनके लिए मैं देवता हूँ या राक्षस, साधारण मनुष्य नहीं। यह विषमता क्या परिस्थितियों से उत्पन्न नहीं हुई है?

इन्द्रदेव को अपने साम्पत्तिक आधार पर खड़ा करके जो वाट्सन ने व्यंग्य किया, वह उन्हें तीखा लगा। इन्द्रदेव ने खीझकर कहा—मेरी सुविधाएँ मुझे मनुष्य बनाने में समर्थ हुई हैं कि नहीं, यह तो मैं नहीं कह सकता; किन्तु मेरी सम्मति में जीवन को सब तरह की सुविधा मिलनी चाहिए। यह मैं नहीं मानता कि मनुष्य अपने सन्तोष से ही सम्राट् हो जाता है और अभिलाषाओं से दरिद्र। मानव-जीवन लालसाओं से बना हुआ सुन्दर चित्र है। उसका रंग छीनकर उसे रेखा-चित्र बना देने से मुझे सन्तोष नहीं होगा। उसमें कहे जाने वाले पुण्य-पाप की सुवर्ण कालिमा, सुख-दुःख की आलोक-छाया और लज्जा-प्रसन्नता की लाली-हरियाली उद्भासित हो। और चाहिए उसके लिए विस्तृत भूमिका, जिसमें रेखाएँ उन्मुक्त होकर विकसित हों।

वाट्सन अपने अध्ययन और साहित्यिक विचारों के कारण ही शासन-विभाग से बदलकर प्रबन्ध में भेज दिये गये थे। उन्होंने इन्द्रदेव का उत्तर देने के लिए मुँह खोला ही था कि शैला अपनी दीक्षा समाप्त करके प्रणाम करने आ गई। वाट्सन ने हँसकर कहा—मिस शैला, मैं तुमको बधाई देता हूँ। तुम्हारा और भी मानसिक विकास हो, इसके लिए आशीर्वाद भी।

इन्द्रदेव कुछ कहने नहीं पाये थे कि अनवरी ने कहा—और मैं तो मिस शैला की चेली बनूँगी! बहुत जल्द!

इन्द्रदेव ने उसकी चपलता पर खीझकर कहा—उसके लिए—अभी बहुत देर है मिस अनवरी।

फिर उसे अपने हाथ का फलों का गुच्छा आशीर्वाद-स्वरूप शैला की ओर बढ़ा दिया। शैला ने कृतज्ञतापूर्वक उसे लेकर माथे से लगा लिया और इन्द्रदेव के पास ही बैठ गई।

रामनाथ ने एक-एक माला सबको पहना दी और कहा—आप लोगों से मेरी एक और भी प्रार्थना है। कुछ समय तो लगेगा; किन्तु आप लोग भी ठहरकर मेरे शिष्य मधुबन और तितली के विवाह में आशीर्वाद देगे तो मुझे अनुगृहीत करेंगे।

इन्द्रदेव तो चुप रहे। उनके मन में इस प्रसंग से न जाने क्यों विरक्ति हुई। अनवरी चुप रहने वाली न थी। उसने हँसकर कहा—वाह! तब तो ब्याह की मिठाई खाकर ही जाऊँगी।

तितली और मधुबन अभी वेदी के पास बैठे थे, सुखदेव किसी की प्रतीक्षा में इधर-उधर देख रहे थे कि तहसीलदार साहब आते हुए दिखाई पड़े।

सुखदेव ने उठकर उनके कानों में कुछ कहा। तहसीलदार की कुतरी हुई छोटी-छोटी मूँछें, कुछ फूले हुए तेल से चुपड़े गाल—जैसा कि उतरती हुई अवस्था के सुखी मनुष्यों का प्रायः दिखाई पड़ता है, नीचे का मोटा लटकता हुआ ओठ, बनावटी हँसी हँसने की चेष्टा में व्यस्त, पट्टेदार बालों पर तेल से भरी पुरानी काली टोपी, कुटिलता से भरी गोल-गोल आँखें किसी विकट भविष्य की सूचना दे रही थीं। उन्होंने लम्बा सलाम करते हुए इन्द्रदेव से कहा—मैं एक जरूरी काम से चला गया था। इसी से...

इन्द्रदेव को इस विवरण की आवश्यकता न थी। उन्होंने पूछा—नील-कोठी से आप हो आये? वहाँ का प्रबन्ध सब ठीक है न?

हाँ—एक बात आपसे कहना चाहता हूँ।

इन्द्रदेव उठकर तहसीलदार की बात सुनने लगे। उधर वेदी के पास ब्याह की विधि आरम्भ हुई। शैला भी वहाँ चली गई थी। मधुबन आहुतियाँ दे रहा था और तितली निष्कम्प दीप-शिखा-सी उसकी बगल में बैठी हुई थी।

सहसा दो स्त्रियाँ वहाँ आकर खड़ी हो गईं। आगे तो राजकुमारी थी; उसके पीछे कौन थी, यह अभी किसी को नहीं मालूम। राजकुमारी की आँखें जल रही थीं। उसने क्रोध से कहा, बाबाजी, किसी का घर बिगाड़ना अच्छा नहीं। मेरे मना करने पर भी आप ब्याह करा रहे हैं। किसी लड़के को फुसलाना आपको शोभा नहीं देता।

दूसरी स्त्री चादर के घूँघट में से ही विलखकर कहने लगी—क्या इस गाँव में कोई किसी की सुनने वाला नहीं? मेरी भतीजी का ब्याह मुझसे बिना पूछे करने वाला यह बाबा कौन होता है? हे राम! यह अन्धेर!

मिस्टर वाट्सन उठकर खड़े हो गये। अनवरी के मुख पर व्यंग्यपूर्ण आश्चर्य था और सुखदेव के क्रोध का तो जैसे कुछ ठिकाना ही न था। उन्होंने चिल्लाकर कहा—सरकार, आप लोगों के रहते ऐसा अन्याय न होना चाहिए।

क्षण-भर के लिए मधुबन रुककर क्रोध से सुखदेव की ओर देखने लगा। वह आसन छोड़कर उठने ही वाला था। वह जैसे नींद से सपना देखकर बोलने का प्रयत्न करते हुए मनुष्य के समान अपने क्रोध से असमर्थ हो रहा था।

उधर रामनाथ ने चारों ओर देखकर गंभीर स्वर से कहा—शान्त हो मधुबन! अपना काम समाप्त करो। यह सब तो जो हो रहा है, उसे होने दो।

और तितली की दशा, ठीक गाँव के समीप रेलवे-लाइन के तार को पकड़े हुए उस बालक-सी थी, जिसके सामने से डाक-गाड़ी भक्-भक् करती हुई निकल जाती है—सैकड़ों सिर खिड़कियों से निकले रहते हैं, पर पहचान में एक भी नहीं आते, न तो उनकी आकृति या वणरिखाओं का ही कुछ पता चलता है। वह अपनी सारी विडम्बना को हटाकर अपनी दृढ़ता में खड़ी रहने का प्रयत्न करने लगी थी।

तो भी रामनाथ की आज्ञाओं का—आदेशों का—अक्षरशः पालन हो रहा था! तहसीलदार और इन्द्रदेव वापस चले आये थे। तहसीलदार ने कहा—बाबाजी, आप यह काम अच्छा नहीं कर रहे हैं। तितली के घरवालों की सम्मति के बिना उसका ब्याह अपराध तो है ही, उसका कोई अर्थ भी नहीं।

इन्द्रदेव को चुप देखकर रामनाथ ने कहा—क्या आपकी भी यही सम्मति है?

हाँ—नहीं—उन लोगों से तो आपको पूछ लेना...

किन लोगों से? तितली की बुआ! कहाँ थी वह—जब तितली मर रही थी पानी के बिना? और फिर आपको भी विश्वास है कि यह तितली की बुआ ही है? मैं भी इस गाँव की सब बातें जानता हूँ। रह गई मधुबन की बात, सो अब वह लड़का नहीं है; उसे कोई भुलावा नहीं दे सकता।

रामनाथ ने फिर अपनी शेष विधि पूरी की। उधर दोनों स्त्रियाँ उछल-कूद मचा रही थीं।

अनवरी ने धीरे से वाट्सन से कहा—क्या आप को इसमें कुछ न बोलना चाहिए?

कुछ सोचकर वाट्सन ने कहा—नहीं, मैं इन बातों को अच्छी तरह जानता भी नहीं, और देखता हूँ तो दोनों ही अपना भला-बुरा समझने लायक हैं। फिर मैं क्यों...?

आह! यह मेरा मतलब नहीं था। मैं तो प्राणी का प्राणी से जीवन-भर के सम्बन्ध में बँध जाना दासता समझती हूँ; उसमें आगे चलकर दोनों के मन में मालिक बनने की विद्रोह-भावना छिपी रहती है। विवाहित जीवनों में, अधिकार जमाने का प्रयत्न करते हुए स्त्री-पुरुष दोनों ही देखे जाते हैं। यह तो एक झगड़ा मोल लेना है।

ओहो! तब आप एक सिद्धान्त की बात कर रही थीं—वाट्सन ने मुस्कराकर कहा।

कुछ भी हो, बाबाजी! आपको इसमें समझ-बूझकर हाथ डालना चाहिए।—न जाने किस भावना से प्रेरित होकर वेदी के पास ही खड़े हुए इन्द्रदेव ने कहा। उनके मुख पर झुँझलाहट और सन्तोष की रेखाएँ स्पष्ट हो उठीं।

रामनाथ ने उनको और तितली को देखते हुए कहा—कुँवर साहब! मधुबन ही तितली के उपयुक्त वर है। मैं अपना दायित्व अच्छी तरह समझकर ही इसमें पड़ता हूँ। कम-से-कम जो लोग इस सम्बन्ध में यहाँ बातचीत कर रहे हैं, उनसे मेरा अधिक न्यायपूर्ण अधिकार है।

इन्द्रदेव तिलमिला उठे। भीतर की बात वह नहीं समझ रहे थे; किन्तु मन के ऊपरी सतह पर तो यही आया कि यह बाबा प्रकारान्तर से मेरा अपमान कर रहा है।

उधर से चौबे ने कहा—अधिकार! यह कैसा हठीला मनुष्य है, जो इतने बड़े अफसर और अपने जमींदार के सामने भी अपने को अधिकारी समझता है! सरकार! यह धर्म का ढोंग है। इसके भीतर बड़ी कतरनी है! इसने सारे गाँव में ऐसी बुरी हवा फैला दी है कि किसी दिन इसके लिए बहुत पछताना होगा, यदि समय रहते इसका उपाय न किया गया।

इन्द्रदेव की कनपटी लाल हो उठी। वह क्रोध को दबाना चाहते थे शैला के कारण। परन्तु उन्हें असह्य हो रहा था।

शैला ने खड़ी होकर कहा—एक पल-भर रुक जाइए। क्यों मधुबन! तुम पूरी तरह से विचार करके यह ब्याह कर रहे हो न? कोई तुमको बहका तो नहीं रहा है? इसमें तुम प्रसन्न हो?

सम्पूर्ण चेतनता से मधुबन ने कहा—हाँ।

और तुम तितली?

मैं भी।

उसका नारीत्व अपने पूर्ण अभिमान में था।

अनवरी झल्ला उठी। सुखदेव दाँत पीसकर उठ गये। तहसीलदार मन-ही-मन बुदबुदाने लगे। वाट्सन मुस्कराकर रह गये। शैला ने गम्भीर स्वर में इन्द्रदेव से कहा—अब आप लोगों से यह नवविवाहित दम्पति आशीर्वाद की आशा करता है। और मैं समझती हूँ कि यहाँ का काम हो चुका है। अब आप लोग नील-कोठी चलिए। अस्पताल खोलने का उत्सव भी इसी समय होगा और तितली के ब्याह का जलपान भी वहीं करना होगा। सब लोग मेरी ओर से निमंत्रित हैं।

इन्द्रदेव ने सिर झुकाकर जैसे सब स्वीकार कर लिया। और वाट्सन ने हँसकर कहा—मिस शैला! मैं तुमको धन्यवाद पहले ही से देता हूँ।

सिन्दूर से भरी हुई तितली की माँग दमक उठी।

दस

नील-कोठी में अस्पताल खुल गया। बैंक के लिए भी प्रबन्ध हो गया। वही गाँव की पाठशाला भी आ गई थी। वाट्सन ने चकबन्दी की रिपोर्ट और नक्शा भी तैयार कर दिया और प्रान्तीय सरकार से बुलावा आने पर वह लौट गये। साथ-ही-साथ अपने सौजन्य और स्नेह से धामपुर के बहुत-से लोगों के हृदय में अपना स्थान भी बना गये। शैला उनके बनाये हुए नियमों पर साधक की तरह अभ्यास करने लगी।

अभी भी जमींदार के परिवार पर उस उत्सव की स्मृति सजीव थी। किन्तु श्यामदुलारी के मन में एक बात खटक रही थी। उनके दामाद बाबू श्यामलाल उस अवसर पर नहीं आये। इन्द्रदेव ने उन्हें लिखा भी था पर उनको छुट्टी कहाँ? पहले ही एक बोट पर गंगा-सागर चलने के लिए अपनी मित्र-मंडली को उन्होंने निमंत्रित किया था। कुल आयोजन उन्हीं का था। चंदा तो सब लोगों का था; किन्तु किसको ताश खेलना है, किसे संगीत के लिए बुलाना है, और व्यंग्य-विनोद से जुए में हारे हुए लोगों को हँसा सकेगा, कौन अच्छी ठंडाई बनाता है, किसे बढ़िया भोजन पकाने की क्रिया मालूम है—यह तो सभी को नहीं मालूम था। श्यामलाल के चले आने से उनकी मित्र-मंडली गंगा-सागर का पुण्य न लूटती। वह आने नहीं पाये।

तहसीलदार और चौबेजी जल उठे थे तितली के ब्याह से। जो जाल उनका था, वह छिन्न हो गया। शैला के स्थान पर जो पात्री चुनी गई थी, वह भी हाथ से निकल गई। उन्होंने श्यामदुलारी के मन में अनेक प्रकार से यह दुर्भावना भर दी कि इन्द्रदेव चौपट हो रहे हैं और हम लोग कुछ नहीं कर सकते। शैला को घर से तो हटा दिया गया; पर वह एक पूरी शक्ति इकट्ठी करके उन्हीं की छाती पर जम गई।

श्यामदुलारी की खीझ बढ़ गई। उनके मन में यह धारणा हो रही थी कि इन्द्रदेव चाहते, और भी दो-एक पत्र लिखते, तो श्यामलाल अवश्य आते। वह इन्द्रदेव से उदासीन रहने लगी। घरेलू कामों से अनवरी मध्यस्थता करने लगी। कुटुम्ब में पारस्परिक उदासीनता का परिणाम यही होता है। श्यामदुलारी का माधुरी के प्रति अकारण पक्षपात और इन्द्रदेव पर सन्देह, उनके कर्त्तव्य-ज्ञान को चबा रहा था।

कभी-कभी मनुष्य की यह मूर्खतापूर्ण इच्छा होती है कि जिनको हम स्नेह की दृष्टि से देखते हैं, उन्हें अन्य लोग भी उसी तरह प्यार करें। अपनी असम्भव कल्पना को आहत होते देखकर वह झल्लाने लगता है।

श्यामदुलारी की इस दीनता को इन्द्रदेव समझ रहे थे; पर यह कहें किस तरह। कहीं ऐसा न हो कि मन में छिपी हुई बात कह देने से माँ और भी क्रोध कर बैठें; क्योंकि उसको स्पष्ट करने के लिए इन्द्रदेव को अपने प्रेमाधिकार से औरों की तुलना करनी पड़ती, यह और

भी उन्हीं के लिए लज्जा की बात होगी। उनका साधारण स्नेह जितना एक आत्मीय पर होना चाहिए, उससे अधिक भाग तो इन्द्रदेव अपना समझते थे। किन्तु जब छिपाने की बात है, तो स्नेह की अधिकता का भागी कोई दूसरा ही है क्या?

श्यामदुलारी अपने मन की बात अनवरी से कहलाने की चेष्टा क्यों करती हैं? माँ को अधिकार है, कि वह बच्चे का, उसके दोषों पर, तिरस्कार करे। गुरुजनों का यह कर्त्तव्य छोड़कर बनावटी व्यवहार इन्द्रदेव को खलने लगा, जिसके कारण उन्हें अपने को दूर हटाकर दूसरों को अपनाना पड़ा है। अनवरी आज इतनी अन्तरंग बन गई है!

बड़ी कोठी में जैसे सब कुछ सन्दिग्ध हो उठा। अपना अवलम्ब खोजने के लिए जब इन्द्रदेव ने हाथ बढ़ाया, तो वहाँ शैला भी नहीं! सारा क्षोभ शैला को ही दोषी बनाकर इन्द्रदेव को उत्तेजित करने लगा। इस समय शैला उनके समीप होती!

अनवरी से लड़ने के लिए छाती खोलकर भी अपने को निस्सहाय पाकर इन्द्रदेव विवश थे। विराट् वट-वृक्ष के समान इन्द्रदेव के सम्पन्न परिवार पर अनवरी छोटे-से नीम के पौधे की तरह उसी का रस चूस कर हरी-भरी हो रही थी। उसकी जड़ें वट को भेदकर नीचे घुसती जा रही थीं। सब अपराध शैला का ही था। वह क्यों हट गई। कभी-कभी अपने कामों के लिए ही वह आती, तब उससे इन्द्रदेव की भेंट होती; किन्तु वह किसानों की बात करने में इतनी तन्मय हो जाती कि इन्द्रदेव को वह अपने प्रति उपेक्षा-सी मालूम होती।

कभी-कभी घर के कोने से अपने और तितली के भावी-सम्बन्ध की सूचना भी उन्होंने सनी थी। तब उन्होंने हँसी में उड़ा दिया था। कहाँ वह और कहाँ तितली—एक ग्रामीण बालिका! किन्तु उस दिन ब्याह में जो तितली की निश्चल सौन्दर्यमयी गम्भीरता देखकर उन्हें एक अनुभूति हुई थी, उसे वह स्पष्ट न कर सके थे। हाँ, तो शैला ने उस ब्याह में भी योग दिया। क्या यह भी कोई सकारण घटना है?

इन्द्रदेव का मानसिक विप्लव बढ़ रहा था। उनके मन में निश्चल क्रोध धीरे-धीरे संचित होकर उदासीनता का रूप धारण करने लगा।

सायंकाल था। खेतों की हरियाली पर कहीं-कहीं डूबती हुई किरणों की छाया अभी पड़ रही थी। प्रकाश डूब रहा था। प्रशान्त गंगा का कछार शून्य हृदय खोले पड़ा था। करारे पर सरसों के खेत में वसन्ती चादर बिछी थी। नीचे शीतल बालू में कराकुल चिड़ियों का एक झुण्ड मौन होकर बैठा था।

कंधों से सरसों के फूलों के घनेपन को चीरते हुए इन्द्रदेव ने उस स्पन्दन-विहीन प्रकृति-खंड को आन्दोलित कर दिया। भयभीत कराकुल झुंड-के-झुंड उड़कर उस धूमिल आकाश में मँडराने लगे।

इन्द्रदेव के मस्तक पर कोई विचार नहीं था। एक सन्नाटा उसके भीतर और बाहर था। वह चुपचाप गंगा की विचित्र धारा को देखने लगे।

चौबेजी ने सहसा आकर कहा—बड़ी सरकार बुला रही है।

क्या?

यह तो मैं...हाँ, बाबू श्यामलाल जी आये हैं; इसी के लिए बुलाया होगा।

तो मैं आता हूँ, अभी जल्दी क्या है?

उनके लिए कौन-सा कमरा...?

हूँ, तो कह दो कि माँ इसे अच्छी तरह समझती होंगी। मुझसे पूछने की क्या आवश्यकता? न हो मेरे ही कमरे में क्यों, ठीक होगा न? न हो तो छोटी कोठी में, या जहाँ अच्छा समझें।

जैसा कहिए।

तब यही जाकर कह दो। मैं अभी ठहरकर आऊँगा।

चौबे चले गये।

इन्द्रदेव वहीं खड़े रहे। शैला को इस अन्धकार के शैशव में वहीं देखने की कामना उत्तेजित हो रही थी, और वह आ भी गई। इन्द्रदेव ने प्रसन्न होकर कहा—इस समय मैं जो भी चाहता, वह मिलता।

क्या चाहते थे?

तुमको यहाँ देखना। देखा, आज यह कैसी सन्ध्या है! मैं तो लौटने का विचार कर रहा था।

और मैं कोठी से होती आ रही हूँ।

भला, आज कितने दिनों पर।

तुम अप्रसन्न हो इसके लिए न! मैं क्या करूँ।—कहते-कहते शैला का चेहरा तमतमा गया। वह चुप हो गई।

कुछ कहो शैला! तुम क्यों आने में संकोच करती हो? मैं कहता हूँ कि तुम मुझे अपने शासन में रखो। किसी से डरने की आवश्यकता नहीं।

शैला ने दीर्घ निःश्वास लेकर कहा—मैं तो शासन कर रही हूँ। और अभी अधिक तुम्हारे ऊपर अत्याचार करते हुए मैं काँप उठती हूँ। इन्द्र! तुम कैसे दुबले हुए जा रहे हो? तुम नहीं जानते कि मैं तुम्हारे अधिक क्षोभ का कारण नहीं बनना चाहती। कोठी में अधिक जाने से अच्छा तो नहीं होता।

क्या अच्छा नहीं होता। कौन है जो तुमको रोकता। शैला! तुम स्वयं नहीं आना चाहती हो। और मैं भी जब तुम्हारे पास आता हूँ तो गाँव-भर का रोना मेरे सामने इकट्ठा करके धर देती हो। और मेरी कोई बात ही नहीं! तुम कोठी पर...

ठहरो, सुन लो, मैं अभी कोठी पर गई थी। वहाँ कोई बाबू आये हैं। तुम्हारे कमरे में बैठे थे। मिस अनवरी बातें कर रही थीं। मैं भीतर चली गई। पहले तो वह घबराकर उठ खड़े हुए। मेरा आदर किया। किन्तु अनवरी ने जब मेरा परिचय दिया, तो उन्होंने बिल्कुल अशिष्टता का रूप धारण कर लिया। वही बीबीरानी के पति हैं?

शैला आगे कहते-कहते रुक गई; क्योंकि इन्द्रदेव के स्वभाव से परिचित थी। इन्द्रदेव ने पूछा—क्या कहा, कहो भी?

बहुत-सी भद्दी बातें! उन्हें सुनकर तुम क्या करोगे? मिस अनवरी तो कहने लगीं कि उन्हें ऐसी हँसी करने का अधिकार है। मैं चुप हो रही। मुझे बहुत बुरा लगा। उठकर इधर चली गई।

इन्द्रदेव ने भयानक विषधर की तरह श्वास फेंककर कहा—शैला! जिस विचार से हम लोग देहात में चले आये थे, वह सफल न हो सका। मुझे अब यहाँ रहना पसन्द नहीं। छोड़ो, इस जंजाल को, चलो हम लोग किसी शहर में चलकर अपने परिचित जीवन-पथ पर सुख लें। यह अभागा...

शैला ने इन्द्रदेव का मुँह बन्द करते हुए कहा—मुझे यहीं रहने दो। कहती हूँ न, क्रोध से काम न चलेगा। और तुम भी क्या घर को छोड़ कर दूसरी जगह सुखी हो सकोगे? आह! मेरी कितनी करुण कल्पना उस नील की कोठी में लगी-लिपटी है! इन्द्र! तुमसे एक बार तो कह चुकी हूँ।

वह उदास होकर चुप हो गयी। उसे अपनी माता की स्मृति ने विचलित कर दिया।

इन्द्रदेव को उसकी यह दुर्बलता मालूम थे। वह जानते थे कि शैला के चिर-दुखी जीवन में यही एक सान्त्वना थी। उन्होंने कहा—तो मैं अब यहाँ से चलने के लिए न कहूँगा। जिसमें तुम प्रसन्न रहो।

तुम कितने दयालु हो इन्द्रदेव! मैं तुम्हारी ऋणी हूँ!

तुम यह कहकर मुझे चोट पहुँचाती हो शैला! मैं कहता हूँ कि इसकी एक ही दवा है। क्यों तुम रोक रही हो। हम दोनों एक-दूसरे की कमी पूरी कर लेंगे। शैला स्वीकार कर लो।—कहते-कहते इन्द्रदेव ने उस आर्द्रहृदया युवती के दोनों कोमल हाथों को अपने हाथों में दबा लिया।

शैला भी अपनी कोमल अनुभूतियों के आवेश में थी। गद्‌गद कंठ से बोली—इन्द्र! मुझे अस्वीकार कब था? मैं तो केवल समय चाहती हूँ। देखो, अभी आज ही वाट्सन का यह पत्र आया है, जिसमें मुझे उनके हृदय के स्नेह का आभास मिला है। किन्तु मैं...

इन्द्रदेव ने हाथ छोड़ दिया। वाट्सन!—उनके मन में द्वेषपूर्ण संदेह जल उठा।

तभी तो शैला! तुम मुझको भुलावा देती आ रही हो।

ऐसा न कहो! तुम तो पूरी बात भी नहीं सुनते।

इन्द्रदेव के हृदय में उस निस्तब्ध सन्ध्या के एकान्त में सरसों के फूलों से निकली शीतल सुगन्ध की कितनी मादकता भर रही थी, एक क्षण में विलीन हो गई! उन्हें सामने अन्धकार की मोटी-सी दीवार खड़ी दिखाई पड़ी!

इन्द्रदेव ने कहा—मैं स्वार्थी नहीं हूँ शैला! तुम जिसमें सुखी रह सको।

वह कोठी की ओर चलने के लिए घूम पड़े। शैला चुपचाप वहीं खड़ी रही। इन्द्रदेव ने पूछा—चलोगी न?

हाँ, चलती हूँ—कहकर वह भी अनुसरण करने लगी।

इन्द्रदेव के मन में साहस न होता था कि वह शैला के ऊपर अपने प्रेम का पूरा दबाव डाल सकें। उन्हें सन्देह होने लगता था कि कहीं शैला यह न समझे कि इन्द्रदेव अपने उपकारों का बदला चाहते हैं।

इन्द्रदेव एक जगह रुक गये और बोले—शैला, मैं अपने बहनोई साहब के किए हुए अशिष्ट व्यवहार के लिए तुमसे क्षमा चाहता हूँ।

शैला ने कहा—तो यह मेरे डायरी पढ़ने की क्षमा-याचना का जवाब है न! मुझे तुमसे इतने शिष्टाचार की आशा नहीं। अच्छा, अब मैं इधर से जाऊँगी। महौर महतो से एक नौकर के लिए कहा था। उससे भेंट कर लूँगी। नमस्कार!

शैला चल पड़ी। इन्द्रदेव भी वहीं से घूम पड़े। एक बार उनकी इच्छा हुई कि बनजरिया में चलकर रामनाथ से कुछ बातचीत करें। अपने क्रोध से अस्त-व्यस्त हो रहे थे, उस दशा में श्यामलाल से सामना होना अच्छा न होगा—यही सोचकर रामनाथ की कुटी पर जब पहुँचे, तो देखा कि तितली एक छोटा-सा दीप जलाकर अपने अंचल से आड़ किये वहीं आ रही है, जहाँ रामनाथ बैठे हुए सन्ध्या कर रहे थे। तितली ने दीपक रख कर उसको नमस्कार किया; फिर इन्द्रदेव को और रामनाथ को नमस्कार करके आसन लाने के लिए कोठरी में चली गई।

रामनाथ ने इन्द्रदेव को अपने कम्बल पर बिठा लिया। पूछा—इस समय कैसे?

यों ही इधर घूमते-घूमते चला आया।

आपका इस देहात में यश फैल रहा है। और सचमुच आपने दुखी किसानों के लिए बहुत-से उपकार करने का समारम्भ किया है। मेरा हृदय प्रसन्न हो जाता है; क्योंकि विलायत से लौटकर अपने देश की संस्कृति और उसके धर्म की ओर उदासीनता आपने नहीं दिखाई। परमात्मा आप-जैसे श्रीमानों को सुखी रखे।

किन्तु आप भूल कर रहे हैं। मैं तो अपने धर्म और संस्कृति से भीतर-ही-भीतर निराश हूँ। मैं सोचता हूँ कि मेरा सामाजिक बन्धन इतना विशृंखल है कि उसमें मनुष्य केवल ढोंगी बन सकता है। दरिद्र किसानों से अधिक-से-अधिक रस चूसकर एक धनी थोड़ा-सा दान—कहीं-कहीं दया और कभी-कभी छोटा-मोटा उपकार—करके, सहज ही में आप-जैसे निरीह लोगों का विश्वासपात्र बन सकता है। सुना है कि आप धर्म में प्राणिमात्र की समता देखते हैं, किन्तु वास्तव में कितनी विषमता है। सब लोग जीवन में अभाव-ही-अभाव देख पाते। प्रेम का अभाव स्नेह का अभाव, धन का अभाव, शरीर-रक्षा की साधारण आवश्यकताओं का अभाव, दुःख और पीड़ा—यही तो चारों ओर दिखाई पड़ता है। जिसको हम धर्म या सदाचार कहते हैं, वह भी शान्ति नहीं देता।

सबमें बनावट, सबमें छल-प्रपंच! मैं कहता हूँ कि आप लोग इतने दुःखी हैं कि थोड़ी-सी सहानुभूति मिलते ही कृतज्ञता नाम की दासता करने लग जाते हैं। इससे तो अच्छी है पश्चिम की आर्थिक या भौतिक समता, जिसमें ईश्वर के न रहने पर भी मनुष्य की सब तरह की सुविधाओं की योजना है।

मालूम होता है, आप इस समय किसी विशेष मानसिक हलचल में पड़कर उत्तेजित हो रहे हैं। मैं समझ रहा हूँ कि आप व्यावहारिक समता खोजते हैं; किन्तु उसकी आधार-शिला तो जनता की सुख-समृद्धि ही है न? जनता को अर्थ-प्रेम को शिक्षा देकर उसे पशु बनाने की चेष्टा अनर्थ करेगी। उसमें ईश्वरभाव का आत्मा का निवास न होगा तो सब लोग उस दया, सहानुभूति और प्रेम के उद्गम से अपरिचित हो जायेंगे। जिससे आपका व्यवहार टिकाऊ होगा। प्रकृति में विषमता तो स्पष्ट है। नियंत्रण के द्वारा उसमें व्यावहारिक समता का विकास नहीं होगा। भारतीय आत्मवाद की मानसिक समता ही उसे स्थायी बना सकेगी। यान्त्रिक सभ्यता पुरानी होते ही ढीली होकर बेकार हो जायेगी। उसमें प्राण बनाये रखने के लिए व्यावहारिक समता के ढाँचे या शरीर में, भारतीय आत्मिक साम्य की आवश्यकता कब मानव-समाज समझ लेगा, यही विचारने की बात है। मैं मानता हूँ कि पश्चिम एक शरीर तैयार कर रहा है किन्तु उसमें प्राण देना पूर्व के अध्यात्मवादियों का काम है। यहीं पूर्व और पश्चिम का वास्तविक संगम होगा, जिससे मानवता का स्रोत प्रसन्न धार में बहा करेगा।

तब उस दिन की आशा में हम लोग निश्चेष्ट बैठे रहें?

नहीं; मानवता की कल्याण-कामना में लगना चाहिए। आप जितना कर सकें, करते चलिए। इसीलिए न, मैं जितनी ही भलाई देख पाती हूँ, प्रसन्न होता हूँ। आपकी प्रशंसा में मैंने जो शब्द कहे थे बनावटी नहीं थे। मैं हृदय से आपको आशीर्वाद देता हूँ।

इन्द्रदेव चुप थे, तितली दूर खड़ी थी। रामनाथ ने उसकी ओर देखकर कहा—क्यों बेटी, सरदी में क्यों खड़ी हो? पूछ लो जो तुम्हें पूछना हो। संकोच किस बात का?

बापू, दूध नहीं है। आपके लिए क्या...?

अरे तो न सही, कौन एक रात में मैं मरा जाता हूँ।

इन्द्रदेव ने अभाव की इस तीव्रता में भी प्रसन्न रहते हुए रामनाथ को देखा। वह घबराकर उठ खड़े हुए। उनसे यह भी न कहते बन पड़ा मैं ही कुछ भेजता हूँ। चले गये।

इन्द्रदेव को छावनी में पहुँचते-पहुँचते बहुत रात हो गई। वह आँगन से धीरे-धीरे कमरे की ओर बढ़ रहे थे। उनके कमरे में लैम्प जल रहा था। हाथ में कुछ लिए हुए मलिया कमरे के भीतर जा रही थी। इन्द्रदेव खम्भे की छाया में खड़े रह गये। मलिया भीतर पहुँची। दो मिनट बाद ही वह झनझनाती हुई बाहर निकल आई। वह अपनी विवशता पर केवल रो

सकती थी, किन्तु श्यामलाल का मदिरा-जड़ित कंठ अट्टहास कर उठा; और साथ-ही-साथ अनवरी की डाँट सुनाई पड़ी—हरामजादी, झूठमूठ चिल्लाती है। सारा पान भी गिरा दिया और...

इन्द्रदेव अभी शैला की बात सुन आये थे। यहाँ आते ही उन्होंने यह भी देखा। उनके रोम-रोम में क्रोध की ज्वाला निकलने लगी। उनकी इच्छा हुई कि श्यामलाल को उसकी अशिष्टता का, ससुराल में यथेष्ट अधिकार भोगने का फल दो घूँसे लगाकर दे दें। किन्तु माँ और माधुरी! ओह! जिनकी दृष्टि में इन्द्रदेव से बढ़कर आवारा और गया-बीता दूसरा कोई नहीं।

वह लौट पड़े। उनके लिए एक क्षण भी वहाँ रुकना असह्य था। न जाने क्या हो जाय। मोटरखाने में आकर उन्होंने ड्राइवर से कहा—जल्दी चलो।

बेचारे ने यह भी न पूछा कि 'कहाँ'? मोटर हार्न देती हुई चल पड़ी!

तितली

तृतीय खण्ड

एक

निर्धन किसानों में किसी ने अपनी पुरानी चादर को पीले रंग से रँग लिया; तो किसी की पगड़ी ही बचे हुए फीके रंग में रँगी है। आज वसन्त-पंचमी है न! सबके पास कोई न कोई पीला कपड़ा है। दरिद्रता में भी पर्व और उत्सव तो मनाये ही जायेंगे। महँगू महतो के अलाव के पास भी ग्रामीणों का एक ऐसा ही झुंड बैठा है। जौ की कच्ची बालों को भूनकर गुड़ मिलाकर लोग 'नवान' कर रहे हैं, चिलम ठंडी नहीं होने पाती। एक लड़का, जिसका कंठ सुरीला था, वसन्त गा रहा था—

मदमाती कोयलिया डार-डार

दुःखी हो या दरिद्र, प्रकृति ने अपनी प्रेरणा से सबके मन में उत्साह भर दिया था। उत्सव मनाने के लिए, भीतर की उदासी ने ही मानो एक नया रूप धारण कर लिया था। पश्चिमी पवन पके हुए खेतों पर से सर्राटा भरता और उन्हें रौदता हुआ चल रहा था। बूढ़े महँगू के मन में भी गुदगुदी लगी। उसने कहा—दुलरवा, ढोल ले आ, दूसरी जगह तो सुनता हूँ कि तू बजाता है; अपने घर काज-त्यौहार के दिन बजाने में लजाता है क्या रे?

दुलारे धीरे से उठकर घर में गया। ढोल और मँजीरा आया। गाना जमने लगा। सब लोग अपने को भूलकर उस सरल विनोद में निमग्न हो रहे थे।

तहसीलदार ने उसी समय आकर कहा—महँगू!

सभा विशृंखल हो गई। गाना-बजाना रुक गया। उस निर्दय यमदूत के समान

तहसीलदार से सभी काँपते थे। फिर छावनी पर उसे न बुलाकर वह स्वयं महँगू के यहाँ उसके अलाव पर खड़ा था। लोग भयभीत हो गये। भीतर से जो स्त्रियाँ झाँक रही थीं उनके मुँह छिप गये। लड़के इधर-उधर हुए, सब जैसे आतंक में त्रस्त!

महँगू ने कहा—सरकार ने बुलाया है क्या?

बेचारा बूढ़ा घबरा गया था।

सरकार को बुलाना होता तो जमादार आता। महँगू! मैं क्यों आया हूँ, जानते हो! तुम्हारी भलाई के लिए तुम्हें समझाने आया हूँ।

मैंने क्या किया है तहसीलदार साहब!

तुम्हारे यहाँ मलिया रहती है न। तुम जानते हो कि वह बीबीरानी छोटी सरकार का काम करती थी। वह आज कितने दिनों से नहीं जाती। उसको उकसाकर बिगाड़ना तो नहीं चाहिए। डाँटकर तुम कह देते कि 'जा, काम कर' तो क्या वह न जाती?

मैं कैसे कह देता तहसीलदार साहब! कोई मजूरी करता है तो पेट भरने के लिए, अपनी इज्ज़त देने के लिए नहीं। हम लोगों के लिए दूसरा उपाय ही क्या है। चुपचाप घर भी न बैठे रहें।

देखो महँगू, ये सब बातें मुँह से न निकालनी चाहिए। तुम जानते हो कि...

मैं जानता हूँ कि नहीं, इससे क्या? वह जाय तो आप लिवा जाइए। मजूरी ही तो करेगी। आपके यहाँ छोड़कर मधुबन बाबू के यहाँ काम करने में कुछ पैसा बढ़ तो जायेगा नहीं। हाँ, वहाँ तो उसको बोझ लेकर शहर भी जाना पड़ता है। आपके यहाँ करे तो मेरा क्या? पर हाँ, जमींदार माँ-बाप हैं। उनके यहाँ ऐसा...

मधुबन बाबू! हूँ, कल का छोकरा! अभी तो सीधी तरह धोती भी नहीं पहन सकता था। 'बाबा' तो सिखाकर चला गया। उसका मन बहक गया है। उसको भी ठीक करना होगा। अब मैं समझ गया। महँगू! मेरा नाम तुम भी भूल गये हो न?

अच्छा, आपसे जो बने, कर लीजिएगा। मैंने क्या किसी की चोरी की है या कहीं डाका डाला है? मुझे क्यों धमकाते हैं?

महँगू भी अपने अलाव के सामने आवेश में क्यों न आता? उसके सामने उसकी बखारें भरी थीं। कुंडों में गुड़ था। लड़के-पोते सब काम में लगे हुए थे। अपमान सहने के लिए उसके पास किसी तरह की दुर्बलता न थी। पुकारते ही दस लाठियाँ निकल सकती थीं। तहसीलदार ने समझ-बूझकर धीरे से प्रस्थान किया।

महँगू जब आपे में आया तो उसको भय लगा। वह लड़कों को गाने-बजाने के लिए कहकर बनजरिया की ओर चला। उस समय तितली बैठी हुई चावल बीन रही थी, और मधुबन गले में कुरता डाल चुका था कहीं बाहर जाने के लिए। मलिया, एक डाली में मटर की फलियाँ, एक कद्दू और कुछ आलू लिए हुए मधुबन के खेत से आ रही थी। महँगू ने जाते

ही कहा—मधुबन बाबू! मलिया को बुलाने के लिए छावनी से तहसीलदार साहब आये थे। वहाँ उसके न जाने से उपद्रव मचेगा।

तो उसको मना कौन करता है, जाती क्यों नहीं?—कहकर मधुबन ने जाने के लिए पैर बढ़ाया ही था कि तितली ने कहा—वाह, मलिया क्या वहाँ मरने जायेगी!

क्यों, जब उसको छावनी के काम करने के लिए, फिर से रख लेने के लिए, बुलावा आ रहा है, तब जाने में क्या अड़चन है?—रुकते हुए मधुबन ने पूछा।

बुलावा आ रहा है, न्योता आ रहा है। सब तो है, पर यह भी जानते हो कि वह क्यों वहाँ से काम छोड़ आयी है? वहाँ जायगी अपनी इज्जत देने? न जाने कहाँ का शराबी उनका दामाद आया है। उसने तो गाँव भर को ही अपनी ससुराल समझ रखा है। कोई भलामानस अपनी बहू-बेटी छावनी में भेजेगा क्यों?

महँगू ने कहा—हाँ बेटी, ठीक कह रही हो। पर हम लोग जमींदार से टक्कर ले सकें, इतना तो बल नहीं। मलिया अब मेरे यहाँ रहेगी तो तहसीलदार मेरे साथ कोई-न-कोई झगड़ा-झंझट खड़ा करेगा। सुना है कि कुँवर साहब तो अब यहाँ रहते नहीं। आजकल औरतों का दरबार है। उसी के हाथ में सब-कुछ है।

मधुबन चुप था। तितली ने कहा—तो उसे यहीं रहने न दो, देखा जायेगा।

महँगू ने वरदान पाया। वह चला गया।

मलिया दूर खड़ी सब सुन रही थी। उसकी आँखों से आँसू निकल रहे थे। तितली ने कहा—रोती क्यों है रे, यहीं रह, कोई डर नहीं, तुझे क्या कोई खा जायेगा? जा-जा देख, ईंधन की लकड़ी सुखाने के लिए डाल दी गई है, उठा ला।

मलिया आँचल से आँसू पोंछती हुई चली गई। उसका चचा भी मर गया था। अब उसका रक्षक कोई न था। तितली ने पूछा—अब रुके क्यों खड़े हो? नील-कोठी जाना था न?

जाना तो था। जाऊँगा भी। पर यह तो बताओ, तुमने यह क्या झंझट मोल ली। हम लोग अपने पैर खड़े होकर अपनी ही रक्षा कर लें, यही बहुत है। अब तो बाबाजी की छाया भी हम लोगों पर नहीं है। राजो बुरा मानती ही है। मैंने शेरकोट जाना छोड़ दिया है। अभी संसार में हम लोगों को धीरे-धीरे घुसना है। तुम जानती हो कि तहसीलदार मुझसे तो बुरा मानता ही है।

तो तुम डर रहे हो?

डर नहीं रहा हूँ। पर क्या आगा-पीछा भी नहीं सोचना चाहिए। बाबाजी तो काशी चले गये संन्यासी होने, विश्राम लेने। ठीक ही था। उन्होंने अपना काम-काज का भार उतार फेंका। पर यदि मैं भूलता नहीं हूँ तो उन्होंने जाने के समय हम लोगों को जो उपदेश दिया था उसका तात्पर्य यही था कि मनुष्य को जान-बूझकर उपद्रव मोल न लेना चाहिए। विनय और कष्ट सहन करने का अभ्यास रखते हुए भी अपने को किसी से छोटा न समझना चाहिए, और बड़ा बनने का घमंड भी अच्छा नहीं होता। हम लोग अपने

कामों से ही भगवान् को तीव्र कष्ट पहुँचाने और उन्हें पुकारने लगते हैं।

बस करो। मैं जानती हूँ कि बाबाजी इस समय होते तो क्या करते और मैं वही कर रही हूँ जो करना चाहिए। मलिया अनाथ है। उसकी रक्षा करना अपराध नहीं। तुम कहाँ जा रहे हो?

जाने को तो मैं इस समय छावनी पर ही था, क्योंकि सुना है, वहाँ एक पहलवान आया है, उसकी कुश्ती होने वाली है, गाना-बजाना भी होगा। पर अब मैं वहाँ न जाऊँगा; नील-कोठी जा रही हूँ।

जल्द आना; दंगल देख आओ। खा-पीकर नील-कोठी चले आना। आज वसन्त-पंचमी की छुट्टी नहीं है क्या?—तितली ने कहा।

अच्छा जाता हूँ—कहता हुआ अन्यमनस्क भाव से मधुबन बनजरिया के बाहर निकला। सामने ही रामजस दिखाई पड़ा। उसने कहा—मधुबन भइया, कुश्ती देखने न चलोगे?

अकेले तो जाने की इच्छा नहीं थी, पर जब तुम भी आ गये तो उधर ही चलूँगा।

भइया! लँगोट ले लूँ।

अरे क्या मैं कुश्ती लडूँगा? दुत!

कौन जाने कोई ललकार ही बैठे।

इस समय मेरा मन कुश्ती लड़ने लायक नहीं।

वाह भइया, यह भी एक ही रही। मन लड़ता है कि हाथ-पैर। मैं देख आया हूँ उस पहलवान को। हाथ मिलाते ही न पटका आपने तो जो कहिए मैं हारता हूँ।

मधुबन अब कुश्ती नहीं लड़ सकता रामजस! अब उसे अपनी रोटी-दाल से लड़ना है।

तो भी लँगोट लेते चलने में कोई...

अरे तो क्या मैं लँगोट घर छोड़ आया हूँ। चल भी।—हँसते हुए मधुबन ने रामजस को एक धक्का दिया, जिसमें यौवन के बल का उत्साह था। रामजस गिरते-गिरते बचा।

दोनों छावनी की ओर चले।

छावनी में भीड़ थी। अखाड़ा बना हुआ था। चारों ओर जनसमूह खड़ा और बैठा था। कुरसी पर बाबू श्यामलाल और उनके इष्ट-मित्र बैठे थे। उनका साथी पहलवान लुंगी बाँधे अपनी चौड़ी छाती खोले हुए खड़ा था। अभी तक उससे लड़ने के लिए कोई भी प्रस्तुत न था। पास के गाँव की दो-चार वेश्याएँ भी आम के बौर हाथ में लिये, गुलाल का टीका लगाए, वहाँ बैठी थीं—छावनी में वसन्त गाने के लिए आई थीं। यही पुराना व्यवहार था। परन्तु इन्द्रदेव होते तो बात दूसरी थी। तहसीलदार ने श्यामलाल बाबू का आतिथ्य करने के

लिए, उनसे जो कुछ हो सका, आमोद-प्रमोद का सामान इकट्ठा किया था। सवेरे ही सबकी केसरिया बूटी छनी थी। श्यामलाल देहाती सुख में प्रसन्न दिखाई देते थे। उन्हें इस बात का गर्व था कि उनके साथी पहलवान से लड़ने के लिए अभी तक कोई खड़ा नहीं हुआ। उन्होंने मूँछ मरोरते हुए कहा—रामसिंह, तुमसे यहाँ कौन लड़ेगा जी। वही अपने नत्थू से जोर करके दिखा दो! सब लोग आये हुए हैं।

अच्छा सरकार!—कहकर रामसिंह ने साथी नत्थू को बुलाया। दोनों अपने दाँव-पेंच दिखाने लगे।

रामजस ने कहा—क्यों भइया, यह हम लोगों को उल्लू बनाकर चला जायेगा?

मधुबन धीरे से इंकार कर उठा। रामजस उस हुंकार से परिचित था। उसने युवकों की—सी चपलता से आगे बढ़कर कहा—सरकार! हम लोग देहाती ठहरे; पहलवानी क्या जाने! पर नत्थू से लड़ने को तो मैं तैयार हूँ।

सब लोग चौंककर रामजस को देखने लगे। दाँव-पेंच बन्द करके रामसिंह ने भी रामजस को देखा। वह हँस पड़ा। जाओ, खेत में कुदाल चलाओ लड़के!—रामसिंह ने व्यंग्य से कहा।

मधुबन से अब न रहा गया। उसने कहा—पहलवान साहब, खेतों का अन्न खाकर ही तुम कुश्ती लड़ते हो।

पसेरी भर अन्न खाकर कुश्ती नहीं लड़ी जाती भाई! सरकार लोगों के साथ माल चाबकर यह कसाले का काम किया जाता है। दूसरे पूत से हाथ मिलाना, हाड़-से-हाड़ लड़ाना, दिल्लगी नहीं है।

मैं तो इसे ऐसा ही समझता हूँ।

तो फिर आ जा न मेरे यार! तू भी यह दिल्लगी देख!

रामसिंह के इतना कहते ही मधुबन सचमुच कुरता उतार, धोती फेंककर अखाड़े में कूद पड़ा। सुन्दरियाँ उस देहाती युवक के शरीर को सस्पृह देखने लगीं। गाँव के लोगों में उत्साह-सा फैला गया। सब लोग उत्सुकता से देखने लगे! और तहसीलदार तो अपनी गोल-गोल आँखों में प्रसन्नता छिपा ही न सकता था। उसने मन में सोचा—आज बच्चू की मस्ती उतर जायेगी।

रामसिंह और मधुबन में पैंतरें, दाँव-पेंच और निकस-पैठ इतनी विचित्रता से होने लगी कि लोगों के मुँह से अनायास ही 'वाह-वाह' निकल पड़ता। रामसिंह मधुबन को नीचे ले आया। वह घिस्सा देकर चित करना ही चाहता था कि मधुबन ने उसका हाथ दबाकर ऐसा धड़ उड़ाया कि वह रामसिंह की छाती पर बैठ गया। हल्ला मच गया। देहातियों ने उछलकर मधुबन को कंधे पर बिठा लिया।

श्यामलाल का मुँह तो उतर गया, पर उन्होंने अपनी उँगली से अँगूठी निकालकर, मधुबन को देने के लिए बढ़ाई। मधुबन ने कहा—मैं इनाम क्या करूँगा—मेरा तो यह व्यवसाय नहीं है। आप लोगों की कृपा ही बहुत है।

श्यामलाल कट गये। उन्हें हताश होते देखकर एक वेश्या ने उठ कर कहा—मधुबन बाबू! आपने उचित ही किया। बाबूजी तो हम लोगों के घर आये हैं, इनका सत्कार तो हमीं लोगों को करना चाहिए। बड़े भाग्य से इस देहात में आ गये हैं न!

श्यामलाल जब उसकी चंचलता पर हँस रहे थे, तब उस युवती मैना ने धीरे से अपने हाथ का बौर मधुबन की ओर बढ़ाया, और सचमुच मधुबन ने उसे ले लिया। यही उसका विजय-चिह्न था।

तहसीलदार जल उठा। वह झुँझला उठा था, कि एक देहाती युवक बाबू साहब को प्रसन्न करने के लिए क्यों नहीं पटका गया। उसे अपने प्रबन्ध की यह त्रुटि बहुत खली। छावनी के आँगन में भीड़ बढ़ रही थी। उसने कड़ककर कहा—अब चुपचाप सब लोग बैठ जायँ। कुश्ती हो चुकी। कुछ गाना-बजाना भी होगा।

श्यामलाल को यह अच्छा तो नहीं लगता था, क्योंकि उनका पहलवान पिट गया था; पर शिष्टाचार और जनसमूह के दबाब से वह बैठे रहे। अनवरी बगल में बैठी हुई उन पर शासन कर रही थी। माधुरी भीतर चिक में उदास भाव से यह सब उपद्रव देख रही थी। श्यामदुलारी एक ओर प्रसन्न हो रही थीं, दूसरी ओर सोचती थीं—इन्द्रदेव यहाँ क्यों नहीं है।

जब मैना गाने लगी तो वहाँ मधुबन और रामजस दोनों ही न थे। सुखदेव चौबे तो न जाने क्यों मधुबन की जीत और उसके बल को देख कर काँप गये। उसका भी मन गाने-बजाने में न लगा। उन्होंने धीरे से तहसीलदार के कान में कहा—मधुबन को अगर तुम नहीं दबाते, तो तुम्हारी तहसीलदारी हो चुकी। देखा न!

गंभीर भाव से सिर हिलाकर तहसीलदार ने कहा—हूँ।

दो

धूप निकल आयी है, फिर भी ठंड से लोग ठिठुरे जा रहे हैं। रामजस के साथ जो लड़का दवा लेने के लिए शैला की मेज के पास खड़ा है, उसकी ठुड्ढी काँप रही है। गले के समीप कुर्ते का अंश बहुत-सा फटकर लटक गया है, जिससे उसके छाती की हड्डियों पर नसें अच्छी तरह दिखायी पड़ती हैं।

शैला ने उसे देखते ही कहा—रामजस! मैंने तुमको मना किया था। इसे यहाँ क्यों ले आये? खाने के लिए सागूदाना छोड़कर और कुछ न देना! ठंड बचाना!

मेम साहब रात को ऐसा पाला पड़ा कि सब मटर झुलस गई। हरी मटर शहर में बेचने के लिए जो ले जाते तो सागूदाना ले आते। अब तो इसी को भूनकर कच्चा-पक्का खाना पड़ेगा। वहीं इसे भी मिलेगा।

तब तो इसे तुम मार डालोगे!

मरना तो है ही! फिर क्या किया जाय?

रामजस की इस बेबसी पर शैला काँप उठी। उसने मन में सोचा कि इन्द्रदेव से कहकर इसके लिए सामूदाना मँगा दें। सब बातों के लिए इन्द्रदेव से कहला देने का अभ्यास पड़ गया था। फिर उसको स्मरण हो आया कि इन्द्रदेव तो यहाँ नहीं हैं। वह दुःखी हो गई। उसका हृदय व्यथा से भर गया। इन्द्रदेव की निर्दयता पर—नहीं-नहीं, उनकी विवशता पर—वह व्याकुल हो उठी। रामजस को विदा करते हुए उसने कहा—मधुबन से कह देना, वह तुम्हारे लिए सागूदाना ले आवेगा।

यही एक छोटा भाई है मेम साहब! माँ बहुत रोती है।

जाओ रामजस! भगवान् सब अच्छा करेगा।

रामजस तो चला गया। शैला उठकर अपने कमरे में टहलने लगी। उसका मन न लगा। वह टीले से नीचे उतरी; झील के किनारे-किनारे अपनी मानसिक व्यथाओं के बोझ से दबी हुई, धीरे-धीरे चलने लगी। कुछ दूर चलकर वह जब कच्ची सड़क की ओर फिरी तो उसने देखा कि अरहर और मटर के खेत काले होकर सिकुड़ी हुई पत्तियों में अपनी हरियाली लुटा चुके हैं। अब भी जहाँ सूर्य की किरणें नहीं पहुँचती हैं, उन पत्तियों पर नमक की चादर-सी पड़ी है। कच्चे कुएँ के जगत पर सिर पकड़े हुए एक किसान बैठा है। उसके सामने मरी हुई खेती का शव झुलसा पड़ा है। उसकी प्रसन्नता और साल भर की आशाओं पर बज्र की तरह पाला पड़ गया। गृहस्थी के दयनीय और भयानक भविष्य के चित्र उसकी आँखों के सामने, पीछे जमींदार के लगान का कँपा देने वाला भय! देव को अत्याचारी समझकर ही जैसे वह संतोष से जीवित है।

क्यों जी? तुम्हारे खेत पर भी पाला पड़ा है?

आप देख तो रही हैं मेम साहब! —दुःख और क्रोध से किसान ने कहा। उसको यह असमय की सहानुभूति व्यंग्य-सी मालूम पड़ी। उसने समझा मेम साहब तमाशा देखने आई हैं।

शैला जैसे टक्कर खाकर आगे बढ़ गई। उसके मन में रह-रहकर यही बात आती है कि इस समय इन्द्रदेव यहाँ क्यों नहीं हैं, अपने ऊपर भी रह-रहकर उसे क्रोध आता कि वह इतनी शीतल क्यों हो गई। इन्द्रदेव को वह जाने से रोक सकती थी; किन्तु अपने रूखे-सूखे व्यवहार से इन्द्रदेव के उत्साह को उसी ने नष्ट कर दिया, और अब यह ग्राम सुधार का व्रत एक बोझ की तरह उसे ढोना पड़ रहा है। तब क्या वह इन्द्रदेव से प्रेम नहीं करती! ऐसा तो नहीं; फिर यह संकोच क्यों? वह सोचने लगी—उस दिन इन्द्रदेव के मन में एक सन्देह उत्पन्न करके मैंने ही यह गुत्थी डाल दी है। तब क्या यह भूल मुझे ही न सुधारनी चाहिए? वसंत पंचमी को माधुरी ने बुलाया था, वहाँ भी न गई। उन लोगों ने भी बुरा मान लिया होगा।

उसने निश्चय किया कि अभी मैं छावनी पर चलूँ। वहाँ जाने से इन्द्रदेव का भी पता लग जायेगा। यदि उन लोगों की इच्छा हुई तो मैं इन्द्रदेव को बुलाने के लिए चली जाऊँगी, और इन्द्रदेव से अपनी भूल के लिए क्षमा भी माँग लूँगी।

वह छावनी की ओर मन-ही-मन सोचते हुए घूम पड़ी। बीच में मधुबन दिखाई पड़ा। शैला का मन प्रसन्न वातावरण बनाने की कल्पना से उत्साह से भर उठा था। उसने कहा—मधुबन! तितली से कह देना, आज दोपहर को मैं उसके यहाँ भोजन करूँगी; मैं छावनी से होकर आती हूँ।

मैं भी साथ चलूँ?—मधुबन ने पूछा।

नहीं, तुम जाकर तितली से कह दो भाई, मैं आती हूँ।—कहकर वह लम्बा डग बढ़ाती हुई चल पड़ी। छावनी पर पहुँचकर उसने देखा, बिलकुल सन्नाटा छाया है। नौकर-चाकर उधर चुपचाप काम कर रहे हैं। शैला माधुरी के कमरे के पास पहुँचकर बाहर रुक गई। फिर उसने चिक हटा दिया। देखा तो मेज पर सिर रखे हुए माधुरी कुर्सी पर बैठी है—जैसे उसके शरीर में प्राण नहीं!

शैला कुछ देर खड़ी रही। फिर उसने पुकारा—बीबीरानी!

माधुरी सिसकने लगी। उसने सिर ने उठाया। शैला ने उसके बालों को धीरे-धीरे सहलाते हुए कहा—क्या है, बीबीरानी?

माधुरी ने धीरे से सिर उठाया। उसकी आँखें गुड़हल के फूल की तरह लाल हो रही थीं। शैला से आँख मिलाते ही उसके हृदय का बाँध टूट गया। आँसू की धारा बहने लगी। शैला की ममता उमड़ आई। वह भी पास बैठ गई।

जी कड़ा करके माधुरी ने कहा—मैं तो सब तरह से लुट गई!

हुआ क्या? मैं तो इधर बहुत दिनों से यहाँ आई नहीं, मुझे क्या पता। बीबीरानी! मुझ पर सन्देह न करो। मैं तुम्हारा बुरा नहीं चाहती। मुझसे अपनी बीती साफ-साफ कहो न। मैं भी तुम्हारी भलाई चाहने वाली हूँ बहन।

माधुरी का मन कोमल हो चला! दुःख की सहानुभूति हृदय के समीप पहुँचती है। मानवता का यही तो प्रधान उपकरण है। माधुरी ने स्थिर दृष्टि से शैला को देखते हुए कहा—यह सच है मिस शैला, कि मैं तुम्हारे ऊपर अविश्वास करती रही हूँ! मेरी भूल रही होगी। पर मुझे जो धोखा दिया गया वह अब प्रत्यक्ष हो गया। मैं यह जानती हूँ कि मेरे पति सदाचारी नहीं हैं, उनका मुझ पर स्नेह भी नहीं, तब भी यह मेरे मान का प्रश्न था और उससे भी मुझे धक्का मिला। मेरा हृदय टूक-टूक हो रहा है। मैंने कृष्णमोहन को लेकर दिन बिताने का निश्चय कर लिया था। मैं तो यह भी नहीं चाहती थी कि वह यहाँ आवें। पर जो होनी थी वह होकर ही रही।

माधुरी को फिर रुलाई आने लगी। वह अपने को सम्हाल रही थी। शैला ने पूछा—तो क्या हुआ, बाबू श्यामलाल चले गये?

हाँ, गये, और अनवरी को लेकर गये। मिस शैला! यह अपमान मैं सह न सकूँगी।

अनवरी ने मुझ पर ऐसा जादू चलाया कि मैं उसका असली रूप इसके पहले समझ ही न सकी।

यह कैसे हुआ! इसमें सब इन्द्रदेव की भूल है। वह यहाँ रहते तो ऐसी घटना न होने पाती।—शैला ने आश्चर्य छिपाते हुए कहा।

उनके रहने-न रहने से क्या होता। यह तो होना ही था। हाँ, चले जाने से मेरी माँ के मन में भी यह बात आई कि इन्द्रदेव को उन लोगों का आना अच्छा न लगा। परन्तु इन्द्रदेव को इतना रूखा मैं नहीं समझती। कोई दूसरी ही बात है, जिससे इन्द्रदेव को यहाँ से जाना पड़ा। जो स्त्री इतनी निर्लज्ज हो सकती है, इतनी चतुर है, वह क्या नहीं कर सकती? उसी का कोई चरित्र देखकर चले गये होंगे। सुनिए, वह घटना मैं सुनाती हूँ जो मेरे सामने हुई थी—

उस दिन माँ के बहुत बकने पर मैं रात को उन्हें व्यालू कराने के लिए, थाली हाथ में लिए, कमरे के पास पहुँची। मुझे ऐसा मालूम हुआ कि भीतर कोई और भी है। मैं रुकी। इतने में सुनायी पड़ा—बस, बस, बस, एक ग्लास मैं पी चुकी, और लूँगी तो छिपा न सकूँगी। सारा भंडाफोड़ हो जायेगा।

उन्होंने कहा—मैं भंडाफोड़ होने से नहीं डरता। अनवरी! मैंने अपने जीवन में तुम्हीं को तो ऐसा पाया है, जिससे मेरे मन की सब बातें मिलती हैं! मैं किसी की परवाह नहीं करता, मैं किसी का दिया हुआ नहीं खाता, जो डरता रहूँ। तुम यहाँ क्यों पड़ी हो, चलो कलकत्ते में? तुम्हारी डॉक्टरी ऐसी चमकेगी कि तुम्हारे नाम का डंका पिट जाएगा। हम लोगों का जीवन बड़े सुख से कटेगा।

लम्बी-चौड़ी बातें करने वाले मैंने भी बहुत-से देखे हैं। निबाहना सहज नहीं है बाबू साहब! अभी बीबीरानी सुन लें तो आपकी...

चलो, देखा है तुम्हारी बीबीरानी को। मैं...

मैं अधिक सुन न सकी। मेरा शरीर काँपने लगा। मैंने समझा कि यह मेरी दुर्बलता है। मेरा अधिकार मेरे ही सामने दूसरा ले और मैं प्रतिवाद न करके लौट जाऊँ, यह ठीक नहीं। मैं थाली लिए घुस पड़ी। अनवरी अपने को छुड़ाती हुई उठ खड़ी हुई। उसका मुँह विवर्ण था। शराब की महक से कमरा भर रहा था। उन्होंने अपनी निर्लज्जता को स्पष्ट करते हुए पूछा—क्या है?

भला मैं इसका क्या उत्तर देती! हाँ, इतना कह दिया कि क्षमा कीजिए, मैं नहीं जानती थी कि मेरे आने से आप लोगों को कष्ट होगा।

यह बड़ी असभ्यता है कि बिना पूछे किसी के एकान्त में...

उनकी बात काटकर अनवरी ने कहा—बीबीरानी! मैं कलकत्ते में डाँक्टरी करने के सम्बन्ध में बातें कर रही थी।

—यह भी उसका दुस्साहस था। मैं तो उसका उत्तर नहीं देना चाहती थी। परन्तु उसकी ढिठाई अपनी सीमा पार कर चुकी थी। मैंने कहा—बड़ी अच्छी बात है, मिस अनवरी! आप कब जायेंगी?

मैं अधिक कुछ न कह सकी। थाली रखकर लौट आयी। दूसरे दिन सवेरे ही अनवरी तो बनारस चली गयी और उन्होंने कलकत्ते की तैयारी की! माँ ने बहुत चाहा कि वे रोक लिए जायँ। उन्होंने कहलाया भी, पर मैं इसका विरोध करती रही। मैं फिर सामने न गयी। वह चले गये।

शैला ने सान्त्वना देते हुए कहा—जो होना था सो हो गया। अब दुःख करने से क्या लाभ?

हम लोगों का भी आज शहर जाना निश्चित है। माँ कहती हैं कि अब यहाँ न रहूँगी। भाई साहब का पता चला है कि बनारस में ही हैं। उन्होंने बैरिस्टरी आरम्भ कर दी है। हाँ, कोठी पर वह नहीं रहते, अपने लिए कहीं बँगला ले लिया है।

वह और कुछ कहना चाहती थी कि बीच ही में किसी ने पुकारा—बीबीरानी!

क्या है?—माधुरी ने पूछा।

माँजी आ रही हैं।

आती तो रही, उन्हें उठकर आने की जल्दी क्या पड़ी थी?

श्यामदुलारी भीतर आ गयी। उस वृद्धा स्त्री का मुख गम्भीर और दृढ़ता से पूर्ण था। शैला का नमस्कार ग्रहण करते हुए एक कुर्सी पर बैठ कर उन्होंने कहा—मिस शैला! आप अच्छी हैं? बहुत दिनों पर हम लोगों की सुध हुई।

माँजी! क्या करूँ, आप ही का काम करती हैं। जिस दिन से यह सब काम सिर पर आ गया, एक घड़ी की छुट्टी नहीं। आज भी यदि एक घटना न हो जाती तो यहाँ आती या नहीं, इसमें सन्देह है। आपके गाँव भर में रात को पाला पड़ा। किसानों का सर्वनाश हो गया है। कई दवाएँ भी नहीं हैं। तहसीलदार के पास लिख भेजा था। वे आयीं कि नहीं, और...

शैला भी जाने क्या-क्या कह जाती; क्योंकि उसका मन चंचल हो गया था। इस गृहस्थी की विशृंखलता के लिए वह अपने को अपराधी समझ रही थी। उसकी बातें उखड़ी-उखड़ी हो रही थीं। किन्तु श्यामदुलारी ने बीच ही में रोककर कहा—पाला-पत्थर पड़ने में जमींदार क्या कर सकता है। जिस काम में भगवान् का हाथ है, उसमें मनुष्य क्या कर सकता है। मिस शैला, मेरी सारी आशाओं पर भी तो पाला पड़ गया। दोनों लड़के बेकहे हो रहे हैं। हम लोग स्त्री हैं। अबला हैं। आज वह जीते होते तो दो-दो थप्पड़ लगाकर सीधा कर देते। पर हम लोगों के पास कोई अधिकार नहीं। संसार तो रुपये-पैसे के अधिकार को मानता है। स्त्रियों के स्नेह का अधिकार, रोने-दुलारने का अधिकार, तो मान लेने की वस्तु है न?

अपनी विवशता और क्रोध से श्यामदुलारी की आँखों से आँसू निकल आये। शैला सन्न हो गयी। उसे भी रह-रहकर इन्द्रदेव पर क्रोध आता था। पुरुषों के प्रति स्त्रियों का हृदय, प्रायः विषम और प्रतिकूल रहता है। जब लोग कहते हैं कि वे एक आँख से रोती हैं तो दूसरी से हँसती हैं, तब कोई भूल नहीं करते। हाँ, यह बात दूसरी है कि पुरुषों के इस विचार में व्यंग्यपूर्ण दृष्टिकोण का अन्त है।

स्त्रियों को उनकी आर्थिक पराधीनता के कारण जब हम स्नेह करने के लिए बाध्य करते हैं, तब उनके मन में विद्रोह की सृष्टि भी स्वाभाविक है! आज प्रत्येक कुटुम्ब उनके इस स्नेह और विद्रोह के द्वन्द्व से जर्जर है और असंगठित है। हमारा सम्मिलत कुटुम्ब उनकी इस आर्थिक पराधीनता की अनिवार्य असफलता है। उन्हें चिरकाल से वंचित एक कुटुम्ब के आर्थिक संगठन को ध्वस्त करने के लिए दिन-रात चुनौती मिलती रहती है। जिस कुल से वे आती हैं उस पर से ममता हटती नहीं, यहाँ भी अधिकार की कोई सम्भावना न देखकर, वे सदा घूमने वाली गृहहीन अपराधी जाति की तरह प्रत्येक कौटुम्बिक शासन को अव्यवस्थित करने में लग जाती हैं। यह किसका अपराध है? प्राचीन-काल में स्त्री-धन की कल्पना हुई थी। किन्तु आज उसकी जैसी दुर्दशा है, जितने कांड उसके लिए खड़े होते हैं, वे किसी से छिपे नहीं।

श्यामदुलारी का मन आज सम्पूर्ण विद्रोही हो गया था। लड़के और दामाद की उच्छृंखलता ने उन्हें अपने अधिकार को सजीव करने के लिए उत्तेजना दी। उन्होंने फिर कहा—मिस शैला! मैंने निश्चय कर लिया है कि अब किसी को मनाने न जाऊँगी। हाँ, मेरी बेटी का दुःख से भरा भविष्य है और उसके लिए मुझे कोई उपाय करना ही होगा। वह इस तरह न रह सकेगी। मैंने अपने नाम की जमींदारी माधुरी को देने का निश्चय कर लिया है। तुम क्या कहती हो? हम लोग तुम्हारी सम्पत्ति चाहती हैं।

माँजी, आपने ठीक सोचा है। बीवीरानी को और दूसरा क्या सहारा है। मैं समझती हूँ कि इसमें इन्द्रदेव से पूछने की आवश्यकता नहीं, क्योंकि उनके लिए कोई कमी नहीं। वह स्वयं भी कमा सकते हैं और सम्पत्ति भी है ही!

माधुरी अवाक् होकर शैला का मुँह देखने लगी। आज स्त्रियाँ सब एक ओर थीं। पुरुषों की दुष्टता का प्रतिकार करने में सब सहमत थीं। श्यामदुलारी ने शैला का अनुकूल मत जानकर कहा—तो हम लोग आज ही बनारस जायेंगी। वहाँ पहले मैं दान-पत्र की रजिस्ट्री कराऊँगी। तुम भी चलोगी?

बिना कुछ सोचे हुए शैला ने कहा—चलूँगी।

तो फिर तैयार हो जाओ। नहीं, दो घंटे में उधर ही नील-कोठी पर आकर तुम्हें लेती चलूँगी।

बहुत अच्छा—कहकर शैला उठ खड़ी हुई। वह सीधे बनजरिया की ओर चल पड़ी। मधुबन से कह चुकी थी, तितली उसकी प्रतीक्षा में बैठी होगी।

शैला कुछ प्रसन्न-सी थी। उसने अज्ञात भाव से इन्द्रदेव को जो थोड़ा-सा दूर हटाकर श्यामदुलारी और माधुरी को अपने हाथों में पा लिया था, वह एक लाभ-सा उसे उत्साहित कर रहा था। परन्तु बीच-बीच में वह अपने हृदय में तर्क भी करती थी—इन्द्रदेव को मैं एक बार ही भूल सकूँगी? अभी-अभी तो मैंने सोचा था कि चलकर इन्द्रदेव से क्षमा माँग लूँगी, मना लाऊँगी, फिर यह मेरा भाव कैसा?

उसे खेद हुआ। और फिर अपनी भूल सुधारते हुए उसने निश्चय किया कि बुरा काम करते भी अच्छा हो सकता है। मैं इसी प्रश्न को लेकर इन्द्रदेव से अच्छी तरह बातें कर सकूँगी और अपनी सफाई भी दे लूँगी।

वह अपनी धुन में बनजरिया तक पहुँच भी गई; पर उसे मानो ज्ञान नहीं। जब तितली ने पुकारा—वाह बहन! मैं कब से बैठी हूँ, इस तरह आने के लिए कहकर भी कोई भूल जाता है—तो वह आपे में आ गई।

मुझे झटपट कुछ खिला दो। अभी-अभी मुझे शहर जाना है।

वाह रे चटपट! बैठो भी, अभी हरे चने बनाती हूँ, तब खाना होगा। ठंडा हो जाने से वह अच्छा नहीं लगता। हम लोगों का ऐसा-वैसा भोजन, रूखा-सूखा, गरम-गरम ही तो खा सकोगी। चावल और रोटियाँ भी तैयार हैं। अभी बन जाता है।

तितली उसे बैठाती हुई, रसोईघर में चली गई। हरे चनों की छन-छनाहट अभी बनजरिया में गूँज रही थी कि मधुबन एक कोमल लौकी लिए हुए आया। वह उसे बैठकर छीलने-बनाने लगा।

शैला इस छोटी-सी गृहस्थी में दो प्राणियों को मिलकर उसकी कमी पूरी करते देखकर चकित हो रही थी। अभी छावनी की दशा देखकर आई थी। वहाँ सब कुछ था, पर सहयोग नहीं। यहाँ कुछ न था; परन्तु पूरा सहयोग उस अभाव से मधुर युद्ध करने के लिए प्रस्तुत। शैला ने छेड़ने के लिए कहा—तितली! मुझे भूख लगी है। तुम अपने पकवान रहने दो; जो बना हो, मुझे लाकर खिला दो।

आई, आई लो, मेरा हाथ भी जलने से बचा।

मधुबन ने कहा—तो ले आओ न!

वह भी हँस रहा था।

पहले केले का पत्ता ले आओ। फिर जल्दी करना।

मधुबन केले का पत्ता लेने के लिए बनजरिया की झुरमुट में चला। शैला हँस रही थी। उसके सामने हरे-हरे दोनों में देहाती दही में भीगे हुए बड़े और आलू-मटर की तरकारी रख दी गई। पत्ते लेकर मधुबन के आते ही चावल, रोटी, दाल, हरे चने और लौकी भी सामने आ गई।

शैला खाती भी थी, हँसती भी थी। उसके मन में सन्तोष-ही-सन्तोष था। उसके आसपास एक प्रसन्न वातावरण फैल रहा था, जैसे विरोध का कहीं नाम नहीं। इन्द्रदेव! उस रूठे हुए को मना लाने के लिए तो वह जा ही रही थी।

भोजन कर लेने पर शैला ने हाथ पोंछते हुए मधुबन से कहा—नील-कोठी की रखवाली तुम्हारे ऊपर। मैं दो-चार दिन भी वहाँ ठहर सकती हूँ। सावधान रहना। किसी से लड़ाई-झगड़ा मत कर बैठना।

वाह! मैं सबसे लड़ाई ही तो करता फिरता हूँ!

दूर न जाकर घर में तितली ही से, क्यों बहन!—शैला ने हँसकर कहा।

तितली लज्जा से मुस्कराती हुई बोली— मैं क्या कलकत्ते की पहलवान हूँ बहन !

मधुबन उत्तर न दे सकने से खीझ रहा था। पर वह खीझ बड़ी सुहावनी थी। सहसा उसे एक बात का स्मरण हुआ। उसने कहा—हाँ, एक बात तो कहना मैं भूल ही गया था। मलिया को लेकर वह तहसीदार बहुत धमका गया है। मेरे सामने फिर आवेगा तो मैं उसके दो-चार बचे हुए दाँत भी झाड़ दूँगा। वह बेचारी क्या इस गाँव में रहने भी न पावेगी। और तो किसी से बोलने के लिए मैं शपथ खा सकता हूँ।

मधुबन! सहनशील होना अच्छी बात है। परन्तु अन्याय का विरोध करना उससे भी उत्तम है। तुम कोई उपद्रव न करोगे, इसका तो मुझे विश्वास है। अच्छा तो चलो मेरे साथ, और बहन तितली! तो मैं जाती हूँ।

तितली ने नमस्कार किया। दोनों चले। अभी बनजरिया से कुछ ही दूर पहुँचे होंगे कि मलिया उधर से आती हुई दिखाई पड़ी। उसकी दयनीय और भयभीत मुखाकृति देखकर शैला को रुक जाना पड़ा। शैला ने उसे पास बुलाकर कहा—मलिया, तू तितली के पास निर्भय होकर रह, किसी बात की चिन्ता मत कर।

मलिया की आँखों में कृतज्ञता के आँसू भर आये। नील-कोठी पर पहुँचकर दो-चार आवश्यक वस्तुएँ अपने वेग में रखकर शैला तैयार हो गई। मधुबन को आवश्यक काम समझाकर वह झील की ओर पत्थर पर बैठी हुई, सड़क पर मोटर आने की प्रतीक्षा करने लगी। मधुबन को भूख लगी थी। उसने जाने के लिए पूछा। तितली भी अभी बैठी होगी—यह जानकर शैला को अपनी भूल मालूम हुई। उसने कहा—जाओ, तितली मुझे कोसती होगी।

मधुबन चला गया। तितली की बातें सोचते-सोचते, उसकी छोटी—सी सुख से भरी गृहस्थी पर विचार करते-करते, शैला के एकान्त मन में नई गुदगुदी होने लगी। वह अपनी बड़ी-सी नील-कोठी को व्यर्थ की विडम्बना समझकर, उसमें नया प्राण ले आने की मन-ही-मन स्त्री-हृदय के अनुकूल मधुर कल्पना करने लगी।

आज उसे अपनी भूल पग-पग पर मालूम हो रही थी। उसने उत्साह से कहा—अब बिलम्ब नहीं।

दूर से धूल उड़ाती हुई मोटर आ रही थी। ड्राइवर के पास एक पाण्डेजी बन्दूक लिये बैठे थे। पीछे श्यामदुलारी और माधुरी थीं।

टीले के नीचे मोटर रुकी। चमड़े का छोटा-सा वेग हाथ में लिये फुरती से शैला उतरी। वह जाकर माधुरी से सटकर बैठ गई।

माधुरी ने पूछा—और कुछ सामान नहीं है क्या?

नहीं तो।

तो फिर चलना चाहिए।

शैला ने कुछ सोचकर कहा—आपने तहसीलदार को साथ में नहीं लिया। बिना उसके

वह काम, जो आप करना चाहती हैं, हो सकेगा?

क्षण-भर के लिए सन्नाटा रहा। माधुरी कुछ कहना नहीं चाहती थी। श्यामदुलारी ने ही कहा—हाँ, यह बात तो मैं भी भूल गई। उसको रहना चाहिए।

तो आप एक चिट लिख दें। मैं यहीं नील-कोठी के चपरासी के पास छोड़ आती हूँ। वह जाकर दे देगा। कल तहसीलदार बनारस पहुँचेगा।

श्यामदुलारी ने माधुरी की नोट-बुक से पन्ना फाड़कर उस पर कुछ लिखकर दे दिया। शैला उसे लेकर ऊपर चली गई।

श्यामदुलारी ने माधुरी को देखकर कहा—हम लोग जितनी बुरी शैला को समझती थीं उतनी तो नहीं है, बड़ी अच्छी लड़की है।

माधुरी चुप थी! वह अब भी शैला को अच्छा कहकर स्वीकार करने में हिचकती थी। शैला ऊपर से आ गई। उसके बैठ जाने पर हार्न देती हुई मोटर चल पड़ी।

तीन

धामपुर में फिर सन्नाटा हो गया। जमींदार की छावनी सूनी थी। बनजरिया में बाबाजी नहीं। नील-कोठी पर शैला की छाया नहीं। उधर शेरकोट के खँडहर में राजकुमारी अपने दुर्बल अभिमान में ऐंठी जा रही थी। उसका हृदय काल्पनिक सुखों का स्वप्न देखकर चंचल हो गया था। सुखदेव चौबे ने अकाल-जलद की तरह उसके संयम के दिन को मलिन कर दिया था। वह अब ढलते हुए यौवन को रोक रखने की चेष्टा में व्यस्त रहती है।

उसकी झोंपड़ी में प्रसाधन की सामग्री भी दिखाई पड़ने लगी। कहीं छोटा-सा दर्पण, तो कहीं तेल की शीशी। वह धीरे-धीरे चिकने पथ पर फिसल रही थी। और लोग क्या कहेंगे, इस पर उसका ध्यान बहुत कम जाता। कभी-कभी अपनी मर्यादा के खोये हुए गौरव की क्षीण प्रतिध्वनि उसे सुनाई पड़ती; पर वह प्रत्यक्ष सुख की आशा को—जिसे जीवन में कभी प्राप्त न कर सकी थी—छोड़ने में असमर्थ थी।

मधुबन भी तो अब वहाँ नहीं आता। उस दिन ब्याह में राजकुमारी का वह विरोध उसे बहुत ही खला। उसे धीरे-धीरे राजकुमारी के चरित्र में सन्देह भी हो चला था। किन्तु उसकी वही दशा थी, जैसे कोई मनुष्य भय से आँखें मूँद लेता है। वह नहीं चाहता था कि अपने सन्देह की परीक्षा करके कठोर सत्य का नग्न रूप देखे।

मधुबन को नील-कोठी का काम करना पड़ता। वहाँ से उसको कुछ रुपये मिलते थे। इसी बहाने को वह सब लोगों से कह देता कि उसे शेरकोट-आने-जाने में नौकरी के लिए असुविधा थी। इसलिए बनजरिया में रोटी खाता था। राजकुमारी की खीझ और भी बढ़ गई थी। यों तो मधुबन पहले ही कुछ नहीं देता था। राजकुमारी अपने बुद्धि-बल और

प्रबन्ध-कुशलता से किसी-न-किसी तरह रोटी बनाकर खा-खिला लेती थी। पर जब मधुबन को कुछ मिलने लगा, तब तो उसमें से कुछ मिलने की आशा करना उसके लिए स्वाभाविक था। किन्तु वह नहीं चाहती थी कि वास्तव में उसे मधुबन कुछ दिया करे! हाँ, वह तो यह भी चाहती थी, मधुबन इसके लिए फिर शेरकोट में न आने लगे; और इससे नवजात विरोध का पौधा और भी बढ़ेगा। विरोध उसका अभीष्ट था।

सन्ध्या होने में भी विलम्ब था। राजकुमारी अपने बालों में कंघी कर चुकी थी। उसने दर्पण उठाकर अपना मुँह देखा। एक छोटी-सी बिन्दी लगाने के लिए उसका मन ललचा उठा। रोली, कुंकुम, सिन्दूर वह नहीं लगा सकती, तब? उसने नियम और धर्म की रूढ़ि बचाकर काम निकाल लेना चाहा। कत्थे और चूने को मिलाकर उसने बिन्दी लगा ली। फिर से दर्पण देखा। वह अपने ऊपर रीझ रही थी। हाँ, उसमें वह शक्ति आ गई थी कि पुरुष एक बार उसकी ओर देखता। फिर चाहे नाक चढ़ाकर मुँह फिरा लेता। यह तो उसकी विशेष मनोवृत्ति है। पुरुष, समाज में वही नहीं चाहता, जिसके लिए उसी का मन छिपे-छिपे प्रायः विद्रोह करता रहता है। वह चाहता है, स्त्रियाँ सुन्दर हों, अपने को सजाकर निकलें और हम लोग देखकर उनकी आलोचना करें। वेश-भूषा के नये-नये ढंग निकालता है। फिर उनके लिए नियम बनाता है। पर जो सुन्दर होने की चेष्टा करती हो, उसे अपना अधिकार प्रमाणित करना होगा।

राजो ने यह अधिकार खो दिया था। वह बिन्दी लगाकर पंडित दीनानाथ की लड़की के ब्याह में नहीं जा सकती थी। दुःख से उसने बिन्दी मिटाकर चादर ओढ़ ली। बुधिया, सुखिया और कल्लो उसके लिए कब से खड़ी थीं। राजकुमारी को देखकर वह सब-की—सब हँस पड़ीं।

क्या है रे?—अपने रूप की अभ्यर्थना समझते हुए भी राजकुमारी ने उनकी हँसी का अर्थ समझना चाहा। अपनी किसी भी वस्तु की प्रशंसा कराने की साध बड़ी मीठी होती है न? चाहे उसका मूल्य कुछ हो। बुधिया ने कहा—चलो मालकिन! बारात आ गई होगी!

जैसे तेरा ही कन्यादान होने वाला है। इतनी जल्दी।—कहकर राजकुमारी घर में ताला लगाकर निकल गई। कुछ ही दूर चलते-चलते और भी कितनी ही स्त्रियाँ इन लोगों के झुंड में मिल गईं। अब यह ग्रामीण स्त्रियों का दल हँसते-खेलते परस्पर परिहास में विस्मृत, दीनानाथ के घर की ओर चला।

अन्नों को पका देने वाला पश्चिमी पवन सर्राटे से चल रहा था। जौ-गेहूँ के कुछ-कुछ पीले बाल उसकी झोंक में लोट-पोट हो रहे थे। वह फागुन की हवा मन में नई उमंग बढ़ाने वाली थी, सुख-स्पर्श थी। कुतूहल से भरी ग्राम-बधुएँ, एक-दूसरे की आलोचना में हँसी करती हुई, अपने रंग-बिरंगे वस्त्रों में ठीक-ठीक शस्य-श्यामल खेतों की तरह तरंगायित और

चंचल हो रही थी। वह जंगली पवन वस्त्रों से उलझता था। युवतियाँ उसे समेटती हुईं, अनेक प्रकार से अपने अंगों को मरोड़ लेती थीं। गाँव की सीमा में निर्जनता थी। उन्हें मनमानी बातचीत करने के लिए स्वतंत्रता थी। पीली-पीली धूप, तीसी और सरसों के फूलों पर पड़ रही थी। वसन्त की व्यापक कला से प्रकृति सजीव हो उठी थी। सिंचाई से मिट्टी की सोंधी महक, वनस्पतियों की हरियाली की और फूलों की गन्ध उस वातावरण में उत्तेजना-भरी मादकता ढाल रही थी।

राजकुमारी इस टोली की प्रमुख थी। वह पहले ही पहल इस तरह ब्याह के निमन्त्रण में चली थी! संयम का जीवन जैसे कारागार के बाहर आकर संसार की वास्तविक विचित्रता से और अनुभूति से परिचित हो रहा था।

राजकुमारी को दूर से दीनानाथ के घर की भीड़-भाड़ दिखाई पड़ी। उसकी संगिनियों का दल भी कम न था। उसने देखा कि राग-विराग-पूर्ण जन-कोलाहल में दिन और रात की सन्धि, अपना दुःख-सुख मिला कर एक तृप्ति-भरी उलझन से संसार को आन्दोलित कर रही है। राजकुमारी का मन उसी में मिल जाने के लिए व्यग्र हो उठा।

जब वह पंडितजी के घर पर पहुँची तो बारात की अगवानी में गीत गाने वाली कुल-कामिनियों के झुण्ड ने अपनी प्रसन्न चेष्टा, चपल संकेतों और खिलखिलाहट-भरी हँसी से उसका स्वागत किया। राजकुमारी ने देखा कि जीवन का सत्य है, प्रसन्नता। वह प्रसन्नता और आनन्द की लहरों में निमग्न हो गई।

तहसीलदार बारात का प्रबन्ध कर रहे थे। इसलिए गोधूलि में जब बारात पहुँची तो वही सबके आगे था। इधर दीनानाथ के पक्ष में चौबे अगवानी कर रहे थे। द्वारपूजा होकर बारात वापस जनवासे में लौट गई। वहाँ मैना का नाच होने लगा।

इधर पंडितजी के घर पर स्त्रियों का कोलाहल शान्त हो रहा था। बहुत-सी तो लौटने लगी थीं। पर राजकुमारी का दल अभी जमा था। गाना-बजाना चल रहा था। लग्न समीप था, इसलिए ब्याह देखकर ही इन लोगों की जाने की इच्छा थी।

तितली, जो भीड़ में दूसरी ओर बैठी थी, उठकर आँगन की ओर आई। वह जाने के लिए छुट्टी माँग चुकी थी। छपे हुए किनारे की सादी खादी की धोती। हाथों में दो चूड़ियाँ और सुनहले कड़े। माथे में सौभाग्य-सिन्दूर। चादर की आवश्यकता नहीं। अपनी सलज्ज गरिमा को ओढ़े हुए; वह उन स्त्रियों की रानी-सी दिखलाई पड़ती थी।

पंडित की बड़ी लड़की जमुना शहर में ब्याही थी। उसने तितली को जाते देखा। देहात में यह ढंग! वह चकित हो रही थी। मित्रता के लिए चंचल होकर वह सामने आकर खड़ी हो गई।

वाह बहन! तुम चली जाती हो। यह नहीं होगा। अभी नहीं जाने दूँगी। चलो, बैठो। ब्याह देखकर जाना।

वह गाने वाले झुण्ड की ओर पकड़कर उसे ले चली। राजकुमारी ने तितली को देखा और तितली ने राजकुमारी को। तितली उसके पास पहुँची। आँचल का कोना दोनों हाथों में पकड़कर गाँव की चाल से वह पैर छूने लगी। राजकुमारी अपने रोष की ज्वाला में धधकती हुई मुँह फेरकर बैठ गई।

जमुना को राजो के इस व्यवहार पर क्रोध आ गया। वह तो तितली की मित्र थी। फिर दबने वाली भी नहीं। उसने कहा—बेचारी तो पैर छू रही है और तुम अपना मुँह घुमा लेती हो, यह क्या है। तुम तो तितली की ननद हो न!

मैं कौन हूँ? यह सिर चढ़ी तो स्वयं ही दूल्हा खोजकर आई है। भला इस दिखावट की आवभगत से क्या काम?

राजकुमारी का स्वर बड़ा तीव्र और रूखा था।

अब तो आ गई हूँ जीजी—तितली ने हँसकर कहा।

कुछ युवतियों ने उसकी बात पर हँस दिया। परन्तु एक दल ऐसा भी था, जो तितली से उग्र प्रतिवाद की आशा रखता था। गाना-बजाना बन्द हो गया। तितली और राजकुमारी का द्वन्द्व देखने का लोभ सबको उसी ओर आकर्षित किये था।

एक ने कहा—सच तो कहती है, अब तो वह तुम्हारे घर आ गई है। तुमको अब वह सब बातें भुला देनी चाहिए।

मैं कर क्या रही हूँ। मैं तो कुछ बोलती भी नहीं। तुम लोग झूठ ही मेरा सिर खा रही हो। क्या मैं चली जाऊँ?—कहती हुई राजकुमारी उठ खड़ी हुई। जमुना ने उसका हाथ पकड़कर बिठलाया, और तितली भौचक-सी अपने अपराधों को खोजने लगी। उसने फिर साहस एकत्र किया और पूछा—जीजी, मेरा अपराध क्षमा न करोगी?

मैं कौन होती हूँ क्षमा करने वाली? तुमको हाथ जोड़ती हूँ, तुम्हारे पैरों पड़ती हूँ, तुम राजरानी हो, हम लोगों पर दया रखो।

राजकुमारी और कुछ कहना ही चाहती थी कि किसी प्रौढ़ा ने हँसकर कहा—बेचारी के भाई को जादू-विद्या से इस कल की छोकरी ने अपने बस में कर लिया है। उसे दुःख न हो?

राजकुमारी ने देखा कि वह बनाई जा रही है, फिर भी तितली की ही विजय रही। वह जल उठी। चुप होकर धीरे से खिसक जाने का अवसर देखने लगी। पंडित दीनानाथ कुछ क्रोध से भरे हुए घर में आये और अपनी स्त्री से कहने लगे—मैं मना करता था कि इन शहरवालों के यहाँ एक ब्याह करके देख चुकी हो, अब यह ब्याह किसी देहात में ही करूँगा। पर तुम मानो तब तो। माँग-पर-माँग आ रही है। अनार-शरबत चाहिए। ले आओ, है घर में? इस जाड़े में भी यह ढकोसला! मालूम होता है, जेठ-बैसाख की गरमी से तप रहे हैं!

जमुना की माँ धीरे से उठकर अपनी कोठरी में गई और बोतल लिये हुए बाहर आई।

उसने कहा—फिर समधी हैं, अनार-शरबत ही तो माँगते हैं। कुछ तुमसे शराब तो माँगते नहीं। घबड़ाने की क्या बात है? सुखदेव चौबे से कह दो, जाकर दे आवें और समझा दें कि हम लोग देहाती हैं; पंडितजी को साग-सत्तू ही दे सकते हैं, ऐसी वस्तु न माँगें, जो यहाँ ने मिल सकती हो।

जमुना की माँ की एक सहेली बहुत बड़ी हँसोड़ थी। उसने देखा कि अच्छा अवसर है। वह चिल्ला उठी—छिपकली।

पंडित जी—कहाँ—कहते हुए उछल पड़े। सब स्त्रियाँ हँस पड़ीं। जमुना की माँ ने कहा—छिपकली के नाम पर उछलते हो, यह सुनकर समधी तो तुम्हारे ऊपर सैकड़ों छिपकलियाँ उछाल देंगे।

पंडित जी ने कहा—तुम नहीं जानती हो, इसके गिरने से शुभ और अशुभ देखा जाता है। यह है बड़ी भयानक वस्तु। इसका नाम है 'विषतूलिका'। सामने गिर पड़े तो भी दुःख देती है।

पंडित जी जब 'विषतूलिका' का उच्चारण अपने ओठों को बनाकर बड़ी गंभीरता से कर रहे थे और सब स्त्रियाँ हँस रही थीं, तब राजकुमारी ने तितली की ओर देखकर मन-ही-मन घृणा से कहा—विषतूलिका। उस समय उसकी मुखाकृति बड़ी डरावनी हो गई थी। परन्तु सुखदेव चौबे को सामने देखते ही उसका हृदय लहलहा गया। रधिया को न जाने क्या सूझा, ढोल बजाती हुई सुखदेव के नाम के साथ कुछ जोड़कर गाने लगी। सब उस परिहास में सहयोग करने लगीं। तितली उठाकर समीकृत-सी जमुना के पास चली गई।

रात हो गई थी। राजकुमारी भी छुट्टी माँगकर अपनी बुधिया, कल्लो को लेकर चली। राह में ही जनवासा पड़ता था। रावटियों के बाहर बड़े-से-बड़े चँदोवे के नीचे मैना गा रही थी—

'लगे नैन बालेपन से'

राजकुमारी कुछ काल के लिए रुक गई। बुधिया ने कहा—चलो, न मालकिन! दूर से खड़ी होकर हम लोग भी नाच देख लें।

नहीं रे! कोई देख लेगा।

कौन देखता है, उधर अँधेरे में बहुत-सी स्त्रियाँ हैं। वहीं पीछे हम लोग भी घूँघट खींचकर खड़ी हो जायेंगी। कौन पहचानेगा?।

राजकुमारी के मन की बात थी। वह मान गई। वह भी जाकर आम के वृक्ष की घनी छाया में छिपकर खड़ी हो गई। बुधिया और कल्लो तो ढीठ थीं, आगे बढ़ गईं। उधर गाँव की बहुत-सी स्त्रियाँ और लड़के बैठे थे। वे सब जाकर उन्हीं में मिल गईं। पर राजकुमारी को साहस न हुआ। नाम की मंजरी की मीठी मतवाली महक उसके मस्तिष्क को बेचैन करने लगी।

मैना उन्मत्त होकर पंचम स्वर में गा रही थी। उसका नृत्य अद्भुत था। सब लोग

चित्रलिखे-से देख रहे थे। कहीं कोई भी दूसरा शब्द नहीं सुनाई पड़ता था। उसके मधुर नूपुर की झनकार उस वसन्त की रात को गुँजा रही थी।

राजकुमारी ने विह्वल होकर कहा—बालेपन से, साथ ही एक दबी साँस उसके मुँह से निकल गई। वह अपनी विफलता से चंचल होकर जल्दी से अपनी कोठरी में पहुँचकर किवाड़ बन्द कर लेने के लिए घबड़ा उठी। पर जाये तो कैसे। बुधिया और कल्लो तो भीड़ में थीं। वहाँ जाकर उन्हें बुलाना उसे जाँचता न था। उसने मन-ही-मन सोचा—कौन दूर शेरकोट है। मैं क्या अकेली नहीं जा सकती। कब तक यहीं खड़ी रहूँगी?—वह लौट पड़ी।

अन्धकार का आश्रय लेकर वह शेरकोट की ओर बढ़ने लगी। उधर से एक बाहा पड़ता था। उसे लाँघने के लिए वह क्षण भर के लिए रुकी थी कि पीछे से किसी ने कहा—कौन है?

भय से राजकुमारी के रोएँ खड़े हो गये। परन्तु अपनी स्वाभाविक तेजस्विता एकत्र करके वह लौट पड़ी। उसने देखा, और कोई नहीं, यह तो सुखदेव चौबे हैं।

गाँव की सीमा में खलिहानों पर से किसानों के गीत सुनाई पड़ रहे थे। रसीली चाँदनी की आर्द्रता से मंथर पवन अपनी लहरों से राजकुमारी के शरीर में रोमांच उत्पन्न करने लगा था। सुखदेव ज्ञान-विहीन मूक पशु की तरह, उस आम की अँधेरी छाया में राजकुमारी के परवश शरीर के आलिंगन के लिए, चंचल हो रहा था। राजकुमारी की गई हुई चेतना लौट आई। अपनी असहायता में उसका नारीत्व जगकर गरज उठा। अपने को उसने छुड़ाते हुए कहा—सुखदेव! मुझे सब तरह से मत लूटो। मेरा मानसिक पतन हो चुका है। मैं किसी और की न रही, तो तुम्हारी भी न हो सकूँगी। मुझे घर पहुँचा दो।

सुखदेव अनुनय करने लगा। रात और भी भीगने लगी। ज्यों-ज्यों विलम्ब हो रहा था, राजकुमारी का मन खीझने लगा। उसने डाँटकर कहा—चलो घर पर, मैं यहाँ नहीं खड़ी रह सकती।

विवश होकर दोनों ही शेरकोट की ओर चले।

उधर बारात में नाच-गाना, खाना-पीना चल रहा था। सब लोग जब आनन्द-विनोद में मस्त हो रहे थे, तब एक भयानक दुर्घटना हुई। एक हाथी, जो मस्त हो रहा था, अपने पीलवान को पटककर चिंग्घाड़ने लगा। उधर साटेबरदार, बरछी वाले दौड़े, पर चँदोवे के नीचे तो भगदड़ मच गई। हाथी सचमुच उधर ही आ रहा था। मधुबन भी इसी गड़बड़ी में अभी खड़ा होकर कुछ सोच ही रहा था, कि उसने देखा, मैना अकेली किंकर्त्तव्यविमूढ़-सी हाथी के सूँड़ की पहुँच ही के भीतर खड़ी थी। बिजली की तरह मधुबन झपटा। मैना को गोद में उठाकर दैत्य की तरह सरपट भागने लगा। मैना बेसुध थी।

उपद्रव की सीमा से दूर निकल आने पर मधुबन को भी चैतन्य हुआ। उसने देखा,

सामने शेरकोट है। आज कितने दिनों पर वह अपने घर की ओर आया था। अब उसे अपनी विचित्र परिस्थिति का ज्ञान हुआ। वह मैना को बचा ले आया, पर इस रात में उसे रखे कहाँ। उसने मन को समझाते हुए कहा—मैं अपना कर्त्तव्य कर रहा हूँ इस समय राजो को बुलाकर इस मूर्च्छित स्त्री को उसकी रक्षा में छोड़ दूँ। फिर सवेरे देखा जायेगा।

मैना मूर्च्छित थी। उसे लिए हुए धीरे-धीरे वह शेरकोट के खँडहर में घुसा। अभी वह किवाड़ के पास नहीं पहुँचा था कि उसे सुखदेव का स्वर सुनाई पड़ा—खोल दो राजो! मैं दो बात करके चला जाऊँगा। तुमको मेरी सौगन्ध।

मधुबन के चारों ओर चिनगारियाँ नाचने लगीं। उसने मैना को धीरे से दालान की टूटी चौकी पर सुलाकर सुखदेव को ललकारा—क्यों चौबे की दुम! यह क्या?

सुखदेव ने घूमकर कहा—मधुबन! बे, ते, मत करो!

साथ ही मधुबन के बलवान हाथ का भरपूर थप्पड़ मुँह पर पड़ा—नीच कहीं का। रात को दूसरों के घर की कुंडियाँ खटखटाता है और धन्नासेठी भी बघारता है। पाजी!

अभी सुखदेव सम्हल भी नहीं पाया था कि दनादन लात-घूँसे पड़ने लगे। सुखदेव चिल्लाने लगा। मैना सचेत होकर यह व्यापार देखने लगी। उधर से राजो भी किवाड़ खोलकर बाहर निकल आई। मधुबन का हाथ पकड़कर मैना ने कहा—बस करो मधुबन बाबू!

राजो तो सन्न थी। सुखदेव ने साँस ली। उसकी अकड़ के बन्धन टूट चुके थे।

मैना ने कहा—हम लोग यहीं रात बिता लेंगे। अभी न जाने हाथी पकड़ा गया कि नहीं। उधर जाना तो प्राण देना है।

सुखदेव चतुरता से चूकने वाला न था। उसने उखड़े हुए शब्दों में अपनी सफाई देते हुए कहा—मैं क्या जानता था कि हाथी से प्राण बचाने जाकर बाघ का मुँह में चला गया हूँ।

मैना को हँसी आ गई। पर मधुबन को क्रोध शान्त नहीं हुआ था। वह राजकुमारी की ओर उस अन्धकार में घूरने लगा था। राजो का चुप रहना उस अपराध में प्रमाण बन गया था। परन्तु मधुबन उसे अधिक खोलने के लिए प्रस्तुत न था।

मैना एक वेश्या थी। उसके सामने कुलीनता का आडम्बर रखने वाले घर का यह भंडाफोड़। मधुबन चुप था। राजकुमारी ने कहा—अच्छा, भीतर चलो। जो किया सो अच्छा किया। यह कौन है?

अब मधुबन को जैसे थप्पड़ लगा।

मैना का प्राण बचाकर उसने अच्छा ही किया था। पर थी तो वह वेश्या! उतनी रात को उसे उठाकर ले भागना; फिर उसे अपने घर ले आना! गाँव-भर में लोग क्या कहेंगे! और सब

तो जो होगा, देखा जायेगा, इस समय राजकुमारी को क्या उत्तर दे। उसका संकोच उसके साहस को चबाने लगा।

मधुबन की परिस्थिति मैना समझ गई। उसने कहा—मैं यहाँ नाचने आई हूँ। हाथी बिगड़कर मुझी पर दौड़ा। यदि मधुबन बाबू वहाँ न आ जाते तो मैं मर चुकी थी। अब रात भर मुझे कहीं पड़े रहने के लिए जगह दीजिए, सवेरे ही चली जाऊँगी।

राजकुमारी को समझौता करना था। दूसरा अवसर होता तो वह कभी न ऐसा करती। उसने कहा—आओ मैना—उसके साथ भीतर चलते हुए मधुबन का हाथ पकड़कर मैना बोली—सुखदेव को वहीं पड़ा न रहने दीजिए। रात है अभी न जाने हाथी कुचल दे तो बेचारे की जान चली जायेगी।

मधुबन कुछ न बोला। वह भीतर चला गया।

सुखदेव सवेरा होने के पहले ही धीरे-धीरे उठकर बनजरिया की ओर चला। उसका मन विषाक्त हो रहा था। वह राजकुमारी पर क्रोध से भुन रहा था। मधुबन को कभी चबाना चाहता था। परन्तु मधुबन के थप्पड़ों को भूलना सहज बात नहीं। वह बल से तो कुछ नहीं कर सकता था, सब कुछ छल से काम लेने की उसे सूझी। अपनी बदनामी भी बचानी थी।

बनजरिया के ऊपर अरुणोदय की लाली अभी नहीं आई थी। मलिया झाड़ू लगा रही थी। तितली ने जागकर सवेरा किया था। मधुबन की प्रतीक्षा में उसे नींद नहीं आई थी। वह अपनी सम्पूर्ण चेतना में उत्सुक-सी टहल रही थी। सामने से चौबेजी आते हुए दिखाई पड़े। वह खड़ी हो गई। चौबे ने पूछा—मधुबन बाबू अभी तो नहीं आये न?

नहीं तो।

रात को उन्होंने अद्भुत साहस किया। हाथी बिगड़ा तो इस फुरती से मैना को बचाकर ले भागे कि लोग दंग रह गये। दोनों ही का पता नहीं। लोग खोज रहे हैं। शेरकोट गये होंगे।

तितली तो अनमनी हो रही थी। चौबे की उखड़ी हुई गोल-मटोल बातें सुनकर वह और भी उद्विग्न हो गई। उसने चौबे से फिर कुछ न पूछा। चौबेजी अधिक कहने की आवश्यकता न देखकर अपनी राह लगे। तितली को इस संवाद में कलंक की कालिमा बिखरती जान पड़ी। वह सोचने लगी—मैना! कई बार उसका नाम सुन चुकी हूँ। वही न! जिसने कलकत्ते वाले पहलवान को पछाड़ने पर उनको बौर दिया था। तो...उसको लेकर भागे। बुरा क्या किया। मर जाती तो? अच्छा, तो फिर यहाँ नहीं ले आये? शेरकोट राजकुमारी के यहाँ! जो मुझसे उनको छीनने के लिए तैयार! मुझको फूटी आँखें भी नहीं देखना चाहती। वहीं रात बिताने का कारण?

वह अपने को न सँभाल सकी। रामनाथ की तेजस्विता का पाठ भूली न थी। उसने

निश्चय किया कि आज शेरकोट चलूँगी, वह भी तो मेरा ही घर है। अभी चलूँगी। मलिया से कहा—चल तो मेरे साथ।

तितली उसी वेश में मधुबन की प्रतीक्षा कर रही थी जिसमें दीनानाथ के घर गई थी। हाँ, आँखें जगने से लाल हो रही थीं। दोनों शेरकोट की ओर पग बढ़ाती हुई चलीं।

ग्लानि और चिन्ता से मधुबन को भी देर तक निद्रा नहीं आई थी। पिछली रात में जब वह सोने लगा तो फिर उसकी आँख ही नहीं खुलती थी। सूर्य की किरणों से चौंककर जब झुँझलाते हुए मधुबन ने आँखें खोलीं तो सामने तितली खड़ी थी। घूमकर देखता है तो मैना भी बैठी मुस्करा रही है। और राजो वह जैसे लज्जा-संकोच से भरी हुई, परिहास चंचल अधरों में अपनी वाणी को पी रही है। तितली को देखते ही उससे न रहा गया। उसका हाथ पकड़कर वह अपनी कोठरी में ले जाते हुए बोली—मैना! आज मेरे मधुबन की बहू अपनी ससुराल में आई है। तुम्हीं कुछ मंगल गा दो। बेचारी मुझसे रूठकर यहाँ आती ही न थी।

मधुबन अवाक् था। मैना समझ गयी। उसने गाने के लिए मुँह खोला ही था कि मधुबन की तीखी दृष्टि उस पर पड़ी। पर वह कब मानने वाली। उसने कहा—बाबूजी, जाइए, मुँह धो आइए। मैं आपसे डरने वाली नहीं। ऐसी सोने-सी बहू देखकर गाने का मन न करे, वह कोई दूसरी होगी। भला मुझे यह अवसर तो मिला।

मधुबन ने तितली से पूछा भी नहीं कि तुम कैसे यहाँ आई हो। उसने बाहर की राह ली। तितली इस आकस्मिक मेल से चकित-सी हो रही थी। उस दिन राजो के घर धूम-धाम से खाने-पीने का प्रबन्ध हुआ। मधुबन जब खाने बैठा तो मैना गाने लगी। तितली की आँखों में सन्देह की छाया न थी। राजो के मुँह पर स्पष्टता का आलोक था। और मधुबन! वह कभी शेरकोट को देखता, कभी तितली को।

मैना रामकलेवा के चुने हुए गीत गा रही थी। मलिया अपने विलक्षण स्वर में उसका साथ दे रही थी। मधुबन आज न जाने क्यों बहुत प्रसन्न हो रहा था।

चार

जब से श्यामदुलारी शहर चली गई; धामपुर में तहसीलदार का एकाधिपत्य था। धामपुर के कई गाँवों में पाला ने खेती चौपट कर दी थी। किसान व्याकुल हो उठे थे। तहसीलदार की कड़ाई और भी बढ़ गई थी। जिस दिन रामजस का भाई पथ्य के अभाव से मर गया और उसकी माँ भी पुत्रशोक में पागल हो रही थी, उसी दिन जमींदार की कुर्की पहुँची।पाला से जो कुछ बचा था, वह जमींदार के पेट में चला गया। खड़ी फसल कुर्क

हो गई। महँगू भी इस ताक में बैठा ही था। उसका कुछ रुपया बाकी था। आज-कल करते बहुत दिन बीत गये। रामजस के बैलों पर उसकी डीठ लगी थी। रामजस निर्विकार भाव से जैसे प्रतीक्षा कर रहा था कि किसी तरह सब कुछ लेकर संसार मुझे छोड़ दे और मैं भी माता के मर जाने के बाद इस गाँव को छोड़ दूँ। दूसरे ही दिन उसकी माँ भी चल बसी। मधुबन ने उसे बहुत समझाया कि ऐसा क्यों करते हो, मेम साहब को आने दो, कोई-न-कोई प्रबन्ध हो जायगा; परन्तु उसके मन मैं उस जीवन से तीव्र उपेक्षा हो गई थी। अब वह गाँव में रहना नहीं चाहता। मधुबन के यहाँ कितने दिन तक रहेगा। उसे तो कलकत्ता जाने की धुन लगी थी।

उस दिन जब बारात में हाथी बिगड़ा और मैना को लेकर मधुबन भागा तो गाँव-भर में यह चर्चा हो रही थी कि मधुबन ने बड़ी वीरता का कार्य किया। परन्तु उसके शत्रु तहसीलदार और चौबेजी ने यह प्रवाद फैलाया कि 'मधुबन बाबा रामनाथ के सुधारक दल का स्तंभ है। उसी ने ऐसा कोई काम किया कि हाथी बिगड़ गया, और यह रंग-भंग हुआ! क्योंकि वे लोग बारात में नाच-रंग के विरोधी थे।'

महँगू के अलाव पर गाँव भर की आलोचना होती थी। रामजस को बेकारी में दूसरी जगह बैठने की कहाँ थी। महँगू ने खाँसकर कहा—मधुबन बाबू को ऐसा नहीं करना चाहिए था। भला ब्याह-बारात में किसी मंगल काम में, ऐसा गड़बड़ करा देना चाहिए।

झूठे हैं, जो लोग ऐसी बात कहते हैं महतो!—रामजस ने उत्तेजित होकर कहा।

और यह भी झूठ है कि रात भर मैना को अपने घर ले जाकर रखा। भाई अभी लड़के हो, तुम भी तो उसी दल के हो न! देह में जब बल उमगता है तब सब लोग ऐसा कर बैठते हैं। फिर भी लोक-लाज तो कोई चीज है। मधुबन अभी और क्या-क्या करते हैं, देखना; मेरा भी नाम महँगू है।

तुम बूढ़े हो गये, पर समझ से तो कोसों दूर भागते हो। मधुबन के ऐसा कोई हो भी। देखो तो वह लड़कों को पढ़ाता है, नौकरी करता है, खेती-बारी सम्भालता है, अपने अकेले दम पर कितने काम करता है। उसने मैना का प्राण बचा दिया तो यह भी पाप किया?

तुम्हारे जैसे लोग उसके साथ न होंगे तो दूसरे कौन होंगे। उसी की बात सुनते-सुनते अपना सब कुछ गँवा दिया, अभी उसकी बड़ाई करने से मन नहीं भरता।

रामजस को कोड़ा-सा लगा। वह तमककर खड़ा हो गया। और कहने लगा—चार पैसे हो जाने से तुम अपने को बड़ा समझदार और भलेमानुस समझने लगे हो। अभी उसी का खेत जोतते-जोतते गगरी में अनाज दिखाई देने लगा, उसी को भला-बुरा कहते हो। मैं चौपट हो गया तो अपने दुर्दैव से महँगू! मधुबन ने मेरा क्या बिगाड़ा। और तुम अपनी देखो।—कहता हुआ रामजस बिगड़कर वहाँ से चलता बना। वह तो बारात देखने के लिए ठहर गया था। आज ही

उसका जाने का दिन निश्चित था। मधुबन से मिलना भी आवश्यक था। वह बनजरिया की ओर चला। उसके मन में इस कृतघ्न गाँव के लिए घोर घृणा उत्तेजित हो रही थी। वह सोचता चला जा रहा था कि किस तरह महँगू को उसकी हेकड़ी का दण्ड देना चाहिए। कई बातें उसके मन में आईं। पर वह निश्चय न कर सका।

सामने मधुबन को आते देखकर वह जैसे चौंक उठा। मधुबन के मुँह पर गहरी चिन्ता की छाया थी। मधुबन ने पूछा—क्यों रामजस, कब जा रहे हो?

मैं तो आज ही जाने को था, परन्तु अब कल सवेरे जाऊँगा, मधुबन भइया! एक बात तुमसे पूछूँ तो बुरा नहीं मानोगे?

बुरा मानकर कोई क्या कर लेता है रामजस! तुम पूछो!

भइया, तुमको क्या हो गया जो मैना को लेकर भागे? गाँव-भर में इसकी बड़ी बदनामी है। वह तो कहो कि हाथी ही बिगड़ा था नहीं तो इस पर परदा डालने के लिए कौन-सी बात कही जाती?

और हाथी को भी तो मैंने ही छेड़कर उत्तेजित कर दिया था। यह क्या तुम नहीं जानते?

लोग तो ऐसा भी कहते हैं।

तब फिर मैना के लिए क्या ऐसा नहीं किया जा सकता। जिन लोगों के पास रुपया है वे तो रुपया खर्च कर सकते हैं। और जिसके पास न हो तो वह क्या करे?

नहीं, यह बात मैं नहीं मानता। मेरे भाभी के पैर की धूल भी तो वह नहीं है।

तेरी भाभी भी यही बात मानती है।

तब यह बात किसने फैलायी है, जानते हो भइया, उसी पाजी महँगू ने! तुम्हारा ही खाकर मोटा हुआ है, तुम्हारी ही बदनामी करता है। अपने अलाव पर बैठकर हुक्का हाथ में ले लेता है तब मालूम पड़ता है कि नवाब का नाती है। अभी उससे मेरी एक झपट हो गई है। भइया, मैंने सब गँवा दिया, अब तो मुझे यहाँ रहना नहीं है। कहो तो रात में उसको ठीक करके कलकत्ते खिसक जाऊँ। किसको पता चलेगा कि किसने यह किया है।

नहीं-नहीं रामजस! उसके ऊपर तुम सन्देह न करो। यह सत्य है कि उसके पास चार पैसा हो गया है। उसके पास साधन-बल और जन-बल भी है। इसी से कुछ बहकी हुई बातें करने लगा है, पर वह मन का खोटा नहीं है! सम्पन्न होने से इस तरह का अभिमान आ जाते देर नहीं लगती। इस तरह की बात, जब तुम गाँव छोड़कर परदेश जा रहे हो तब, न सोचना चाहिए। न जाने किस अपराध के कारण तुमको यह दिन दिखाई पड़ा। तब सचमुच तुम चलते-चलते अपने माथे कलंक का टीका न लो। मैं जानता हूँ जो यह सब कर रहा है। पर मैं अभी उसका नाम न लूँगा।

बता दो भइया, मैं तो जा ही रहा हूँ। उसको पाठ पढ़ाकर जाता तो मुझे बड़ी खुशी होती। मेरा गाँव, छोड़ना सार्थक हो जाता।

ठहरो भाई! हम लोगों के सम्बन्ध में लोगों की जब ऐसी धारणा ही रही है। तो सोच-समझकर कुछ कहना चाहिए। जिसकी दुष्टता से यह सब हो रहा है उसके अपराध का पूरा प्रमाण मिले बिना दण्ड देना ठीक नहीं। परन्तु रामजस, न कहने से पेट में हूक-भी उठ रही है। तुमसे कहूँ, लज्जा मेरा गला दबा रही है।

कहते-कहते मधुबन रुककर सोचने लगा। उसका श्वास विषधर के फुफकार की तरह सुनाई पड़ रहा था। फिर उसने ठहरकर कहना आरम्भ कर दिया—भाई, जब मैना के सामने वह बात खुल गई तो तुमसे कहने में क्या संकोच! सुनो उस भगदड़ में जब मैं मैना को लेकर भागा तो मुझे ज्ञान न था कि मैं किधर जा रहा हूँ। जा पहुँचा शेरकोट और वहाँ देखा कि भीतर से किवाड़ बन्द है, बाहर सुखदेव चौबे खड़ा होकर कह रहा है, 'राजो, किवाड़ खोलो'। मेरा खून खौल उठा। मैना को छोडकर मैंने उसे दो-चार हाथ जमाया ही था कि मैना ने रोक लिया और मैं तो उसकी हत्या ही कर बैठता; पर यही जान कर कि जब राजो के साथ चौबे का कोई सम्बन्ध था तभी तो यह बात हुई, मैं रुक गया। तुम तो जानते हो कि मैं ब्याह के बाद शेरकोट गया ही नहीं। इधर यह सब क्या हो गया, मुझे मालूम नहीं। मेरा हृदय जल रहा है। मैं जानता हूँ कि यह चौबे ही इसकी जड़ में है, पर क्या करूँ, लोक-लाज और अपना कलंक मेरा गला घोंट रहा है।

रामजस ने अपनी लाठी पटकते हुए कहा—ब्याह करके तुम कायर हो गये हो, यह नहीं कहते। स्त्री का मोह हो रहा है। सुखदेव को तो मैं उसी दिन समझ गया था कि वह बड़ा पाजी है, जब वह माँ के मरने में ज्योनार देने के लिए बहुत-कुछ कह रहा था। उस नीच को मालूम था कि मेरा भाई पथ्य के लिए भूखों मर गया। और माँ दरिद्रता की उस घोर पीड़ा और अभिमान के कारण पागल होकर मर गई। परन्तु वह श्राद्ध के अवसर पर बड़ी-सी ज्योनार देने के लिए निर्लज्जता से हठ करता रहा। ऐसे ढोंगी को तो वहीं मार डालना चाहता था। पाजी जब मेरे खेत के लिए नीलाम की बोली बोलने आया था तब नहीं जानता था कि मेरे पास कुछ नहीं है। मुझे धर्म और परलोक का पाठ पढ़ाता था। मैं तो अब कलकत्ते नहीं जाता। देखूँ कौन मेरा खेत काटता है। मैं तो आज से प्रतिज्ञा करता हूँ कि बिना इसका सर फोड़े नहीं जाता। पैसे के बल पर धर्म और सदाचार का अभिनय करना भुलवा दूँगा! मैंने जो कुछ पढ़ा-लिखा है, सब झूठा था। आजकल क्या, सब युगों में लक्ष्मी का बोलबाला था। भगवान् भी इसी के संकेतों पर नाचते हैं। मैं तुम्हारी इस झूठे पाप-पुण्य की दुहाई नहीं मानता।

तुम ठहरो रामजस! इस दरिद्रता का अनिवार्य कुफल लोग समझने लगे हैं, देखते नहीं हो, गाँव में संगठन का काम चलाने के लिए मिस शैला कितना काम कर रही हैं। सबका

सामूहिक रूप से कल्याण होने में विलम्ब है अवश्य, परन्तु उसे अपनी उच्छृंखलताओं से अधिक दूर करने से तो कुछ लाभ नहीं। मैं कायर हूँ, डरपोक हूँ, मुझे मोह है, यह सब तुम कह रहे हो केवल इसलिए कि मुझे भविष्य में कल्याण की आशा है। मैं धैर्य से उसकी प्रतीक्षा करने का पक्षपाती हूँ।

मैं यह सब नहीं मानता। पेट के प्रश्न को सामने रखकर शक्ति-सम्पन्न पाखंडी लोग अभाव पीड़ितों को सब तरह के नाच नचा रहे हैं। मनुष्य को अपनी वास्तविकता का जैसे ज्ञान नहीं रह गया है। तब यह सब बातें सुनने के योग्य नहीं रह जातीं। प्रभुत्व और धन के बल पर कौन-कौन-से अपराध नहीं हो रहे हैं। तब उन्हीं लोगों के अपराध-अपराध चिल्लाने का स्वर दूसरे गाँव में भटक कर चले आने वाले नये कुत्ते के पीछे गाँव के कुत्तों का-सा है। वह सब मैं सुनते-सुनते ऊब गया हूँ मधुबन भइया!

मधुबन ने गंभीर होकर कहा—तुम्हारे खेत की फसल नीलाम हो चुकी है। अब तुम उसे छुओगे तो मुकदमा चलेगा। चलो, तुम बनजरिया में रहो। फिर देखा जायेगा।

ओठ बिचकाकर रामजस ने जैसे उसकी बातों को उड़ाते हुए हँस दिया। फिर ठहरकर उसने कहा—अच्छा आज तो मैं अपने खेत का हाबुस भूनकर खाऊँगा। फिर कल, यहाँ रहना होगा तो बनजरिया में ही आकर रहूँगा।

रामजस चला गया, परन्तु मधुबन के हृदय पर एक भारी बोझ डालकर। वह बाबा रामनाथ की शिक्षा स्मरण करने लगा—मनुष्य के भीतर जो कुछ वास्तविक है, उसे छिपाने के लिए जब वह सभ्यता और शिष्टाचार का चोला पहनता है तब उसे सम्हालने के लिए व्यस्त होकर कभी-कभी अपनी आँखों में ही उसको तुच्छ बनना पड़ता है।

मधुबन के सामने ऐसी ही परिस्थिति थी। रामनाथ के महत्त्व का बोझ अब उसी के सिर पर आ पड़ा था। वह बनावटी बड़प्पन से पीड़ित हो रहा था। उसके मन में साफ-साफ झलकने लगा था कि रामनाथ के लिए जो बात अच्छी थी वही उसके लिए भी सोलह आने ठीक उतरे, यह असम्भव है।

जीवन तो विचित्रता और कौतूहल से भरा होता है। यही उसकी सार्थकता है। उस छोटी-सी गुड़िया ने मुझे पालतू सुग्गा बनाकर अपने पिंजड़े में रख छोड़ा है। मनुष्य का जीवन, उसका शरीर और मन एक कच्चे सूत में बाँधकर लटका देने का खेल करना चाहती है, यही खेल बराबर नहीं चल सकता। मैना को लेकर जो कांड अकस्मात् खड़ा हो गया है उसको जैसे वह आजकल दिन-रात सोचती है। रूठी हुई शान्त-सी, किन्तु भीतर-भीतर जैसे उबल पड़ने की दशा। बोलती है तो जैसे वाणी हृदय का स्पर्श करके नहीं आती। मैं अपनी सफाई देता हूँ, उसकी गाँठ खोलना चाहता हूँ, किन्तु वह तो जैसे भयभीत और चौकन्नी-सी हो गई है। पुरुष को सदैव यदि स्त्री को सहलाते, पुचकारते ही बीते तो बहुत ही बुरा है। उसे

तो उन्मुक्त, विकासोन्मुख और स्वतंत्र होना चाहिए। संसार में उसे युद्ध करना है। वह घड़ी भर मन बहलाने के लिए जिस तरह चाहे रह सकता है। उसके आचरण में, कर्म में नदी की धारा की तरह प्रवाह होना चाहिए। तालाब के बँधे पानी-सा उसके जीवन का जल सड़ने और सूखने के लिए होगा तो वह भी जड़ और स्पन्दन-विहीन होगा!

अभी-अभी रामजस क्या कह गया है? उसका हृदय कितना स्वतंत्र और उत्साहपूर्ण है। मैं जैसे इस छोटी-सी गृहस्थी के बंधन में बँधा हुआ, बैल की तरह अपने सूखे चारे को चबाकर सन्तुष्ट रहने में अपने को धन्य समझ रहा हूँ। नहीं, अब मैं इस तरह नहीं रह सकता। सचमुच मेरी कायरता थी। चौबे को उसी दिन मुझे इस तरह छोड़ देना नहीं चाहता था। मैं डर गया था। हाँ अभाव! झगड़े के लिए शक्ति, संपत्ति और साहाय्य भी तो चाहिए। यदि यही होता। तब मैं उसे संग्रह करूँगा। पाजी बनूँगा; सब करते क्या हैं। संसार में चारों ओर दुष्टता का साम्राज्य है। मैं अपनी निर्बलता के कारण ही लूट में सम्मिलित नहीं हो सकता। मेरे सामने ही वह मेरे घर में घुसना चाहता था। मेरी दरिद्रता को वह जानता है। और राजो। ओह! मेरा धर्म झूठा है। मैं क्या किसी के सामने सिर उठा सकता हूँ। तब...रामजस सत्य कहता है। संसार पाजी है, तो हम अकेले महात्मा बनकर मर जायेंगे।...

मधुबन घर की ओर मुड़ा। वह धीरे-धीरे अपनी झोंपड़ी के सामने आकर खड़ा हुआ। तितली उसकी ओर मुँह किये एक फटा कपड़ा सी रही थी। भीतर राजो रसोईघर में से बोली—बहू, सरसों का तेल नहीं है। ऐसे गृहस्थी चलती है; आज ही आटा भी पिस जाना चाहिए।

जीजी, देखो मलिया ले आती है कि नहीं! उससे तो मैंने कह दिया था कि आज जो दाम मटर का मिले उससे तेल लेते आना।

और आटे के लिए क्या किया?

जौ, जना और गेहूँ एक में मिलाकर पिसवा लो। जब बाबू साहब को घर की कुछ चिन्ता नहीं तब तो जो होगा घर में वही न खायेंगे?

कल का बोझ जो जायेगा उसमें अधिक दाम मिलेगा, करंजा सब बिनवा चुकी हूँ। बनिये ने माँगा भी है। गेहूँ कल मँगवा लूँगी। उनकी बात क्या पूछती हो। तुम्हीं तो मुझसे चिढ़कर उनके लिए मैना को खोज लाई हो, जीजी!—कहती हुई तितली ने हँसी को बिखराते हुए व्यंग्य किया।

भाड़ में गई मैना! बहू, मुझे यह हँसी अच्छी नहीं लगती। आ तो आज तेरी चोटी बाँध दूँ।

मधुबन यह बातें सुनकर धीरे से उल्टे पाँव लौटकर बनजरिया के बाहर चला गया। वह मैना की बात सोचने लगा था। कितनी चंचल, हँसमुख और सुन्दर है, और मुझे... मानती है। चाहती होगी! उस दिन हजारों के सामने उसने मुझे जब वौर दिया था, तभी उसके मन में कुछ था।

मधुबन को शरीर की यौवन भरी सम्पत्ति का सहसा दर्प भरा ज्ञान हुआ। स्त्री और मैना-सी मनचली! यह तो... तब इस कूड़ा-करकट में कब तक पड़ा रहूँगा? रामजस ठीक कहता था।

न जाने कब, हृदय की भूमि सोंधी होकर बट-बीज-सा बुराई की छोटी-सी बात अपने में जमा लेती है। उसकी जड़ें गहरी और गहरी भीतर-भीतर घुसकर अन्य मनोवृत्तियों का रस चूस लेती हैं। दूसरा पौधा आसपास का निर्बल ही रह जाता है?

मधुबन ने एक दीर्घ निःश्वास लेकर कहा—स्त्री को स्त्री का अवलम्बन मिल गया। तितली, मैना के भय से राजो को पकड़कर उसकी गोद में मुँह छिपाना चाहती है। और राजो, उसकी भी दुर्बलता साधारण नहीं। चलो अच्छा हुआ एक-दूसरे को सम्हाल लेंगी।

मधुबन हल्के मन से रामजस को खोजने के लिए निकल पड़ा।

तहसीलदार की बैठक में बैठे चौबेजी पान चबाते हुए बोले—फिर सम्हालते न बनेगा। मैं देख रहा हूँ कि तुम अपना भी सिर तुड़वाओगे और गाँव-भर पर विपत्ति बुलाओगे। मैं अभी देखता आ रहा हूँ, रामजस बैठा हुआ अपने उपरवार खेत का जौ उखाड़कर होला जला रहा था, बहुत-से लड़के उसके आसपास बैठे हैं।

उसका यह साहस नहीं होता यदि और लोग उसे न उकसाते। यह मधुबन का पाजीपन है। मैं उसे बचा रहा हूँ, लेकिन देखता हूँ कि वह आग में कूदने के लिए कमर कसे है। बड़ा क्रोध आता है, चौबे, मैं भी तो समय देख रहा हूँ। बीबीरानी के नाम से हिस्सेदारी का दाखिल-खारिज हो गया है। मुखतारनामा मुझे मिल जाय तो एक बार इन पाजियों को बता दूँ कि इसका कैसा फल मिलता है!

वह तो सबसे कहता है कि मेरे टुकड़ों से पला हुआ कुत्ता आज जमींदार का तहसीलदार बन गया। उसको मैं समझता क्या हूँ!

पला तो हूँ पर देख लेना कि उससे टुकड़ा न तुड़वाऊँ तो मैं तहसीलदार नहीं। मैं भी सब ठीक कर रहा हूँ बनजरिया और शेरकोट पर घमण्ड हो गया है। सुखदेव! अब क्या यहाँ इन्द्रदेव या श्यामदुलारी फिर आवेंगी? देखना, इन सबको मैं कैसा नाच नचाता हूँ।

तहसीलदार के मन में लघुता को—पहले मधुबन के पिता के यहाँ की हुई नौकरी के कलंक को—धो डालने के लिए बलवती प्रेरणा हुई—यह कल का छोकरा सबसे कहता फिरता है तो उसको भी मालूम हो जाय कि मैं क्या हूँ—कुछ विचार करके उसने सुखदेव से कहा—

तुम जाकर एक बार रामजस को समझा दो। नहीं तो अभी उसका उपाय करता हूँ। मैं चाहता हूँ कि भिड़ना हो तो मधुबन पर ही सीधा वार किया जाय। दूसरों को उसके साथ मिलने का अवसर न मिले।

मैं जाता तो हूँ, पर यदि वह मुझसे टर्राया और तुम फिर चुप रह गये तो यह अच्छी बात न होगी।—कहकर सुखदेव चौबे रामजस के खेत पर चले। वहाँ लड़कों की भीड़ जुटी थी। पूरा भेज का-सा जमघट था। कोई बेकार नहीं। कोई उछल रहा है, कोई गा रहा है, कोई जौ के मुट्ठों को पत्तियाँ जलाकर झुलस रहा है। रामजस ने जैसे टिड्डियों को बुला लिया है। वह स्थिर होकर यह अत्याचार अपने ही खेत पर करा रहा है। जैसे सर्वनाश में उसको विश्वास हो गया हो। अपनी झोंपड़ी में से, जो रखवाली के लिए वहाँ पड़ी थी, सूखे खरों को खींचकर लड़कों को दे रहा था। लड़कों में पूरा उत्साह था। जिनके यहाँ कोल्हू चल रहा था, वे दौड़कर अपने-अपने घरों से ऊख का रस ले आते थे। ऐसा आनन्द भला वे कैसे छोड़ सकते थे। एक लड़के ने कहा—रामजस दादा, कहो तो ढोल ले आवें।

नहीं वे, रात को चौताल गाया जायेगा। अभी तो खूब पेट भरकर खा ले। फिर...

अभी बात पूरी न हो पायी थी कि सामने से सुखदेव ने कहा—यह क्या हो रहा है रामजस! कुछ पीछे की भी सुध है? क्या जेल जाने की तैयारी कर रहे हो?

क्या तुम हथकड़ी लेकर आये हो?

अरे नहीं भाई! मैं तो तुमको समझाने आया हूँ। देखो ऐसा काम न करो कि सब कुछ चौपट हो जाने के बाद जेल भी जाना पड़े। यह खेत...

यह खेत क्या तुम्हारे बाप का है? मैंने इसे छाती का हाड़ तोड़ कर जोता-बोया है; मेरा अन्न है, मैं लुटा देता हूँ, तुम होते कौन हो?

पीछे मालूम होगा, अभी तुम मधुबन के बहकाने में आ गये हो, जब चक्की पीसनी होगी, तब हेंकड़ी भूल जायेगी।

कहे देता हूँ कि सीधे-सीधे चले जाओ, नहीं तो तुम्हारी मस्ती उतार दूँगा। कहकर रामजस सीधा तनकर खड़ा हो गया। सुखदेव ने भी क्रोध में आकर कहा—दूँगा एक झापड़, दाँत झड़ जायेंगे। मैं तो समझा रहा हूँ, तू बहकता जा रहा है।

तो तुमने मुझको भी मधुबन भइया समझ रखा है न। अच्छा तो लेते जाओ बच्चू!—कहकर रामजस ने लाठी घुमाकर एक हाथ उसके मोढ़े पर जड़ दिया। जब तक चौबे सम्हले तब तक उसने दुहरा दिया।

चौबेजी वहीं लेट गये। लड़के इधर-उधर भाग चले। गाँव भर में हल्ला मचा। लोग इधर-उधर से दौड़कर आये।

महँगू ने कहा—यह बड़ा अंधेर है। ऐसी नवाबी तो नहीं देखी। भला कुर्क हुए खेत को इस तरह तहस-नहस करना चाहिए।

पांडेजी ने कहा—चौबेजी को तो पहले उठा ले चलो, यहाँ खड़े तुम लोग क्या देख रहे हो।

पांडेजी के कहने पर लोगों को मूर्च्छित चौबे का ध्यान आया। उन्हें उठाकर जब लोग जा रहे थे तब मधुबन वहाँ आया। उसने सुन लिया कि सुखदेव पिट गया। मधुबन ने क्षण भर में सब समझ लिया। उसने कहा—रामजस! अब यहाँ क्या कर रहे हो? चलो मेरे साथ।

उसने कहा—ठहरो दादा, लगे हाथ इस महँगू को भी समझा दें।

मधुबन ने उसका हाथ पकड़कर कहा—अरे महँगू बूढ़ा है। उस बेचारे ने क्या किया है? अधिक उपद्रव न बढ़ाओ, जो किया सो अच्छा किया।

अभी मधुबन उसको समझा ही रहा था कि छावनी से दस लट्ठबाज दौड़ते हुए पहुँच गये। 'मार-मार' की ललकार बढ़ चली। मधुबन ने देखा कि रामजस तो अब मारा जाता है। उसने हाथ उठाकर कहा—भाइयो, ठहरो, बिना समझे मारपीट करना नहीं चाहिए।

यही पाजी तो सब बदमाशी की जड़ है।—कहकर पीछे से तहसीलदार ने ललकारा। दनादन लाठियाँ छूट पड़ीं। दो-तीन तक तो मधुबन बचाता रहा, पर कब तक! चोट लगते ही उसे क्रोध आ गया। उसने लपककर एक लाठी छीन ली और रामजस की बगल में आकर खड़ा हो गया।

इधर दो और उधर दस। जमकर लाठी चलने लगी। मधुबन और रामजस जब घिर जाते तो लाठी टेककर दस-दस हाथ दूर जाकर खड़े हो जाते। छः आदमी गिरे और रामजस भी लहू से तर हो गया।

गाँव वाले बीच में आकर खड़े हो गये। लड़ाई बन्द हुई। मधुबन रामजस को अपने कंधों का सहारा दिये धीरे-धीरे बनजरिया की ओर ले चला।

पांच

कच्ची सड़क के दोनों ओर कपड़े, बरतन, बिसातखाना और मिठाइयों की छोटी-बड़ी दूकानों से अलग, चूने से पुती हुई पक्की दीवारों के भीतर बिहारीजी का मन्दिर था। धामपुर का यहीं बाजार था। बाजार के बनियों की सेवा-पूजा से मन्दिर का राग-भोग चलता ही था, परन्तु अच्छी आय थी महन्त जी को सूद से। छोटे-छोटे किसानों की आवश्यकता जब-जब उन्हें सताती, वे लोग अपने खेत बड़ी सुविधा के साथ यहाँ बन्धक रख देते थे।

महन्तजी मन्दिर से मिले हुए, फूलों से भरे, एक सुन्दर बगीचे में रहते थे। रहने के लिए छोटा, पर दृढ़ता से बना हुआ, पक्का घर था। दालान में ऊँचे तकिये के सहारे महन्तजी प्रायः बैठकर भक्तों की भेंट और किसानों का सूद दोनों ही समभाव से ग्रहण करते। जब कोई किसान कुछ सूद छोड़ने के लिए प्रार्थना करता तो वह बड़ी गम्भीरता से कहते—भाई,

मेरा तो कुछ है नहीं, यह तो श्री बिहारीजी की विभूति है, उनका अंश लेने से क्या तुम्हारा भला होगा?

भयभीत किसान बिहारीजी का पैसा कैसे दबा सकता था? इसी तरह कई छोटी-मोटी आसपास की जमींदारी उनके भी हाथ आ गई थी। खेतों की तो गिनती न थी।

सन्ध्या की आरती हो चुकी थी। घंटे की प्रतिध्वनि अभी दूर-दूर के वायुमंडल में गूँज रही थी। महन्तजी पूजा समाप्त करके अपनी गद्दी पर बैठे ही थे कि एक नौकर ने आकर कहा—ठाकुर साहब आए हैं।

ठाकुर साहब!—जैसे चौंककर महन्त ने कहा।

हाँ महाराज!—अभी वह कह ही रहा था कि ठाकुर साहब स्वयं आ धमके। लम्बे-चौड़े, शरीर पर खाकी की आधी कमीज और हाफ-पैण्ट, पूरा मोजा और बूट, हाथ में हण्टर!

इस मूर्ति को देखते ही महन्तजी विचलित हो उठे। आसन से थोड़ा-सा उठकर कहा—

आइए, सब कुशल तो है न?

कुर्सी पर बैठते हुए ठाकुर रामपाल सिंह इंस्पेक्टर ने कहा—सब आपकी कृपा है। धामपुर में जाँच के लिए गया था। वहाँ से चला आ रहा हूँ। सुना है कि वह चौबे जो उस दिन की मारपीट में घायल हुआ था, आपके यहाँ है।

हाँ साहब! वह बेचारा तो मर ही गया होता। अब तो उसके घाव अच्छे हो रहे हैं। मैंने उससे बहुत कहा कि शहर के अस्पताल में चला जा, पर वह कहता है कि नहीं, जो होना था, हो गया; मैं अब न अस्पताल जाऊँगा, न धामपुर, और न मुकदमा ही चलाऊँगा; यहीं ठाकुर जी की सेवा में पड़ा रहूँगा।

पर मैं तो देखता हूँ कि यह मुकदमा अच्छी तरह न चलाया गया तो यहाँ के किसान फिर आप लोगों को अँगूठा दिखा देंगे। एक पैसा भी उनसे आप ले सकेंगे, इसमें सन्देह है। सुना है कि आपका रुपया भी बहुत-सा इस देहात में लगा है।

ठाकुर साहब! मैं तो आप लोगों के भरोसे बैठा हूँ। जो होगा, देखा जायेगा। चौबे तो इतना डर गया है कि उससे अब कुछ भी काम लेना असंभव है। वह तो कचहरी जाना नहीं चाहता।

अच्छी बात है; मैंने मुकदमा छावनी के नौकरों का बयान लेकर चला दिया है। कई बड़ी धाराएँ लगा दी हैं। उधर तहसीलदार ने शेरकोट और बनजरिया की बेदखली का भी दावा किया है। अपने-आप सब ठीक हो जायेंगे। फिर आप जानें और आपका काम जाने। धामपुर में तो इस घटना से ऐसी सनसनी है कि आप लोगों का लेन-देन सब रुक जायेगा।

महन्तजी को इस छिपी हुई धमकी से पसीना आ गया। उन्होंने सम्हलते हुए। कहा—बिहारीजी का सब कुछ है, वही जानें।

ठाकुर साहब पान-इलायची लेकर चले गये। महन्तजी थोड़ी देर तक चिन्ता-निमग्न बैठे रहे। उनका ध्यान तब टूटा, जब राजकुमारी के साथ माधो आकर उनके सामने खड़ा हो गया। उन्होंने पूछा—क्या है?

राजकुमारी ने घूँघट सम्हालते हुए कहा—हम लोगों को रुपये की आवश्यकता है। बन्धक रखकर कुछ रुपया दीजिएगा? बड़ी विपत्ति में पड़ी हूँ। आप न सहायता करेंगे तो सब मारे जायेंगे।

तुम कौन हो और क्या बन्धक रखना चाहती हो? भाई आजकल कौन रुपया देकर लड़ाई मोल लेगा। तब भी सुनूँ।

शेरकोट को बन्धक रखकर मेरे भाई मधुबन को कुछ रुपये दीजिए। तहसीलदार ने बड़ी धूमधाम से मुकदमा चलाया है। आप न सहायता करेंगे तो मुकदमे की पैरवी न हो सकेगी। सब-के-सब जेल चले जायेंगे।

शेरकोट! भला उसे कौन बन्धक रखेगा? तुम लोगों के ऊपर तो 'बेदखली' हो गई है। बनजरिया का भी वही हाल है। मैं उस पर रुपया नहीं दे सकता। मैं इस झंझट में नहीं पड़ूँगा।—कहकर महन्तजी ने माधो की ओर देखकर कहा—और तुम क्या कहते हो? रुपये दोगे कि नहीं? आज ही न देने के लिए कहा था?

महन्तजी, आप हमारे माता-पिता हैं। इस समय आप न उबारेंगे तो हमारा दस प्राणियों का परिवार नष्ट हो जायेगा। घर की स्त्रियाँ रात को साग खोंट कर ले आती हैं। वही उबाल कर नमक से खाकर सो रहती हैं। दूसरे-तीसरे दिन अन्न कभी-कभी, वह भी थोड़ा-सा मुँह में चला जाता है। हम लोग तो चाकरी-मजूरी भी। नहीं कर सकते। मटर की फसल भी नष्ट हो गई है। थोड़ी-सी ऊख रही, उसे पेरकर सोचा था कि गुड़ बनाकर बेच लेंगे, तो आपको भी कुछ देंगे और कुछ बाल-बच्चों के खाने के काम में आवेगा।

फिर क्या हुआ, उसकी बिक्री भी चट कर गये? तुमको देना तो है नहीं, बात बनाने आये हो।

महाराज! मुनवाँ गुलौर झोंक रहा था, जब उसने सुना कि जमींदार का तगादा आ गया है, वह लोग गुड़ उठाकर ले जा रहे हैं, तो घबरा गया। जलता हुआ गुड़ उसके हाथ पर पड़ गया। फिर भी हत्यारों ने उसके पानी पीने के लिए भी एक भेली न छोड़ी। यहीं बाजार में खड़े-खड़े बिकवा कर पाई-पाई ले ली। पानी के दाम मेरा गुड़ चला गया। आप इस समय दस रुपये से सहायता न करेंगे तो सब मर। जायेंगे। बिहारी जी आपको...

भाग यहाँ से, चला है मुझको आशीर्वाद देने। पाजी कहीं का। देना न लेना, झूठ-मूठ ढंग साधने आया है। पुजारी! कोई यहाँ है नहीं क्या?—कहकर महन्तजी चिल्ला उठे।

भूखा और दरिद्र माधो सन्न हो गया। महन्त फिर बड़बड़ाने लगा—इनके बाप ने यहाँ पर जमा कर दिया है, बिहारी जी के पुछल्ले!

भयभीत माधो लड़खड़ाते पैर से चल पड़ा। उसका सिर चकरा रहा था। उसने मन्दिर के सामने आकर भगवान् को देखा। वह निश्चल प्रतिमा! ओह, करुणा कहीं नहीं! भगवान् के पास भी नहीं!

माधो किसी तरह सड़क पर आ गया। वहाँ मधुबन खड़ा था। उसने देखा कि माधो गिरना चाहता है। उसे सम्हालकर एक बार क्रूर दृष्टि से उस चूने से पुते। हुए झकाझक मन्दिर की ओर देखा।

मधुबन गाढ़े की दोहर में अपना अंग छिपाये था। वह सबसे छिपना चाहता था। उसने धीरे से माधो को मिठाई की दुकान दिखाकर कुछ पैसे दिये और कहा—वहीं पर जल पीकर तुम बैठो। राजो के आने पर मैं तुमको बुला लूँगा।

मधुबन तो इतना कहकर सड़क के वृक्षों की अधूरी छाया में छिप गया, और माधो जल पीने चला गया—आज उसको दिनभर कुछ खाने के लिए नहीं मिला था।

उधर राजो चुपचाप महन्तजी के सामने खड़ी रही। उसके मन में भीषण क्रोध उबल रहा था; किन्तु महन्तजी को भी न जाने क्या हो गया था कि उसे जाने के लिए तब तक नहीं कहा था। राजो ने पूछा—महाराज! यह सब किसलिए!

किसलिए! क्या सब?—चौंककर महन्तजी बोले।

ठाकुरजी के घर में भी दुखियों और दोनों को आश्रय न मिले तो फिर क्या यह सब ढोंग नहीं? यह दरिद्र किसान क्या थोड़ी-सी भी सहानुभूति देवता के घर से भीख में नहीं पा सकता था? हम लोग गृहस्थ हैं, अपने दिन-रात के लिए जुटाकर रखें तो ठीक भी है। अनेक पाप, अपराध, छल-छन्द करके जो कुछ पेट काटकर देवता के लिए दिया जाता है, क्या वह भी ऐसे ही कामों के लिए है? मन में दया नहीं, सूखा-सा...

राजकुमारी तुम्हारा ही नाम है न? मैं सुन चुका हूँ कि तुम कैसी माया जानती हो। अभी तुम्हारे ही लिए वह चौबे बिचारा पिट गया है। उसको मैं न रखता तो वह मर जाता। क्या यह दया नहीं है? तुमको भी, यहाँ रहो तो सब कुछ मिल सकता है। ठाकुरजी का प्रसाद खाओ, मौज से पड़ी रह सकती हो। सूखा-रूखा नहीं!

फिर कुछ रुककर महन्त ने एक निर्लज्ज संकेत किया। राजकुमारी उसे जहर के घूँट की तरह पी गई। उसने कहा—तो क्या चौबे यहीं हैं?

हाँ, यहीं तो है, उसकी यह दशा तुम्हीं ने की है। भला उस पर तुमको कुछ दया नहीं आई। दूसरे की दया सब लोग खोजते हैं और स्वयं करनी पडे तो कान पर हाथ रख लेते हैं! थानेदार उसको खोजते हुए अभी आये थे। गवाही देने के लिए कहते थे।

राजकुमारी मन-ही-मन काँप उठी। उसने एक बार उस बीती हुई घटना का स्मरण करके

अपने को सम्पूर्ण अपराधिनी बना लिया। क्षणभर में उसके सामने भविष्य का भीषण चित्र खिंच गया। परन्तु उसके पास कोई उपाय न था। इस समय उसको चाहिए रुपया, जिससे मधुबन के ऊपर आई हुई विपत्ति टले। मधुबन छिपा फिर रहा था, पुलिस उसको खोज रही थी। रुपया ही एक अमोघ अस्त्र था जिससे उसकी रक्षा हो सकती थी। उसका गौरव और अभिमान मानसिक भावना और वाासना के एक ही झटके में, कितना जर्जर हो गया था। वही राजकुमारी! आज वह क्या हो रही है? और चौबेजी! कहाँ से यह दुष्ट-ग्रह के समान उसके सीधे-सादे जीवन में आ गया? अब वह भी अपना हाथ दिखावे तो कितनी आपत्ति बढ़ेगी?

सोचते-सोचते वह शिथिल हो गई। महन्त चुपचाप चतुर शिकारी की तरह उसकी मुखाकृति की ओर ध्यान से देख रहा था।

इधर राजकुमारी के मन में एक दूसरा झोंका आया! कलंक! स्त्री के लिए भयानक समस्या—मैं ही तो इस काण्ड की जड़ हूँ—उसने अपना मलिन और दयनीय चित्र अपने सामने देखा। आज वह उबर नहीं सकती थी। वह मुँह खोलकर किसी से कुछ कहने जाती है, तो शक्तिशाली समर्थ पापी अपनी करनी पर हँसकर परदा डालता हुआ उसी के प्रवाद-मूलक कलंक का घूँघट धीरे से उतार देता है। ओह! वह आँखों से आँसू बहाती हुई बैठ गई! उसकी इच्छा हुई कि जैसे हो, जो कुछ भी करना पड़े; मधुबन को इस बार बचा लेती। शैला के पास रुपया नहीं है, और वह मधुबन की सहायता करेगी ही क्यों। मधुबन कहता था कि उसने जाते-जाते लड़ाई-झगड़ा करने के लिए मना किया था। अब वह लज्जा से अपनी सब बातें कहना भी नहीं चाहता। मेरा प्रसंग वह कैसे कह सकता था। इसीलिए शैला की सहायता से भी वंचित! अभागा मधुबन!

राजकुमारी ने गिडगिड़ाकर कहा—सचमुच मेरा ही सब अपराध है, मैं मर क्यों न गई? पर अब तो लज्जा आपके हाथ है। दुहाई है, मैं सौगन्ध खाती हूँ, आपका सब रुपया चुका दूँगी। मेरी हड्डी-हड्डी से अपनी पाई-पाई ले लीजिएगा। मधुबन ने कहा है कि वह पहले वाला एक सौ का दस्तावेज और पाँच सौ यह, सब मिलाकर सूद-समेत लिखा लीजिए।

और जमानत में क्या देती हो?—कहकर महन्त फिर मुस्कराया।

राजकुमारी ने निराश होकर चारों ओर देखा। उस एकान्त स्थान में सन्नाटा था। महन्त के नौकर-चाकर खाने-पीने में लगे थे। वहाँ किसी को अपना परिचित न देखकर वह सिर झुकाकर बोली—क्या शेरकोट से काम न चल जायेगा?

नहीं जी, कह तो चुका, वह आज नहीं तो कल तुम लोगों के हाथ से निकला ही हुआ है। फिर तुम तो अभी कह रही थीं कि मेरी हड्डी से चुका लेना। क्यों वह बात सच है?

अपनी आवश्यकता से पीड़ित प्राणी कितनी ही नारकीय यंत्रणाएँ सहता है। उसकी

सब चीजों का सौदा मोल-तोल कर लेने में किसी को रुकावट नहीं। तिस पर वह स्त्री, जिसके सम्बन्ध में किसी तरह का कलंक फैल चुका हो। उसको मधुबन मना कर रहा था कि तुम वहाँ मत जाओ, मैं ही बात कर लूँगा। किन्तु राजो का सहज तेज गया तो नहीं था। वह आज अपनी मूर्खता से एक नई विपत्ती खड़ी कर रही है, इसका उसको अनुमान भी नहीं हुआ था। वह क्या जानती थी कि यहाँ चौबे भी मर रह है। भय और लज्जा, निराशा और क्रोध से वह अधीर होकर रोने लगी। उसकी आँखों से आँसू गिर रहे थे। घबराहट से उसको बुरा हाल था। बाहर मधुबन क्या सोचता होगा?

महन्त ने देखा कि ठीक अवसर है। उसने कोमल स्वर में कहा—तो राजकुमारी! तुमको चिन्ता करने की क्या आवश्यकता? शेरकोट न सही, बिहारीजी का मन्दिर तो कहीं गया नहीं। यहीं रहो न, ठाकुरजी की सेवा में पड़ी रहोगी। और मैं तो तुमसे बाहर नहीं। घबराती क्यों हो?

महन्त समीप आ गया था, राजकुमारी का हाथ पकड़ने ही वाला था कि वह चौंककर खड़ी हो गई। स्त्री की छलना ने उसको उत्साहित किया। उसने कहा—दूर ही रहिए न! यहाँ क्यों!

कामुक महन्त के लिए यह दूसरा आमंत्रण था। उसने साहस करके राजो का हाथ पकड़ लिया। मंदिर से सटा हुआ वह बाग एकान्त था। राजकुमारी चिल्लाती, पर वहाँ सहायता के लिए कोई न आता! उसने शांत होकर कहा—मैं फिर आ जाऊँगी। आज मुझे जाने दीजिए। आज मुझे रुपयों का प्रबन्ध करना है!

सब हो जायेगा। पहले तुम मेरी बात तो सुनो।—कहकर वह और भी पाशव भीषणता से उस पर आक्रमण कर बैठा।

राजकुमारी अब न रुकी। उसका छल उसी के लिए घातक हो रहा था। वह पागल की तरह चिल्लाई। दीवार के बाहर ही इमली की छाया में मधुबन खड़ा था। पाँच हाथ की दीवार नाँघते उसे कितना विलम्ब लगता? वह महन्त की खोपड़ी पर यमदूत-सा आ पहुँचा। उसके शरीर का असुरों का-सा सम्पूर्ण बल उन्मत्त हो उठा। दोनों हाथों से महन्त का गला पकड़कर दबाने लगा। वह छटपटाकर भी कुछ बोल नहीं सकता था। और भी बल से दबाया। धीरे-धीरे महन्त का विलास-जर्जर शरीर निश्चेष्ट होकर ढीला पड़ गया! राजकुमारी भय से मूर्च्छित हो गई थी, और हाथ से निर्जीव देह को छोड़ते हुए मधुबन जैसे चैतन्य हो गया।

अरे यह क्या हुआ? हत्या!—मधुबन को जैसे विश्वास नहीं हुआ, फिर उसने एक बार चारों ओर देखा। भय ने उसे ज्ञान दिया, वह समझ गया कि महन्त को एक स्त्री के साथ जानकर यहाँ अभी कोई नहीं आया है, और न कुछ समय तक आवेगा। उसको अपनी जान बचाने की सूझी। सामने सन्दूक का ढक्कन खुला था, उसमें से रुपयों की थैली लेकर उसने कमर में बाँधी। इधर राजकुमारी को ज्ञान हुआ तो चिल्लाना चाहती थी कि उसने

कहा—चुप! वहीं दूकान पर माधो बैठा है। उसे लेकर सीधे घर चली जा। माधो से भी मत कहना। भाग! अब मैं चला!

मधुबन तो अन्धकार में चला गया। राजकुमारी थर-थर काँपती हुई माधो के पास पहुँची।

सड़क पर सन्नाटा हो गया था। देहाती बाजार में पहर भर रात जाने पर बहुत ही कम लोग दिखाई पड़ रहे थे। मिठाई की दुकान पर माधो खा-पी कर सन्तुष्टि की झपकी ले रहा था। राजकुमारी ने उसे उँगली से जगाकर अपने पीछे आने के लिए कहा। दोनों बाजार के बाहर आये। एक्के वाला एक तान छेड़ता हुआ अपने घोड़े को खरहरा कर रहा था। राजकुमारी ने धीरे से शेरकोट की ओर पैर बढ़ाया। दोनों ही किसी तरह की बात नहीं कर रहे थे। थोड़ी ही दूर आगे बढ़े होंगे कि कई आदमी दौड़ते हुए आये। उन्होंने माधो को रोका। माधो ने कहा—क्यों भाई! मेरे पास क्या धरा है, क्या है?

हम लोग एक स्त्री को खोज रहे हैं। वह अभी-अभी बिहारीजी के मंदिर में आई थी।—उन लोगों ने घबराये हुए स्वर में कहा।

यह तो मेरी लड़की है। भले आदमी, क्या दरिद्र होने के कारण राह भी न चलने पावेंगे? यह कैसा अत्याचार? कहकर माधो आगे बढ़ा। उसके स्वर में कुछ ऐसी दृढ़ता थी कि मंदिर के नौकरों ने उनका पीछा छोड़कर दूसरा मार्ग ग्रहण किया।

छः

मधुबन गहरे नशे से चौंक उठा था। हत्या! मैंने क्या कर दिया? फाँसी की टिकठी का चित्र उसके कालिमापूर्ण आकाश में चारों ओर अग्नि-रेखा में स्पष्ट हो उठा। इमली के घने वृक्षों की छाया में अपने ही श्वासों से सिहर कर सोचता हुआ वह भाग रहा था।

तो, क्या वह मर गया होगा? नहीं—मैंने तो उसका गला ही घोंट दिया है। गला घोंटने से मूर्च्छित हो गया होगा। चैतन्य हो जायेगा अवश्य?

थोड़ा-सा उसके हृदय की धड़कन को विश्राम मिला। वह अब भी बाजार के पीछे-पीछे अपनी भयभीत अवस्था में सशंक चल रहा था। महन्त की निकली हुई आँखें जैसे उसकी आँखों में घुसने लगीं। विकल होकर वह अपनी आँखों को मूंदकर चलने लगा, उसने कहा—-नहीं, मैं तो वहाँ गया भी नहीं था। किसने मुझको देखा? राजो! हत्यारिन! ओह उसी की बुलाई हुई यह विपत्ति है। यह देखो, इस वयस में उसका उत्पात! हाँ, मार डाला है मैंने, इसका दंड दूसरा नहीं हो सकता। काट डालना ही ठीक था। तो फिर मैंने किया क्या हत्या? नहीं! और किया भी हो तो बुरा क्या किया।

उसके सामने महन्त की निकली हुई आँखों का चित्र नाचने लगा। फिर—तितली का निष्पाप और भोला-सा मुखड़ा। हाय-हाय। मधुबन! तूने क्या किया! वह क्या करेगी? कौन उसकी रक्षा करेगा?

उसका गला भर आया। वह चलता जाता था और भीतर-ही-भीतर अपने रोने को, साँसों को, दबाता जाता था। उसे दूर से किसी से दौड़ने का और ललकारने का भ्रम हुआ।—अरे! पकड़ा गया तो...।

क्षण-भर के लिए रुका। उसने पहचाना, यह तो मैना के घर के पीछे की फुलवारी की पक्की दीवार है। तो वह छिप जाय। यहीं न; अच्छा अब तो सोचने का समय नहीं है। लो, वह सब आ गये।

छोटी-सी दीवार फाँदते उसको क्या देर लगती। मैना की फुलवारी में अन्धकार था। उसके कमरे की खिड़की की संधि से आलोक की पहली रेखा निकल कर उस विराट अन्धकार में निष्प्रभ हो जाती थी।

मधुबन सिरस के ऊपर चढ़ी हुई मालती की छाया में ठिठक गया। पीछा करने वालों की आहट लेने लगा। किन्तु वहाँ तो कोई नहीं आया। उसने साहस भरे हृदय से विश्वास किया, यह सब मेरा भ्रम है। अभी कोई नहीं आया, और न जानता है कि मैं कहाँ हूँ। तो यह मैना का घर है।...कोई दूसरा भी तो यहाँ आ सकता है। कौन जाने वह किसी के साथ इसी कोठरी में सुख लुटाती हो। वेश्या...रुपये की पुजारिन! है तो मेरे पास भी।

उसने अपनी थैली पर हाथ रखा। फिर महन्त की आँखें उसके सामने आ गईं। धीरे-धीरे बड़ी होने लगीं। ओह! कितनी बड़ी? उनसे छिपकर वह बच नहीं सकता। समूचा अवकाश केवल महन्त की आँख बनकर उसके सामने खड़ा था।

मधुबन ने आँख बन्द करके अपना सिर एक बार दोनों हाथों से दबाया। उसने कहा—तो भय क्या! फाँसी ही न पाऊँगा! फिर इस समय तो, अच्छा देखूँ कोई है तो नहीं।

वह धीरे-धीरे बिल्ली के-से दबे पाँवों से मैना की खिड़की के पास गया। संधि में से भीतर का सब दृश्य दिखाई दे रहा था। आँगन में भीतर खुलने वाला किवाड़ बन्द था। खिड़की से लगा हुआ मैना का पलँग था। वह लालटेन के उजाले में कोई पुस्तक पढ़ रही थी। मधुबन को विश्वास न हुआ कि वह अकेली ही है। उसने धीरे से खिड़की के पल्लों को खोला। मैना ध्यान से पढ़ रही थी। उसने फिर पल्लो को हटाया। अब मैना ने घूमकर देखा।

वह चिल्लाना ही चाहती थी कि मधुबन की अँगुली मुँह पर जा पड़ी। चुप रहने का संकेत पाकर वह उठ खड़ी हुई। धीरे से किवाड़ खोला। उसने चकित होकर मधुबन का उस रात में आना देखा। वह सन्देह, प्रसन्नता और आश्चर्य से चकित हो रही थी।

मधुबन ने भीतर आकर किवाड़ बन्द कर दिया। मैना सोच रही थी—मधुबन बाबू सबसे छिपकर मुझ वेश्या के यहाँ इस एकान्त रजनी में अभिसार करने आये हैं!—उसे न जाने क्यों विरक्ति-सी हुई। उसने मधुबन को पलँग पर बैठाते हुए कहा—भला इधर से आने की...

उसके मुँह पर हाथ रखकर मधुबन ने कहा चुप रहो। पहले यह बताओ कि तुम्हारे यहाँ इस समय कौन-कौन है। यहाँ कोई हम लोगों की बात सुनता तो नहीं है?

वह मुस्कराने लगी। वेश्या के यहाँ आने में इतने भयभीत। क्यों? यहाँ तो कोई नहीं सुन सकता। माँ और निध्दू तो आँगन के उस पार सड़क वाले कमरे में हैं। रधिया सोई होगी। वह तो संध्या से ही ऊँघने लगती है। इधर तो मैं ही हूँ। फिर इतना डर काहे का? कुछ चोरी तो नहीं कर रहे हैं। एक रात मेरे घर रहने से बहू रूठ न जायेंगी। मैं...

मधुबन ने फिर उसको चुप रहने का संकेत किया। मैना ने देखा कि मधुबन का मुँह विवर्ण और भयभीत है। उसने मधुबन के शरीर से सटकर पूछा—बात क्या है?

मधुबन का हाथ अपने कमर में बँधी थैली पर जा पड़ा। ओह! हत्या का प्रमाण तो उसी के पास है। उसने धीरे से उसे कमर से खोल कर पलँग पर रख दिया। थैली का रंग लाल था। उसे देखते-ही-देखते मधुबन की आँखें चढ़ गईं।

मैना ने देखा कि मधुबन उन्मत्त-सा हो गया है। उसे झिंझोड़कर उसने हिला दिया, क्योंकि मधुबन का वह रूप देखकर मैना को भी भय लगा।—उसने पूछा—क्यों बोलते नहीं?

मधुबन को सहसा चेतना हुई। उसने धीरे से थैली खोलकर उसमें की गिन्नियाँ और रुपये पलँग पर रख दिये। मैना को तो चकाचौंध सी लग गई।

मधुबन ने धीरे-से लैम्प की चिमनी उतार कर उसकी लौ से थैली लगा दी वह भक-भक करके जल उठी।

अब तो मैना से न रहा गया। उसने मधुबन का हाथ पकड़कर कहा—तुम कुछ न कहोगे तो मैं माँ को बुलाती हूँ। मुझे डर लग रहा है।

मैंने खून किया है—मधुबन ने अविचल भाव से कहा।

बाप रे! यह क्यों? मुझे रुपये देने के लिए?

मैना का श्वास रुकने लगा। उसने फिर सँभलकर कहा—मैं तो बिना रुपये की तुम्हारी ही थी। यह भला तुमने क्या किया?

जो करना था कर दिया। अब बताओ, तुम मुझे यहाँ छिपा सकती हो कि नहीं? मैं कल यहाँ से जाऊँगा। रात भर में मुझे जो कुछ करना है, उसे सोच लूँगा। बोलो!

मधुबन बाबू! प्राण देकर भी आपकी सेवा करूँगी, पर आप यह तो बताइए कि ऐसा क्यों?

क्यों—मत पूछो। इस समय मुझे अकेले छोड़ दो। मैं सोना चाहता हूँ।

मैना ने स्थिर होकर कुछ विचार किया। उसने कहा—तो मेरी बात मानिए। जैसा भी कहती हूँ वैसा कीजिए।

मधुबन ने कहा—अच्छा, जो तुम कहो वही करूँगा।

मैना ने पलँग पर से उस चादर को रुपया समेत बटोर लिया और धीरे से दूसरी छोटी कोठरी में चली गई।

थोड़ी देर के बाद जब वह उसमें से निकली तो उसके मुँह पर चंचलता न थी। हाथ में एक कटोरा दूध था। मधुबन के मुँह से लगाकर उसने कहा—पी जाइए।

मधुबन बच्चों की तरह पीने लगा–उसका कंठ प्यास से सूख रहा था। दूध पीकर मधुबन ने मैना से कहा–मैं कुछ दिनों के लिए धामपुर छोड़ देना चाहता हूँ। रामजस वाले मामले में पुलिस मेरे पीछे पड़ी है। अब एक और कांड हो गया है। मैना! तुम वेश्या हो तो क्या, न जाने क्यों मैं तुम्हारे ऊपर विश्वास करता हूँ। तुम तितली की रक्षा करना, वह निरपराध...!

इसके आगे मधुबन कुछ न कह सका। वह सिसककर रोने लगा। मैना की आँखों से भी आँसू बहने लगे। उसने बड़ी देर तक मधुबन को समझाया–और कहा कि—घबराने की कोई बात नहीं। तुम सीधे गंगा के किनारे-किनारे भागो, फिर चुनार जाकर रेल पर चढ़ना। इधर कोई तुम्हारा पता न पावेगा। एक पहर रात रहते मैं तुम्हें जगा दूँगी। इस समय सो जाओ।

मधुबन आज्ञाकारी बालक के समान सोने की चेष्टा करने लगा, पर उसे नींद कहाँ आती थी!

मैना ने उसके पास जागकर समय बिताया। जब पीपल पर पहला कौआ अपने आलस भरे स्वर में बोल उठा, तो उसने मधुबन को जाने के लिए कहा। मधुबन के हृदय में एक टीस हुई। अपनी जन्मभूमि छोड़ने का यह पहला अवसर था।

मैना ने उसे समझाया कि तुम कुछ दिन कलकत्ते रहो; फिर यहाँ सब ठीक हो जायेगा तो तुमको पत्र लिखूँगी।

उस पिछली रात में मधुबन चल पड़ा। कच्ची सड़क, जो गंगा के घाट पर जाती थी, सुनसान पड़ी थी—धूल पड़ी थी—धूल ठंडी थी, चाँदनी फीकी। मधुबन अपनी धुन में चल रहा था। घाट पर पहुँचते-पहुँचते उजेला हो चला। एक नाव बनारस जाने के लिए खुल रही थी। माँझी मधुबन की जान-पहचान का था। उसने पूछा—मधुबन बाबू इतना सवेरे?।

तुम कहाँ—मधुबन ने नाव पर बैठते हुए कहा—जानते नहीं हो? रामजस के मुकदमे में पुलिस मुझको भी चाहती है। मैं बनारस जा रहा हूँ, वकील से सलाह करने।

सात

बरना के उत्तरी तट पर, सुन्दर वृक्षों से घिरा हुआ एक छोटा-सा बँगला है। वहाँ पर आस-पास में ऐसी बहुत-सी कोठियाँ हैं, जिनमें सरकारी उच्च कर्मचारी रहते हैं। बैरिस्टर, वकील और डॉक्टर-जैसे स्वतन्त्र व्यवसायी अपने सुखी परिवार को लेकर नगर से बाहर और अधिकारियों के समीप रहना अधिक पसन्द करते हैं। इसी स्थान पर बाबू मुकुन्दलाल भी रहते हैं। उनके पास तीन छोटे-बड़े बँगले हैं जिनमें से एक में तो वह स्वयं रहते हैं और बाकी दोनों के किराये से उनकी गृहस्थी का सारा खर्च चलता है। दोनों का भाड़ा 200 रुपये मिलता है। परन्तु मुकुन्दलाल का तो उतना बाहरी खर्च है। गृहस्थी का आवश्यक व्यय तो कर्ज के बल पर चल रहा है। आज से नहीं, कई बरस से।

नन्दरानी चुपचाप अपने बँगले से सटकर बहती हुई बरना की क्षीण धारा को देख रही है। उसके सुन्दर मुख पर तृप्ति से भरी हुई निराशा थी। तृप्ति इसलिए कि उसका कोई उपाय न था, और निराशा तो थी ही। उसका भविष्य अंधकारपूर्ण था। संतान कोई नहीं। पति निश्चिन्त भाग्यवादी कुलीन निर्धन, जिसके मस्तिष्क में भूतकाल की विभव-लीला स्वप्न-चित्र बनाती रहती है।

कत्थई रंग की ऊनी चादर, जिसे वह कंधों से लपेटे थी, खिसक कर गिर रही थी। किन्तु वह तल्लीन होकर बरना की अभावमयी धारा को देख रही थी और उसका समय भी वैसा ही ढल रहा था; जैसा गोधूलि से मलिन दिन।

दो वृक्षों की ऊँची चोटियाँ पश्चिम के धुंधले और पीले आकाश की भूमिका पर एक उदास चित्र का अंश बना रही थीं। उसके पैरों के समीप बड़ी मटर और शलजम की छोटी-सी हरियाली थी, किन्तु नन्दरानी बरना के ढालुवे करारे पर दृष्टि गड़ाये थी, इन्द्रदेव का आना उसे मालूम नहीं हुआ।

इन्द्रदेव ने 'भाभी' कहकर उसे चौंका दिया। वह कपड़े को सम्हालती हुई घूम पड़ी। इन्द्रदेव ने कहा—आज मेरे यहाँ कुछ लोग बाहर के आ गये हैं। उनके लिए थोड़ी-सी मटर चाहिए।

और बनावेगा कौन? वही आपका मिसिर न!—रानी ने मुस्कराते हुए कहा।

तो फिर दूसरा कौन है?—हताश होकर इन्द्रदेव ने उत्तर दिया।

सुनूँ भी, कौन आये हैं? कितने हैं, कैसे हैं?

मिस शैला का नाम तो आपने सुना होगा?—संकोच से इन्द्रदेव ने कहा।

ओहो! यह तो मुझे मालूम ही नहीं! तब तुम लोगों को आज यहीं ब्यालू करना पड़ेगा। मैं अपने मटर की बदनामी कराने के लिए तुम्हारे मिसिर को उसे जलाने न दूँगी। मिस साहिबा किस समय भोजन करती हैं? अभी तो घंटे भर का समय होगा ही।

इन्द्रदेव भीतर के मन से तो यही चाहते थे। पर उन्होंने कहा—उनको यहाँ...

मैं समझ गई! चलो, तुम्हारे साथ चलकर उन्हें बुला लाती हूँ। भला मुझे आज तुम्हारी मिस शैला की... कहकर नन्दरानी ने परिहासपूर्ण मौन धारण कर लिया।

इन्द्रदेव नन्दरानी के बहुत आभारी और साथ ही भक्त भी थे। उसकी गरिमा का बोझ इन्द्रदेव को सदैव ही नतमस्तक कर देता। गुरुजनोचित स्नेह की आभा से नन्दरानी उन्हें आप्लावित किया ही करती।

भाभी—कहकर वह चुप रह गये।

क्यों, क्या मेरे चलने से उसका अपमान होगा? एक दिन तो वही मेरी देवरानी होने वाली हैं, क्या यह बात मैंने झूठ सुनी है?

वास्तविक बात तो यह थी कि इन्द्रदेव शैला के आ जाने से बड़े असमंजस में पड़ गये थे, उनकी भी इच्छा थी कि नन्दरानी से उसका परिचय कराकर वह छुट्टी पा जायें। उन्होंने कहा—वाह भाभी, आप भी...

अच्छा-अच्छा, चलो। मैं सब जानती हूँ, कहती हुई नन्दरानी बगल के बँगले की ओर चली। इन्द्रदेव पीछे-पीछे थे।

छोटे-से बँगले के एक सुन्दर कमरे के बाहर दालान में आरामकुर्सी पर बैठी हुई शैला तन्मय होकर हिमालय के रमणीय दृश्यवाला चित्र देख रही थी। सहसा इन्द्रदेव ने कहा—मिस शैला! मेरी भाभी श्रीमती नन्दरानी।

शैला उठ खड़ी हुई। उसने सलज्ज मुसकान के साथ नन्दरानी को नमस्कार किया।

नन्दरानी उसके व्यवहार को देखकर गद्‌गद हो गई। उसने शैला का हाथ पकड़ कर बैठाते हुए कहा—बैठिए, इतने शिष्टाचार की आवश्यकता नहीं।

नन्दरानी और इन्द्रदेव दोनों ही कुर्सी खींचकर बैठ गये! तीनों चुप थे।

नन्दरानी ने कहा—आज आपको मेरा निमंत्रण स्वीकार करना होगा। देखिए, बिना कुछ पूर्व-परिचय के मेरा ऐसा कहना चाहे आपको न अच्छा लगे; किन्तु मेरा इन्द्रदेव पर इतना अधिकार अवश्य है और मैं शीघ्रता में भी हूँ। मुझे ही सब प्रबन्ध करना है। इसलिए मैं अभी तो छुट्टी माँग कर जा रही हूँ। वहीं पर बातें होंगी।

शैला को कहने का अवसर बिना दिए ही वह उठ खड़ी हुई। शैला ने इन्द्रदेव की ओर जिज्ञासा भरी दृष्टि से देखा।

नन्दरानी ने हँसकर कहा—इन्हें भी वहीं ब्यालू करना होगा।

शैला ने सिर झुकाकर कहा—जैसी आपकी आज्ञा।

नन्दरानी चली गई। शैला अभी कुछ सोच रही थी कि मिसिर ने आकर पूछा—ब्यालू के लिए...

उसकी बात काटते हुए इन्द्रदेव ने कहा—हम लोग आज बड़े बँगले में ब्यालू करेंगे।

हाँ, घीसू से कह दो कि मेरे बगल वाले कमरे में मेम साहब के लिए पलँग लगा दे।

मिसिर के जाने पर शैला ने कहा—मैं तो कोठी पर चली जाऊँगी। यहाँ झंझट बढ़ाने से क्या काम है। मुझे तो यहाँ आये दो सप्ताह से अधिक हो गया। वहाँ तो मुझे कोई असुविधा नहीं है।

इन्द्रदेव ने सिर झुका लिया। क्षोभ से उसका हृदय भर उठा। वह कुछ कड़ा उत्तर देना चाहते थे। परन्तु सम्हल कर कहा—हाँ शैला तुमको मेरी असुविधा का बहुत ध्यान रहता है। तुमने ठीक ही समझा है कि यहाँ ठहरने में दोनों को कष्ट होगा।

किन्तु यह व्यंग्य शैला के लिए अधिक हो गया। इन्द्रदेव को वह मना लेने आई थी। वह इसी शहर में रहने पर भी आज कितने दिनों पर उनसे भेंट करने आई, इस बात का क्या इन्द्रदेव को दुःख न होगा? आने पर भी वह यहाँ रहना नहीं चाहती। इन्द्रदेव ने अपने मन में यही समझा होगा कि वह अपने सुख को देखती है। शैला ने हाथ जोड़कर कहा—क्षमा करो इन्द्रदेव! मैंने भूल की है।

भूल क्या? मैं तो कुछ न समझ सका।

मैंने अपराध किया है। मुझे सीधे यहीं आना चाहिए था। किन्तु क्या करूँ, रानी साहिबा ने मुझे वहीं रोक लिया। उन्होंने बीबीरानी के नाम अपनी जमींदारी लिख दी है। उसी के लिखाने-पढ़ाने में लगी रही। और मैंने उसके लिए आकर तुम्हारी सम्मति नहीं ली, ऐसा मुझे न करना चाहिए था।

मैं तो समझता हूँ कि तुमने कुछ भूल नहीं की। मुझे उसके सम्बन्ध में कुछ कहना नहीं था। हाँ, यह बात दूसरी है कि तुम यहाँ क्यों नहीं आ गयीं। उसे लिखाते-पढ़ाते रहने पर भी तुम एक बार यहाँ आ सकती थीं। किन्तु तुमने सोचा होगा कि इन्द्रदेव स्वयं अपने लिए तंग होगा, मैं वहाँ चल कर उसे और भी कष्ट दूँगी। यही न? तो ठीक तो है। अभी मेरी बैरिस्टरी अच्छी तरह नहीं चलती. तो भी इन कई महीनों में सादगी से जीवन-निर्वाह करने के लिए मैं रुपये जुटा लेता हूँ। मुझे सम्पत्ति की आवश्यकता नहीं शैला!

शैला ने देखा इन्द्रदेव के मुँह पर दृढ़ उदासीनता है। वह मन-ही-मन काँप उठी। उसने सोचा कि इन्द्रदेव को आर्थिक हानि पहुँचाने में मेरा भी हाथ है। वह कुछ कहना ही चाहती थी कि इन्द्रदेव बीच ही में उसे रोककर कहने लगे—मैं संकुचित हो रहा था। मुझे यह कहकर माँ का जी दुखाने में भय होता था कि—मैं सम्पत्ति और जमींदारी से कुछ संसर्ग न रखूँगा। अच्छा हुआ कि उन्हीं लोगों ने इसका आरम्भ किया है। तुमको अब यहाँ कुछ दिनों तक और ठहरना होगा; क्योंकि नियमपूर्वक लिखा-पढ़ी करके मैं समस्त अधिकार और अपनी सम्पत्ति माँ को दे देना चाहता हूँ। मेरे परम आदर की वस्तु 'माँ का स्नेह' जिससे खोया जा सके, वह सम्पत्ति मुझे न चाहिए। और मैं उसे लेकर भी क्या करूँगा? अधिक धन तो

पारस्परिक बन्धन में रहने वाले को...

शैला चौंककर बोल उठी—तो क्या तुम संन्यासी होना चाहते हो? इन्द्रदेव! अन्त में क्या यह कलंक भी मुझको मिलेगा।

इन्द्रदेव इस अप्रिय प्रसंग से ऊब उठे थे। इसे बन्द करने के लिए कहा—अच्छा, इस पर फिर बातें होंगी। अभी तो चलो, वह देखो, भाभी का नौकर बुलाने के लिए आ रहा होगा। जाओ, कपड़ा बदलना हो तो बदल कर झटपट तैयार हो लो।

शैला हँस पड़ी। उसने पूछा—तो क्या यहाँ किसी की साड़ियाँ भी मिल जायेंगी? मुझे तो तुम्हारी गृहस्थ-बुद्धि पर इतना भरोसा नहीं!

इन्द्रदेव लज्जित-से खीझ उठे। शैला हाथ-मुँह धोने के लिए चली गई।

इन्द्रदेव क्रमशः उस घने होते हुए अन्धकार में निश्चेष्ट बैठे रहे। शैला भी आकर पास की कुर्सी पर बैठकर तितली की छोटी-सी सुन्दर गृहस्थी का काल्पनिक चित्र खींच रही थी। दासी लालटेन लेकर शैला को बुलाने के लिए आई।

इन्द्रदेव ने कहा—चलो शैला!

दोनों चुपचाप नन्दरानी के बँगले में पहुँचे। दालान में कम्बल बिछा था। मुकुन्दलाल कम्बल के एक सिरे पर बैठे हुए छोटी-सी सितारी पर ईमन का मधुर राग छेड़ रहे थे। दमचूल्हे पर मटर हो रही थी। उसके नीचे लाल-लाल अंगारों का आलोक फैल रहा था। लालटेन आड़ में कर दी गई थी, बाबू मुकुन्दलाल को उसका प्रकाश अच्छा नहीं लगता था।

नन्दरानी उस क्षीण आलोक में थाली सजा रही थी। सरूप निःशब्द काम करने में चतुर था। वह नन्दरानी के संकेत से सब आवश्यक वस्तु भंडार में से लाकर जुटा रहा था।

शैला और इन्द्रदेव को देखते ही मुकुन्दलाल ने सितारी रखकर उनका स्वागत किया। शैला ने नमस्कार किया। सब लोग कम्बल पर बैठे। नन्दरानी ने थाली लाकर रख दी। इन्द्रदेव ने शैला का परिचय देते हुए यह भी कहा कि—आप हिन्दू-धर्म में दीक्षित हो चुकी हैं। आपने धामपुर में गाँव के किसानों की सेवा करना अपने जीवन का उद्देश्य बना लिया है।

नन्दरानी विस्मित होकर शैला के मौन गौरव को देख रही थी। किन्तु मुकुन्दलाल का ललाट, रेखा-रहित और उज्ज्वल बना रहा। जैसे उनके लिए यह कोई विशेष ध्यान देने की बात न थी। उन्होंने मटर का एक पूरा ग्रास गले से उतारते हुए कहा—भाई इन्द्रदेव, तुम जो कह रहे हो, उसे सुनकर मिस शैला की प्रशंसा किये बिना नहीं रह सकता। यह भी एक तरह का संन्यास-धर्म है। किन्तु मैं तो गृहस्थ नारी की मंगलमयी कृति का भक्त हूँ। वह इस साधारण संन्यास से भी दुष्कर और दम्भ-विहीन उपासना है।

नन्दरानी ने कुछ सजग होकर अपने पति की वह बात सुनी। उसके अधर कुछ खिल उठे। उसने कहा—इन्द्रदेव जी, और क्या दूँ?

मुकुन्दलाल ने थोड़ा-सा हँसकर कहा—अपनी-सी एक सुन्दर सह-धर्मिणी।

शैला के कर्णमूल लाल हो उठे। और इन्द्रदेव ने बात टालते हुए कहा—मैं समझता हूँ कि भाभी जानती होंगी कि इस अपने पेट के लिए जुटाने वाले मनुष्य को, उनकी—सी स्त्री की आवश्यकता नहीं हो सकती।

शैला और भी कटी जा रही थी। उसको इन्द्रदेव की सब बातें निराश हृदय की संतोष-भरी साँस-सी मालूम होती थीं। वह देख रही थी नन्दरानी को और तुलना कर रही थी तितली से। एक ही भरी-पूरी गृहस्थी थी और दूसरी अभाव से अकिंचन; तिस पर भी दोनों परिवार सुखी और वास्तविक जीवन व्यतीत कर रहे थे।

नन्दरानी ने कहा—इतना पेटू हो जाना भी अच्छा नहीं होता इन्द्रदेव! अपना ही स्वार्थ न देखना चाहिए!

कहाँ भाभी! मैंने तो अभी कुछ भी नहीं खाया। अभी मिठाइयाँ तो बाकी ही हैं। तिस पर भी मैं पेटू कहा जाऊँ? आश्चर्य!

अरे राम! मैं खाने के लिए थोड़े ही कह रही हूँ। अभी तो तुमने कुछ खाया ही नहीं! मेरा तात्पर्य था तुम्हारे ब्याह से।

ओहो! तो मैं देखता हूँ कि कोई मूर्ख कुमारी मुझसे ब्याह करने की भीख माँगने के लिए तुम्हारे पास पल्ला पसार कर आई थी न! उसको समझा दो भाभी! मैं तो उसके लिए कुछ न कर सकूँगा।

नन्दरानी हँसने लगी। शैला से उसने पूछा—क्यों, आप तो कुछ? जी नहीं; मुझे कुछ न चाहिए! कहकर शैला ने उसकी ओर दीनता से देखा।

मुकुन्दलाल ने इन्द्रदेव से कहा—तुम ठीक कहते हो इन्द्रदेव, मैं भूल कर रहा था। स्त्री के लिए पर्याप्त रुपया या सम्पत्ति की आवश्यकता है! पुरुष उसे घर में लाकर जब डाल देता है तब उसकी निज की आवश्यकताओं पर बहुत कम ध्यान देता है। इसलिए मेरा भी अब यही मत हो गया है कि स्त्री के लिए सुरक्षित धन की व्यवस्था होनी चाहिए! नहीं तो तुम्हारी भाभी की तरह वह स्त्री अपने पति को दिन-रात चुपचाप कोसती रहेगी।

नन्दरानी अप्रतिभ-सी होकर बोली—यह लो, अब मुझी पर बरस पड़े।

मुकुन्दलाल ने और भी गंभीर होकर कहा—अच्छा इन्द्रदेव! तुमसे एक बात कहूँ? मिस शैला के सामने भी वह बात कहने में मुझे संकोच नहीं। यह तो तुम जानते हो कि मैं धीरे-धीरे ऋण में डूब रहा हूँ। और जीवन के भोग के प्याले को, उसका सुख बढ़ाने के लिए, बहुत धीरे-धीरे दस-दस बीस-बीस बूंद का घूँट लेकर खाली कर रहा हूँ। होगा सो तो होकर ही रहेगा। किन्तु तुम्हारी भाभी क्या कहेंगी। मैं चाहता हूँ कि

ये दोनों छोटे बँगले मैं नन्दरानी के नाम लिख दूँ। और फिर एक बार विस्मृति की लहर में धीरे-धीरे डूबूँ और उतराऊँ।

नन्दरानी की आँखों से दो बूंद आँसू टपक पड़े। न जाने कितनी अमंगल और मंगल की कोमल भावनाएँ संसार के कोने-कोने से खिलखिला पड़ीं। उसने मुकुन्दलाल का प्रतिवाद करना चाहा; परन्तु नारी-जीवन का कैसा गूढ़ रहस्य है कि वह स्पष्ट विरोध न कर सकी। इतने में इन्द्रदेव ने कहा—भाई साहब, मुझे एक रजिस्ट्री करानी है! मैं अपनी समस्त सम्पत्ति माँ के नाम लिख देना चाहता हूँ। क्योंकि...

शैला ने तौलिये से हाथ पोंछते हुए इन्द्रदेव की ओर देखा उसने अभी-अभी इन्द्रदेव के अभावों का दृश्य देखा है। उसने सम्पत्ति से और उसकी आशा से भी वंचित होने की मन में ठानी है।

मुकुन्दलाल ने कहा—हाँ, हाँ, कहो क्योंकि स्त्रियों को ही धन की आवश्यकता है। और सम्भवतः वे ही इसकी रक्षा भी कर सकती हैं। तो फिर ठीक रहा। कल ही इसका प्रबन्ध कर दो।

सब लोग हाथ-मुँह धोकर अभी कुर्सियों पर आराम से बैठे ही थे कि सरूप ने आकर कहा—बैरिस्टर साहब से मिलने के लिए एक स्त्री आई है। उसका कोई मुकदमा है।

सब लोग चुप रहे। शैला सोच रही थी कि क्या स्त्रियाँ सचमुच धन की लोलुप हैं। फिर उसने अपने ही उत्तर दिया–नहीं, समाज का संगठन ही ऐसा है कि प्रत्येक प्राणी को धन की आवश्यकता है। इधर स्त्री को स्वावलम्बन से जब पुरुष लोग हटाकर, उनके भाव और अभाव का दायित्व अपने हाथ में ले लेते हैं, तब धन को छोड़कर दूसरा उनका क्या सहारा है?

इतने में सरूप गरम कमरे में चाय की प्याली सजाने लगा।

नन्दरानी भोजन करने बैठी। उससे खाया न गया।

दालान में परदे गिरा दिये गये थे। ठंडी हवा चलने लगी थी। किन्तु नन्दरानी झटपट हाथ-मुँह धोकर पान मुख में रखकर वहीं एक आरामकुर्सी पर अपनी ऊनी चादर में लिपटी हुई पड़ी रही; उसके मन में संकल्प-विकल्प चल रहा था। आज तक का उसका त्याग, कुछ मूल्य पर बिकने जा रहा है। उसका मन यह मूल्य लेने से विद्रोह कर रहा था। तब भी जीवन के कितने निराशा भरे दिन काटने होंगे। ज्योतिषी ने कह दिया है कि बाबू मुकुन्दलाल अब अधिक दिन जीने के नहीं हैं—उनका भीतरी शरीर भग्न पोत की तरह काल-समुद्र में धीरे-धीरे धँसता जा रहा है, फिर भी, उस ऊर्जस्वित आत्मा का केतु अभी डुबा देने वाले जल के ऊपर ही है। उनकी अवस्था पचास वर्ष की और नन्दरानी की चालीस की है। किन्तु संसार जैसे उनके सामने अंतिम घड़ियाँ गिन रहा है। गार्हस्थ्य जीवन के मंगलमय भविष्य में उनका विश्वास नहीं। उसमें रहते हुए भी पुराना संस्कार, उन्हें थके हुए घोड़े के लिए टूटा हुआ छकड़ा बन रहा है, वह जैसे उसे घसीट रहे हैं।

किन्तु मुकुन्दलाल के लिए यह अवस्था तभी होती है जब वह नन्दरानी को अपने जीवन के साथ मिलाकर देखते हैं। फिर जैसे अपने स्थान को लौटकर सितारी, मित्र वर्ग और उनके आतिथ्य-सत्कार में लग जाते हैं।

नन्दरानी खिन्न होकर सो गई। उसने नहीं जाना कि कब शैला और इन्द्रदेव दूसरी ओर से चले गये।

मुकुन्दलाल ने सोने के कमरे में जाते हुए देखा कि नन्दरानी अभी वहीं पड़ी है। वह एक क्षण तक चुपचाप खड़े रहे। फिर दासी को बुलाकर धीरे से कहा—कुछ और ओढ़ा दो। न जागें तो यहाँ आग भी सुलगा दो। देखो, परदे ठीक से बाँध देना। यहाँ गरम रहे, तुम्हारी मालकिन थक गई हैं।—फिर सोने चले गये।

दूसरे दिन, बरकतअली ने स्टाम्प इन्द्रदेव के पास भेज दिया और बाहर मिलने की आशा में बैठा रहा। जब बारह बजने लगा तब घबड़ा कर कोठी के बाहर निकल आया और आम के पेड़ के नीचे बैठी हुई एक स्त्री से उसने कहा—माँ जी! आज बैरिस्टर साहब एक काम में फँसे हुए हैं। आप जाइए, कल आपका काम हो जायेगा।

वह सिर झुकाये हुए बोली—कल कब आऊँ?

आठ बजे।

तब मैं जाती हूँ—कहकर स्त्री धीरे से उठी और बँगले के बाहर हो गयी।

अभी वह थोड़ी दूर सड़क पर पहुँची होगी कि उसी फाटक से एक मोटर उसके पीछे से निकली। उसका शब्द सुनकर, मोटर की ओर देखती हुई, वह एक ओर हटी और उसने पहचान लिया, इन्द्रदेव और शैला। उसने साहस से पुकारा—बहन शैला!

किन्तु शैला ने सुना नहीं। इन्द्रदेव मोटर चला रहे थे। वह करुण पुकार दोनों के कान में नहीं पड़ी।

वह स्त्री धीरे-धीरे फाटक में लौट आई, और आम के नीचे जाकर बैठ रही।

शैला जब रजिस्ट्री पर गवाही करके इन्द्रदेव के साथ उस बँगले पर लौटी, तो उसे न जाने क्यों मानसिक ग्लानि होने लगी। वह हाथ-मुँह पोंछकर बगीचे में घूमने के लिए चली। एक छोटा-सा चमेली का कुञ्ज था। उसमें फूल नहीं थे। पत्तियाँ भी बिरल हो चली थीं; वह रूखी-रूखी लता, लोहे के मोटे तारों से लिपट गई थी; तीव्र धूप में चाहे उसे कितना ही जलाता हो, फिर भी उसके लिए वही अवलम्ब था। किरणें उसमें सहज प्रवेश करके उसे हँसाने का उद्योग कर रही थीं। शैला उस निस्सहाय अवस्था को तल्लीन होकर देख रही थी।

सहसा तितली ने उसके सामने आकर पुकारा—बहन! मैं कब से तुमको खोज रही हूँ। तुमको देखा और पुकारा भी; पर तुमने न सुना। सच है, संसार में सब मुँह मोड़ लेते हैं! विपत्ति में किससे आशा की जाय।

शैला ने घूमकर देखा। यह वही तितली है? कई पखवारों में ही वह कितनी दुर्बल

और रक्त-शून्य हो गई है। आँखें जैसे निराशा-नदी के उद्गम -सी बन गई हैं। बाहरी रूप-रेखा जैसे शून्य में विलीन होने वाले इन्द्रधनुष-सी अपना वर्ण खो रही है। उसे अभी अपने मानसिक विप्लव से छुट्टी नहीं मिली थी। फिर भी उसने सम्हलते हुए पूछा—तितली! क्या हुआ है बहन! तुम यहाँ कैसे?

बड़े दुःख में पड़कर मैं यहाँ आई हूँ बहन! मैं लुट गई!—तितली की रूखी आँखों से आँसू निकल पड़े।

क्यों मधुबन कहाँ है? सुनते ही शैला ने पूछा।

पता नहीं। उस दिन गाँव में लाठी चली। रामजस को लोग मारने लगे। उन्होंने जाकर रामजस को बचाया, जिसमें छावनी के कई नौकर घायल हो गये। पुलिस की तहकीकात में सब लोगों ने उन्हीं के विरुद्ध गवाही दी। थानेदार ने रुपया माँगा। और मुकदमे के लिए भी रुपयों की आवश्यकता थी। महन्तजी के पास उन्होंने राजो को भेजा। राजो कहती थी कि महन्त ने उसके साथ अनुचित व्यवहार करना चाहा। इस पर वहीं छिपे हुए उन्होंने महन्त का गला घोंट दिया। राजो तो चली आई। पर उनका पता नहीं!

यहाँ तक! और जब लड़ाई हुई, तब तुमने मुझे क्यों नहीं कहला भेजा?—शैला ने पूछा।

परन्तु तितली चुप रही। मैना के सम्बन्ध की बात, अपनी उदासी और राजो की सब कथा कहने के लिए जैसे उसके हृदय में साहस नहीं था।

तब क्या किया जाय? उनका पता कैसे लगेगा बहन! इधर शेरकोट पर बेदखली हो गई है। और बनजरिया पर भी डिग्री हुई है, कोई रुपया देता नहीं। मुकदमा कैसे लड़ा जाय? मुझे कोई सहायता नहीं देना चाहता। मैं तो सब ओर से गई। यहाँ कई वकीलों के पास गई। वे कहते हैं, पहले रुपया ले आओ, तब तुम्हारी बात सुनेंगे। फिर एक सज्जन ने बताया कि यहीं कहीं मिस्टर देवा नाम के एक सज्जन बैरिस्टर रहते हैं। वे प्रायः दीन-दुखियों के मुकदमे बिना कुछ लिये लड़ देते हैं। मैं उन्हीं को खोजती हुई यहाँ तक पहुँची।

शैला घबरा गई। वह अभी तो इन्द्रदेव के सर्वस्व-त्याग करने का दृश्य देखकर आई थी। उसके मन में रह-रहकर यही भावना हो रही थी, कि यदि में इन्द्रदेव को थोड़ा-सा भी विश्वास दिला सकती, तो उनके हृदय में यह भीषण विराग न उत्पन्न होता। वह फिर अपने को ही इन्द्रदेव की सांसारिक असफलता मानती हुई मन-ही-मन कोस रही थी कि तितली का यह दुःख से दग्ध संसार उसके सामने अनुनय की भीख माँगने के लिए खड़ा था। वह किस मुँह से इन्द्रदेव से उसकी सहायता के लिए कहे। यदि नहीं कहती है तो अपनी सब दुर्बलताएँ तितली से स्वीकार करनी होंगी। जिसको हम प्यार करते हैं, जिसके ऊपर अभिमान करने का ढोंग कई बार संसार में प्रचलित कर चुके हैं, उसके लिए यह कहना कि

'वह मुझसे प्रसन्न है, मैं नहीं...' कितनी छोटी बात है! वह कैसे निराश करती। उसने तितली से कहा—अच्छा, ठहरो। मैं आज इसका कोई उपाय करूँगी! तितली! क्या यह जानती हो कि यह मिस्टर देवा कोई दूसरे नहीं, तुम्हारे जमींदार इन्द्रदेव ही हैं।

तितली सन्न हो गई। उसने अपने चारों ओर निराशा के सिन्धु को लहराते हुए देखा। वह रो पड़ी और बोली—बहन! तब मुझे छुट्टी दो। मैं जाऊँ, कहीं दूसरी शरण खोजूँ!

प्यार से उसकी पीठ थपथपाते हुए शैला ने कहा—नहीं, तुम दूसरी जगह न जाओ, मैं आज अपनी ही परीक्षा लूँगी। तुमको यह नहीं मालूम कि आज ही उन्होंने अपनी जमींदारी का स्वत्व त्याग दिया है।

क्या कहती हो बहन!

हाँ तितली! इन्द्रदेव ने अपने ऐश्वर्य का आवरण दूर फेंक दिया है। वह भी आज हमी लोगों के-से श्रमजीवी-मात्र हैं। मुझे तुम्हारे लिए बहुत-कुछ करना होगा। गाँव का सुधार करने में गई थी क्या एक कुटुम्ब की भी रक्षा न कर सकूँगी? चलो तुम मेरे कमरे में नहा-धोकर स्वस्थ हो जाओ। मैं इन्द्रदेव से पूछ कर तुमको बुलाती हूँ।

इतना कहकर शैला ने तितली का हाथ पकड़कर उठाया। और अपनी कोठरी में ले गई।

उधर इन्द्रदेव चाय की टेबल पर बैठे हुए शैला की प्रतीक्षा कर रहे थे। उनका हृदय हल्का हो रहा था। त्याग का अभिमान उनके मुँह पर झलक रहा था और उसमें छिपा था एक व्यंग्य भरा रूठने का प्रसंग। शैला भी क्या सोचेगी। मन में मनुष्य अपने त्याग से जब प्रेम को आभारी बनाता है तब उसका रिक्त कोश बरसे हुए बादलों पर पश्चिम के सूर्य के रत्नालोक के समान चमक उठता है। इन्द्रदेव को आज आत्म-विश्वास था और उसमें प्रगाढ़ प्रसन्नता थी।

शैला आई और धीरे से एक कुर्सी खींचकर बैठ गई। दोनों ने चुपचाप चाय की प्याली खाली कर दी। फिर भी चुप! दोनों किसी प्रसंग की प्रतीक्षा में थे।

परन्तु इन्द्रदेव का हृदय तो स्पष्ट हो रहा था। उन्होंने चुप रहने की आवश्यकता न समझ कर सीधा प्रश्न किया—तो मैं समझता हूँ कि, कल तुम धामपुर जाओगी? आज तो यहीं कोठी पर रुकना पड़ेगा! क्योंकि मैंने तुम्हारा अधूरा काम पूरा कर दिया है। उसे तो जाकर माँ से कहोगी ही! फिर समय कहाँ मिलेगा। कल सवेरे जाओगी। एँ!

शैला मेज के फूलदार कपड़े पर छपे हुए गुलाब की पंखुरियाँ नोच रही थी। सिर नीचा था और आँखें डबडबा रही थीं। वह क्या बोले?

इन्द्रदेव ने फिर कहा—तो आज यहीं रहना होगा!

क्या तुम चाहते हो कि मैं अभी चली जाऊँ?—बड़े दुःख से शैला ने उत्तर दिया।

यह लो, मैं पूछ रहा हूँ। नहीं-नहीं—मैं तो तुम्हारी ही बात कर रहा हूँ। तुम तो उसी दिन जा रही थीं। मैंने देखा कि तुम अपना काम अधूरा ही छोड़कर चली जा रही हो, इसीलिए रोक लिया था। अब तो मैं समझता हूँ कि तुम अपने ग्राम-सुधार की योजना अच्छी तरह चला लोगी। माँ को समझा देना कि जब इन्द्रदेव को ही अपने लिए सम्पत्ति की आवश्यकता नहीं रही, तब उन्हें चाहिए कि यह संचित सम्पत्ति अधिक-से-अधिक दीन-दुखियों के उपकार में लगाकर पुण्य और यश के भागी बनें।

तो, तुम अब भी गाँव के सुधार में विश्वास रखते हो?

मेरे इस त्याग में इस विचार का भी एक अंश है शैला कि जब तक उस एकाधिपत्य से मैं अपने को मुक्त नहीं कर लेता, मेरी ममता उसके चारों ओर प्रेम की छाया की तरह घूमा करती। अब मेरा स्वार्थ उससे नहीं रहा। मैं तो समझता हूँ कि गाँवों का सुधार होना चाहिए। कुछ पढ़े-लिखे सम्पन्न और स्वस्थ लोगों को नागरिकता के प्रलोभनों को छोड़ कर देश के गाँवों में बिखर जाना चाहिए। उनके सरल जीवन में—जो नागरिकों के संसर्ग से विषाक्त हो रहा है।—विश्वास, प्रकाश और आनन्द का प्रचार करना चाहिए। उनके छोटे-छोटे उत्सवों में वास्तविकता, उनकी खेती में सम्पन्नता और चरित्र में सुरुचि उत्पन्न करके उनके दारिद्र्य और अभाव को दूर करने की चेष्टा होनी चाहिए। इसके लिए सम्पत्तिशालियों को स्वार्थ-त्याग करना अत्यन्त आवश्यक है।

किन्तु अधिकार रखते हुए तो उसे तुम और भी अच्छी तरह कर सकते थे। शक्ति-केन्द्र यदि अधिकारों के संचय का सदुपयोग करता रहे, तो नियन्त्रण भलीभाँति चल सकता है, नहीं तो अव्यवस्था उत्पन्न होगी। तुम्हारे इस त्याग का अच्छा ही फल होगा, इसका क्या प्रमाण है? मैं तो समझती हूँ कि तुमने किसी झोंक में आकर यह कर डाला।

शैला की यह बात सुनकर इन्द्रदेव हँसने लगे। उस हँसी में अवहेलना भरी थी। फिर उन्होंने कहा—संसार के अच्छे-से-अच्छे नियम और सिद्धान्त बनते और बिगड़ते रहेंगे। मैं सबको प्रसन्न और सन्तुष्ट रखने के लिए अपने-आपको जकड़कर रखना नहीं चाहता। जो होना हो वह हो ले। मैंने जो अच्छा समझा, वही किया। अच्छा, तो अब अपनी कहो। क्या निश्चय हुआ?

मैं कल जाना चाहती थी। पर अब तो कुछ दिनों के लिए रुकना पड़ा।

क्यों—कोई आवश्यक काम आ पड़ा क्या?

हाँ, पहले मैं तुम्हारे त्याग की ही परीक्षा करूँगी, फिर दूसरों के किवाड़ खटखटाऊँगी।

शैला! सुनूँ भी। मुझे क्या परीक्षा देनी है?

तितली बड़ी विपत्ति में पड़कर सहायता के लिए आई है। उसका शेरकोट बेदखल हो रहा

है। बनजरिया पर भी लगान की डिग्री हो गई है। उधर आपके तहसीलदार ने एक फौजदारी करवा दी है, जिसमें मधुबन पर पुलिस ने वारण्ट निकलवाया है। और भी, बिहारी जी के महन्त ने डार्क का मुकदमा भी उस पर चलाया है। मधुबन का पता नहीं। तितली का कोई सहायक नहीं। उसके ब्याह के बाद ही गाँव वालों का एक विरोध-दल इन लोगों के विनाश का उपाय सोच रहा था। हम लोगों के हटते ही यह सब हो गया। क्या उसको तुम कानूनी सहायता दे सकोगे?

एक साँस में यह सब कहकर शैला उत्सुकता से उत्तर की प्रतीक्षा करने लगी। इन्द्रदेव चुप रहे। फिर धीरे-धीरे उन्होंने कहा—मैं अब उस गाँव के सम्बन्ध में कुछ करना नहीं चाहता। शैला! तुम जानती हो कि इसका क्या फल होगा?

मैं सब जानती हूँ। पर तुम अभी कह रहे थे कि मैं जाकर वहाँ सुधार का काम अधिक वेग से आरम्भ करूँ। यदि मेरे कुछ समर्थकों को इस तरह दमन हो जायेगा, तो मैं क्या कर सकूँगी? अभी तो चकबन्दी के लिए कितने झगड़े उठाये जायेंगे। तो मैं समझ लूँ कि तुम मुझे कानूनी सहायता भी न दोगे!

मैं तो श्रमजीवी हूँ शैला! मुझे जो भी फीस देगा, उसी का काम करने के लिए मुझे परिश्रम करना पड़ेगा।

तुमको फीस चाहिए! क्या कहते हो इन्द्रदेव! इसीलिए तितली की सहायता करने में तुम आनाकानी कर रहे हो न?—शैला की वाणी में वेदना थी।

अपनी जीविका के लिए मैं अब दूसरा कोई काम खोज लूँ। फिर और लोगों का काम बिना कुछ लिए ही कर दिया करूँगा। तब तक के लिए क्या तुम मुझे क्षमा नहीं कर सकती हो?—इन्द्रदेव की मुक्तिमयी निश्चिन्त अवस्था व्यंग्य कर उठी।

शैला के हृदय में जो आन्दोलन हो रहा था। उसे और भी उद्वेलित करते हुए इन्द्रदेव ने फिर कहा—और यह पाठ भी तो तुम्हीं से मैंने पढ़ा है। उस दिन, तुमने जब मेरा प्रस्ताव अस्वीकार करते हुए कहा था कि काम किये बिना यहाँ रहना मेरे लिए असम्भव है, अपनी रियासत में मुझे एक नौकरी और रहने की जगह देकर बोझ से तुम इस समय के लिए छुट्टी पा जाओ, तब तुम्हारी जो आज्ञा थी, वही तो मैंने किया। अपने इस त्यागपत्र में नील-कोठी को सर्वसाधारण कामों-अर्थात् औषधालय, पाठशाला और हो सके तो ग्राम-सुधार सम्बन्धी अन्य कार्यालय—के लिए, दान करते हुए मैंने एक निधि उसमें लगा दी है, जिसका निरीक्षण तुमको ही आजीवन करना होगा। उसके लिए तुम्हारा वेतन भी नियत है। इसके अतिरिक्त...

ठहरो इन्द्रदेव! क्या तुम मुझे बन्दी बनाना चाहते हो? मैं यदि अब वह काम न करूँ तो?—बीच ही में रोककर शैला ने पूछा।

नहीं क्यों? तुमने मुझे जो प्रेरणा दी है, वही करके भी मैं क्या भूल कर गया? और तुमने तो उस दिन दीक्षा लेते हुए कहा था कि 'तुम्हारे और समीप होने का प्रयत्न कर रही हूँ,' तो क्या यह सब करके भी मैं तुम्हारे समीप होने नहीं पाऊँगा?

क्यों नहीं?—कहते हुए सहसा नन्दरानी ने उसी कमरे में प्रवेश किया।

शैला और इन्द्रदेव दोनों ही जैसे एक आश्चर्यजनक स्वप्न देखकर चौंक उठे।

फिर नन्दरानी ने हँसते हुए कहा—मिस शैला, आप मुझे क्षमा करेंगी। मैं अनधिकार प्रवेश कर आई हूँ। इन्द्रदेव से क्षमा माँगने की तो मैं आवश्यकता नहीं समझती।

इन्द्रदेव जैसे प्रकृतिस्थ होकर बोले—बैठिए भाभी! आप भी क्या कहती हैं!

शैला ने लज्जा से अब अवसर पाकर नन्दरानी को नमस्कार किया। नन्दरानी ने हँसकर कहा—तो मैं तुम दोनों को ही आशीर्वाद देती हूँ, यह जोड़ी सदा प्रसन्न रहे।

अभिमान से भरा हुआ शैला का हृदय अपने को ही टटोल रहा था—क्या मेरे समीप आने के लिए ही इन्द्रदेव का वह त्याग है?—यह प्रश्न भीतर-भीतर स्वयं उत्तर बन गया।

शैला ने नन्दरानी की प्रसन्न आकृति में विनोद की मात्रा देखी, वह क्षण भर के लिए अपने को वास्तविक जगत् में देख सकी, उसने एक साँस में निश्चिय किया कि 'हाँ' कह दूँ, किन्तु अब प्रस्ताव करने में कौन आगे बढ़े? वह लज्जा और आनन्द से मुस्करा उठी।

नन्दरानी ने भाव पहचानते ही कहा—मिस शैला! जब तुम इन्द्रदेव को बहुत दूर तक अपने पथ पर खींच लाई हो, तब यों अकेले छोड़ देना क्या कायरता नहीं? बोलो, मैं किस दिन अपने इष्ट-मित्रों को निमंत्रित करूँ? मुझे इन्द्रदेव का ब्याह करने का अधिकार है। मैं उनकी कुटुम्बिनी हूँ। अब मुझे केवल तुम्हारी स्वीकृति चाहिए।

शैला का सिर नीचे झुका हुआ था। उसकी ठुड्डी उठाकर नन्दरानी ने कहा—अब बहाना करने से काम नहीं चलेगा। कहो 'हाँ, बस मैं सब कर लूँगी।

बहन! मैं स्वीकार करती हूँ। परन्तु इधर मेरे मन की जो दशा है, वह जब तक तितली का कुछ उपाय...

चुप भी रहो; तितली, बुलबुल, कोयल, सबों का स्वागत होगा। पहले वसन्त का उत्सव तो होने दो। मैं तितली को अपने पास रखूँगी। और इन्द्रदेव को उसकी सहायता करनी होगी।

शैला को चुप देखकर फिर नन्दरानी ने कहा। इन्द्रदेव! तुम बोलते क्यों नहीं? क्या मैं तुम्हारी वकालत करूँ और तुम बुद्धू बैरिस्टर बनकर बैठे रहो?

इन्द्रदेव हँसकर बोले—भाभी! संसार में कई तरह के न्यायालय होते हैं। आज जिस न्यायालय में मैं खड़ा हूँ, वहाँ आप जैसे वकीलों का ही अधिकार है।

तो फिर मैं ही तुम्हारी ओर से स्वीकृति देती हूँ। कल अच्छा दिन है। यहीं मेरे बँगले में यह परिणय होगा। इन्द्रदेव, तुम्हारा महत्त्वपूर्ण आडम्बर हट गया है, तब तुम अपने मनुष्य के रूप में वास्तविक स्वतंत्रता का सुख लो। केवल स्त्री और पुरुष का ही

संयोग जटिलताओं से नहीं भरा है। संसार के जितने सम्बन्ध-विनिमय हैं, उनमें निर्वाह की समस्या कठिन है। तुम जानते हो कि मैंने उनका त्यागपत्र फाड़ कर फेंक दिया और रजिस्ट्री कराने के लिए उन्हें नहीं जाने दिया। उनसे सब अधिकार लेकर मैं उनको अपदस्थ करके नहीं रखना चाहती। वे मेरे देवता हैं। उनकी बुराइयाँ तो मैं देख ही नहीं पाती हूँ। हाँ, अर्थ-संकट है सही, पर यही उनकी मनुष्यता है। धोखा देकर कई बार उनसे कुछ हँस लेने वाले मित्र भी फिर उनसे कुछ ले लेने की आशा रखते हैं। क्या यह मेरे गौरव की वस्तु नहीं है? मैंने उनका त्यागपत्र अस्वीकार कर दिया है; परन्तु अब मैं अर्थसचिव बन गई हूँ। अब वे सीधे मेरे पास सब कुछ भेज देते हैं। मैं कहती हूँ कि पुरुष और स्त्री को ब्याह करना ही चाहिए। एक-दूसरे के सुख-दुःख और अभाव-आपदाओं को प्रसन्नता में बदलने के लिए सदैव प्रयत्न करता रहे। एक की कमी दूसरे को पूरी करनी चाहिए। इसीलिए तुम दोनों को मैं एक में बाँध देना चाहती हूँ।

शैला ने इन्द्रदेव की ओर जिज्ञासा भरी दृष्टि से देखा। इन्द्रदेव ने मिसिर को पुकार कर कहा—देखो, तितली नाम की एक स्त्री बाहर है, उसे बुला लाओ।

तितली आई। उसने नमस्कार किया। इन्द्रदेव ने कुर्सी दिखलाकर कहा—बैठो।

सहसा उनके मन में वह बात चमक गई जो उनके और तितली के ब्याह के लिए धामपुर में एक बार अदृष्ट का उपहास बनकर फैल गई थी। फिर प्रकृतिस्थ होकर, तितली के बैठ जाने पर, इन्द्रदेव ने कहा—मुझे तुम्हारी सब बातें मालूम हैं। मैं सब तरह की सहायता करूँगा। किन्तु जब मधुबन इस समय कहीं जाकर छिप गया है, तब सोच-समझ कर कुछ करना होगा। मैं उसका पता लगाने का प्रयत्न करूँगा। और रह गया शेरकोट, उसका कागज मैं देख लूँगा तब कहूँगा। बनजरिया का लगान जमा करवा दूँगा। फिर उसका भी प्रबन्ध कर दिया जायेगा। तब तक तुम यहीं रहो। क्यों शैला! कल के लिए तुम तितली को निमंत्रित न करोगी?

तितली ने चुपचाप सुन लिया। शैला ने कहा—तितली! कल के लिए, मेरी ओर से निमंत्रण है, तुमको यहीं रहना होगा।

तितली के मुँह पर उस निरानन्द में भी एक स्मित-रेखा झलक उठी!

दूसरे दिन, वैवाहिक उत्सव के समाप्त हो जाने पर, तितली वहाँ से बिना कुछ कहे-सुने कहीं चली गई। शैला और इन्द्रदेव ही उसको बहुत खोजते रहे।

आठ

चुनार की एक पहाड़ी कन्दरा में रहते हुए, मधुबन को कई सप्ताह हो चुके थे। वह निस्तब्ध रजनी में गंगा की लहरों का, पहाड़ी के साथ टकराने का, गम्भीर शब्द सुना करता।

उसके हृदय में भय, क्रोध और घृणा का भयानक संघर्ष चला करता। उसके जीवन में आरम्भ से ही अभाव था, पर वह उसे उतना नहीं अखरता था जितना यह एकान्तवास। सब कुछ मिलकर भी जैसे उसके हाथ से निकल गया। छोटी-सी गृहस्थी; उसमें तितली-सी युवती का सावधानी से भरा हुआ मधुर व्यवहार; और भी भविष्य की कितनी ही मधुर आशाएँ सहसा जैसे आने वाले पतझड़ के झपेटे में पड़कर पत्तियों की तरह बिखर कर तीन-तेरह हो गईं।

वह अपने ही स्वार्थ को देखता, दूसरों के पचड़े में न पड़ा होता, तो आज यह दिन देखने की बारी न आती। उसने मन-ही-मन विचार किया कि समूचा जगत् मेरे लिए एक षड्यन्त्र रच रहा था। और मूर्ख मैं, एक भावना में पड़कर, एक काल्पनिक महत्त्व के प्रलोभन में फँसकर, आज इस कष्ट में कदर्थित हो रहा हूँ।

उसके जीवन का गणित भ्रामक नहीं था। और फल अशुद्ध निकलता दिखाई पड़ रहा है। तब यह दोष उसका हो ही नहीं सकता। नहीं, इसमें अवश्य किसी दूसरे का हाथ है!

मुझे पिशाच के भयानक चंगुल में फंसाकर सब निर्विघ्न आनन्द ले रहे हैं। कौन। राजो... तितली...मैना...सुखदेव...तहसीलदार...और शैला! सब चुपचाप? तब मैं कितनी दिनों तक छिपा-छिपा फिरूँगा? और शेरकोट, बनजरिया, उसमें तितली का सुन्दर-सा मुख सोचते-सोचते उसे झपकी आ गई। भूख से भी वह पीड़ित था। दिन ढल रहा था; परन्तु जब तक रात न हो जाय, बाजार तक जाने में वह असमर्थ था। उसकी निद्रा स्वप्न को खींच लाई।

उसने देखा—तितली हँसती हुई अपनी कुटिया के द्वार पर खड़ी है। उधर से इन्द्रदेव घोड़े पर उसी जगह आकर उतर गये। उन्होंने तितली से कुछ पूछा और तितली ने मन्द मुस्कान के साथ न जाने क्या उत्तर दिया। इन्द्रदेव प्रसन्न से फिर घोड़े पर चढ़कर चले गये।

उस समय अपने को उसने धुमची की लता की आड़ में पाया। वह छिपकर देख रहा है।—हाँ।

फिर सुखदेव आता है। वह भी तितली से बात करके चला जाता है। स्वप्न की संध्या दिन को दुलकाकर रात को बुला लाई। अँधेरा हो गया। तारे निकल आये। उसे फुसफुसाहट सुनाई पड़ी। तितली अपने अंचल में दीप लिये किसी को पथ दिखलाने के लिए खड़ी है। उसका मुख धूमिल है। वह घबराई-सी जान पड़ती है।

दूसरा दृश्य, अन्धकार में और भी मलिन, कलुषपूर्ण हृदय की भूमिका में अत्यन्त विकृत होकर प्रतिभासित हो उठा। शेरकोट—खँडहर, उसमें भीतर यह लिपी-पुती चूने से चमकीली एक छोटी-सी कोठरी! और राजो बन-ठन कर बैठी है। क्यों? किवाड़ बन्द है। भीतर ही वह शीशे में अपना रूप देख रही है। बाहर किवाड़ों पर खट-खट का शब्द होता है। वह मुस्कराकर उठ खड़ी होती है।

स्वप्न देखते हुए भी मधुबन और बलपूर्वक पलकों को दबा लेता है। आँखें जो बन्द थीं, वह मानो फिर से बन्द हो जाती हैं। आगे का दृश्य देखने में वह असमर्थ है।

तब, वह पुरुष है। उसको मान के लिए मर मिटना चाहिए; परन्तु यह नीच व्यापार यों

ही चलता रहे। कुत्सित प्राणियों का कालिमापूर्ण...नहीं...अब नहीं। संसार उसको अपने एक कोने में, सुख नहीं, आनन्द नहीं, किसी तरह जीवन को बिता लेने के लिए भी अवसर नहीं देना चाहता। तो जिनको मैं परमप्रिय मानता हूँ, उनका अपमान, चाहे वह उन्हीं की स्वीकृति से हो रहा हो—नहीं होने दूँगा। नहीं—वह सपने का वीर हुंकार कर उठा।

पहले तितली ही—हाँ, उसी का गला घोंटना होगा। उसे प्यार करता हूँ। नहीं तो संसार में न जाने क्या कहाँ हो रहा है, मुझे क्या? नहीं, तितली को मेरी रक्षा के बाहर संसार में जाने से अपमान, कुत्सा और दुःख भोगना पड़ेगा। मैं चढ़ूँगा फाँसी पर और चढ़ने के पहले एक बार सबको जी खोलकर गाली दूँगा। संसार को—हाँ, इसी पाजी, नीच और कृतघ्न संसार को—जिसने मेरा मूल्य नहीं समझा और मुझे हाहाकार में व्यथित देखकर धीरे-धीरे मुस्कराता हुआ अपनी चाल पर चला जा रहा है...यह क्या रहने के उपयुक्त है? तब...ठीक तो...अन्धकार है।

वह फिर उसी बनजरिया में घुसता है।

फिर तितली का भोला-सा सुन्दर मुख!

उसका साहस विचलित होता है। शरीर काँपने लगता है और आँखें खुल जाती हैं। वह पसीने से तर उठ बैठता है।

दिन ढल चुका है। वह धीरे-धीरे अपनी कन्दरा से बाहर आया। गंगा की तरी में खेत सुनसान पड़े थे। फसल कट चुकी थी। दूर पर किले की भद्दी प्राचीन ऊँची होकर दिखाई पड़ी। वह धीरे-धीरे बाजार की ओर न जाकर किले की ओर चला। सूर्य डूब रहा था। अभी भी कोयले से भरी हुई छोटी-छोटी हाथ-गाड़ियाँ रिफार्मेटरी के लड़के ढकेल रहे थे। मधुबन ने आँख गड़ाकर देखा; वह, वह, रामदीन तो नहीं है। है तो वही।

वह वेग से चलने लगा और रामदीन के पास जा पहुँचा। उसने कहा—रामदीन!

रामदीन ने एक बार इधर-उधर देखा, फिर जैसे प्रकृतिस्थ हो गया। इधर कई महीनों से वह धामपुर को भूल गया था। उसे अच्छा खाना मिलता। काम करना पड़ता। तब अन्य बातों की चिन्ता क्यों करे? आज सामने मधुबन! क्षण भर में उसे अपने बन्दी-जीवन का ज्ञान हो गया। वह स्वतन्त्रता के लिए छटपटा उठा।

मधुबन बाबू!—वह चीत्कार कर उठा।

क्या तू छूट गया रे, नौकरी कर रहा है?

नहीं तो, वही जेल का कोयला ढो रहा हूँ।

और कौन है तेरे साथ?

कोई नहीं, यही अन्तिम.गाड़ी थी। मैं ले जा रहा हूँ और लोग आगे चले गये हैं।

दूर पर प्रशान्त सन्ध्या की छाती को धड़काते हुए कोई रेलगाड़ी स्टेशन की ओर आ रही थी। बिजली की तरह एक बात मधुबन के मन में कौंध उठी। उसने पूछा—मैं कलकत्ता जा रहा हूँ—तू भी चलेगा?

रामदीन—नटखट रामदीन! अवसर मिलने पर कुछ उत्पात—हलचल—उपद्रव मचाने का आनन्द छोड़ना नहीं चाहता। और मधुबन तो संसार की व्यवस्था के विरुद्ध हो ही गया था। रामदीन ने कहा—सच चल।

हाँ, चल!

रामदीन ने एक बार किले की धुंधली छाया को देखा और वह स्टेशन की ओर भाग चला। पीछे-पीछे मधुबन!

गाड़ी के पिछले डब्बे प्लेटफार्म के बाहर लाइन में खड़े थे। प्लेटफार्म के ढालुवे छोर पर खड़े होकर गार्ड ने धीरे-धीरे हरी झंडी दिखाई। उस जगह पहुँचकर भी मधुबन और रामदीन हताश हो गये थे। टिकट लेने का समय नहीं। गाड़ी चल चुकी है, उधर लौटने से पकड़े जाने का भय। गार्ड वाला डब्बा गार्ड के समीप पहँचा। दूर खड़े स्टेशन मास्टर से कुछ संकेत करते हुए अभ्यस्त गार्ड का पैर, डब्बे की पटरी पर तो जा पहुँचा; पर वह चूक गया! दूसरा पैर फिसल गया। दूसरे ही क्षण कोई भयानक घटना हो जाती, परन्तु मधुबन ने बड़ी तत्परता से गार्ड को खींच लिया। गाड़ी खड़ी हुई। स्टेशन पर आकर गार्ड ने मधुबन को दस रुपये का एक नोट देना चाहा। उसने कहा—नहीं, हम लोग देहाती हैं, कलकत्ता जाना चाहते हैं। गार्ड ने प्रसन्नता से उन दोनों को अपने डब्बे में बिठा लिया।

गाड़ी कलकत्ता के लिए चल पड़ी।

उसी समय बनजरिया में उदासी से भरा हुआ दिन ढल रहा था। सिरिस के वृक्ष के नीचे, अपनी दोनों हथोलियों पर मुँह रखे हुए, राजकुमारी, चुपचाप आँसू की बूँदें गिरा रही थी। उसी के सामने, बटाई के खेत में से आये हुए, जौ-गेहूँ के बोझ पड़े थे। गऊ उसे सुख से खा रही थी। परन्तु राजकुमारी उसे हाँकती न थी।

मलिया भी पीठ पर रस्सी और हाथ में गगरी लिए पानी भरने के लिए दूसरी ओर चली जा रही थी।

राजकुमारी मन-ही-मन सोच रही थी—मैं ही इन सब उपद्रवों की जड़ हूँ। न जाने किस बुरी घड़ी में, मेरे सीधे-सादे हृदय में, संसार की अप्राप्त सुख-लालसा जागे उठ थी, जिससे मेरे सुशील मधुबन के ऊपर यह विपत्ति आई। तितली भी चली गई। उसका भी कुछ पता नहीं। सुना है कि कल तक लगान का रुपया न जमा हो जायेगा, तो बनजरिया भी हम लोगों को छोड़ना पड़ेगा। हे भगवान्!

वैशाख की सन्ध्या आई। नारंगी के हलके रंग वाले पश्चिम के आकाश के नीचे, सन्ध्या का प्राकृतिक चित्र मधुर पवन से सजीव हो हिल रहा था। पवन अस्पष्ट गति से चल रहा था। उसमें अभी कुछ-कुछ शीतलता थी! सूर्य की अन्तिम किरणें भी डूब चुकी थीं; किन्तु राजकुमारी की भावनाओं का अन्त नहीं!

सहसा तितली ने पास आकर कहा—मलिया कहाँ गई? जीजी! क्या तुमने गऊ के ही खाने के लिए इतना-सा बोझ यहाँ डाल दिया है?

वही दृढ़ स्वर! वही अविचल भाव!

राजो ने चौंककर उसकी ओर देखा—तितली! तू आ गई! मधुबन का पता लगा? मुकदमे में क्या हुआ?

कहीं पता नहीं लगा। और न तो उनके बिना आये मुकदमा ही चलता है। तब तक हम लोगों को मुँह सीकर तो रहना नहीं होगा जीजी! जीना तो पड़ेगा ही; जितनी साँसें आने-जाने को हैं, उतनी चल कर ही रहेंगी। फिर यह क्या हो रहा है?—कहकर उसने गऊ को हाँकते हुए अपनी छोटी-सी गठरी रख दी।

आग लगे ऐसे पेट में। जीकर ही क्या होगा। भगवान् मुझे उठा ही लेते, तो क्या कोई उनको अपराध लगता! मैं तो...!

मैं भी तुम्हारी-सी ही बात सोचकर छुट्टी पा जाती जीजी! पर क्या करूँ, मैं वैसा नहीं कर सकती। मुझे तो उनके लौटने के दिन तक जीना पड़ेगा। और जो कुछ वे छोड़ गये हैं, उसे सम्हाल कर उनके सामने रख देना होगा।

तितली की प्रशान्त दृढ़ता देखकर राजो झल्ला उठी। वह मन-ही-मन सोचने लगी—पढ़ी—लिखी स्त्रियाँ क्या ऐसी ही होती हैं? इतनी विपत्ति में भी जैसे इसको कुछ दुख नहीं! न जाने इसके मन में क्या है!

मनुष्य इसी तरह प्रायः दूसरे को समझा करता है। उसके पास थोड़ा-सा सत्यांश और उस पर अनुमानों का घटाटोप लादकर वह दूसरे के हृदय की ऐसी ही मिथ्या मूर्ति गढ़ कर संसार के सामने उपस्थित करते हुए निःसंकोच भाव से चिल्ला उठता है कि लो यही है वह हृदय, जिसको तुम खोज रहे थे। मूर्ख मानवता!

राजकुमारी ने एक वार और भी किया—तितली! कल लगान का रुपया न जमा होने से बनजरिया भी जायेगी।

तितली ने गठरी खोल कर अपना कड़ा, और भी दो-एक जो अँगूठी-छल्ला था, राजकुमारी के सामने रख दिया।

राजो ने पूछा—यह क्या?

इसको बेच कर रुपये लाओ जीजी। लगान का रुपया देकर जो बचे उससे एक दालान यहीं बनवाना होगा। मैं यहाँ पर कन्या-पाठशाला चलाऊँगी। और खेती के सामान में जो कुछ कमी हो, उसे पूरा करना होगा। गायें बेच दो! आवश्यकता हो तो बैल खरीद लेना। तुम देखो खेती का काम, और मैं पढ़ाई करूँगी। हम लोगों को इस भीषण संसार से तब तक लड़ना होगा, जब तक वे लौट नहीं आते।

फिर ठहर कर तितली ने कहा—जी मिचलाता है, थोड़ा जल दो जीजी!

अन्तःसत्वा तितली के उस उत्साह भरे पीले मुँह को राजो आश्चर्य से देख रही थी। मलिया ने आकर उसका पैर छू लिया। बनजरिया में दीया जल उठा।

तितली

चतुर्थ खण्ड

एक

मधुबन और रामदीन दोनों ही, उस गार्ड की दया से, लोको आफिस में कोयला ढोने की नौकरी पा गये। हबड़ा के जनाकीर्ण स्थान में उन दोनों ने अपने को ऐसा छिपा लिया, जैसे मधु-मक्खियों के छत्ते में कोई मक्खी। उन्हें यहाँ कौन पहचान सकता था। सारा शरीर काला, कपड़े काले और उनके लिए संसार भी काला था। अपराध करके वे छिपना चाहते थे।

संसार में अपराध करके प्रायः मनुष्य अपराधों को छिपाने की चेष्टा नित्य करते हैं। जब अपराध नहीं छिपते तब उन्हें ही छिपना पड़ता है। और अपराधी संसार उनकी इसी दशा से सन्तुष्ट होकर अपने नियमों की कड़ाई की प्रशंसा करता है। वह बहुत दिनों से सचेष्ट है कि संसार से अपराध उन्मूलित हो जाएँ। किन्तु अपनी चेष्टाओं से वह नये-नये अपराधों की सृष्टि करता जा रहा है।

हाँ, तो वे दोनों अपराधी थे। कोयले की राख उनके गालों और मस्तक पर लगी रहती, जिसमें आँखें विलक्षणता से चमका करतीं। मधुबन प्रायः रामदीन से कहा करता—जैसा किया उसका फल तो खूब मिला। मुँह में कालिख लगाकर देश-निकाला इसी को न कहते हैं?

भइया, सबका दिन बदलता है। कभी हम लोगों का दिन पलटेगा—रामदीन ने कहा।

उस दिन दोनों को छुट्टी मिल गई थी। उनके टीन से बने मुहल्ले में अभी सन्नाटा था। अन्य कुली काम पर से नहीं आये थे। सूर्य की किरणें उनकी छाजन के नीचे हो गई थी। उनका घर पूर्व के द्वार वाला था। सामने एक छोटा-सा गढ़ा था, जिसमें गँदला पानी भरा था। उसी में वे लोग अपने बरतन माँजते थे। एक बड़ा-सा ईंटों का ढेर वहीं पड़ा था, जो चौतरे का काम देता है। मधुबन मुँह साफ करने के लिए उसी गढ़े के पास आया। घृणा से उसको रोमांच हो आया। उसकी आँखों में ज्वाला थी। शरीर भी तप रहा था। ज्वर के पूर्व लक्षण थे। वह अँजली में पानी भरकर उँगलियों की संधि से धीरे-धीरे गिराने लगा। रामदीन एक पीतल का तसला माँज रहा था। वहाँ चार ईंटों की एक चौकी थी। चिरकिट उस चौकी पर अपना पूर्ण अधिकार समझता था। वह जमादार था। आज उसके न रहने पर ही रामदीन वहीं बैठकर तसला धो रहा था।

मधुबन ने कहा—रामदीन, उस बम्बे से आज एक बाल्टी पानी ले आओ। मुझे ज्वर हो आया है। उसमें से एक लोटा गरम करके मेरे सिरहाने रख देना! मैं सोने जाता हूँ।

भइया, अभी तो किरन डूब रही है। तनिक बैठे रहो। अभी दीया जल जाने दो।—रामदीन ने अभी इतना ही कहा था कि चिरकिट ने दूर से ललकारा—

कौन है रे चौतरिया पर बैठा?

रामदीन उठने लगा था। मधुबन ने उसे बैठे रहने का संकेत किया। वह कुछ बोला भी नहीं, उठा भी नहीं। चिरकिट यह अपमान कैसे सह सकता। उसने आते ही अपना बरतन रामदीन के ऊपर दे मारा। मधुबन को कोयले की कालिमा से जितनी घृणा थी, उससे अधिक थी चिरकिट के घमंड से। वह आज कुछ उत्तेजित था। मन की स्वाभाविक क्रिया कुछ तीव्र हो उठी। उसने कहा—यह क्या चिरकिट! तुमने उस बेचारे पर अपने जूठे बरतन फेंक दिये!

फेंक तो दिये, जो मेरे चौतरिया पर बैठेगा वही इस तरह...वह आगे कुछ कह न सके, इसलिए मधुबन ने कहा—चुप रहो, चिरकिट तुम पाजीपन भी करते हो और सबसे टर्राते हो! यह बरतन माँजकर ईंटें नहीं उठा ले जायेगा। हट जाता है तो तुम भी माँज लेना।

नहीं, उसको अभी हटना होगा।

अभी तो न हटेगा। गरम न हो। बैठ जाओ। वह देखो, तसला धुल गया।

क्रोध से उन्मत्त चिरकिट ने कहा—यहाँ धाँधली नहीं चलेगी। ढोयेंगे कोयला, बनेंगे ब्राह्मण-ठाकुर। तुम्हारा जनेऊ देखकर यहाँ कोई न डरेगा। यह गाँव नहीं है, जहाँ घास का बोझ लिये जाते भी तुमको देखकर खाट से खड़ा होना पड़ेगा!

मधुबन ने अपने छोटे कुर्ते के नीचे लटकते हुए जनेऊ को देखा, फिर उस चिरकिट के मुँह की ओर। चिरकिट उस विकट दृष्टि को न सह सका। उसने मुँह नीचे कर लिया

था, तब भी झापड़ लगा ही। वह चिल्ला उठा—अरे मनवा, दौड़ रे! मार डाला रे!

कुली इकट्ठे हो गये। मधुबन उन सबों में अविचल खड़ा रहा। उसने सोचा कि "अभी समय है। यदि झगड़ा बढ़ा और पुलिस तक पहुँचा तो फिर...?" क्षण भर में उसने कर्तव्य निश्चित कर लिया। कड़ककर बोला—सुनो चिरकिट! समय पड़ने पर मेहनत-मजूरी करके खाने से जनेऊ नीचा नहीं हो जायेगा। आज से फिर कभी तुम ऐसी बात न बोलना; और तुमको मेरा यहाँ रहना बुरा लगता हो तो लो, हम लोग चले। जहाँ हाथ-पैर चलावेंगे वहीं पैसा लेंगे।

रामदीन समझ चुका था। उसने कम्बल की गठरी बाँधी; दोनों चले। मधुबन को रोककर कुलियों को उससे झगड़ा करने का उत्साह न हुआ। उसकी भी कलकत्ते में रहने की इच्छा थी। हावड़ा के पुल पर आकर उसने एक नया संसार देखा। जनता का जंगल! सब मनुष्य जैसे समय और अवकाश का अतिक्रमण करके, बहुत शीघ्र, अपना काम कर डालने में व्यस्त हैं। वह चकित-सा चला जा रहा था। घूमता हुआ जब मछुआ बाजार के भीड़ से आगे बढ़ा तो उसको ज्वर अच्छी तरह हो आया था। फिर भी उसे विश्राम के लिए इस जनाकीर्ण नगर में कहीं स्थान न था।

पटरी पर एक जगह भीड़ लग रही थी। एक लड़का अपनी भद्दी संगीतकला से लोगों का मनोरंजन कर रहा था। रामधारी पांडे एक मारवाड़ी कोठी का जमादार था। उसके साथ दस-बारह बलिष्ठ युवक रहते थे। उसके नाम के लिए तो नौकरी थी, परन्तु अधिक लाभ तो उसको इन नवयुवकों के साथ रहने का था। सब लोग, इस कानून के युग में भी, बाहुबल से कुछ आशा, भय और सहानुभूति रखते थे। सुरती-चूना मलते हुए प्रायः तमोली की दूकान पर वह बैठा दिखाई पड़ता और एक-न-एक तमाशा लगाये रहने से बाजार में उसके बहुत-से काम सधा करते थे। रहीम नाम का एक बदमाश मछुआ में उन दिनों बहुत तप रहा था। इसीलिए रामधारी की पाँचों उँगलियाँ घी में थीं!

रहीम के दल का ही वह लड़का था। उसका काम था, कहीं भी खड़े होकर नाच-गाकर कुछ भीड़ इकट्ठी कर लेना। उसी समय उसके अन्य साथी गिरहकट लड़के जेब कतरते थे। उन सबों की रक्षा के लिए रहीम के दो-एक चर भी रहते थे, जो आवश्यकता होने पर दो-चार हाथ इधर-उधर चलाकर लड़कों के भागने में सहायता करते थे। रामधारी और रहीम में सन्धि थी। साधारण बातों पर वे लोग कभी झगड़ते न थे। जिनसे पूरी थैली मिलती, उनके लिए कभी-कभी दो-चार खोपड़ियों का रक्त निकाल दिया जाता था, वह भी केवल दिखाने के लिए!

कलकत्ता में यह व्यापार खुली सड़क पर चला करता। हाँ, तो वह लड़का गा रहा था। भीड़ इकट्ठी थी। कोई अच्छी-सी ठुमरी का टुकड़ा, उसके कोमल कंठ से निकलकर, लोगों को उलझाए था। इतने ही में भीड़ के उसी ओर, जिधर मधुबन खड़ा

था, गड़बड़ी मची। किसी मारवाड़ी युवक का जेब कटा। उसने गिरहकट का हाथ नोट के पुलिन्दों के साथ पकड़ा, साथ ही चमड़े के हण्टर की गाँठ उसके सिर पर बैठी। वह अभी तिलमिला ही रहा था कि रामधारी ने देखा कि उसे युवक की कोठी से कुछ मिलता है। अब उसका बोलना धर्म हो गया। उसने 'हाँ-हाँ' करते हुए उछल कर मारने वालों को पकड़ ही लिया। फिर भी पांडे ने भूल की। उसका कोई साथी वहाँ न था। उधर रहीम के दल वाले वहाँ उपस्थित थे। फिर क्या, चल गई। रामधारी पूरी तरह से घिर गया, और वह अधेड़ भी था। तब भी उसकी वीरता देखते ही बनी। मधुबन तो इस अवसर से अपने को कभी वंचित नहीं कर सकता था। वह भी एक कोना पकड़कर यह दृश्य देखने लगा। तीन-चार मिनट में एक काण्ड हो गया। कई दर्शकों के भी सिर फटे और रामधारी केले के छिलके पर फिसलकर गिर चुका था। सहसा मधुबन ने रहीम के दल वाले के हाथ से लकड़ी छीन ली और उधर नटखट रामदीन ने उस लड़के के हाथ से नोटों का बंडल पहले ही झटक लिया था। मधुबन ने जब रहीम के दल को भागने के लिए बाध्य किया, तब तक रामधारी के साथी और उधर से रहीम के दल वाले और भी जुट गये थे। इतने में पुलिस का हल्ला भी पहुँचा।

अब तक जो युवक चुपचाप बड़ी तन्मयता से मधुबन के शरीर और उसके लाठी चलाने को देख रहा था, उसके पास आकर बोला—तुम पकड़े जाना न चाहते हो तो मेरे साथ आओ।

मधुबन समझ गया। युवक के पीछे मधुबन और रामदीन एक दूसरी गली में घुस गये।

उस गली के भीतर भी, कितने मोड़ों से घूमते हुए वे लोग जब एक छोटे-से घर के किवाड़ों को खोलकर भीतर घुसे, तो मधुबन ने देखा कि यहाँ दरिद्रता का पूरा साम्राज्य है। एक गगरी में जल और फटे हुए गूदड़ का बिछावन, बस और कुछ नहीं!

युवक ने कहा—मैं समझता हूँ कि तुमको नोटों की आवश्यकता नहीं है; क्योंकि उन्हें लेकर जब तुम कहीं भुनाने जाओगे, तुरन्त वहीं पकड़ लिए जाओगे इसलिए उन्हें तो मेरे पास रख छोड़ो और लो यह पाँच रुपये। अपने लिए सामान रखकर दो-चार दिन यहीं कोठरी में पड़े रहो। फिर देखा जायेगा।

इतना कहकर उसने एक हाथ तो नोटों के लेने के लिए बढ़ाया और दूसरे से पाँच रुपये देने लगा। मधुबन चकित होकर उसका मुँह देखने लगा—कैसे नोट?

इतने में रामदीन ने नोटों का बंडल निकालकर सामने रख दिया। मधुबन ने पूछा—अरे तूने इतने नोट कहाँ से पाये? क्या उससे तूने छीन लिया पाजी ! क्या फिर यहाँ चोरी में पकड़वायेगा।

यह है कलकत्ता ! मालूम होता है कि तुम लोग अभी नये आये हो। भाई यहाँ तो

छीना-झपटी चल रही है। तुम्हें धर्म के नाम पर भूखे मरना हो तो चले जाओ गंगा-किनारे। लाखों पर हाथ साफ करके सवेरे नहाने वाले किसी धार्मिक की दृष्टि पड़ जायेगी तो दो-एक पाई तुम्हें दे ही देगा। नहीं तो हाथ साफ करो, खाओ-पियो, मस्त पड़े रहो।

मधुबन आश्चर्य से उसका मुँह देख रहा था। युवक ने धीरे से नोटों के बंडल को उठाते हुए फिर कहा—आनन्द से यहीं पड़े रहो। देखो, उधर जो काठ का टूटा सन्दूक है, उसे मत छूना। मैं कल फिर आऊँगा। कोई पूछे तो कह देना कि बीरू बाबू ने मुझे नौकर रखा है। बस।

वह युवक फिर और कुछ न कहकर चला गया। मधुबन हक्का-बक्का-सा स्थिर दृष्टि से उस भयानक और गंदी कोठरी को देखने लगा। उसका सिर घूम रहा था। वह किस भूलभुलैया में आ गया। यह किस नरक में जाने का द्वार है? यही वह बार-बार अपने मन से पूछ रहा था। उसने परदेश में फिर वही मूर्खतापूर्ण कार्य क्यों किया, जिसके कारण उसे घर छोड़कर इधर-उधर मुँह छिपाना पड़ रहा है। मरता वह, मुझे क्या जो दूसरे का झगड़ा मोल लेकर यहाँ भी वही भूल कर बैठा जो धामपुर में एक बार कर चुका था। उसे अपने ऊपर भयानक क्रोध आया। उसके घाव भी ठंडे होकर दुख रहे थे। रामदीन भी सन्न हो गया था। फिर भी उसका चंचल मस्तिष्क थोड़ी ही देर में काम करने लगा। उसने धीरे से एक रुपया उठा लिया, और उस घर के बाहर निकल गया।

मधुबन अपनी उधेड़बुन में बैठा हुआ अपने ऊपर झल्ला रहा था। रामदीन बाजार से पूरी-मिठाई लेकर आया। उसने जब मधुबन के सामने खाना रखकर उसका हाथ पकड़कर हिलाया तब उसका ध्यान टूटा। भूख लगी थी, कुछ न कहकर वह खाने लगा।

दोनों सो गये। रात कब बीती, उन्हें मालूम नहीं। हारमोनियम का मधुर स्वर उनकी निद्रा का बाधक हुआ। मधुबन ने आँख खोलकर देखा कि उसी घर के आँगन में छः-सात युवक और बालक खड़े होकर मधुर स्वर से भीख माँगने वाला गाना आरम्भ कर चुके हैं। और बीरू बाबू उनके नायक की तरह गेरुआ कपड़ा सिर से बाँधे बीच में खड़े हैं!

मधुबन जैसे स्वप्न देख रहा था। उनका सम्मिलित गान बड़ा आकर्षक था। वे धीरे-धीरे बाहर हो गये। दो लड़कों के हाथ में गेरुए कपड़े का झोला था। एक गले में हारमोनियम डाले था, बाकी गा रहे थे। भिखमंगों का यह विचित्र दल अपने नित्य-कर्म के लिए जब बाहर चला गया तब मधुबन अँगड़ाई ले उठ बैठा।

आज सवेरे से बदली थी। पानी बरसने का रंग था। रामदीन सरसों का तेल लेकर मधुबन के शरीर में लगाने लगा। वह इस अनायास की अमीरी का आँख मूँदकर आनन्द ले रहा था। वह जैसे एक नये संसार में आश्चर्य के साथ प्रवेश करने का उपक्रम कर रहा था। उसके जीवन

की स्वचेतनता—जो उसे अभी तक प्रायः समझ-बूझकर चलने के लिए संकेत किया करती थी—इस आकस्मिक घटना से अपना स्थान छोड़ चुकी थी। जीवन के आदर्शवाद मस्तिष्क से निकलने की चिन्ता में थे। दोपहर होने आया, वह आलसी की तरह बैठा रहा।

बीरू बाबू का दल लौट आया। झोली में चावल और पैसे थे, जो अलग कर लिए गये। बीरू पैसों को लेकर साग-भाजी लेने चला गया। और लोग भात बनाने में जुट गये। बड़ा-सा चूल्हा दालान में चलने लगा और चावल धोते हुए ननीगोपाल ने कहा—बीरू आज भी मछली लाता है कि नहीं। भाई, आज तीन दिन हो गये, साग खाकर हारमोनियम गले में डाले गली-गली नहीं घूमा जा सकता। क्यों रे सुरेन!

सुरेन हँस पड़ा। ननी फिर बौखला उठा—पाजी कहीं का, तुझसे कहा था न मैंने कि दो-चार आने उसमें से टरका देना।

और बीरू बाबू की घुड़की कौन सहता?

मरें बीरू और सुरेन, मैं तो जाता हूँ अड्डे पर। देखूँ एकाध चिलम, चरस...।

बीरू के प्रवेश करते ही सब वाद-विवाद बन्द हो गया था। उसने तरकारी की गठरी रखते हुए कहा—

आज भी मछली की ब्योंत नहीं लगी।

मैं तो बिना मछली के आज नहीं खा सकता—कहते हुए मधुबन ने एक रुपया अपनी कोठरी में से फेंक दिया। वह निर्विकार मन से इन बातों को सुनने का आनन्द ले रहा था। ननी दौड़ पड़ा—रुपये की ओर। उसने कहा—

वाह चाचा! तुम कहाँ से मेरी दुर्बुद्धि की तरह इस घर की खोपड़ी में छिपे थे। तो खाली मछली ही न कि और भी कुछ?

बीरू ने ललकारा—क्या रे ननी तरकारी न बनेगी? कहाँ चला?

जब एक भलेमानस कुछ अपना खर्च करके खाने-खिलाने का प्रबन्ध कर रहे हैं तब भी बीरू चाचा! चूल्हे में डाल दूँगा तुम्हारा सूखा भात...हाँ—कहते हुए रुपया लेकर दौड़ गया। मधुबन मुस्करा उठा। वह आज पूरी अमीरी करना चाहता है।

ठाट-बाट से बीरू के दल की ज्योनार उस दिन हुई। भोजन करके सबको एक-एक बीड़ा सौंफ और लौंग पड़ा हुआ पान मिला। नारियल भी गुड़गुड़ाया जाने लगा। ताश भी निकला। मधुबन को बातों ही में मालूम हुआ कि उस घर में रहने वाले सब ठलुए बेकार हैं। इस दल के संयोजक हैं 'बीरू बाबू'। उन्होंने परोपकार-दृष्टि से ही इस दल का संघटन किया है। उनकी आस्तिक बुद्धि बड़ी विलक्षण है। अपने दल के सामने जब वह व्याख्यान देते हैं तो सदा ही मनुस्मृति का उद्धरण देते हैं। जब अनायास, अर्थात् बिना किसी पुलिस के चक्कर में पड़े, कोई दल का सदस्य अर्थलाभ कर ले आता है, उसे ईश्वर को धन्यवाद देते हुए वे पवित्र धन समझते हैं। उसे ईश्वर की सहायता समझकर दरिद्रों के लिए, अपने दल

की आवश्यकता की पूर्ति के लिए, व्यय करने में कोई संकोच नहीं करते। चाहे वह किसी तरह से आया हो। उन्होंने स्कूल की सीमा पर खड़े होकर कालेज को दूर से ही नमस्कार कर दिया था। वह तब भी व्याख्यान-वाचस्पति थे। लेखक-पुगव थे। बंगाल की पत्रिकाओं में दरिद्रों के लिए बराबर लेख लिखा करते थे। मधुबन की उदारता को सन्देह की दृष्टि से देखते हुए, उस दिन संघ के धन को मितव्ययिता से खर्च करने का उपदेश देते हुए जब अन्त में कहा कि ईश्वर सबका निरीक्षण करता है उसके पास एक-एक दाने का हिसाब रहता है, तब झल्लाते हुए ननी ने कहा—

अरे भाई, तुमने मनुष्य को अच्छी तरह समझ लिया क्या, जो अब ईश्वर के लिए अपनी बुद्धि की लँगड़ी टाँग अड़ा रहे हो? हम लोग हैं भूखे, सब तरह के अभावों से पीड़ित। पहले हम लोगों की आवश्यकता पूरी होने दो। जब ईश्वर हमसे हिसाब माँगेंगे तब हम लोग भी उनसे समझ लेंगे। एक दिन मछली, सो सात एकादशी के बाद मिली, वह भी तुमसे देखा नहीं जाता।

बीरू ने देखा कि उसके बड़प्पन में बट्टा लगता है। उसने सम्हलकर हँसते हुए कहा—अरे तुम चिढ़ गये अच्छा भाई, वही सही। अच्छी बात का प्रमाण यही है कि वह सबकी समझ में नहीं आती तो ठीक है।

मधुबन चुपचाप इस विचित्र परिवार का दृश्य देख रहा था। उसके मन में समय पर निर्भर होकर निश्चिन्त भाव से संसार-यात्रा करते रहने का विचार घनीभूत होता जा रहा था। उसमें अन्य मनुष्यों से सहायता मिलने का लोभ भी छिपा था, वह मानसिक परावलम्बन की ओर ढुलक रहा था। मनुष्य को कुछ चाहिए। वह किस तरह से आ रहा है, इस पर ध्यान देने की इच्छा नहीं रह गई।

दूसरे दिन बीरू ने एक रिक्शा-गाड़ी मधुबन के लिए खरीद ली। मधुबन रात को उसे लेकर निकलता। वह सरलता से दो-तीन रुपये ले आने लगा। रामदीन उस दल का सेवक बन गया। दिन को कोई काम न करके, रात को निकलने में मधुबन को कोई असुविधा न थी। कुछ लोग भीख माँगते हुए, कुछ लोग अवसर मिलने पर रात को कली का काम भी कर लेते। महीनों के भीतर ही एक रिक्शा और आ गया। अच्छी आय होने लगी। उस दल के उड़िया, बंगाली और युक्तप्रान्तीय आनन्द से एक में रहते थे।

रात के दस बजे थे। हबड़ा से चाँदपाल घाट को जाने वाली सड़क पर मधुबन अपनी रिक्शा लिए धीरे-धीरे चला जा रहा था। वह बैंड बजने वाले मोड़ पर खड़ा होकर गंगा की धारा को क्षण भर के लिए देखने का प्रयत्न करने लगा। इतने में एक स्त्री का हाथ पकड़े हुए एक बाबू साहब लड़खड़ाती चाल से रिक्शा के सामने आकर खड़े हो गये। मधुबन रुककर आज्ञा की प्रतीक्षा करने लगा। दोनों ही मदिरा के नशे में झूम रहे थे। मधुबन ने पूछा—हबड़ा?

तुम पूछकर क्या करोगे, मैं जिधर चलता हूँ उधर चलो।

क्या?—मधुबन ने पूछा।

बड़ा बकवादी है।

तो फिर बैठ जाइए।

दोनों रिक्शा पर बैठ गये। मधुबन उन्हें खींच ले चला हाँ, उन मदोन्मत्त विलासी धनियों के लिए वह पशु बन गया था। गंगा का स्पर्श करके आती हुई शीतल वायु धीरे-धीरे बह रही थी। मधुबन रिक्शा खींचते हुए सोच रहा था—

यदि मैं न छिपता तो फाँसी होती। और न होगी, कभी मैं न पहचान लिया जाऊँगा, इसी पर कैसे विश्वास कर लूँ। यह दुष्ट मनुष्यों का बोझ मैं गधों की तरह ढो रहा हूँ। मेरी शिक्षा! मेरा वह उन्नत हृदय! सब कहाँ गया। क्या मैं छाती ऊँची करके दण्ड झेलने में असमर्थ था। और भय का वह पहला झोंका; उसी में मैना ने मुझे भगाने के लिए...हाँ, मैना, वह वेश्या! उसने मुझसे रुपये भी ले लिए और मुझे उसी समय निकाल बाहर भी किया। मैं पापी था, अछूत था; पर वह चाँदी के चमकीले टुकड़े—उनमें पाप कहाँ! धीरे से उन्हें वे रख आई। और मैं भगा दिया गया।

रिक्शा पर बैठे हुए बाबू साहब ने कहा—अरे बहुत धीरे-धीरे चलता है।

मधुबन अड़ियल टट्टू की तरह रुक गया। उसने कहा—तो बाबू साहब, मैं। घोड़ा नहीं हूँ। आप उतर कर चले जाइए।

मारे हंटरों के खाल खींच लूँगा। नवाबी करने की इच्छा थी तो रिक्शा क्यों खींचने लगा। चल, तुझे दौड़कर चलना होगा।

अच्छा, उतरो नहीं तो...मधुबन को आगे कुछ करने से रोककर उस स्त्री ने कहा—बड़ा हठी है। थोड़ी दूर तो हबड़ा का पुल है। वहीं तक चल।

नहीं, इसे सूतापट्टी के मोड़ तक चलना होगा मैना। अनवरी के दवाखाने तक! ठीक, वहाँ तक बिना पहुँचे श्यामलाल उतरने के नहीं।

मधुबन के शरीर में बिजली-सी दौड़ गई। मैना! और यह श्यामलाल! वही दंगल वाले बाबू श्यामलाल! यही कलकत्ता में...ठीक तो! उसके क्रोध के कितने कारण एकत्र हो गये थे। अब वह अपने को रोक न सका। उसने रिक्शा छोड़ दी। वह झटके से पृथ्वी पर आ गिरा; और मैना के साथ बाबू श्यामलाल भी।

मैना भी गहरे नशे में थी, श्यामलाल का तो कहना ही क्या था। दोनों रिक्शा से लुढ़ककर नीचे आ गिरे। मधुबन की पशु-प्रवृत्ति उत्तेजित हो उठी थी। उसने एक लात कसकर मारते हुए कहा—पाजी! श्यामलाल गों-गों करने लगा। उसकी पसली चरमरा गई थी। किन्तु मैना चिल्ला उठी। थोड़ी दूर खड़ी पुलिस उधर जब दौड़कर आने लगी तो मधुबन अपना रिक्शा खींचकर आगे बढ़ा पुलिस ने उसे दौड़कर पकड़ लिया। मधुबन को विवश होकर, फिर उन्हीं दोनों को लाद कर पुलिस के साथ जाना ही पड़ा।

दूसरे दिन हवालात में मैना और मधुबन ने एक-दूसरे को देखा। मैना चिल्ला उठी—मधुबन!

मैना!—मधुबन ने उत्तर दिया।

दोनों चुप थे। पुलिस ने दोनों का नाम नोट किया। श्यामलाल और मैना अनवरी के दवाखाने में पहुँचाई गई। मधुबन पर अभियोग लगाया गया। केवल उसी घटना के आधार पर नहीं; पुलिस के पास उस भगोड़े के लिए भी वारंट था, जिसने बिहारीजी के महन्त के यहाँ डाका डाल कर रुपये लिए थे और उनकी हत्या की चेष्टा की थी। पुलिस के सुविधानुसार उपयुक्त न्यायालय में मधुबन की व्यवस्था हुई। उसके ऊपर डाके डालने के दोनों अभियोग थे। न्यायालय में जब मैना ने उसे पहचानते हुए कहा कि उस रात में रुपयों की थैली लेकर छिपने के लिए मधुबन मेरे यहाँ अवश्य आया था, पर मैंने उसे अपने यहाँ रहने नहीं दिया, वह रुपये लेकर उसी समय चला गया, तो मधुबन उसके मुँह को एकटक देख रहा था। मैना! वही तो बोल रही थी। वह वहाँ धन की प्यासी पिशाची उसका संकेत, उसकी सहृदयता, सब अभिनय! रुपये पचा लेने की कारीगरी!

मधुबन को काठ मार गया। वह चेतना-विहीन शरीर लेकर उस अद्भुत अभिनय को देख रहा था। उसे दस वर्ष सपरिश्रम कठोर करावास का दण्ड मिला।

बीरू बाबू ने रिक्शा खरीदने की रसीद दिखाकर रिक्शा पर अपना अधिकार प्रमाणित कर दिया। रिक्शा उन्हें मिल गया। उस परोपकार-संघ में मूर्ख रामदीन फिर रिक्शा खींचने लगा। हाँ, ननी गोपाल उस संघ से अलग हो गया। उसे बीरू बाबू से अत्यन्त घृणा हो गई।

दो

नाल-कोठी में इधर कई दिनों से भीड़ लगी रहती है। शैला की तत्परता से चकबन्दी का काम बहुत रुकावटों में भी चलने लगा। महँगू इस बदले के लिए प्रस्तुत न था। उसकी समझ में यह बात न आती थी। उसके कई खेत बहुत ही उपजाऊ थे। रामजस का खेत उसके घर से दूर था, पर वह तीन फसल उसमें काटता था। उसको बदलना पड़ेगा। यह असम्भव है। वह लाठी टेकता हुआ भीड़ में घुसा।

वाट्सन के साथ बैठी हुई शैला मेज पर फैले गाँव के नक्शे को देख रही थी! किसानों का झुंड सामने खड़ा था। महँगू ने कहा—दुहाई सरकार मर जायेंगे।

शैला ने चौंककर उसकी ओर देखा।

मेरा खेत! उसी से बाल-बच्चों की रोटी चलती है। उस टुकड़े को मैं न बदलूँगा।

महँगू की आँखों में आँसू तो अब बहुत शीघ्र यों ही आते थे। वृद्धावस्था में मोह और भी प्रबल हो जाता है। आज जैसे आँसू की धारा ही नहीं रुकती थी।

शैला ने वाट्सन की ओर देखा। उस देखने में एक प्रश्न था। किन्तु वाट्सन ने कहा—नहीं, तुम्हारा वह खेत तुम्हारी चरनी और कोल्हू से बहुत दूर है। उसको तो तुम्हें छोड़ना ही पड़ेगा! तुम अपने समीप का एक टुकड़ा क्यों नहीं पसन्द करते?

वाट्सन ने नक्श पर उँगली रखी। शैला चुप रही। इतने में तितली एक छोटा-सा बच्चा गोद में लिए यहीं आई। उसे देखते ही दूसरी कुर्सी पर बैठने का संकेत करते हुए शैला ने कहा—वाट्सन! यही मेरी बहन 'तितली' है, जिसके लिए मैंने तुमसे कहा था। कन्या-पाठशाला की यही अध्यापिका है। बीस लड़कियाँ तो उसमें बोर्ड की हिन्दी परीक्षा के लिए इस साल प्रस्तुत हो रही हैं और छोटी-छोटी कक्षाओं में कुल मिलाकर चालीस होंगी।

ओहो, आप बैठिए। मुझे तो यह पाठशाला देखनी ही होगी। यह सुनकर मैं बहुत प्रसन्न हुआ।—कहते हुए वाट्सन ने फिर बैठने के लिए कहा।

किन्तु तितली वैसी ही खड़ी रही। उसने कहा—आपकी कृपा है। किन्तु मैं इस समय आपके पास एक दूसरे काम से आई हूँ। मेरा कुछ खेत महँगू महतो जोत रहे हैं। मैं नहीं जानती कि मेरे पति ने वह खेत किन शर्तों पर उन्हें दिया है। किन्तु मुझे आवश्यकता है अपने स्कूल के लिए और भी विस्तृत भूमि की। बनजरिया पर लगान तो लग ही गया है। उसमें लड़कियों के खेलने की जगह बनाने से मेरी खेती की भूमि कम हो गई है। मैं चाहती हूँ महँगू के पास जो मेरा खेत है, वह महँगू को दे दिया जाय, और बनजरिया से सटा हुआ रामजस वाला खेत मुझे बदले में दिला दिया जाय।

वाट्सन ने घूमकर शैला से कहा—मैं तो समझता हूँ के उस बदले से यह अच्छा होगा। क्यों महँगू? तुमको तो यह प्रस्ताव मान लेना चाहिए।

शैला चुपचाप तितली और अपने सम्बन्ध को विचार रही थी। वह सोच रही थी कि तितली क्यों मुझसे इतना अलग रहना चाहती है। मैं कहती हूँ कि 'यहाँ बैठ जाओ" तो वह बैठना भी अपमान समझती है।

वाट्सन ने शैला के कान में धीरे से कहा—तुम चुप क्यों हो? यह तो वही लड़की मालूम होती है, जिसके ब्याह में मैं उपस्थित था। ठीक है न?

शैला ने दुख से कहा—हाँ, इसका शेरकोट तो जमींदार ने बेदखल करा लिया। अब बनजरिया बची है, उस पर भी लगान लग गया। पहले माफी थी। और वाट्सन! तुमने तो यह न सुना होगा कि इसके पति को डकैती के अपराध में कारावास का दंड मिला है।

वाट्सन ने एक बार फिर उस तेजस्विनी तितली को देखा। वही एक किसान थी, जिसने

सबके पहले बदले को प्रसन्नता से स्वीकार किया है। महँगू तो इस प्रस्ताव को सुनकर और भी क्रुद्ध हो गया। उसे अपने जो खेत जहाँ पर हैं वहीं रहना अच्छा मालूम होता है; क्योंकि उसके अन्तर में यह अज्ञात भावना है कि उसके लड़के-पोते एक में न रहेंगे, फिर एक जगह खेत इकट्ठा लेकर क्या होगा। उसने गुर्रा कर कहा—साहब! आप मालिक हैं; जो चाहें कीजिए। कहिए तो गाँव ही छोड़कर चले जायँ।

वाट्सन इस उत्तर से अव्यवस्थित हो गये। उनके मन में झटका लगा—क्या हम किसानों के हित के विरुद्ध कुछ करने जा रहे हैं?—तुरन्त ही उन्होंने तितली से घूमकर पूछा—

क्या दूसरा खेत तुम नहीं पसन्द कर सकतीं? और भी तो खेत तुम्हारे पास हैं?

नहीं, दूसरे खेत मेरे काम के नहीं। यदि बदलना हो तो उसी से बदल लूँगी।

वाट्सन ने देखा कि यही पहला अवसर है कि एक किसान बदलने का प्रस्ताव करता है—वह भी उचित; तो फिर अस्वीकार कैसे किया जाय।

वाट्सन ने कहा—यह बदला फिर मान लिया जाय; क्योंकि खेत के परते में भी कोई अन्तर नहीं है।

महँगू खिसिया गया। उसकी आँखों में फिर आँसू निकलने लगे। तब तितली ने अपने बच्चे को लहराते हुए कहा—तो मैं जाती हूँ, बच्चा भूखा है! धन्यवाद!

शैला ने देखा कि एक ठोकर खाया हुआ हृदय अपनी दुरवस्था में उपेक्षा से उनका तिरस्कार कर रहा है, शैला इन्द्रदेव से ब्याह कर लेने पर बहुत दिनों तक धामपुर नहीं आई। लिखा-पढ़ी करने पर इस सरदी में वाट्सन अपना काम पूरा करने आये। तब तो उसको आना ही पड़ा, और आकर भी वह तितली से मिलने का अवसर न पा सकी; क्योंकि वाट्सन साथ ही आये थे। इधर इन्द्रदेव ने भी बड़े दिनों में वहीं आने के लिए कह दिया था। शैला कुछ-कुछ मानसिक चंचलता में थी। तितली को यह अखर गया। वह दुर्बल थी, असहाय थी। उसकी खोज लेना बड़े लोगों का धर्म हो जाता है। इसीलिए तितली काम करके तुरन्त लौट जाना चाहती थी। उसने जो वाक्य अपने जाने के लिए कहा, वह भी सीधे शैला से नहीं। तब भी शैला कुर्सी से उठ कर तितली के पास आई। उसका हाथ पकड़े हुए दूसरे कमरे में चली गई।

वाट्सन ने तितली को एक शुभ लक्षण समझा। भला इस स्त्री ने पहले-पहल उस काम की महत्ता को समझा तो। काम आरम्भ हो गया। अब धीरे-धीरे वह किसानों को साँचे में ढाल लेगा। उसे शैला की मन-संतुष्टि के लिए क्या-क्या नहीं कर देना चाहिए। उसने काम को आगे बढ़ाया।

शैला ने तितली के बच्चे को उसकी गोद से लेकर कहा—बड़ा सुन्दर और प्यारा बच्चा है।

परन्तु अभागा है—तितली ने कहा।

तुम क्या अभी उसको प्यार करती हो? वह...।—शैला आगे कुछ बुरे शब्द मधुबन के लिए न कह सकी।

तितली ने कहा—वह! डाकू, हत्यारा और चोर था या नहीं, सो तो मैं नहीं कह सकती; क्योंकि चौबीसों घंटे मैं साथ रही; फिर भी शैला! वह...।

आगे वह भी कुछ न बोल सकी, उसकी आँखों से आँसू बहने लगे। शैला ने बात का ढंग बदलने के लिए कहा—अच्छा, तुमसे एक बात पूछती हूँ।

क्या?

यही कि उस दिन तुम बिना कहे-सुने क्यों चली आई। इन्द्रदेव ने तो तुम्हारी सहायता करने के लिए कहा था न?

मैं यह सब समझती हूँ। वे कुछ करते भी, इसका मुझे विश्वास है; परन्तु मैंने यही समझा कि मुझे दूसरों के महत्त्व-प्रदर्शन के सामने अपनी लघुता न दिखानी चाहिए। मैं भाग्य के विधान से पीसी जा रही हूँ। फिर उसमें तुमको, तुम्हारे सुख से घसीट कर, क्यों अपने दुःख का दृश्य देखने के लिए बाध्य करूँ? मुझे अपनी शक्तियों पर अवलम्ब करके भयानक संसार से लड़ना अच्छा लगा। जितनी सुविधा उसने दी है, उसकी सीमा में मैं लड़ूँगी, अपने अस्तित्व के लिए। तुमको सालभर पर जब यहाँ आने का अवसर मिला है। तो मेरे समीप जो है उसी को न मैं पकड़ सकूँगी? वही बनजरिया! वे ही थोड़े-से वृक्ष! और साधारण-सी खेती! तब मुझे यहाँ पाठशाला चलानी पड़ी। जानती हो, आज मेरे परिवार में कितने प्राणी हैं? दो को तो तुम यहीं देख रही हो। राजो, मलिया और तीन छोटी-छोटी अनाथ लड़कियाँ; जिनमें कोई भी छः महीने से अधिक बड़ी नहीं है! और अभी जेल से छूटकर आया हुआ रामजस, जिसके लिए न एक बित्ता भूमि है और न एक दाना अन्न!

तीन छोटी-छोटी लड़कियाँ? वे कहाँ से आ गईं? शैला ने आश्चर्य से पूछा।

संसार-भर में परम अछूत! समाज की निर्दय महत्ता के काल्पनिक दम्भ का निदर्शन! छिपाकर उत्पन्न किये जाने योग्य सृष्टि के बहुमूल्य प्राणी, जिन्हें उनकी माताएँ भी छूने में पाप समझती हैं। व्यभिचार की सन्तान!

शैला की आँखें जैसे बढ़ गईं। उसने तितली का हाथ पकड़ कर कहा—बहन! तुम यथार्थ में बाबाजी की बेटी हो। तुम्हारा काम प्रशंसनीय है; यहाँ वाले क्या तुम्हारे काम से प्रसन्न हैं?

हों या न हों, मुझे इसकी चिन्ता नहीं। मैंने अपनी पाठशाला चलाने का दृढ़ निश्चय किया है। कुछ लोगों ने इन लड़कियों के रख लेने पर प्रवाद फैलाया। परन्तु वे इसमें असफल रहे। मैं तो कहती हूँ, कि यदि सब लड़कियाँ पढ़ना बन्द कर दें, तो मैं साल भर में

ही ऐसे कितनी ही छोटी-बड़ी अनाथ लड़कियाँ एकत्र कर लूँगी, जिनसे मेरी पाठशाला और खेती-बारी बराबर चलती रहेगी। मैं इसे कन्या-गुरुकुल बना दूँगी।

तितली का मुँह उत्साह से दमकने लगा, और शैला विमुग्ध होकर उसकी मन-ही-मन सराहना कर रही थी। फिर शैला ने कहा—तितली! मेरी एक बात मनोगी? मैं इन्द्रदेव के आने पर तुमको बुलाऊँगी। मैं चाहती हूँ कि तुम उनसे एक बार कहो कि वे मधुबन के लिए अपील करें।

मुझे पहले ही जब लोगों ने यह समाचार नहीं मिलने दिया कि उनका मुकदमा चल रहा है, तो अब मैं दूसरों के उपकार का बोझ क्यों लूँ? मैं! कदापि नहीं। बहन शैला! अब उसमें क्या धरा है? उनके यदि अपराध न भी होंगे, तो चार-छः बरस ब्रह्मा के दिन नहीं। आँच में तपकर सोना और भी शुद्ध हो जायेगा।—कहकर तितली उठने लगी।

तो फिर एक बात और मैं कह लें। बैठ जाओ। मैं कहती हैं कि तुम मेरे साथ आकर यहीं नील-कोठी में काम करो। यहीं मैं बालिकाओं की पाठशाला भी अलग खुलवा दूँगी।

तितली बैठी नहीं, उसने चलते-चलते कहा—नहीं, मुझे अपना दुःख-सुख अकेली भोग लेने दो। मैं द्वार-द्वार पर सहायता के लिए घूमकर निराश हो चुकी हैं। मुझे अपनी निस्सहायता और दरिद्रता का सुख लेने दो। मैं जानती हूँ कि तुम्हारे हृदय में मेरे लिए एक स्थान है। परन्तु मैं नहीं चाहती कि मुझे कोई प्यार करे। मुझसे घृणा करो बहन!

शैला आश्चर्य से देखती रह गई और तितली चली गई। दूसरी ओर से इन्द्रदेव ने प्रवेश किया। शैला ने मीठी मुस्कान से उनका स्वागत किया।

इसके कई दिन बाद बनजरिया की खपरैल में जब लड़कियाँ पढ़ रही थीं, तब उसी के पास एक छोटे-से मिट्टी के टीले को काटकर ईंटें बन रही थीं। मलिया मिट्टी का लोंदा बनाकर साँचे में भर रही थी और रामजस उससे ईंटें निकालता जा रहा था। राजो एक मजूर से बैलों के लिए जोन्हरी का डेठा कटवा रही थी। सिरस के पेड़ में एक झूला पड़ा था, उसमें तीन भाग थे। छोटे-छोटे निरीह शिशु उसमें पड़े हुए धूप खा रहे थे; और तितली अपने बच्चों को गोद में लिए लड़कियों को पहाड़ा रटा रही थी। उसी समय वाट्सन, शैला और इन्द्रदेव वहाँ आये। वाट्सन ने टाट पर बैठकर पढ़ती हुई लड़कियों को देखा। उनके देखते ही तितली उठ खड़ी हुई अपने हाथ से बनाये हुए मोढ़े लाकर लड़कियों ने रख दिये। सब लोगों के बैठने पर इन्द्रदेव ने कहा—शैला! तुमने अपने प्रबन्ध में इस पाठशाला के लिए कोई व्यवस्था नहीं की है?

नहीं, यह सहायता लेना ही नहीं चाहती।

क्यों? यह तो मैं नहीं कह सकती।

सचमुच यह सराहनीय उद्योग है।—वाट्सन ने कहा—मुझे तो यह अद्‌भुत मालूम पड़ता है, बड़ा ही मधुर और प्रभावशाली भी। क्यों तुम कोई सहायता नहीं लेना चाहतीं? मुझे कुछ बता सकती हो?

आप उसे सुनकर क्या करेंगे? वह बात अच्छी न लगे तो मुझे और भी दुःख होगा। आप लोगों की सहानुभूति ही मेरे लिए बड़ी भारी सहायता है!—तितली ने सिर नीचा कर कृतज्ञ-भाव से कहा।

परन्तु ऐसी अच्छी संस्था थोड़े-से धनाभाव के कारण अच्छी तरह न चल सके, तो बुरी बात है। मैं क्या इस उदासीनता का कारण नहीं सुन सकता?

मैं विवश होकर कहती हूँ। मैं अपनी रोटियाँ इससे लेती हूँ। तब मुझे किसी की सहायता लेने का क्या अधिकार है? मैं दो आने महीना लड़कियों से पाती हूँ। और उतने से पाठशाला का काम अच्छी तरह चलता है। कुछ मुझे बच भी जाता है। जमींदार ने मेरी पुरखों की डीह ले ली। मुझे माफी पर भी लगान देना पड़ रहा है। और मुझे इस विपत्ति में डालने वाले हैं यहाँ के जमींदार और तहसीलदार साहब! तब भी आप लोग कहते हैं कि मैं उन्हीं लोगों से सहायता लूँ!

हाँ, मैं तो उचित समझता हूँ। इस अवस्था में तो तुम्हें और भी सहायता मिलनी चाहिए। और तुमने तो मेरे चकबन्दी के काम में...।

सहायता की है—यही न आप कहना चाहते हैं? वह तो मेरे हित की बात थी, मेरा स्वार्थ था। देखिए, उस खेत के मिल जाने से मैं अपना पुराना टीला खुदवाकर उसकी मिट्टी से ईंटें बनवा रही हूँ। उधर समतल होकर वह बनजरिया को रामजस वाले खेत से मिला देगा।

तुमसे मैं और भी सहायता चाहता हूँ।

मैं क्या सहायता दे सकूँगी?

तुम कम-से-कम स्त्री-किसानों को बदले के लिए समझा सकती हो जिससे गाँव में सुधार का काम सुगमता से चले।

जमींदार साहब के रहते वह सब कुछ नहीं हो सकेगा। सरकार कुछ कर नहीं सकती। उन्हें अपने स्वार्थ के लिए किसानों में कलह कराना पड़ेगा। अभी-अभी . देखिए न, घूर के लिए मुकदमा हाईकोर्ट में लड़ रहा है ! तहसीलदार को कुछ मिला! उसने वहाँ से एक किसान को उभाड़कर घूर न फेंकने के लिए मार-पीट करा दी। वह घूर फेंकना बन्द कर उस टुकड़े को नजराना लेकर दूसरे के साथ बन्दोबस्त करना चाहता है। यदि आप लोग वास्तविक सुधार करना चाहते हों, तो खेतों के टुकड़ों को निश्चित रूप में बाँट दीजिए और

सरकार उन पर मालगुजारी लिया करे।—कहते हुए तितली ने व्यंग्य से इन्द्रदेव की ओर देखा और फिर उसने कहा—क्षमा कीजिए, मैंने विवश होकर यह सब कहा।

इन्द्रदेव हतप्रभ हो रहे थे, उन्होंने कहा—अरे, मैं तो अब जमींदार नहीं हूँ।

हाँ, आप जमींदार नहीं हैं तो क्या, आपने त्याग किया होगा। किन्तु उससे किसानों को तो लाभ नहीं हुआ।—छूटते ही तितली ने कहा।

उसका बच्चा रोने लगा था। एक बड़ी-सी लड़की उसे लेकर राजो के पास चली गई।

किन्तु तुम तो ऐसा स्वप्न देख रही हो जिसमें आँख खुलने की देर है।—वाट्सन ने कहा।

यह ठीक है कि मरने वाले को कोई जिला नहीं सकता। पर उसे जिलाना ही हो, तो कहीं अमृत खोजने के लिए जाना पड़ेगा।—तितली ने कहा।

उधर शैला मौन होकर तितली के उस प्रतिवाद करने वाले रूप को चकित होकर देख रही थी। और इन्द्रदेव सोच रहे थे—तितली! यही तो है, एक दिन मेरे साथ इसी के ब्याह का प्रस्ताव हुआ था। उस समय मैं हँस पड़ा था, सम्भवतः मन-ही-मन। आज अपनी दुर्बलता में, अभावों और लघुता में, दृढ़ होकर खड़ी रहने में यह कितनी तत्पर है! यही तो हम खोज रहे थे न। मनुष्य गिरता है। उसका अन्तिम पक्ष दुर्बल है—सम्भव है कि वह इसीलिए मर जाता है। परन्तु...परन्तु जितने समय तक वह ऐसी दृढ़ता दिखा सके, अपने अस्तित्व का प्रदर्शन कर सके, उतने क्षण तक क्या जिया नहीं। मैं तो समझता हूँ कि उसके जन्म लेने का उद्देश्य सफल हो गया। तितली वास्तव में महीयसी है, गरिमामयी है। शैला! वह अपने लिए सब कुछ कर लेगी। स्वावलम्बन! हाँ, वह उसे भी पूरा कर लेगी। किन्तु स्त्री का दूसरा पक्ष पति! उसके न रहने पर भी उसकी भावना को पूरी करते रहना, शैला से भी न हो सकेगा। वह अपने पैरों खड़ी हो सकती है; किन्तु दूसरे को अवलम्ब नहीं दे सकती।

वाट्सन भी चुपचाप होकर सोच रहे थे। उन्होंने कहा—मैंने कागज-पत्र देखकर निश्चय कर लिया है कि शेरकोट पर तुम्हारा स्वत्व है। क्या तुम उसके बदले यह सटी हुई परती ले लोगी? मैं जमींदार को इसके लिए बाध्य करूँगा।

बिना रुके हुए तितली ने कहा—वह मेरा घर है, खेत नहीं, उसको मैं उसके ही स्वरूप में ले सकती हूँ। उससे बदला नहीं हो सकता।

वाट्सन हतबुद्धि होकर चुप हो गये। शैला ने तितली को ईर्ष्या से देखा। यह गँवार लड़की! अपनी वास्तविक स्थिति में कितनी सरलता से निर्वाह कर रही है। सो भी पूरी स्वतंत्रता के साथ! और मैं, मैंने अपना जीवन, थोड़ा-सा काल्पनिक सुख पाने के लिए, जैसे बेच दिया। उस दरिद्र भूतकाल ने मुझे सुख के लिए लोलुप बना दिया। क्या मैं सचमुच इन्द्रदेव को प्यार करती हूँ? मैं उतना ही कर सकती हूँ, जितना मधुबन के लिए तितली कर

रही है ! उसके भीतर से जैसे किसी ने कहा 'ना'। वह अपनी नग्न मूर्ति देखकर भयभीत हो गई। उसने चारों ओर अवलम्ब खोजने के लिए आँख उठाकर देखा। ओह! वह कितनी दुर्बल है। यह वाट्सन! इस सुन्दर व्यापार में कहाँ से आ गया। और अब तो मेरे जीवन के गणित में यह प्रधान अंक है। तो? उसने इन्द्रदेव को और भयभीत होकर देखा, क्या वह कुछ समझने लगा है?

इन्द्रदेव ने कहा—मैं तो समझता हूँ कि अब हम लोगों को चलना चाहिए; क्योंकि आज ही रात को मुझे शहर लौट जाना है। कल एक अपील में मेरा वहाँ रहना आवश्यक है।

शैला ने समझा कि यह पिण्ड छुड़ाना चाहता है। उसे क्या सन्देह होने लगा है? हो सकता है। एक बार इसी वाट्सन को लेकर भ्रम फैल चुका है। किन्तु यह कितनी बुरी बात होगी। जिसने मेरे लिए सब त्याग किया...!

वाट्सन ने बीच में कहा—अच्छा, तो मैं इस समय जाता हूँ। हाँ, सुनो, परती के लिए एक बात और भी कह देना चाहता हूँ। क्या उसे थोड़े-से लगान पर तुम ले लेना स्वीकार करोगी? इससे तुम्हारा यह खेत पूरा बन जायेगा। चाहोगी तो थोड़ा-सा परिश्रम करने पर यहाँ पेड़ लगाये जा सकेंगे और तब तुम्हारी खेती-बारी दोनों अच्छी तरह होने लगेगी।

हाँ, तब मैं ले सकूँगी। आपको इस न्यायपूर्ण सम्मति के लिए मैं धन्यवाद देती हूँ।

तितली ने नमस्कार किया। इन्द्रदेव, वाट्सन और शैला, सबने एक बार उस स्वावलम्ब के नीड़—बनजरिया—को देखा और देखा उस गर्व से भरी अबला को!

सब लोग चले गये।

तितली सांस फेंककर एक विश्राम का अनुभव करने लगी। इस मानसिक युद्ध में वह जैसे थक गई थी। उसने लड़कियों को छुट्टी देकर विश्राम किया।

तीन

इन्द्रदेव चले गये। अधिकार खो बैठने का जैसे उन्हें कुछ दुख हो रहा था। सम्पत्ति का अधिकार! अब वह धामपुर के कुछ नहीं थे। परिवार से बिगाड़ और सम्पत्ति से भी वंचित! माँ की दृष्टि में वह बिगड़े हुए लड़के रह गये। उन्होंने देखा कि सम्मिलित कुटुम्ब के प्रति उनकी जितनी घृणा थी, वह कृत्रिम थी; रामजस, मलिया, राजो और तितली, उनके साथ ही और भी कई अनाथ, स्वेच्छा से एक नया कुटुम्ब बनाकर सुखी हो रहे हैं।

शैला को वाट्सन के साथ कुछ नवीनता का अनुभव होने लगा। इन्द्रदेव के लिए उसके हृदय में जो कुछ परकीयत्व था, उसका यहाँ कहीं नाम नहीं। वह मनोयोगपूर्वक—बैंक और अस्पताल तथा पाठशाला की व्यवस्था में लगी। वाट्सन का सहयोग! कितना रमणीय था। शैला के त्याग में जो नीरसता थी, वह वाट्सन को देखकर अब और भी स्पष्ट होने लगी। वह संसार के आकर्षण में जैसे विवश होकर खिंच रही थी। वाट्सन का चुम्बकत्व उसे अभिभूत कर रहा था। अज्ञात रूप से वह जैसे एक हरी-भरी घाटी में पहुँचने पर, आँख खोलते ही, वसन्त की प्रफुल्लता, सजीवता और मलय-मारुत, कोकिल का कलरव, सभी का सजीव नृत्य अपने चारों ओर देखने लगी। खेतों की हरियाली में उसके हृदय की हरियाली मिल जाती। वाट्सन के साथ सायंकाल में गंगा के तट पर वह घंटों चुपचाप बिता देती।

वाट्सन का हृदय तब भी बाँध से घिरी हुई लम्बी-चौड़ी झील की तरह प्रशान्त और स्निग्ध था। उसमें छोटी-छोटी वीचियों को भी कहीं नाम नहीं। अद्‌भुत! शैला उसमें अपने को भूल जाती। इन्द्रदेव, धीरे-धीरे भूल चले थे।

रात की डाक से नन्दरानी का एक पत्र शैला को मिला। उसमें लिखा था—

बहूरानी!

तुम दूसरों को सेवा करने के लिए इतनी उत्सुक हो, किन्तु अपने घर का भी कुछ ध्यान है? मैं समझती हूँ कि तुम्हारे देश में स्वतन्त्रता के नाम पर बहुत-सा मिथ्या प्रदर्शन भी होता है। क्या तुम इस वातावरण में उसे भूल नहीं सकी हो? यदि नहीं, तो मैं उसे तुम्हारा सौभाग्य कैसे कहूँ? मैं तो जानती हूँ कि स्त्री, स्त्री ही रहेगी। कठिन पीड़ा से उद्विग्न होकर आज का स्त्री-समाज जो करने जा रहा है, वह क्या वास्तविक है? वह तो विद्रोह है सुधार के लिए। इतनी उद्दण्डता ठीक नहीं। तुम इन्द्रदेव के स्नेही हृदय में ठेस न पहुँचाओगी। ऐसा तो मुझे विश्वास है। पर जब से वह धामपुर से लौट आये हैं, उदास रहते हैं। कारण क्या है, तुम कुछ सोचने का कष्ट करोगी?

हाँ, एक बात और है। तुम्हारी सास अपनी अन्तिम साँसों को गिन रही हैं। क्या तुम एक बार इन्द्रदेव के साथ उनके पास न जा सकोगी?

तुम्हारी स्नेहमयी
नन्दरानी

दूसरे दिन बड़े सवेरे-जब पूर्व दिशा की लाली को थोड़े-से काले बादल ढँक रहे थे, गंगा में से निकलती हुई भाप पर थोड़ा-थोड़ा सुनहला रंग चढ़ रहा था, तब—शैला चुपचाप उस

दृश्य को देखती हुई मन-ही-मन कह उठी—नहीं, अब साफ-साफ हो जाना चाहिए। कहीं यह मेरा भ्रम तो नहीं है? मुझे निराधार इस भाप की लता की तरह बिना किसी आलम्बन के इस अनन्त में व्यर्थ प्रयास नहीं ही करना चाहिए। इन दो-एक किरणों से तो काम नहीं चलने का। मुझे चाहिए सम्पूर्ण प्रकाश! मैं कृतज्ञ हूँ, इतना ही तो! अब मुझसे क्या माँग है? इन्द्रदेव के साथ क्या निभने का नहीं? वह स्वतंत्रता का महत्व नहीं समझ सके। उनके जीवन के चारों ओर सीमा की टेढ़ी-मेढ़ी रेखा अपनी विभीषिका से उन्हें व्यस्त रखती है। उनको सन्देह है, और होना भी चाहिए। क्या मैं बिल्कुल निष्कपट हूँ? क्या वाट्सन? नहीं-नहीं वह केवल स्निग्ध भाव और आत्मीयता का प्रसार है। तो भी मैं इन्द्रदेव से विरक्त क्यों हूँ? मेरे पास इसका कोई उत्तर नहीं। इतने थोड़े-से समय में यह परिवर्तन! मैंने इन्द्रदेव के समीप होने के लिए जितना प्रयास किया था, जितनी साधना की थी, वह सब क्या ऊपरी थी? और वाट्सन! फिर वही वाट्सन!

उसने झल्लाकर दूसरी ओर मुँह फेर लिया।

उधर से ही एक डोंगी पर वाट्सन, अपने हाथ से डाँड़ा चलाते हुए, आ रहे थे। सामने मल्लाह सिकुड़ा हुआ बैठा था। बादल फट गया था। सूर्य का बिम्ब पूरा निकल आया था। गंगा धीरे-धीरे बह रही थी। संकल्प-विकल्प के कूलों में मधुर प्रणय-कल्पना-सी वह धारा सुन्दर और शीतल थी।

वाट्सन ने डोंगी तीर पर लगा दी। शैला ने झुँझलाहट से उसकी ओर देखना चाहा, परन्तु वह मुस्कराकर नाव पर चढ़ गई।

अब माँझी खेने लगा। दोनों आसपास बैठे थे। दोनों चुप थे, नाव धीरे-धीरे बह रही थी।

वाट्सन ने हँसी से कहा—शैला! तुम गंगा-स्नान करने सवेरे नहीं आतीं। फिर कैसी हिन्दू!

नाव बीच में चली जा रही थी। शैला ने देखा, एक ब्राह्मण-परिवार तट पर उस शीतकाल में नहा रहा है। शैला ने हँसकर कहा—तुम भी प्रति रविवार को गिरजे में नहीं जाते, फिर कैसे ईसाई।

तब तो न तुम हिन्दू और न मैं ईसाई!

बस केवल स्त्री और पुरुष!—सहसा शैला के मुँह से अचेतन अवस्था में निकल गया। वाट्सन ने चौंक कर उसकी ओर देखा। शैला झेंप-सी गई। वाट्सन हँस पड़े।

नाव चली जा रही थी। कुछ काल तक दोनों ही चुप हो गये, और गम्भीरता का अभिनय करने लगे। फिर ठहरकर वाट्सन ने कहा—मैं मित्र की तरह एक बात पूछता हूँ शैला, तुम बुरा तो न मानोगी?

पूछो न क्या है?

तुम इस विवाह से सुखी हो!—अरे—मैंने कहा, सन्तुष्ट हो न?

शैला ने दीनता से वाट्सन को देखा। उसके हृदय में जो सूनापन था, वही अट्टहास कर उठा। वाट्सन ने सान्त्वना के स्वर में कहा—शैला, तुमने भूल की है, तो उसका प्रतिकार भी है। मैं समझता हूँ कि तुमने अपने ब्याह की रजिस्ट्री सिविल मैरेज के अनुसार अवश्य करा ली होगी।

शैला को जैसे थप्पड़ लगा। वाट्सन के प्रश्न में जो गूढ़ रहस्य था, वह भयानक होकर शैला के सामने मूर्तिमान हो गया। उसने दोनों हाथों में अपना मुँह छिपा लिया। उसने कहा—वाट्सन, मुझे क्षमा करोगे। स्त्रियों को सब जगह ऐसी ही बाधाएँ होंगी। क्या तुम उनकी दुर्बलता को सहानुभूति से नहीं देख सकोगे?

इसीलिए मैं आज तक अविवाहित हूँ। सम्भव है कि जीवन भर ऐसा ही रहूँ। मुझसे यह अत्याचार न हो सकेगा। उहूँ, कदापि नहीं।

शैला का स्वप्न भंग हो चला! उसने जैसे आँखें खोलकर बन्द कमरे में अपने चारों ओर अन्धकार ही पाया। वह कम्पित हो उठी। किन्तु वाट्सन अचल थे। उनका निर्विकार हृदय शान्त और स्मितिपूर्ण था। शैला निरवलम्ब हो गई।

शैला के मन में ग्लानि हुई। वह सोचने लगी—घृणा! हाँ, वास्तव में मुझसे घृणा करता है। यह कुलीन और मैं दरिद्र बालिका! तिस पर भी एक हिन्दू से ब्याह कर चुकी हूँ और मेरा पिता जेल-जीवन बिता रहा है। तब! यह इतनी ममता क्यों दिखाता है? दया! दया ही तो, किन्तु इसे मुझ पर दया करने का क्या अधिकार है?

उसने उद्विग्न होकर कहा—अब उतरना चाहिए।

वाट्सन ने मल्लाह से नाव को तट से लगा देने की आज्ञा दी। दोनों उतर पड़े। दोनों ही चुपचाप पथ पर चल रहे थे।

कुहरा छँट गया था। सूर्य की उज्ज्वल किरणें चारों ओर नाच रही थीं। वह ग्राम का जन-शून्य प्रान्त अपनी प्राकृतिक शोभा में अविचल था—ठीक वाट्सन के हृदय की तरह।

घूमते-फिरते वे दोनों बनजरिया में जा पहुँचे। वहाँ उत्साह और कर्मण्यता थी। सब काम तीव्र गति से चल रहे थे। खेत की टूटी हुई मेड़ पर मिट्टी चढ़ाई जा रही थी। कहीं पेड़ रोपे जा रहे थे। आवाँ फूँकने के लिए ईंधन इकट्ठा हो गया था। पाठशाला की खपरैल में से लड़कियों का कोलाहल सुनाई पड़ता था।

शैला रुकी। वाट्सन ने कहा—तो मैं चलता हूँ, तुम ठहर कर आना। मुझे बहुत-सा काम निबटाना है।

वह चले गये, और शैला चुपचाप जाकर तितली के पास एक मोढ़े पर बैठ गई। तितली ने शीघ्रता से पाठ समाप्त करा कर लड़कियों को कुछ लिखने का काम दिया, और शैला का

हाथ पकड़कर दूसरी ओर चली। अभी वह भट्ठे के पास पहुँची होगी कि उसे दूर से आते हुए एक मनुष्य को देखकर रुक जाना पड़ा। वह कुछ पहचाना-सा मालूम पड़ता था। शैला भी उसे देखने लगी।

शैला ने कहा—अरे यह तो रामदीन है!

रामदीन ने पास आकर नमस्कार किया। तब जैसे सावधान होकर तितली ने पूछा—रामदीन, तू जेल से छूट आया?

जेल से छूट कर लोग घर लौट आते हैं, इस विश्वास में आशा और सान्त्वना थी। तितली का हृदय भर आया था।

रामदीन ने कहा—मैं तो कलकत्ता से आ रहा हूँ। चुनार से तो मैं छोड़ दिया गया था। वहाँ मैं अपने मन से रहता था। रिफार्मेटरी का कुछ काम करता था। खाने को मिलता था। वहीं पड़ा था। मधुबन बाबू से एक दिन भेंट हो गई। वह कलकत्ता जा रहे थे। उन्हीं के संग चला गया था।

तितली की आँखों में जल नहीं आया, और न उसकी वाणी काँपने लगी। उसने पूछा—तो क्या तू भी उनके साथ ही रहा?

हाँ, मैं वहाँ रिक्शा खींचता था। फिर मधुबन बाबू के जेल जाने पर भी कुछ दिन रहा। पर बीरू से मेरी पटी नहीं। यह बड़ा ढोंगी और पाजी था। वह बड़ा मतलबी भी था। जब तक हम लोग उसको कमा कर कुछ देते थे, वह दादा की तरह मानता था। पर जब मधुबन बाबू न रहे तो वह मुझसे टेढ़ा-सीधा बर्ताव करने लगा। मैं भी छोड़ कर चला आया।

तितली को अभी सन्तोष नहीं हुआ था। उसने पूछा—क्यों रे रामदीन! सुना है तुम लोगों ने वहाँ पर भी डाका और चोरी का व्यवसाय आरम्भ किया था। क्या यह सच है?

रिक्शा खींचते-खींचते हम लोगों की नस ढीली हो गई। कहाँ का डाका और कहाँ की चोरी। अपना-अपना भाग्य है। राह चलते भी कलंक लगता है। नहीं तो मधुबन बाबू ने वहाँ किया ही क्या। यहाँ जो कुछ हुआ हो, उसे तो मैं नहीं जानता। वहाँ पर तो हम लोग मेहनत-मजूरी करके पेट भरते थे।

तितली ने गर्व से शैला की ओर देखा। शैला ने पूछा—अब क्या करेगा रामदीन?

अब, यहीं गाँव में रहूँगा। कहीं नौकरी करूंगा।

क्या मेरे यहाँ रहेगा?—शैला ने पूछा।

नहीं मेम साहब! बड़े लोगों के यहाँ रहने में जो सुख मिलता है, उसे मैं भोग चुका।

अरे दाना रस के लिए दीदी ने पूछा है कि "कहती हुई मलिया पीछे से आकर सहसा चुप हो गई। उसने रामदीन को देखा।

तितली ने स्थिर भाव से कहा—कहती क्यों नहीं? बोल न, क्यों लजाती है। लिवा जा, पहले अपने रामदीन को कुछ खिला।

जाओ बहन!–कहकर वह घूम पड़ी।

रामदीन! बनजरिया में बहुत-सा काम है। जो काम तुमसे हो सके करो। चना-चबेना खाकर पड़े रहो। —तितली ने कहा।

शैला ने देखा, वह कहीं भी टिकने नहीं पाती है। कुछ लोगों को तो उसने पराया बना रखा है। और कुछ लोग उसे ही परकीया समझते हैं। वह मर्माहत होकर जाने के लिए घूम पड़ी।

तितली ने कहा—बैठो बहन! जल्दी क्या है?

तितली, तुमने भी मुझसे स्नेह का सम्बन्ध ढीला कर दिया है! मेरा हृदय चूर हो रहा है। न जाने क्यों, मेरे मन में ऐसी भावना उठती है कि मुझे मैं 'जैसी हूँ—उसी रूप में स्नेह करने के लिए कोई प्रस्तुत नहीं। कुछ-न-कुछ दूसरा आवरण लोग चाहते हैं।

इन्द्रदेव बाबू भी?

उनका समर्पण तो इतना निरीह है कि मैं बर्फ की—सी शीतलता में चारों ओर से घिर जाती हूँ। मैं तुम्हारी तरह का दान कर देना नहीं सीख सकी। मैं जैसे और कुछ उपकरणों से बनी हूँ! तुम जिस तरह मधुबन को...

अरे सुनो तो, मेरी बात लेकर तुमने अपना मानसिक स्वास्थ्य खो दिया है क्या? वह तो एक कर्तव्य की प्रेरणा है। तुम भूल गई हो। बापू का उपदेश क्या स्मरण नहीं है? प्रसन्नता से सब कुछ ग्रहण करने का अभ्यास तुमने नहीं किया। मन को वैसा हम लोग अन्य कामों के लिए तो बना लेते हैं; पर कुछ प्रश्न ऐसे होते हैं जिनमें हम लोग सदैव संशोधन चाहते हैं। जब संस्कार और अनुकरण की आवश्यकता समाज में मान ली गई, तब हम परिस्थिति के अनुसार मानसिक परिवर्तन के लिए क्यों हिचकें? मेरा ऐसा विश्वास है कि प्रसन्नता से परिस्थिति को स्वीकार करके जीवन-यात्रा सरल बनाई जा सकती है। बहन! तुम कहीं भूल तो नहीं कर रही हो? तुम धर्म के बाहरी आवरण से अपने को ढंककर हिन्दू-स्त्री बन गई हो सही, किन्तु उसकी संस्कृति की मूल शिक्षा भूल रही हो। हिन्दू-स्त्री का श्रद्धापूर्ण समर्पण उसकी साधना का प्राण है। इस मानसिक परिवर्तन को स्वीकार करो। देखो, इन्द्रदेव बाबू कैसे देव-प्रकृति के मनुष्य हैं। उस त्याग को तुम अपने प्रेम से और भी उज्ज्वल बना सकती हो।

यही तो मुझे दुःख है। मैं कभी-कभी सोचती हूँ कि मुझ वन-विहंगिनी को पिंजड़े में डालने के लिए उनको इतना कष्ट सहना पड़ा। किसी तरह मैं अपने को मुक्त करके उनका भी छुटकारा करा सकती!

तुम अपने जीवन को, स्त्री-जीवन को, और भी जटिल न बनाओ। तुम इन्द्रदेव के

स्नेह को अपनी ओर से अत्याचार मत बनाओ। मैं मानती हूँ कि कभी-कभी हित-चिन्ता समाज में पति-पत्नी पर, पिता-पुत्र पर, भाई-भाई पर, अपने स्नेहातिरेक को अत्याचार बना डालता है; परन्तु उस स्नेह को उसके वास्तविक रूप में ग्रहण कर लेने पर एक प्रकार का सुख-संतोष होता ही है।

तो तुम मधुबन को अब भी प्यार करती हो?

इसका तो कोई प्रश्न नहीं है। बहन शैला! संसार भर उनको चोर, हत्यारा और डाकू कहे; किन्तु मैं जानती हूँ कि वह ऐसे नहीं हो सकते। इसलिए मैं कभी उनसे घृणा नहीं कर सकती। मेरे जीवन का एक-एक कोना उनके लिए उस स्नेह के लिए सन्तुष्ट है। मैं जानती हूँ कि वह दूसरी स्त्री को प्यार नहीं करते। कर भी नहीं सकते। कुछ दिनों तक मैना को लेकर प्रवाद चारों ओर फैला था, मेरा मन उस पर विश्वास नहीं कर सका। हाँ, मैं दुःखी अवश्य थी कि उन्हें क्यों लोग सन्देह की दृष्टि से देखते हैं। उतनी-सी दुर्बलता भी मेरे लिए अपकार ही कर गई। उनको मैं आगे बढ़ने से रोक सकती थी। किन्तु तुम वैसी भूल न करोगी। इन्द्रदेव को भग्नहृदय बनाकर कल्याण के मार्ग को अवरुद्ध न करो। मानव के अन्तरतम में कल्याण के देवता का निवास है। उसकी संवर्धना ही उत्तम पूजा है। मैं इधर मनोयोगपूर्वक पढ़ रही हूँ। जितना ही मैं अध्ययन करती हूँ। उतना की यह विश्वास दृढ़ होता जा रहा है कि जो कुछ सुन्दर और कल्याणमय है, उसके साथ यदि हम हृदय की समीपता बढ़ाते रहे तो संसार सत्य और पवित्रता की ओर अग्रसर होगा।

तितली का मुँह प्रसन्नता से दमक रहा था।

शैला ने अपने मन का समस्त बल एकत्र करके उससे आदर्श ग्रहण करने का प्रयत्न किया। वह एक क्षण में ही सुन्दर स्वप्न देखने लगी, जिसमें आशा की हरियाली थी। अपनी सेवावृत्ति को जागरूक करने की उसने दृढ़ प्रतिज्ञा की। उसने तितली का हाथ पकड़कर कहा—क्षमा करना बहन! मैं अपराध करने जा रही थी। आज जैसे बाबाजी की आत्मा ने तुम्हारे द्वारा फिर से मेरा उद्धार किया। हम दोनों ने एक ही शिक्षा पायी है सही; परन्तु मुझमें कमी है उसे पूर्ण करना मेरा कर्तव्य है।

उस निर्जन ग्राम-प्रान्त में, जब धूप खेल रही थी, दो हृदयों ने अपने सुख-दुःख की गाथा एक-दूसरे को सुना कर अपने को हल्का बनाया। आँसू भरी आँखें मिलीं और वे दुर्बल-किन्तु दृढ़ता से कल्याण-पथ पर बढ़ने वाले-हृदय, स्वस्थ होकर, परस्पर मिले।

शैला नील-कोठी की ओर चली। उसके मन में नया उत्साह था। नील-कोठी की सीढ़ियों पर वह फुर्ती से चढ़ी जा रही थी। बीच ही में वाट्सन ने उसे रोका और कहा—मैं तुमसे एक बात कहना चाहता हूँ।

उसने अपने भीतर के जेब से एक पत्र निकालकर शैला के हाथ में दिया। उसे

पढ़ते-पढ़ते शैला रो उठी। उसने वाट्सन के दोनों हाथ पकड़ कर व्यग्रता से पूछा—वाट्सन! सच कहो, मेरे पिता का ही पत्र है, या धोखा है? मैं उनकी हस्तलिपि नहीं पहचानती। जेल से भी कोई पत्र मुझे पहले नहीं मिला था। बोलो, यह क्या है?

शैला! अधीर न हो। वास्तव में तुम्हारे पिता स्मिथ का ही यह पत्र है। मैं छुट्टी लेकर जब इंगलैड गया था, तब मैं उससे जेल में मिला था।

ओह! यह कितने दुःख की बात है।—शैला उद्विग्न हो उठी थी।

शैला! तुम्हारा पिता अपने अपराधों पर पश्चात्ताप करता है। वह बहुत सुधर गया है। क्या तुम उसे प्यार न करोगी?

करूँगी, वाट्सन! वह मेरा पिता है। किन्तु, मैं कितनी लज्जित हो रही हूँ। और तुम्हारी कृतज्ञता प्रकट करने के लिए मैं क्या करूँ?

बोलो!

कुछ नहीं, केवल चंचल मन को शान्त करो। पत्र तो मुझे बहुत दिन पहले ही मिल चुका था। किन्तु मैं तुमको दिखाने का साहस नहीं करता था। संभव है कि तुमको...

मुझको बुरा लगता! कदापि नहीं। सब कुछ होने पर भी वह पिता हैं वाट्सन!

तो चलो, वह कमरे में बैठे हुए तुम्हारी प्रतीक्षा कर रहे हैं।

ऐं, सच कहना! कहती हुई शैला कमरे में वेग से पहुँची।

एक बूढ़ा, किन्तु बलिष्ठ पुरुष, कुर्सी से उठकर खड़ा हुआ। उसकी बाँहें आलिंगन के लिए फैल गईं। शैला ने अपने को उसकी गोद में डाल दिया। दोनों भर पेट रोये।

फिर बूढ़े ने सिसकते हुए कहा—शैला! जेन के अभिशाप का दण्ड मैं आज तक भोगता रहा। क्या बेटी, तू मुझे क्षमा करेगी? मैं चाहता हूँ कि तू उसकी प्रतिनिधि बन कर मुझे मेरे पश्चात्ताप और प्रायश्चित में सहायता दे। अब मुझको मेरे जीते-जी मत छोड़ देना।

शैला ने आँसू-भरी आँखों से उसके मुख को देखते हुए कहा—पापा!

वह और कुछ न कह सकी, अपनी विवशता से वह कुढ़ने लगी। इन्द्रदेव का बन्धन! यदि वह न होता? किन्तु यह क्या, मैं अभी तितली से क्या कह आई हूँ? तब भी मेरा बूढ़ा पिता! आह! उसके लिए मैं क्या करूँ? उसे लेकर मैं...।

उसकी विचारधारा को रोकते हुए वाट्सन ने कहा—शैला! मैंने सब ठीक कर लिया है। तुम अब विवाहित हो चुकी हो, वह भी भारतीय रीति से। तब तुमको अपने पति के अनुकूल रहकर ही चलना चाहिए; और उसके स्वावलम्बपूर्ण जीवन में अपना हाथ बटाओ। नील-कोठी का काम तुम्हारे योग्य नहीं है। मिस्टर स्मिथ यहाँ पर अपने पिछले थोड़े-से दिन शान्ति से सेवा-कार्य करते हुए बिता लेंगे, और तुमसे दूर भी न रहेंगे।

शैला ने अवाक् होकर वाट्सन को देखा। उसका गला भर आया था। उपकार और इतना त्यागपूर्ण स्नेह! वाट्सन मनुष्य है?

हाँ, वह मनुष्य अपनी मानवता में सम्पूर्ण और प्रसन्न खड़ा मुस्करा रहा था। शैला ने कृतज्ञता से उनका हाथ पकड़ लिया। वाट्सन ने फिर कहा—मोटर खड़ी है। जाओ, अपनी मरती हुई सास का आशीर्वाद ले लो। जब तुम लौट आओगी, तब मैं यहाँ से जाऊँगा। तब तक मैं यहाँ सब काम इन्हें समझा दूँगा। मिस्टर स्मिथ उसे सरलता से कर लेंगे। चलो कुछ खा-पीकर तुरन्त चली जाओ।

उसी दिन सन्ध्या को इन्द्रदेव के साथ शैला, श्यामदुलारी के पलँग के पास खड़ी थी। उसके मस्तक पर कुंकुम का टीका था। वह नववधू की तरह सलज्ज और आशीर्वाद से लदी थी।

श्यामदुलारी का जीवन अधिकार और सम्पत्ति के पैरों से चलता आता था। वह एक विडम्बना थी या नहीं, यह नहीं कहा जा सकता। वह मन-ही-मन सोच रही थी—

जिस माता-पिता के पास स्नेह नहीं होता, वही पुत्र के लिए धन का प्रलोभन आवश्यक समझते हैं। किन्तु यह भीषण आर्थिक युग है। जब तक संसार में कोई ऐसी निश्चित व्यवस्था नहीं होती कि प्रत्येक व्यक्ति बीमारी में पथ्य और सहायता तथा बुढ़ापे में पेट के लिए भोजन पाता रहेगा, तब तक माता-पिता को भी पुत्र के विरुद्ध अपने लिए व्यक्तिगत सम्पत्ति की रक्षा करनी होगी।

श्यामदुलारी की इस यात्रा में धन की आवश्यकता नहीं रही। अधिकार के साथ उसे बड़प्पन से दान करने की भी श्लाघा होती है। तब आज उनके मन में त्याग था।

वृद्धा श्यामदुलारी ने अपने काँपते हाथों से एक कागज शैला को देते हुए कहा—बहू, मेरा लड़का बड़ा अभिमानी है। वह मुझे सब कुछ देकर अब मुझसे कुछ लेना नहीं चाहता। किन्तु मैं तो तुमको देकर ही जाऊँगी। उसे तुमको लेना ही पड़ेगा। यह मेरा आशीर्वाद है, लो।

शैला ने बिना इन्द्रदेव की ओर देखे उस कागज को ले लिया।

अब श्यामदुलारी ने माधुरी की ओर देखा। उसने एक सुन्दर डिब्बा सामने लाकर रख दिया। श्यामदुलारी ने फिर तनिक-सी कड़ी दृष्टि से माधुरी को देखकर कहा—अब इसे मेरे सामने पहना भी दे माधुरी! यह तेरी भाभी है।

मानव-हृदय की मौलिक भावना है स्नेह। कभी-कभी स्वार्थ की ठोकर से पशुत्व की, विरोध की, प्रधानता हो जाती है। परिस्थितियों ने माधुरी को विरोध करने के लिए उकसाया था। आज की परिस्थिति कुछ दूसरी थी। श्यामलाल और अनवरी का चरित्र किसी से छिपा नहीं था। वह सब जान-बूझ कर भी नहीं आये। तब! माधुरी के लिए संसार में कोई प्राणी स्नेह-पात्र न रह जायेगा। श्यामदुलारी तो जाती ही हैं।

प्रेम, मित्रता की भूखी मानवता! बार-बार अपने को ठगा कर भी वह उसी के लिए झगड़ती है। झगड़ती है, इसलिए प्रेम करती है। वह हृदय को मधुर बनाने के लिए बाध्य हुई। उसने अपने मुँह पर सहज मुस्कान लाते हुए डिब्बे को खोला।

उसने मोतियों का हार; हीरों की चूड़ियाँ शैला को पहना दीं; और सब गहने उसी में पड़े रहे। शैला ने धीरे से उन्हें न पहनाने के लिए माधुरी से कहा। माधुरी ने भी धीरे से उसकी कपोल चूम कर कहा—भाभी!

शैला ने उसे गले से लगा लिया। फिर उसने धीरे से श्यामदुलारी के पैरों पर सिर रख दिया। श्यामदुलारी ने उसकी पीठ पर हाथ रख कर आशीर्वाद दिया।

और, इन्द्रदेव इस नाटक को विस्मय-विमुग्ध होकर देख रहे थे। उन्हें जैसे चैतन्य हुआ। उन्होंने माँ के पैरों पर गिरकर क्षमा-याचना की।

श्यामदुलारी की आँखों में जल भर आया।

चार

जेल का जीवन बिताते मधुबन को कितने बरस हो गये हैं। वह अब भावना-शून्य होकर उस ऊँची दीवार की लाल-लाल ईंटों को देख कर उसकी ओर से आँखें फिरा लेता है। बाहर भी कुछ है या नहीं, इसका उसके मन में कभी विचार नहीं होता। हाँ, एक कुत्सित चित्र उसके दृश्यपट में कभी-कभी स्वयं उपस्थित होकर उसकी समाधि में विक्षेप डाल देता था। वह मलिन चित्र था मैना का! उसका स्मरण होते ही मधुबन की मुट्ठियाँ बँध जातीं। वह कृतघ्न हृदय! कितना स्वार्थी है! उसको यदि एक बार कुछ शिक्षा दे सकता!

जंगले में से बैठे-बैठे, सामने की मौलसिरी के पेड़ पर बैठे हुए पक्षियों को चारा बाँट कर खाते हुए वह देख रहा था। उसके मन में आज बड़ी करुणा थी। वह अपने अपराध पर आज स्वयं विचार कर रहा था—यदि मेरे मन में मैना के प्रति थोड़ा-सा भी स्निग्ध भाव न होता, तो क्या घटना की धारा ऐसी ही चल सकती थी! यही तो मेरा एक अपराध है। तो क्या इतना-सा विचलन भी मानवता का ढोंग करने वाला निर्मम संसार या क्रूर नियति नहीं सहन कर सकती? वह उपेक्षा करने के योग्य साधारण-सी बात नहीं थी क्या? मेरे सामने कैसे उच्च आदर्श थे! कैसे उत्साहपूर्वक भविष्य का उज्ज्वल चित्र मैं खींचता था! वह सब सपना हो गया, रह गई यह भीषण बेगारी। परिश्रम से तो मैं कभी डरता न था। तब क्या रामदीन के नोटों का झिटक लेना मेरे लिए घातक सिद्ध हुआ? हाँ, वह भी कुछ है तो; मैंने क्यों नहीं उसे फेंक देने के लिए

कहा। और कहता भी कैसे। मैंने तो स्वयं महन्त की थैली ले ली थी। हे भगवान्! मेरे बहुत-से अपराध हैं। मैं तो केवल एक की ही गिनती कर सकता था। सब जैसे साकार रूप धारण करके मेरे सामने उपस्थित हैं। हाँ, मुझे प्रमाद हो गया है। मैंने अपने मन को निर्विकार समझ लिया था। यह सब उसी का दण्ड है।

उसकी आँखों से पश्चात्ताप के आँसू बहने लगे। वह घंटों अपनी काल-कोठरी में चुपचाप जंगले से टिका हुआ आँसू बहाता रहा। उसे कुछ झपकी—सी लग गई। स्वप्न में तितली का शांतिपूर्ण मुखमंडल दिखाई पड़ा। वह दिव्य ज्योति से भरा था। जैसे उसके मन में आशा का संचार हुआ। उसका हृदय एक बार उत्साह से भर गया। उसने आँखें खोल दीं। फिर उसके मन में विकार उत्पन्न हुआ। ग्लानि से उसका मन भर गया। उसे जैसे अपने-आप से घृणा होने लगी—क्या तितली मुझसे स्नेह करेगी? मुझ अपराधी से उसका वही सम्बन्ध फिर स्थापित हो सकेगा? मैंने उसका ही यदि स्मरण किया होता—जीवन के शून्य अंश को उसी के प्रेम से, केवल उसकी पवित्रता से, भर लिया होता—तो आज यह दिन मुझे न देखना पड़ता। किन्तु क्या वही तितली होगी? अब भी वैसी ही पवित्र! इस नीच संसार में, जहाँ पग-पग पंर प्रलोभन है, खाई है, आनन्द की—सुख की लालसा है। क्या वह वैसी ही बनी होगी?

जंगले के द्वार पर कुछ खड़खड़ाहट हुई। प्रधान कर्मचारी ने भीतर आकर कहा—

मधुबन, तुम्हारी अच्छी चाल-चलन से सन्तुष्ट होकर तुमको दो बरस की छूट मिली है। तुम छोड़ दिए गये।

मधुबन ने अवाक् होकर कर्मचारी को देखा। वह उठ खड़ा हुआ। बेड़ियाँ झनझना उठीं। उसे आश्चर्य हुआ अपने शीघ्र छूटने पर। वह अभी विश्वास नहीं कर सका था। उसने पूछा—तो मैं छूट कर क्या करूँगा?

फिर डाके न डालना, और जो चाहे करना।—कहकर वह कोठरी के बाहर हो गया। मधुबन भी निकाला गया। फाटक पर उसका पुराना कोट और कुछ पैसे मिले। उस कोट को देखते ही जैसे उसके सामने आठ बरस पहले की घटना का चित्र खिंच गया। वह उसे उठाकर पहन न सका। और पैसे? उन्हें कैसे छोड़ सकता था। उसने लौट कर देखा तो जेल का जंगलेदार फाटक बन्द हो गया था। उसके सामने खुला हुआ संसार एक विस्तृत कारागार के सदृश झाँय-झाँय कर रहा था!

उसकी हताश आँखों के सामने उस उजले दिन में भी चारों ओर अँधेरा था। जैसे सन्ध्या चारों ओर से घिरती चली आ रही थी। जीवन के विश्राम के लिए शीतल छाया की आवश्यकता थी। किन्तु वह जेल से छूटा हुआ अपराधी! उसे कौन आश्रय देगा? वह धीरे-धीरे बीरू बाबू के अड्डे की ओर बढ़ा। किन्तु वहाँ जाकर उसने देखा कि घर में ताला

बन्द है। वह उन पैसों से कुछ पूरियाँ लेकर पानी की कल के पास बैठकर खा ही रहा था कि एक अपरिचित व्यक्ति ने पुकारा—मधुबन!

उसने पहचानने की चेष्टा की; किन्तु वह असफल रहा। फिर उदास भाव से उसने पूछा—क्या है भाई, तुम कौन हो?

अरे! तुम ननीगोपाल को भूल गये क्या? बीरू बाबू के साथ!

अरे हाँ ननी! तुम हो? मैं पहचान ही न सका। इस साहबी ठाट में कौन तुमको ननीगोपाल कहकर पुकारेगा? कहो, बीरू बाबू कहाँ हैं?

क्या फिर रिक्शा खींचने का मन है? बीरू बाब तो बड़े घर की हवा खा रहे हैं। उनका परोपकार का संघ पूरा जाल था। उन्होंने भर पेट पैसा कमा कर अपनी प्रियतमा मालती दासी का संदूक भर दिया। फिर क्या, लगे गुलछर्रे उड़ाने! एक दिन मालती दासी से उनकी कुछ अनबन हुई। वह मारपीट कर बैठे। उस दिन वह मदिरा में उन्मत्त थे। तुम आश्चर्य करोगे न? हाँ, वही बीरू, जो हम लोगों को कभी अच्छी साक-भाजी भी न खाने का, सादा भोजन करने का, उपदेश देते थे; मालती के संग में भारी पियक्कड़ बन गये! दूसरों को सदुपदेश देने में मनुष्य बड़े चतुर होते हैं। हाँ, तो वह उसी मारपीट के कारण जेल भेज दिए गये हैं।

अच्छा भाई! तुम क्या करते हो?—मधुबन ने जल के सहारे बासी और सुखी पूरियाँ गले में ठेलते हुए पूछा।

तुम्हारे लिए बीरू से एक बार फिर लड़ाई हुई। मैंने उनसे जाकर कहा कि मधुबन के मुकदमे में कोई वकील खड़ा कीजिए। इतना रुपया उसने छाती का हाड़ तोड़कर अपने लिए कमाया है। उन्होंने कहा, मुझसे चोरों-डकैतों का कोई सम्बन्ध नहीं! मैं भी दूसरी जगह नौकरी करने लगा।

कहाँ काम करते हो ननी! कोई नौकरी मुझे भी दिला सकोगे?

नौकरी की तो अभी नहीं कह सकता। हाँ, तुम चाहो तो, मेरे साबुन के कारखाने की दुकान हरिहरक्षेत्र के मेले में जा रही है, मेरे साथ वहाँ चल सकते हो। फिर वहाँ से लौटने पर देखा जाएगा। पर भाई, वहाँ भी कोई गड़बड़ न कर बैठना।

तो क्या तुमको विश्वास है कि मैंने उस पियक्कड़ को लूटा था, और रिक्शा से घसीट कर पीटा भी था?

मधुबन उत्तेजित हो उठा था। उसने फिर कहा—तो भाई तुम मुझे न लिवा जाओ।

यह लो, तुम तो बिगड़ गये। अरे मैंने तो हँसी की थी। लो, वह मेरा सामान भी आ गया। चलो तुम भी, पर ऐसे नंगधडंग कहाँ चलोगे! पहले एक कुरता तो तुम्हें पहना दूं। अच्छा, लारी पर बैठकर चलो हाबड़ा, मैं कुरता लिए आता हूँ।

ननी ने सामान से लदी हुई लारी पर उसे बैठा दिया।

मधुबन, नियति के अंधड़ में उड़ते हुए सूखे पत्ते की तरह, निरुपाय था। उसके पास स्वतंत्र रूप से अपना पथ निर्धारित करने के लिए कोई साधन न था। वह जेल से छूटकर हरिहरक्षेत्र चला।

कई कोस का वह मेला न जाने भारतवर्ष के किस अतीत के प्रसन्न युग का स्मरण-चिह्न है। संभव है, मगध के साम्राज्य की वह कभी प्रदर्शनी रहा हो। किन्तु आज भी उसमें क्या नहीं बिकता। लोग तो यहाँ तक कहते हैं कि अब इस युग में भी वहाँ भूत-प्रेत बिकते हैं!

मधुबन ने अपनी दाढ़ी नहीं बनवाई थी। उसके बाल भी वैसे ही बढ़े थे। वह दूकान की चौकीदारी पर नियुक्त था।

साबुन की दूकान सजी थी। मधुबन मोटा-सा डंडा लिए एक तिपाई पर बैठा रहता। वह केवल ननी से ही बोलता। उसका स्वभाव शान्त हो गया था, या अतीव कुद्ध, यह नहीं ज्ञात होता था। ननी के बहुत कहने-सुनने पर एक दिन वह गंगा-स्नान करने गया। वहाँ से लौटकर हाथियों के झुडों को देखता हुआ वह धीरे-धीरे आ रहा था।

वहाँ उसने दो-तीन बड़े सुन्दर हाथी के बच्चों को खेलते हुए देखा। वह अनमना-सा होकर मेले में घूमने लगा। मनुष्य के बच्चे भी कितने सुन्दर होते होंगे जब पशुओं के ऐसे आकर्षक हैं। यही सोचते-सोचते उसे अपनी गृहस्थी का स्मरण हो आया।

उस उड़ती हुई रेत में वह धूसरित होकर उन्मत्त की तरह पालकी, घोड़े, बैल, ऊँट और गायों की पंक्ति को देखता रहा। देखता था, पर उसकी समझ में यह बात नहीं आती थी कि मनुष्य क्यों अपने लिए इतना संभार जुटाता है। वह सोचने के लिए मस्तिष्क पर बोझ डालता था, फिर विरक्त हो जाता था। केवल घूमने के लिए वह घूमता रहा।

संध्या हो आई। दूकानों पर आलोक-माला जगमगा उठी। डेरों में नृत्य होने लगा। गाने की एक मधुर तान उसके कानों में पड़ी। वह बहुत दिनों पर ऐसा गान सुन सका था। डेरे के पास बहुत-से लोग खड़े थे। वह भी जाकर खड़ा हो गया।

मैना ही तो है, वही...अरे कितना मादक स्वर है।

एक मनचले ने कहा—वाह, महन्तजी बड़े आनन्दी पुरुष हैं।

मधुबन ने पूछा—कौन महन्तजी?

धामपुर के महन्त को तुम नहीं जानते? अभी कल ही तो उन्होंने तीन हाथी खरीदे हैं। राजा साहब मुँह देखते रह गये। हजार-हजार रुपये दाम बढ़ा कर लगा दिया। राजसी ठाट है। एक-से-एक पंडित और गवैये उनके साथ हैं। यह मैना भी तो उन्हीं के साथ आई है।

लोग कहते हैं, वह सिद्ध महात्मा हैं। जिधर आँख उठा दें, लक्ष्मी बरस पड़े।

मधुबन को थप्पड़-सा लगा। मैना और महन्त। तब वह यहाँ क्यों खड़ा है? उस बड़े-से डेरे के दूसरी ओर वह चला।

आसपास छोटी-छोटी छोलदारियाँ खड़ी थीं। मधुबन उन्हीं में घूमने लगा। वह अपने हृदय को दबाना चाहता था। पर विवश होकर जैसे उस डेरे के आसपास चक्कर काटने लगा।

इतने में एक दूसरा परिचित कंठस्वर सुनाई पड़ा। हाँ चौबे ही तो थे। किसी से कह रहे थे—तहसीलदार साहब! महन्तजी से जाकर कहिए कि पूजा का समय हो गया। ठाकुरजी के पास भी आवें। मैना तो कहीं जा नहीं रही है।

मरे महन्तजी, यह जितना ही बूढ़ा होता जा रहा है उतना ही पागल होने लगा है। रुपया बरस रहा है, और कोई रोकने वाला नहीं।—तहसीलदार ने उत्तर दिया।

मधुबन के अंग से चिनगारियाँ छूटने लगीं। उसके जीवन को विषाक्त करने वाले सब विषैले मच्छर एक जगह। उसके शरीर में जैसे भूला हुआ बल चैतन्य होने लगा।

उसने सोचा—मैं तो संसार के लिए मृतप्राय हूँ ही। फिर प्रेतात्मा की तरह मेरे अदृश्य जीवन का क्या उद्देश्य है? तो एक बार इन सबों को...

फिर ऐंठनेवाले हृदय पर अधिकार किया। वह प्रकृतिस्थ होकर ध्यान से उसकी बातों को सुनने लगा।

अभी अफसर लोग डेरे में हैं। महन्तजी नहीं आ सकते।—एक नौकर ने आकर चौबे से कहा।

तहसीलदार ने कहा—महाराज! क्यों आप घबराते हैं, कुछ काम तो करना नहीं है। इसके साथ हम लोगों के रहने का यह तात्पर्य तो है नहीं कि यह सुधारा जाय। खाओ-पीओ, मौज लो। देखते नहीं, मैं चला था धामपुर के जमींदार को सुधारने, क्या दशा हुई ! आज वही मेम सर्वस्व की स्वामिनी है। और मैं निकाल बाहर किया गया। गाँव में किसी की दाल नहीं गलती। किसान लोगों के पास लम्बी-चौड़ी खेती हो गई। वे अब भला कानूनगो और तहसीलदार की बात क्यों सुनेंगे! अमीरों के यहाँ तो यह सब होता ही रहता है। हम लोग मंदिर के सेवक हैं। चलने दो।

चलने दें, ठीक तो है। पर कुछ नियम संसार में हैं अवश्य। उनको तोड़कर चलने का क्या फल होता है, यह आपने अभी नहीं देखा क्या? देखिए, हम लोगों ने अधिकार रहने पर धामपुर में कैसा अंधेर मचाया था। अब किसी तरह रोटी के टुकड़ों पर जी रहे हैं। कहाँ वह इन्द्रदेव की सरलता और कहाँ इसकी पिशाचलीला! आपने देखा नहीं मुंशीजी, वह लड़की, देहाती बालिका, तितली ने जिसकी गृहस्थी हम लोगों ने सत्यानाश कर देने का संकल्प कर लिया था, आज कितने सुख से—और सुख ही नहीं, गौरव से—जी रही है। उसकी गोद में

एक सुन्दर बच्चा है, और गाँव भर की स्त्रियों में उसका सम्मान है!

मधुबन और भी कान लगाकर सुनने लगा।

बच्चा! अरे वह न जाने किसका है। उसकी टीम-टाम से कोई बोलता नहीं! पहले का समय होता तो कभी गाँव के बाहर कर दी गई होती और तुम आज उसकी बड़ी प्रशंसा कर रहे हो ! उसी के पति मधुबन ने तो तुम्हारी यह दुर्दशा की थी। बुरा हो चांडाल मधुबन का। उसने भाई तुम्हारा बायाँ हाथ ही झूठा कर दिया। यह तो कहो, किसी तरह काम चला लेते हो।

हाँ जी, अपने लोगों को क्या।

तो चलो, हम लोग भी वहीं बैठकर गाना सुनें। यहाँ क्या कर रहे हैं।

तहसीलदार ने चौबे का हाथ पकड़कर उठाया। दोनों बड़े डेरे की ओर चले।

मधुबन अन्धकार में हट गया। उसका मन उद्विग्न था। वह किसी तरह उसको शान्त कर रहा था।

मैना की स्वर-लहरी वायु-मंडल में गूँज रही थी। किन्तु मधुबन के मन में तितली और लड़के के विषय में विकट द्वन्द्व चलने लगा था। वह पागल की तरह लड़खड़ाता हुआ ननीगोपाल के पास पहुँचा।

कहा—ननी बाबू! मुझे छुट्टी दीजिए। मैं अब जाता हूँ।

क्यों मधुबन! क्यों तुमको यहाँ कोई कष्ट है?

नहीं, अब मैं यहाँ नहीं रह सकता।

तो भी रात को कहाँ जाओगे? कल सवेरे जहाँ जाना हो, वहाँ के लिए टिकट दिला दूँगा!—ननी ने पुचकारते हुए कहा।

मधुबन ने रात किसी तरह काट लेना ही मन में स्थिर किया, वह चुपचाप लेटा रहा।

मेले का कोलाहल धीरे-धीरे शान्त हो गया था। रात गम्भीर हो चली थी।

मधुबन की आँखों में नींद नहीं थी। प्रतिशोध लेने के लिए उसका पशु साँकल तुड़ा रहा था, और वह बार-बार उसे शान्त करना चाहता था। भयानक द्वन्द्व चल रहा था। सहसा अब उसे झपकी आने लगी थी, एक हल्ला-सा मचा-हाथी! हाथी!!

रात की अँधियारी में चारों ओर हलचल मच गई। साटे-बर्दार दौड़े। पुलिस का दल कमर बाँधने लगा। लोग घबराकर इधर-उधर भागने लगे।

मधुबन चौंककर उठ बैठा। उसके मस्तक में एक पुरानी घटना दौड़-धूप मचाने लगी—मैना भी उसमें थी और हाथी भी बिगड़ा था, और तब मधुबन ने उसकी रक्षा की थी; वहीं से उसके जीवन में परिवर्तन का आरम्भ हुआ था।

तो आज क्या होगा? ऊँह! जो होना हो, वह होकर रहे। मधुबन को ही क्यों न हाथी कुचल दे। सारा झगड़ा मिट जाय, सारी मनोवेदना की इतिश्री हो जाय।

वह अविचल बैठा रहा।

घंटों में कोलाहल शान्त हुआ। कोई कहता था, बीसों मनुष्य कुचल गये। कोई कहता, नहीं कुल दस ही तो। इस पर वाद-विवाद चलने लगा।

किन्तु मधुबन स्थिर था। उसने सोचा, जिसकी मृत्यु आई, उसे संसार से छुट्टी मिली। चलो उतने तो जीवन-दंड से मुक्त हो गये।

सवेरे जब वह जाने के लिए प्रस्तुत था, ननीगोपाल से एक ग्राहक कहने लगा—भाई, मैं तो इस मेले से भागना चाहता हूँ। यहाँ पशु और मनुष्य में भेद नहीं। सब एक जगह बुरी तरह एकत्र किये गये हैं। कब किसकी बारी आवेगी, कौन कह सकता है। सुना है तुमने महन्त का समाचार? उनकी वेश्या, पुजारी और तहसीलदार नाम का एक कर्मचारी तो हाथी से कुचल कर मर गये। महन्त के सिर में बड़ी चोट आई है। उसके भी बचने के लक्षण नहीं हैं। उसी के हाथी बिगड़े, तीनों-के-तीनों पागल हो गये। कुछ लोग तो कहते हैं, जो राजा इन हाथियों को लेना चाहता था उसी ने कुछ इन्हें खिलवा दिया।

ननी ने कहा—मरें भी ये पापी। हाँ, तो तुझको तीन दर्जन चाहिए? बाँध दो जी!

नौकर साबुन बाँधने लगे। मधुबन स्तब्ध खड़ा था। ननी ने उससे पूछा—तो तुम जाना ही चाहते हो?

हाँ।

कुछ चाहिए?

नहीं, अब मुझे कुछ नहीं चाहिए। मैं चला!

मधुबन सिर झुकाकर धीरे-धीरे मेले के बाहर हो गया। उसके मन में यही बात रह-रहकर उठती थी—मरते तो सभी हैं, फिर भगवान् उन्हें पाप करने के लिए उत्पन्न क्यों करता है; जो मरने पर भी पाप ही छोड़ जाते हैं! और तितली! उसके लड़का कैसा! कब हुआ? हे भगवान् ! मरते-मरते भी ये सब मेरे मन में सन्देह का विष उँडेल गये।

वह निरुद्देश्य चल पड़ा।

पाँच

शैला की तत्परता से धामपुर का ग्राम-संगठन अच्छी तरह हो गया था। इन्हीं कई वर्षों में धामपुर एक कृषि-प्रधान छोटा-सा नगर बन गया। सड़कें साफ-सुथरी, नालों पर पुल, करघों की बहुतायत, फूलों के खेत, तरकारियों की क्यारियाँ, अच्छे फलों के बाग-वह गाँव कृषि-प्रदर्शनी बन रहा था। खेतों के सुन्दर टुकड़े बड़े रमणीय थे।

कोई भी किसान ऐसा न था, जिसके पास पूरे एक हल की खेती के लिए पर्याप्त भूमि नहीं थी। परिवर्तन में इसका ध्यान रखा गया था कि एक खेत कम-से-कम एक हल से जोतने-बोने लायक हो।

पाठशाला, बैंक और चिकित्सालय तो थे ही, तितली की प्रेरणा से दो-एक रात्रि पाठशालाएँ भी खुल गयी थीं। कृषकों के लिए कथा के द्वारा शिक्षा का भी प्रबन्ध हो रहा था। स्मिथ उस प्रान्त में 'बूढ़ा बाबा' के नाम से परिचित था। उसके जीवन में नया उल्लास और विनोदप्रियता आ गई थी। हँसा-हँसाकर वह ग्रामीणों को अपने सुधार पर चलने के लिए बाध्य करता।

हाँ, उसने ग्रामीणों में अखाड़े और संगीत-मंडलियों का भी खूब प्रचार किया। वह स्वयं अखाड़े जाता, गाने-बजाने में सम्मिलित होता, उनके रोगी होने पर कटिबद्ध होकर सेवा करता। युवकों में स्वयं-सेवा का भाव भी उसने जगाया।

धामपुर स्वर्ग बन गया था। इन्द्रदेव ने तो माँ के लौटा देने पर भी उसकी आय अपने लिए कभी नहीं ली। शैला के सामने धामपुर का हिसाब पड़ा रहता। जिस विभाग में कमी होती, वहीं खर्च किया जाता। वह प्रायः धामपुर आया करती।

नन्दरानी की प्रेरणा से शैला एक चतुर भारतीय गृहिणी बन गई थी। इन्द्रदेव के स्वावलम्बन में वह अपना अंश तो पूरा कर ही देती। बैरिस्टरी की आय. उन लोगों के निजी व्यय के लिए पर्याप्त थी।

और तितली? उसके और खेत बनजरिया से मिल जाने पर बोलो बीघे का एक चक हो गया था, जिसमें भट्ठी की जगह बराबर करके धान की क्यारी बना दी गई थी। उसका बालिका विद्यालय स्वतंत्र और सुन्दर रूप से चल रहा था। दो जोड़ी अच्छे बैल, दो गायें और एक भैंस उसकी पशुशाला में थी। साफ-सुथरी चरनी, चरी के लिए अलग गोदाम, रामजस के अधीन था। अन्न की व्यवस्था राजो करती। मलिया और रामदीन की सगाई हो गई थी। उनके सामने एक छोटा-सा बालक खेलने लगा।

किन्तु तितली अपनी इस एकान्त साधना में कभी-कभी चौंक उठती थी। मोहन के मुँह पर गम्भीर विषाद की रेखा कभी-कभी स्पष्ट होकर तितली को विचलित कर देती थी।

मोहन का अभिन्न मित्र था रामजस। वह अभी तीस बरस का नहीं हुआ था, किन्तु उसके मुँह पर वृद्धों की—सी निराशा की झलक थी। उसके हृदय में उल्लास तभी होता, जब मोहन के साथ किसी सन्ध्या में गंगा की कछार रौंदते हुए घूमता था। वह चलता जाता था, और उसकी पुरानी बातों का अन्त न था। किस तरह उसका खेत चला गया, कैसे लाठी चली, कैसे मधुबन भइया ने उसकी रक्षा की, यही उसकी बातचीत का विषय था। मोहन ध्यानमग्न तपस्वी की तरह उन बातों को सुना करता।

मोहन भी अब चौदह बरस का हो गया था। वह सबसे तो नहीं, किन्तु राजो से नटखटपन किये बिना नहीं मानता था। उसे चिढ़ाता, मुँह बनाता; कभी-कभी नोंच-खसोट भी करता। पर उस पर दुलार से कृत्रिम रोष प्रकट करके भी बाल-विधवा राजो एक प्रकार का सन्तोष ही पाती थी।

सच तो यह है कि राजो ने ही उसे यह सब सिखाया था। तितली कभी-कभी इसके लिए राजो को बात भी सुनाती। पर वह कह देती कि चल तुझसे तो यह पाजीपन नहीं करता। इतना ही पाजी तो मधुबन भी था लड़कपन में, यह भी अपने बाप का बेटा है न।

राजो के मन में मधुबन के बाल्यकाल का स्नेहपूर्ण चित्र उपस्थित करते हुए मोहन उसको सान्त्वना दिया करता।

मोहन कभी-कभी माता के गम्भीर प्यार से ऊब कर रामजस के साथ घूमने चला जाता। वह आज गंगा के किनारे-किनारे घूम रहा था। संध्या समीप थी। सेवार और काई की गन्ध गंगा के छिछले जल से निकल रही थी। पक्षियों के झुण्ड उड़ते हुए, गंगा की शान्त जलधारा में अपना क्षणिक प्रतिबिम्ब छोड़ जाते थे। वहाँ की वायु सहज शीतल थी। सब जैसे रामजस के हृदय की तरह उदास था।

रामजस को आज कुछ बातचीत न करते देखकर मोहन उद्विग्न हो उठा। उसे इतना चलना खलने लगा। न जाने क्यों, उसको रामजस से हँसी करने की सूझी। उसने पूछा—चाचा! तुमने ब्याह क्यों नहीं किया? बुआ तो कहती थी, लड़की बड़ी अच्छी है। तुम्हीं ने नांहीं कर दी।

हाँ रे मोहन! लड़की अच्छी होती है, यह तू जानने लगा। कह तो, मैं ब्याह करके क्या करूँगा? उसको खाने के लिए कौन देगा?

मैं दूँगा, चाचा! यह सब इतना-सा अन्न कोठरी में रखा रहता है। हर साल देखता हूँ कि उसमें घुन लगते हैं, तब बुआ उसको पिसाकर इधर-उधर बाँटती फिरती हैं। चाची को खाना न मिलेगा! वाह, मैं बुआ की गर्दन पर जहाँ चढ़ा, सीधे से थाली परस देंगी।

तुम बड़े बहादुर हो। क्या कहना! पर भाई, अब तो मैं तुम्हारा ही ब्याह करूँगा! अपना तो चिता पर होगा।

छी-छी चाचा, तुम्हीं न कहते हो कि बुरी बात न कहनी चाहिए। और अब तुम्हीं... देखो, फिर ऐसी बात करोगे तो मैं बोलना छोड़ दूँगा।

रामजस की आँखों में आँसू भर आये। उसे मधुबन का स्मरण व्यथित करने लगा। आज वह इस अमत-वाणी का सुख लेने के लिए क्यों नहीं अन्धकार के गर्त्त के बाहर आ जाता। उसकी उदासी और भी बढ़ गई।

धीरे-धीरे धुँधली छाया प्रकृति के मुँह पर पड़ने लगी। दोनों घूमते-घूमते शेरकोट के खँडहर पर पहुँच गये थे। मोहन ने कहा—चाचा! यह तो जैसे कोई मसान है?

लम्बी साँस लेकर रामजस ने कहा—हाँ बेटा! मसान ही है! इसी जगह तुम्हारे वंश की प्रभुता की चिता जली है। तुमको क्या मालूम; यही तुम्हारे पुरुषों की डीह है। तुम्हारी ही यह गढ़ी है।

मेरी?—मोहन ने आश्चर्य से पूछा।

हाँ, तुम्हारी, तुम्हारे पिता मधुबन का यही घर है।

मेरे पिता। दुहाई चाचा। तुम एक सच्ची बात बताओगे? मेरे पिता थे! फिर स्कूल में रामनाथ ने उस दिन क्यों कह दिया कि—चल, तेरे बाप का भी ठिकाना है!

किसने कहा बेटा! बता, मैं उसकी छाती पर चढ़कर उसकी जीभ उखाड़ लूँ। कौन यह कहता है?

अरे चाचा! उसे तो मैंने ही ठोंक दिया। पर वह बात मेरे मन में काँटे की तरह खटक रही है। पिताजी हैं कि मर गये, यह पूछने पर कोई उत्तर क्यों नहीं देता। बुआ चुप रह जाती है। माँ आँखों में आँसू भर लेती हैं। तुम बताओगे, चाचा!

बेटा, यही शेरकोट का खँडहर तेरे पिता को निर्वासित करने का कारण है। हाँ, यह खँडहर ही रहा। न इस पर बंक बना, न पाठशाला बनी। अपने भी उजड़कर यह अभागा पड़ा है, और एक सुन्दर गृहस्थी को भी उजाड़ डाला!

तो चाचा! कल से इसको बसाना चाहिए। यह बस जाएगा तो पिताजी आ जायंगे?

कह नहीं सकता।

तब आओ, हम लोग कल से इसमें लपट जाएँ। इधर तो स्कूल में गर्मी की छुट्टी है। दो-तीन घर बनाते कितने दिन लगेंगे।

अरे पागल! यह जमींदार के अधिकार में है। इसमें का एक तिनका भी हम छू नहीं सकते!।

हम तो छुएँगे चाचा! देखो, यह बाँस की कोठी है। मैं इसमें से आज ही एक कैन तोड़ता हूँ।—कहकर मोहन, रामजस के 'हाँ-हाँ' करने पर भी, पूरे बल से एक पतली-सी बाँस की कैन तोड़ लाया। रामजस ने ऊपर से तो उसे फटकारा, पर भीतर वह प्रसन्न भी हुआ। उसने सन्ध्या की निस्तब्धता को आन्दोलित करते हुए अपना सिर हिलाकर मन-ही-मन कहा—है तू मधुबन का बेटा!

रामजस का भूला हुआ बल, गया हुआ साहस, लौट आया। उसने एक बार कंधा हिलाया। अपनी कल्पना के क्षेत्र में ही झूमकर वह लाठी चलाने लगा, और देखता है कि शेरकोट में सचमुच घर बन गया। मोहन के लिए उसके बाप-दादों की डीह पर एक छोटा-सा सुन्दर घर प्रस्तुत हो ही गया।

अन्धकार पूरी तरह से फैल गया था। उसने उत्साह से मोहन का हाथ पकड़कर हिला दिया, और कहा—चलो मोहन! अब घर चलें।

वे दोनों घूमते हुए उसी घाट पर के विशाल वृक्ष के नीच आये। उसके नीचे पत्थर पर एक मलिन पूर्ति का भ्रम मोहन को हुआ। उसने धीरे से रामजस से कहा—चाचा, वह देखो, कौन है?

रामजस ने देखकर कहा—होगा कोई, चलो, अब रात हो रही है। तेरी बुआ बिगड़ेंगी

बुआ! वह तो बात-बात में बिगड़ती हैं। फिर प्रसन्न भी हो जाती हैं। हाँ, माँ से मुझे...

डर लगता है? नहीं बेटा! तितली के दुःखी मन में एक तेरा ही तो भरोसा है। वह बेचारी तुम्हीं को देखकर तो जी रही है। हे भगवान्! चौदह बरस पर तो रामचन्द्र जी बनवास झेलकर लौट आये थे। पर उस दुखिया का...

वे लोग बातें करते हुए दूर निकल गये थे। वृक्ष के नीचे बैठी हुई मलिन मूर्ति हिल उठी।

बनजरिया के पास पहुँचते-पहुँचते रात हो गई। मोहन ने कहा—चाचा! क्या वह भूत था? तुमने मुझे देख लेने क्यों नहीं दिया? इसी से लोग डर जाते हैं?

पागल! डर की कौन सी बात है? तेरा बाप तो डरना जानता ही न था।

हाँ, मैं भी डरता नहीं हूँ, पर तुमने देखने क्यों नहीं दिया।

मोहन के मन में एक तरह का कुतूहल-मिश्रित भय उत्पन्न हो गया था। वह सुन चुका था कि एकान्त में वृक्षों के पास भूत-प्रेत रहते हैं। तब भी वह अपने स्वाभाविक साहस को एकत्र कर रहा था।

तितली ने डाँटकर पूछा—क्यों, तू इतनी देर तक कहाँ घूमता रहा? छुट्टी है तो क्या घर पर पढ़ने को नहीं है?

उसने माँ की गोद में मुँह छिपाकर कहा—माँ, मैं आज अपनी पुरानी डीह देखने चला गया था। शेरकोट!

दीपक के धुँधले प्रकाश में तितली ने उदासी से रामजस की ओर देखते हुए कहा—रामजस! इस बच्चे के मन में तुम क्यों असन्तोष उत्पन्न कर रहे हो? शेरकोट को भूल जाने से क्या उसकी कुछ हानि होगी?

भाभी, शेरकोट मोहन का है। तुमको उसे भी लौटा लेना पड़ेगा, जैसे हो तैसे। मुझे उसके लिए मरना पड़े, तो भी मैं प्रस्तुत हूँ। कल मैं स्मिथ साहब के पास जाऊँगा। न होगा तो लगान पर ही उसको माँग लूँगा। मधुबन भइया लौटकर आयेंगे तो क्या कहेंगे।

उसको हटाने के लिए तितली ने कहा—अच्छा, जाओ। तुम लोग खा-पी लो। कल देखा जाएगा।

तितली एकान्त में बैठकर आज रोने लगी! मधुबन आवेंगे? यह कैसी दुराशा उसके मन

में आज भीषण रूप से जाग उठी। पुरुषोचित साहस से उसने इन चौदह बरसों में संसार का सामना किया था। किसी से न झुकने की टेक, अविचल कर्तव्य-निष्ठा और अपने बल पर खड़े होकर इतनी सारी गृहस्थी उसने बना ली। पर क्या मधुबन लौट आयेंगे? आकर उसके संयम और उसकी साधना का पुरस्कार देंगे? एक स्नेहपूर्ण मिलन उसके फूटे भाग्य में है?

निष्ठुर विधाता ! बचपन अकाल की गोद में ! शैशव बिना दुलार का बीता ! यौवन के आरम्भ में अपने बाल सहचर 'मधुवा' का थोड़ा-सा प्रणय-मधु जो मिला, वह क्या इतना अमर कर देने वाला है कि यंत्रणा में पीड़ित होकर वह अनन्तकाल तक प्रतीक्षा करती हुई जीती रहेगी?

उसे अपनी संसार-यात्रा की वास्तविकता में सन्देह होने लगा। वह क्यों इतनी धूमधाम से हलचल मचाकर संसार के नश्वर लोक में अपना अस्तित्व सिद्ध करने की चेष्टा करती रही? जियेगी, तो झेलेगा कौन? यह जीवन कितनी विषम घाटियों से होकर धीरे-धीरे अन्धकार की गुफा में प्रवेश कर रहा है। मैं निरवलम्ब होकर चलने का विफल प्रयत्न कर रही हूँ क्या?

गाँव भर मुझसे कुछ लाभ उठाता है, और मुझे भी कुछ मिलता है; किन्तु उसके भीतर एक छिपा हुआ तिरस्कार का भाव है। और है मेरा अलक्षित बहिष्कार ! मैं स्वयं ही नहीं जानती; किन्तु यह क्या मेरे मन का सन्देह नहीं है? मुझे जीभ दबाकर लोग न जाने क्या-क्या कहते हैं ! यह सब चल रहा है, तो भी मैं अपने में जैसे किसी तरह सन्तुष्ट हो लेती हूँ।

मेरी स्व-चेतनता का यही अर्थ है कि मैं और लोगों की दृष्टि में लघुता से देखी जाती हूँ, और मैं उसकी जानकारी से अपने को अछूती रखना चाहती हूँ। किन्तु यह 'लुक-छिप' कब तक चला करेगी? एक बार ध्वंस होकर यह खंडहर भी शेरकोट की तरह बन जाय !

शैला ! कितनी प्यारी और स्नेह भरी सहेली है। किन्तु उससे भी मन खोलकर मैं नहीं मिल सकती। वह फिर भी सामाजिक मर्यादा में मुझसे बड़ी है, और मुझे वैसा कोई आधार नहीं। है भी तो केवल एक मोहन का। वह कोमल अवलम्ब ! अपनी ही मानसिक जटिलताओं से अभी से दुर्बल हो चला है। वह सोचने लगा है, कुढ़ने लगा है, किसी से कुछ कहता नहीं। जैसे लज्जा की छाया, उसके सुन्दर मुख पर दौड़ जाती है। मुझसे, अपनी माँ से, अपनी मन की व्यथा खोलकर नहीं कह सकता। हे भगवान् !

वह रोने लगी थी। हाँ, रोने में आज उसे सुख मिलता था।

किन्तु वह रोने वाली स्त्री न थी। वह धीरे-धीरे शान्त होकर प्रकृतिस्थ होने लगी थी। सहसा दौड़ता हुआ मोहन आया। पीछे राजो थी। वह कह रही थी—देख न, रोटी और दूध

दे रही हूँ। यह कहता है, आज तरकारी क्यों नहीं बनी। अपने बाप की तरह वह भी मुझको खाने के लिए तंग करता ही है।

मोहन तितली के पास आ गया था। तितली ने उसके सिर पर हाथ रखा, वह जल रहा था, उसने कहा—माँ, मुझे भूख नहीं है।

अरे तुझको तो ज्वर हो रहा है !—तितली ने भयभीत स्वर में कहा।

क्या? तब तो इसको आज खाने को नहीं देना चाहिए !

यह कहकर राजो चली गयी, और मोहन माँ की गोद में भयभीत हरिण-शावक की तरह दुबक गया।

तितली ने उसे कपड़ा ओढ़ाकर अपने पास सुला लिया। वह भी चुपचाप पड़ा माँ का मुंह देख रहा था। दीप-शिखा के स्निग्ध आलोक में उसकी पुतली, सामना पड़ जाने पर, चमक उठती थी। तितली, उसके शरीर को सहलाती रही, और मोहन उसके मुँह को देखता ही रहा।

सो जा बेटा !—तितली ने कहा।

नींद नहीं आ रही है।—मोहन ने कहा। उसकी आँखों में जिज्ञासा भरी थी।

क्या है रे?—तितली ने दुलार से पूछा।

माँ, मैंने पेड़ के नीचे, शेरकोट के पास जो घाट पर बड़ा-सा पेड़ है उसी के नीचे, आज संध्या को एक विचित्र...।

क्या तू डर गया है? पागल कहीं का !

नहीं, माँ, मैं डरता नहीं। पर शेरकोट के पास वह कौन बैठा था। मेरे मन में जैसे बड़ा...

जैसे बड़ा, जैसा बड़ा ! क्या बड़े खायेगा? तू भी कैसा लड़का है। साफ-साफ क्यों नहीं कहता?—तितली का कलेजा धक्-धक् करने लगा।

माँ, मैं एक बात पूछूं?

पूछ भी—तितली ने उसके सिर पर हाथ फेरते हुए कहा। उसका पसीना अपने अंचल से पोंछकर वह उसकी जिज्ञासा से भयभीत हो रही थी।

माँ !...

कह भी ! मुझे जीते-जी मार न डाल ! मेरे लाल ! पूछ ! तुझे डर किस बात का है? तेरी माँ ने संसार में कोई ऐसा काम नहीं किया है कि तुझे उसके लिए लज्जित होना पड़े।

माँ, पिताजी !...

हाँ बेटा, तेरी पिताजी जीवित हैं। मेरा सिन्दूर देखता नहीं?

फिर लोग क्यों ऐसा कहते हैं?

बेटा ! कहने दे, मैं अभी जीवित हूँ। और मेरा सत्य अविचल होगा तो तेरे पिताजी भी आवेंगे।

तितली का स्वर स्पष्ट था। मोहन को आश्वासन मिला। उसके मन में जैसे, उत्साह का नया उद्‌गम हो रहा था। उसने पूछा—माँ, हमी लोगों का शेरकोट है न?

हाँ बेटा, शेरकोट तेरे पिताजी के आते ही तेरा हो जायेगा। कल मैं शैला के पास जाऊँगी। तू अब सो रह !

तितली को जीवन भर में इतना मनोबल कभी एकत्र नहीं करना पड़ा था। मोहन का ज्वर कम हो चला था। उसे झपकी आने लगी थी।

उसी कोठरी से सटकर एक मलिन मूर्ति बाहर खड़ी थी। सुकुमार लता उस द्वार के ऊपर बन्दनवार-सी झुकी थी। उसी की छाया में वह व्यक्ति चुपचाप मानो कोई गम्भीर सन्देश सुन रहा था।

तितली की आँखों में एक क्षणिक स्वप्न आया और चला गया। उसकी आँखें फिर शून्य होकर खुल पड़ीं। वह बेचैन हो गयी। उसने मोहन का सिर सहलाया। वह निर्मल हृदय हल्के-से ज्वर में सो रहा था। तब भी कभी-कभी चौंक उठता था। धीरे-धीरे उसके ओठ हिल जाते थे। तितली जैसे सुनती थी कि वह बालक 'पिताजी' कह रहा है। वह अस्थिर होकर उठ बैठी। उसकी वेदना अब वाणी बनकर धीरे-धीरे प्रकट होने लगी—

नहीं ! अब मेरे लिए यह असम्भव है। इसे मैं कैसे अपनी बात समझा सकूँगी ! हे नाथ ! यह सन्देह का विष, इसके हृदय में किस अभागे ने उतार दिया। ओह ! भीतर-ही-भीतर यह छटपटा रहा है। इसको कौन समझा सकता है। इसके हृदय में शेरकोट, अपने पुरखों की जन्मभूमि, के लिए उत्कट लालसा जगी है।... ओह, सम्भव है, यह मेरे जीवन का पुण्य मुझे ही पापिनी और कलंकिनी समझता हो तो क्या आश्चर्य। मैंने इतने धैर्य से इसीलिए संसार का सब अत्याचार सहा कि एक दिन वह आवेंगे, और मैं उनकी थाती उन्हें सौंपकर अपने दुःखपूर्ण जीवन से विश्राम लूँगी। किन्तु अब नहीं। छाती में झँझरिया बन गयी हैं। इस पीड़ा को कोई समझने वाला नहीं। कभी एक मधुर आश्वासन ! नहीं, नहीं, वह नहीं मिला, और न मिले ! किन्तु अब मैं इसको नहीं सम्भाल सकती। जिसने इसे संसार में उत्पन्न किया हो वही इसको सम्भाले। तो अभी नारी-जीवन का मूल्य मैंने इस निष्ठुर संसार को नहीं चुकाया क्या?

ठहर जाऊँ? कुछ दिन और भी प्रतीक्षा करूँ, कुछ दिन और भी हत्यारे मानव-समाज की निन्दा और उत्पीड़न सहन करूँ। क्या एक दिन, एक घड़ी, एक क्षण भी मेरा, मेरे मन का नहीं आवेगा-जब मैं अपने जीवन-मरण के दुःख-सुख में साथ रहने की प्रतिज्ञा करने वाले के मुँह से अपनी सफाई सुन लूँ?

नहीं वह नहीं आने का। तो भी मनुष्य के भाग्य में वह अपना समय कब आता है, यह नहीं कहा जा सकता। रो लूँ? नहीं, अब रोने का समय नहीं है। बेचारा सो रहा है। तो चलूँ। गंगा की गोद में।

तितली इस उजड़े उपवन से उड़ जाय।

उसने पागलों की तरह मोहन को प्यार किया, उसे चूम लिया।

अचेत मोहन करवट बदल कर सो रहा। तितली ने किवाड़ खोला।

आकाश का अन्तिम कुसुम दूर गंगा की गोद में चू पड़ा, और सजग होकर सब पक्षी एक साथ कलरव कर उठे।

तितली इतने ही से तो नहीं रुकी। उसने और भी देखा, सामने एक चिरपरिचित मूर्ति ! जीवन-युद्ध का थका हुआ सैनिक मधुबन विश्राम-शिविर के द्वार पर खड़ा था।

●●●